라디오 스타가

사라진

다음에는

김본
소설

라디오 스타가
사라진
다음에는

문학동네

차례

슬픔은
자라지
않는다

1999년 5월, 강화와 선주는 학교 앞 카페 '시절'에서 삼 대 삼 미팅을 하기로 했다. 실행력 좋은 강화의 주선으로 미팅에는 동아리의 퀸카 주연도 합류할 예정이었다. 그러나 미팅 직전, 주연은 문자로 불참을 알렸다. 대신 다른 사람을 보낼 테니 양해를 부탁한다고.

강화는 주연이 대단한 배신이라도 저지른 것처럼 역정을 냈다. 간을 보다가 물이 더 좋은 쪽을 고른 게 틀림없다는 거였다.

"어제 동방에서 영문과 애들 사진 들여다보는 거 봤다고."

미팅 자체가 파투난 건 아니니 신경쓰지 말자고 강화를 진정시켰지만, 선주는 의아했다. 냉정하게 말해서 두 사람이 주연만큼 예쁘지는 않으니 마음에 드는 상대와 맺어지려면 아무래도 주연이 오지 않는 쪽이 더 이득 아닌가 하는 생각이 들었기 때문이었다.

"그래서 대타는 누구래?"

"가봐야 알겠지, 뭐."

선주는 머리를 묶을까 말까 고민했다. 손목에 찬 곱창 밴드를 연신 잡아당기다가, 주연의 대타가 머리를 풀고 오면 묶기로 결정했다.

카페 시절에 도착해서도 강화는 께름칙한 표정을 지우지 않았다. 연신 휴대폰 폴더를 열었다 닫았다 하며 허, 참, 허, 하고 기가 찬 소리를 냈다. 마치 초대—권유라기보다는 강요에 가까웠던—가 아니라 강화 자신이 거절당한 것 같은 태도였다.

평소에도 강화는 난관에 봉착하면 우선 화부터 내는 경향이 있었다. 그러나 어떤 경우에도 돌아가거나 방향을 틀지 않고 처음의 목적 그대로, 불도저처럼 뚫고 가는 쪽을 택했다. 돌파구를 찾기보다 본래의 경로마저 망가뜨리는 것에 가까웠음에도 강화는 언제나 자신이 해냈다고 생각했고, 실제로 어느 정도는 그랬다. 길이 가로막히는 순간 나아가기를 포기하는 선주로서는 장애물을 모조리 부숴버리더라도 어쨌든 목적지에 도달하는 강화에게 경외심을 가질 수밖에 없었다. 그러나 무지막지한 추진력에도 불구하고 중간에 길이 막히면 어린애처럼 성을 낸다는 점에서, 선주는 이따금 강화가 무력하다고 느졌다.

　"우리를 무시하지 않고서는 할 수 없는 행동이잖아."

　우리, 라는 말로 자신을 끌어들이고 있지만 강화의 분노는 오로지 주연으로부터 기인한다는 것을 선주는 단번에 알아차렸다. 그건 못 알아차리기 힘든 종류의 감정이었다.

　단순히 주연이 아름답기 때문인지 아니면 선주는 알 수 없는 치명적인 매력을 가졌기 때문인지는 모르겠지만, 강화는 주연에게 강렬한 친밀감을 드러냈다. 그건 지나치게 저돌적이라는 점에서 폭력적으로 느껴지기도 했다. 미팅을 주선한 것도 주연을 향한 호감과 끌림 때문이라고, 선주는 감히 짐작했다. 강화에게 미팅은 애초부터 주연과의 시간을 위한 수단에 불과한 것 같았다. 그러니 자신처럼 남몰래 안심하는 게 아니라 저렇게 화를 내는 거겠지. 강화는 마치 주연이 그들 사이의 잠재적인 미래까지 결코 있을 수 없는 일로 못박기라도 한 것처럼 굴었다.

　다행히 강화가 더 화내기 전에 남자애들이 도착했다. 전부 평퍼짐한 티셔츠 차림이었고, 둘은 벙거지 모자를, 다른 한 명은 비니를 쓰고 있었다. 전부 잘나지도 못나지도 않은 고만고만한—딱 선주나 강화 같은—아이들이었다.

　"반가워. 나이트 웨이터 아니고 진짜로 본명이 신승훈이야."

들어올 때부터 선두에 있던 녀석이 넉살 좋게 악수를 청하며 강화의 맞은편 창가에 자리잡았다. 강화는 눈인사만 하고 악수에 응하지 않았다. 당황한 선주가 자기도 모르게 그 손을 잡고 흔들었다. 신승훈은 사람 좋게 웃었고 강화도 별말 없었지만 선주는 미팅 내내, 손을 괜히 잡았다는 생각을 떨칠 수 없었다. 그다지 절박해 보이지도 않았는데. 악수 같은 거 안 했어도 기분 상하지 않았을 것 같은데. 그런 생각은 이후로도 선주를 주기적으로 찾아왔다.

들어온 순서대로, 신승훈에 이어서 비니를 쓴 남자애가 선주의 앞에, 남은 한 명이 바깥쪽에 앉았다.

"한 명이 비네?"

"좀 늦는대."

"주인공인가보다, 야."

어색함에 드문드문 대화가 끊기는 구간마다 신승훈이 기가 막히게 용접해내면서 분위기는 제법 무르익었다. 탁자 아래로 강화가 선주를 툭 건드렸다.

'서태지까라인줄'. 강화가 휴대폰의 문자 입력란에 그렇게 적어서 보여줬다. 강화가 '지움/취소' 버튼을 누르자 주연이 보낸 문자가 나타났다. 그렇게 밀어붙여놓고 따로 연락을 나누지도 않았는지, 문자는 '나 주연인데'로 시작해서 '미안해'로 끝났다. 성의 없는 것도 같고 꾸밈없이 진술한 것도 같은 사과였다. 별 내용도 없는 그 간결한 문자에 대한 답으로 좀전의 밀담이 전송됐다면 주연이 얼마나 어리둥절했을지, 선주는 잠시 상상했다.

강화는 능숙하게 폴더를 접었다. 문자는 영영 발송되지 않았다. 강화는 시치미를 뚝 떼고 휴대폰을 탁자에 올려놓았다. 숨기고 있는 마음이나 몰래 한 험담, 답하지 않은 말 같은 건 없다는 듯이.

"이야. 이거 애니콜 아니냐, 애니콜?"

신승훈이 허락도 없이 강화의 휴대폰을 가져가 폴더를 열었다 닫았다 하며 감탄했다. 선주는 본능적으로 강화의 눈치를 보았다. 정작 강화는 신승훈을 제지하거나 불쾌한 기색을 내비치지 않았다.

한 시간쯤 지나자 바깥쪽에 앉은 남자애가 슬슬 자리를 옮겨야 할 것 같은데, 하며 눈치를 살폈다. 선주가 가능한 한 양쪽을 번갈아 보며 대화에 임했음에도 그애는 내내 대화에서 미묘하게 밀려났다. 들창코를 의식한 탓인지, 웃을 때마다 코를 가리는 습관이 있는 애였다. 티나게 못난 생김새가 아닌데도 그런 행동이 오히려 그가 가리고 싶어하는 얼굴의 구석구석을 더 도드라지게 만들었다.

그가 스스로를 '폭탄'이라 여긴다는 것쯤은 그 자리에 있던 모두가 눈치챌 수 있었다. 폭탄은 폭탄이 마크한다. 그렇게 되면 다소 비참해도 최소한 누구에게도 선택되지 않는 불상사는 피할 수 있다. 그러나 지금처럼 인원이 부족한 상황이라면 남은 폭탄은 홀로 쓸쓸히 돌아가야 한다. 폭탄이라도 아쉬운 상황이 되자 들창코는 자꾸만 카페 입구를 힐끔거렸다. 문에 달린 종이 딸랑이기만 해도 엉덩이를 들썩이자, 급기야 비니를 쓴 남자애가 들창코의 어깨에 손을 얹으며 장난스럽게 물었다.

"뭐가 그리 조급해?"

그러자 웃음이 터져나왔다. 그건 들창코의 외적인 조건보다는 비니의 태도—손길은 전혀 억세지 않았고, 말투도 업신여기는 것처럼 들리지 않았다—에서 비롯된 거였다. 하지만 오랜 세월이 흐른 어느 평화로운 오후, 선주는 그 웃음이 정말 그것 때문이었을까? 하는 생각을 떠올렸다.

훗날 불현듯 떠올린 의문처럼, 그애가 나타났다. 웃음소리에 묻혀 종소리가 들리지 않았기 때문에 그애는 마치 어디선가 솟아난 것 같았다. 화기애애하게 떠드는 그들 곁에 스쿠터 헬멧을 쓴 여자애가 어느샌가 다가와 있었다. 가장 먼저 그애의 존재를 알아챈 신승훈이 엇, 깜짝이야, 하고 파드닥 튀어올랐다. 그 바람에 모두가 놀랐다.

여자애는 앞치마같이 생긴 원피스 차림에, 겨드랑이에 책한 권을 끼고 있었다. 두꺼운 잠자리 안경을 쓰고 헬멧의 바이

저는 위로 젖힌 채였다. 자신을 향한 다섯 쌍의 눈을 훑어보던 그애는 이윽고 선주의 옆에 털썩 앉았다. 누구도 초대하지 않은 파티에 쳐들어와 와인을 병째로 들이켜고 입가를 닦는 사람처럼. 하지만 그애는 황금 사과를 던지고 간 에리스도 아니었고, 부끄러움도 혼란함도 느끼지 못하는 취객은 더더욱 아니었다. 그저 헬멧을 쓴, 이제 성인이 되었음에도 여전히―좋지 않은 의미로― 앳된 얼굴을 간직한 여자애일 뿐이었다.

폭탄이다.

모두의 마음속에 떠오른 생각이었다. 들창코는 절망적으로 고개를 떨궜다. 폭탄은 헬멧을 벗지도 않고―헬멧의 존재감은 그 부피만큼이나 엄청나서, 선주는 자기도 모르게 강화 쪽으로 붙어앉았다―메뉴판을 가져가 한 장 한 장 천천히 넘겨보았다. 마치 최후의 만찬이라도 앞둔 것처럼 신중한 태도였다. 좌중을 압도하는 기운 같은 건 없어 보였음에도 다들 그애에게 선뜻 말을 걸지 못했다.

메뉴판을 유심히 살피던 폭탄은 우엉차를 주문했다. 파르페나 비엔나커피도 아니고, 하다못해 매실차나 오미자차도 아닌 우엉차라니. 저런 걸 돈 내고 먹는 애가 있구나. 선주는 속으로 놀라워하면서도 어쩐지 오늘 처음 보는 저애에게 어울리는 음료라고 생각했다.

빼앗긴 관심을 되찾아오려는 듯 신승훈이 헛기침으로 주의를 끌었다. 그러고는 마치 다른 애들과 본래부터 알고 지낸 사이라도 되는 것처럼 나서서 소개했다.

"안 그래도 막 소지품 교환하려던 참이었는데."

모두가 폭탄을 쳐다봤다. 네가 소개할 차례야, 라는 눈빛으로. 폭탄은 신승훈, 비니, 들창코, 선주, 마지막으로 강화까지 살펴보았다. 아주 짧은 시간이었지만, 선주는 그애의 눈길이 강화에게 더 오래 머문다는 것을 알아차렸다.

그때 종업원이 우엉차를 내왔다. 휴전 선언이라도 한 것처럼, 긴장이 잠시 느슨해졌다. 폭탄이 두 손으로 잔을 소중히 감싸고 차를 들이켜자 안경이 뿌예졌다. 커튼 사이로 햇볕이 헬멧에 내리쬐었다. 신이 뭔가를 점지하는 것 같기도, 레이저 포인터로 교사의 이마를 쏘는 남학생의 짓궂은 장난 같기도 한 햇살에도 폭탄은 평화롭게 우엉차를 홀짝거렸다. 모두의 시선이 집중된 가운데 천천히 찻잔을 내려놓은 그애가 마침내 입을 열었다.

"나는 폭탄이야."

그 말을 듣자마자 들창코는 사레가 들렸다. 비니가 들창코의 등을 두드리면서 작은 소리로―그러나 모두에게 들리도록―너 말고, 했다. 스스로 폭탄이라 소개한 그애는 잡음에도 아랑곳하지 않고, 흐트러지지 않은 시선으로 모두를 똑바로 응시했다.

"내 몸에 시한폭탄이 들어 있어."

적당히 고요한 카페에는 적당한 소음이 섞여서 기분좋은 평화로움을 만들어내고 있었다. 커피 원두를 그라인더로 가는 소리. 손님이 드나들 때마다 문에 달린 종이 딸랑거리다 서서히 잦아드는 소리. 그리고 귀를 기울이면 들리는 흥미로운 수다.

"이게 터지면, 너희는 여기서 다 죽어."

한 손으로는 찻잔의 바닥을, 다른 한 손으로는 옆면을 감싸고 뭔가를 점지하는 것처럼, 피할 수 없는 죽음을 예견하는 것처럼, 눈에 닿을 수도 있다는 생각은 하지 않고 경솔하게 쏘는 레이저 불빛처럼 폭탄이 내뱉었다.

"지구의 평화는 나에게 달려 있어."

그로부터 이십삼 년이 흘렀지만, 지구는 폭발하지 않았다. 선주는 살아남았다. 강화도 살아남았다. 전해들은 바에 의하면, 주연도 무사했다.

신승훈과 비니, 들창코도 여전히 살아 있었다. 1990년대가 막을 내리면서 신승훈은 더이상 까불지 않게 되었다. 난데없이 의대에 가겠다며 학기를 마치기도 전에 자퇴한 그는 4수 끝에 지방 국립대의 공학부에 들어갔다.

들창코는 성공적인 콧볼 축소 수술로 21세기의 시작과 함께 새 삶의 지평을 얻었다. 그는 연달아 여자친구를 사귀었으나 누구와도 오래가는 법이 없었다. 비니와 선주는 미팅에서 유일하게 성사된 커플이었다. 그러나 한 달 남짓 만나는 동안 영 마음에 진척이 없어서 결국 친구로 남기를 택했다.

미팅 이후로도 폭탄을 제외한 다섯은 자주 어울렸다. 심지어 비니는 선주에게 소개팅을 주선해준 적도 있었다. 알고 보니 같은 도서관 근로 장학생이던 소개팅 상대는 선주와 공통점이 많았다. 그는 졸업 후 사서 대학원에 진학해 선주와 같은 정사서가 되었다. 사귄 지 육 년째 되는 해에 두 사람은 결혼했다. 남편과 비니는 이전까지 인사만 나누는 사이였는데, 선주의 결혼 이후로는 부부 동반 모임을 결성해 곧잘 어울렸다. 그것을 두고 언젠가 강화가 물었다.

"그건 좀 이상하지 않아?"

"뭐가?"

"너희들 말이야."

선주는 뭐가? 하고 다시 묻고 싶었지만, 그러지 않았다. 몰라서 묻는 게 아니라 그저 용기가 없어서 하는 질문이라는 걸 알아서였다. 네가 뭔데? 가 아니라 그냥, 뭐가? 하고 묻는 게 자신이 표출할 수 있는 최대한의 불만이라는 사실이 창피했다. 살아온 세월이 쌓이면서 나름의 잣대와 요령이 생겼다고 믿고 싶었으나, 뭐든지 기면 기고 아니면 아닌 강화 앞에만 서면 선주는 자신이 여전히 맹탕 같은 스무 살 여자애처럼 느껴졌다.

"아니, 그렇잖아. 그래도 전에 사귀었던 앤데."

"겨우 한 달 만났는데, 뭘."

"내 말은, 남편이 보기에 이상하지 않겠냐는 거지."

"그런가……"

"뭐, 네가 알아서 하겠지만."

선주가 대꾸가 없자 잠시 후 강화는 그냥 그렇다고, 하고 덧붙였다. 짧은 연애 끝에 선주가 솔직한 마음을 털어놓았을 때 비니도 역시 친구로 돌아가자, 고 제안했다. 그리고 지금까지도 그것을 정말 잘한 결정이라고 생각했다. 이에 대해서는 비니도, 선주도, 선주의 남편도 이견의 여지가 없었다. 그래서 부부 동반 모임을 마치고 돌아가던 어느 날, 남편이 비니와 이전에 만났던 거냐고 물었을 때 선주는 굉장히 놀랐다.

"그랬지. 알고 있던 거 아니었어?"

남편은 알고 있었지만 막상 직접 들으니 기분이 썩 좋지 않다고 했다. 선주는 그 말에 웃었다.

"안 좋을 게 뭐가 있어. 다 옛날 일인데."

그러나 집으로 돌아가는 길 내내 두 사람은 다투었다.

"사귀는 사이에 볼 장 못 볼 장 다 봤을 거 아니야."

"그게 걱정인 거야? 그래?"

"그런 문제가 아니잖아."

남편은 차창 밖으로 빠르게 스쳐가는 도로에 석연찮은 시선을 던지며 중얼댔다. 선주의 언성이 높아졌다.

"그럼 뭐가 문젠데?"

"누가 문제래."

그걸로 대화는 끝이었다. 얼어붙은 공기 속에서 고가도로를 달려 집에 도착해 씻고 누울 때까지, 두 사람은 한마디도 하지 않았다.

다음날이 되자 전날의 언쟁은 사라지고 없었다. 퇴근 후 두 사람은 평소처럼 마주보고 앉아 저녁을 먹었다. 식사 내내 남편은 장모가 담가 보내준 갓김치에 감탄했다. 몇 달 후 모임의 일원이 상을 당해 충남 당진까지 내려갔을 때 그곳에는 비니도 있었다. 남편은 비니와 아무렇지 않게 대화했다. 돌아오는 길에 선주와 남편은 다투지 않았다. 휴게소에 들러 어묵을 먹을 때는 장난도 쳤다.

그 문제—이전까지 선주는 그것이 문제가 될 거라는 생각을 해본 적이 없었지만—는 아주 자연스럽게 봉합된 것처럼 느껴지기도 했고, 엉망으로 어질러진 방의 물건들을 억지로 벽장에 쑤셔넣고 문을 영영 닫아버린 것 같기도 했다. 문을 여는 순간 감춰둔 물건들이 한 번에 덮칠 거라는 막연한 불안을 뒤로하고.

"신혼도 아닌데 그런 걸로 다툰 거면 오히려 좋은 신호지."

"그런가."

"그렇지. 오래 살면 말도 안 하고 각방 쓰는 부부들이 얼마나 많은데."

선주가 다시 그런가, 하자 강화가 그렇지, 했다. 그러나 다툼의 전말을 전해들은 비니가 "그래도 아직까지 관심이 있으니까 그런 사소한 걸로 질투하는 것 아니겠어?"라며 전혀 상관없는 사람처럼 반응했다는 얘기를 듣고 난 후에는 강화의 표정이 이상해졌다.

"걔한테 그걸 왜 말해?"

"말 못할 건 또 뭐야."

비니에게 남편을 소개받았을 때, 결혼 소식을 전했을 때, 비니가 기러기아빠가 되어서도 꼬박꼬박 부부 모임에 얼굴을 내밀었을 때, 그때마다 강화는 비슷한 반응이었다. 한번은 아직도 비니에게 마음이 있는 것 아니냐고 물은 적도 있었다. 그런 질문이 불쾌했던 건, 비니를 들먹이고 있지만 실은 강화가 선주의 결혼을, 어떤 때는 선주 자체를 깔보고 있다는 느낌을 종종 받았기 때문이었다. 강화가 자신의 무신경함을, 남편의 마땅한 서운함을, 비니와의 부적절한 우정을 건드릴 때마다 선주는 가슴이 콕콕 쑤셨다. 그러면서도 한편으로는 끊임없이 강화가 뭔가를 진단해주길 원했다. 그들 부부 사이에 무엇이 있고 무엇이 없는지, 일이 이 지경이 될 때까지 자신이 놓친

것들은 무엇이었고—남편은 언제나 너는 너무 초연해, 그러지 않아야 하는 문제에 있어서도, 하고 말하곤 했다—지키려고 애써왔던 것들은 무엇이었는지 똑바로 짚어주기를, 어떤 때는 날카로운 말로 아프게 긁어주기를 기대했고, 그런 기대가 강화에게 읽힐까 늘 두려웠다.

그렇지만 정작 강화 앞에서는 오래전 일이잖아, 하고 얼버무리는 게 다였다.

하지만 이번만큼은 선주도 그런가, 하지 않았다.

"야…… 아니다. 내 일이냐. 네 일이지."

둘 사이에 침묵이 흘렀다. 선주는 강화가 빈정이 상했다는 걸 짐작했지만, 나서서 분위기를 풀려는 시도를 하지 않았다. 강화에게 타인의 기분을 어루만져주는 섬세함이 없는 대신, 얼마간 시간이 지나면 다시 평소처럼 돌아온다는 걸 알고 있었기 때문이었다. 선주가 남편과 지난 이십 년간 그랬던 것처럼.

비니와 헤어진 이후로도 선주가 남자애들과 어울렸던 것과 달리, 강화는 서서히 그들과 멀어졌다. 그 결별이 이해되지 않았던 이유는, 애초에 친교의 중심이 명백히 강화였기 때문이었다. 바람을 잡는 건 대개 신승훈이었지만 약속 시간이나 장소, 만나서 먹을 음식처럼 사소한 부분까지도 결단을 내리는 건 언제나 강화였다. 강화가 만나자고 하면 만남은 추진되었고, 다음에 보자고 하면 결렬되었다. 다섯이서 어울리는 동안 선주는 늘 강화를 따라다니는 깍두기 신세였다. 거기에 기분이 상한 적은 없었다. 선주는 늘 자신에게 주어진 소박한 역할에 만족하며 살아왔으니까. 그렇지만 때때로 자신은 빠지고 강화만 있어도 크게 다를 것 없지 않나, 하는 생각도 들었다.

그런데 어느새 강화는 모임에서 완전히 이탈하고 없었다. 비니와 사귄 것도, 신승훈의 자퇴와 들창코의 연애를 지켜본 것도, 결혼하고도 주기적으로 연락을 주고받으며 관계를 지속하는 것도, 강화가 아닌 선주였다.

"강화 개는 요즘 뭐한대?"

두번째 수능을 대차게 말아먹은 신승훈을 위로하기 위해 다 같이 모인 날, 들창코가 불쑥 물었다. 정말로 궁금하다기보다 이제는 강화의 근황을 물을 수 있는 사람이 되었다는 걸 드러내고 싶은 것 같았다. 그때쯤 들창코—그의 코는 더이상 들창코가 아니었지만—는 매번 새로운 여자—심지어 어떤 때는 한 번에 두 명과—와 만남을 가졌다. 여자가 끊이질 않는 이유가 단순히 외모의 변화 때문인지 그로 인해 치솟은 자신감 때문인지는 알 수 없었지만, 하여튼 들창코는 한결 너그러워진 세상에 무척이나 만족하는 듯했다. 들창코는 대화 도중 비니에게 팔을 두르거나 신승훈의 등을 아프지 않게 쳤는데, 두 사람은 그 손길에 기분이 상하거나 위축되어 보이지 않았다. 사실 신승훈은 두번째 수능을 망친 뒤로 늘 위축되어 있기도 했다.

선주는 어느새부턴가 '다 같이'에 강화가 포함되지 않는다는 사실에 놀랐다. 강화가 무리에서 빠져나가는 과정이 너무도 자연스럽고 고요하게 이루어져서, 애초부터 존재하지 않던 사람 같았다. 어쩌면 이 모임은 강화가 없기 때문에 유지될 수 있는지도 몰랐다. 때때로 어떤 관계는 무언가 종결되어야만, 누군가 분리되어야만 존속될 수 있는 것 같았다.

그런 마음을 들키지 않으려는 듯, 선주는 최대한 가볍게 대꾸했다.

"그러게. 뭐하고 지내나 몰라."

그러는 동안 강화는 연애를 했다. 의외였던 사실은 강화가 연애에 꽤 자주, 열정적으로 임한다는 거였다. 강화의 애인들은 강화에게 맹목적으로 매달렸다. 선주는 그들이 강화의 어떤 점에 이끌리는지 궁금했다. 오랫동안 선주는 강화가―그리고 강화가 가진 분위기가―남성들을 밀어낸다고 생각했는데, 어떤 이들에게는 오히려 그게 매력으로 작동하기도 하는 모양이었다.

하지만 무엇보다 가장 이해하기 힘들었던 건 강화의 태도였다. 강화는 사귀는 사이라는 이유만으로 그들을 함부로 대해도 되는 것처럼 굴었다. 약속 시간을 어기거나 멋대로 바람맞히는 건 기본이고, 아무때나 불러내 당장 오지 않으면 상대를 몰아세웠다. 강화가 폭군처럼 굴 때마다 연인들은 더욱 쩔쩔 맸다. 강화가 매번 휘두르기 쉬운 성향의 인간들만 만나는 건지, 아니면 강화와의 교제가 그들을 쉽게 휘둘리는 사람으로 만드는 건지는 알 수 없었다.

강화의 폭력적인 연애를 지켜볼 때마다 선주는 봐서는 안 되는 광경을 목격하는 기분이었다. 그들이 강화에게 시달리고 매달리고 애원하는 것을 볼 때마다 강화가 애원하는 것을 보는 기분이었고, 그건 선주를 덩달아 비참한 기분으로 만들었다.

선주가 비니와의 연애를 털어놓았을 때, 강화는 지나치게 놀라며 물었다.

"누구랑?"

단순한 질문인데도 선주는 순간 기분이 상했다. 그 마음을 들키지 않으려고 괜히 별일 아니라는 듯 시큰둥하게 대답했다.

"가운데 있던 애."

"그 서태지 까라?"

"그건 신승훈 아니었어?"

"야, 이름이 신승훈인데 어떻게 서태지 까라가 되냐."

"까라니까 상관없지 않나……"

멍하니 있던 강화가 느닷없이 박장대소를 했다. 괴로운 건지 즐거운 건지 구별이 가지 않는 표정으로 탁자를 내리치고 웃었다. 종업원—미팅 날 서빙하던 종업원이었다—이 건너다봤다. 선주는 쩔쩔매며 야아, 조용히 웃어, 하고 소리 낮춰 말했다. 그러면서도 웃지 마, 가 아니라 조용히 웃어, 라고 요구한 스스로가 어이가 없었다. 한참을 들썩이며 웃던 강화가 눈에 맺힌 눈물을 닦으며 고개를 들었다. 어느새 말끔해진 얼굴로 강화가 물었다.

"좋냐? 연애하니까?"

강화의 꾸며낸 불량함에 선주는 갑자기 마음이 놓였다.

"내일 만나자는데 올래?"

"남의 데이트 하는 데 껴서 뭐하냐."

"데이트 아냐. 다 같이 만나기로 했어."

"다 같이?"

그 순간, 선주는 폭탄을 떠올렸다. 처음부터 다섯 명밖에 없었던 것처럼. 그날을 회상할 때면 다들 기억에서 폭탄을 제거했다. 언급을 피하기만 하면 존재를 깨끗하게 도려낼 수 있는 것처럼. 똑딱거리며 시간이 줄어드는 초시계를 모른 척하면 시한폭탄이 터지지 않기라도 하는 것처럼.

"주연이 친구는 빼고……"

"친구?"

강화가 툭 내뱉는 웃음이 날카로웠다. 좀전처럼 찡그리지도 탁자로 내리치지도 않았지만 선주는 강화가 필사적으로 화를 참고 있다고 느꼈다.

"니가 보기엔 걔가 이주연이랑 어울리냐?"

어울리지 않았다. 처음 봤을 때부터 느꼈다. 강화나 선주뿐 아니라 그 자리에 있던 모두가, 아니 주연을 아는 사람이라면 누구라도 그렇게 생각할 게 분명했다.

신입 회원 엠티에서 모두의 이목이 쏠린 가운데, 주연은 긴장한 기색도 없이 또박또박 자기소개를 했다. 특별한 내용도 아니었는데 동아리원들은 환호했다. 밤이 깊은 숙소에서 여자애들끼리 모여 속 얘기를 할 때—아직 서로의 이름도 못 외운 아이들은 그런 식의 솔직함으로 친목을 다지려 했다—주연은 관심 가는 선배나 거슬리는 동기의 이름을 대는 대신 실은 문헌정보학과를 지망했다고 고백했다. 부모님의 반대로 진학하지 않았다고. 누군가 작은 소리로 되게 의외다, 했다. 선주는 남몰래 동감했다. 성적에 대한 미미한 열의와 집안 형편을 고려한 몇 안 되는 선택지를 두고 최대한 저울질해야 했던 자신과 달리 주연은 무엇이든 고를 수 있고, 무엇도 될 수 있을 것 같았다.

예상치 못한 공통점에도 선주에게 주연은 살면서 도무지 가까워질 일이 없는 부류였다. 어쩌다 동아리 뒤풀이에서 같이 앉게 되면, 주연은 선주를 모두와 평등하게 대했다. 그럴 때면 선주는 특별 취급을 받은 것도 아닌데 강화의 눈치가 보였다.

미팅 이후 강화는 시종일관 주연을 무시했다. 심술에 가까운 냉대가 실은 주연의 관심을 끌기 위한 시도라는 점에서 강화의 그런 태도는 좀 우스워 보이는 면이 있었다. 주연은 강화의 노골적인 적의에 맞대응하거나 피하지 않고 이전과 같은 태도로, 우아하게 인사를 건넸다. 그렇게까지 나오면 강화도 더는 무시하지 않았지만, 탐탁지 않은 표정으로 눈인사를 하는 게 최선이었다.

주연이 폭탄에게도 강화와 선주에게 그랬듯 친절을 베풀었다면, 폭탄이 주연의 대타라는 과분한 이름으로 미팅에 나타난 경위도 대충 이해가 갔다. 폭탄은 등장만으로 모두의 마음을 어수선하게 만들었지만, 그건 주연에게 쏟아지는 관심과는 질적으로 다른 종류였다. 한마디로 두 사람은 급이 맞지 않았다. 선주는 주연 역시 그 사실을 모르지 않을 거라고, 내심 돋보이고 싶은지도 모른다고, 연민에서 우러난 반쪽짜리 우정이 틀림없을 거라고 매도하고 싶어졌다.

"올 거지?"

그렇게 물으면서도 선주는 강화가 오길 바라는지 아닌지 알 수 없었다. 어느 쪽이든 강화가 확답을 내려줬으면 했다.

"아무리 그래도 걔는 첫 데이트부터 친구를 부르냐."

강화는 비딱하게 앉은 채 통로에 한쪽 다리를 무방비하게 내놓았다. 지나다니는 사람들이 다리에 걸려 넘어질까봐 선주는 조마조마했다.

"내가 그러자고 했어. 다 같이 놀고 싶어서."

강화는 친절한 것도 같고 걱정스러운 것도 같고 한심해하는 것도 같은 표정으로, 선주가 알지 못하는 세계를 한참 전에 경험한 사람처럼 노골적인 거드름이 섞인 웃음을 지었다. 그러고는 선주의 답 같은 건 애초에 기다린 적도 없다는 듯 중얼거렸다.

"그러면 얼마 못 갈 텐데."

빈 잔을 수거하던 종업원이 강화의 다리를 홀쩍 넘어갔다.

보존 서고의 규모가 서가 전체를 합친 것보다 방대하다는 사실을 아는 이용객—심지어 사서 중에서도—은 거의 없다. 도서관이라는 공간이 사람들의 흥미에서 밀려난 지 오래이니 그렇게 놀랄 일은 아니었다. 보존 서고라는 명칭 탓에 각별히 주의를 기울여야 할 문서나 귀중한 자료들만 취급한다고 생각하기 쉽지만 실은 사람들이 잘 찾지 않는 자료들, 인기 없는 소설책이나 구판 도서가 정해진 수순처럼 그곳으로 들어가곤 했다. 보존이라는 이름의 망각의 공간으로. 빙산의 일각이 숨기고 있는 거대한 몸통으로.

—다음주에 법원에서 보자.

선주는 일반 서고 데스크에 앉아 남편의 간략한 문자를 들여다보았다. 평소 휴대폰을 달고 사는 근로 학생의 태도가 그렇게 거슬릴 수 없었는데ー남편에게 요즘 애들은 다 그런가? 하고 물은 적도 있었다ー오늘 자신이 딱 그 모양이었다. 짧게 끊어지는 대화의 맥락을 파악하려 화면을 위아래로 움직여봐도 얻을 수 있는 정보는 그게 전부였다. 숨겨둔 단서나 진심 같은 건 찾을 수 없었다. 어쩌면 진심이라는 게 더는 남아 있지 않아서 이렇게 간단명료한 문자를 보낼 수 있는지도 몰랐다.

책을 내려놓는 소리가 꽤 크게 들리고서야 선주는 휴대폰에서 눈을 뗐다. 한쪽 귀에만 무선 이어폰을 낀 학생이 짜증스러운 표정으로 서 있었다. 선주는 대출 반납은 일층에서 가능하다고 사무적으로, 그러나 기분이 상했다는 걸 들키지 않을 만큼 친절하게 안내했다. 학생은 한숨을 푹 쉬고는 책 안에 꽂아둔 이면지를 꺼내 부채질을 했다.

"아 그냥, 여기서 해주시면 안 돼요?"

선주가 다시 한번 같은 말을 반복하자 학생은 책을 낚아채듯 쥐고 떠나버렸다. 멀어지는 뒷모습을 보며, 선주는 성인임을 잊고 어린애처럼 구는 학생들을 겪을 때마다 되뇌었다. 원래 저런 인간은 아닐 것이다. 상황이 그렇게 만들었을 뿐이다. 그렇지만 때때로, 아주 자주, 주어진 역할 이상은 결코 하지 않는 근로 학생의 딴짓을 못 본 체하거나 가망 없는 정규직 전

환에 울먹이는 동료를 달래는 일, 나이든 신입과 젊은 사수 사이의 갈등을 중재하는 일 외에도 도서관의 온갖 소음과 갈등과 소란을 감내하는 것까지 업무의 일부라는 사실이 변덕스러운 날씨만큼이나 이해하기 힘들었다.

선주를 포함해 열 명 남짓한 모교 출신 사서들은 모두 정규직이었다. 최악의 취업난 시대를 지나 간신히 입사한 후 선주의 삶은 평탄했다. 자신도 나름의 고난과 실패를 겪어왔지만, 어느덧 그것들은 지금처럼 취업난이니 경쟁률 몇백 대 일이니 하는 문제 이전의 것이 되었다. 도서관에서 근무하는 오랜 세월 동안 떳떳하지 않은 방법으로 자리를 얻었다고 생각한 적은 없었다. 그러나 요즘 들어서 공무원 시험 응시 자체를 포기하고 비정규직으로 버티길 택하는 직원들이나, 최저임금을 받으며 일하는 근로 학생들을 지켜보다보면 참을 수 없는 부끄러움이 밀려올 때가 있었다. 깊은 밤, 코도 골지 않고 중간에 숨을 멈추는 법도 없이 고요하게 자는 남편 옆에서, 자신이 내는 아주 작은 소리까지 소음으로 느껴질 때만큼 부끄러운 기분이었다. 깨끗이 닦은 대리석 바닥에 눈에 띄는 한 점의 먼지가 된 것 같았다.

방학이었고, 도서관 내부는 한산했다. 근로 학생은 책 수레를 끌고 서가 사이로 사라진 지 한 시간째 모습을 보이지 않고 있었다. 조금 전의 학생이 떠난 자리에 이면지가 떨어져 있었다. 한숨을 쉬고 일어서자 의자가 바닥에 끌리면서 끔찍한 소리가 났다. 선주의 입에서 끙, 하는 소리가 절로 나왔다. 마른 체형으로 평생 관리와는 거리가 먼 삶을 살아온 선주였지만, 이제는 일어나고 앉는 단순한 동작도 이전처럼 쉽지 않았다. 젊음이라는 건, 노력하지 않아도 쉽게 움직이거나 움직이지 않을 수 있는 특권이라는 걸 선주는 이제야 체감했다.

선주가 무거운 몸을 다 일으키기도 전에, 누군가 종이를 주워 책상에 올려놓았다. 요즘 유행하는—선주는 그것들이 다시 유행하게 된 것을 무척이나 이상하게 여겼다—통이 큰 청바지와 티셔츠를 입고 머리카락을 목덜미까지 무신경하게 기른 여자애가 어느샌가 선주의 앞에 서 있었다. 도서관을 드나드는 학생들의 절반이 자기 몸집보다 현저히 작거나 큰 옷을 걸치고 다녔다. 그런데 눈앞의 여자애는 그들과 달리 어딘지 모르게 어수룩한 느낌을 풍겼다.

"고마워요."

종일 말을 하지 않은 탓에 선주의 입에서 갈라진 인사가 나왔다.

"이선주 선생님?"

선생님이라는 호칭은 익숙했다. 도서관에서 사서들과 교직원들은 서로를 선생님이라고 불렀다. 심지어 이혼 조정 신청을 위해 방문한 법원에서도 그렇게 불렀다. 내게 배울 게 뭐가 있다고 저 사람들은 나를 선생님이라고 부를까. 달리 적당한 호칭이 없을 때 사용하는 존칭이라는 건 알고 있었다. 자신도 도서관 이용객들을 곧잘 그렇게 부르곤 했다. 그러나 법원의 조도 높은 불빛 아래서 숙려 기간 동안 지켜야 할 주의 사항을 한 귀로 흘리며, 남편과 나란히 앉아 살아온 세월이 무색하게 끝을 바라보고 있자니 그런 생각이 울컥울컥 차올랐다.

"연체 도서 반납하러 왔는데요."

여자애는 조심스럽게 책을 내밀었다. 『기록과 보존』. 선주도 신입생 시절 빌린 적 있는 기초 교재였다. 이후 몇 번의 개정을 통해 표지는 제법 세련되게 바뀌었으나 대학 교재라는 것이 으레 그렇듯, 아무리 뜯어고쳐도 특유의 케케묵은 느낌은 지울 수 없었다. 개정판이 간행되면서 구판은 보존 서고로 옮겨졌다. 그 과정에서 분실 도서가 여럿 확인됐다. 시스템상으로는 분명 존재하는데 어디에서도 찾을 수 없는 책도 있었고, 몇십 년째 장기 연체중인 책도 있었다. 사실상 돌려받을 가능성이 없는 책들이었다.

개정판이 두 번이나 나올 동안 어디 처박혀 있었던 건지, 여자애가 내민 구판에는 표지에 때 탄 손자국이 가득했고 책등은 반쯤 뜯어져 형태가 유지되지 않을 정도로 너덜거렸다. 노랗게 변색된 종이는 곧 바스러질 것 같았다. 이미 오래전에 벗겨져 때가 타고 말린 표지의 코팅지 아래 숨겨진 바코드는 닳아서 인식이 되지 않았다. 손을 떼자마자 코팅지가 도로 돌돌 말렸다. 선주는 잠시 궁리를 해보다, 이내 포기하고 물었다.

"성함이 어떻게 되시나요?"

"지희준이라고 합니다."

"휘? 휘요?"

"아뇨. 흐이요, 흐이. 지, 흐이, 준."

희준은 입을 가로로 길게 늘이고 흐이, 하며 성실하게 발음을 일러주었다. 스톱모션 애니메이션에 나오는 점토 인형처럼 입술이 네모나게 벌어지자 보조개가 드러났다. 선주는 흐이, 하고 저도 모르게 따라 했다. 희준이 반갑게 고개를 끄덕이며 네, 흐이흐이, 했다. 선주는 전산망에 희준의 이름을 쳤다. 아무런 정보도 나오지 않았다. 혹시나 싶어서 지휘준으로도 검색해보았지만 마찬가지였다.

"조회가 안 되는데, 대출하신 분 성함이 지희준님 맞으세요?"

"아, 지희준은 제 이름이고요. 대출한 사람은 저희 엄마세요."

선주는 웃음기 없는 친절함으로—넌 파고들 틈이 없는 것 같애, 라던 남편의 표현대로—다시 물었다.

"어머니 성함 한번 불러주시겠어요?"

뒤표지 안쪽에는 크림슨색 종이봉투가 부착되어 있었다. 본래 색상이 그런 건지 바랜 건지는 구분되지 않았다. 손끝으로 봉투 입구를 벌려 대출 기록 카드를 꺼내자, 맨 위에 익숙한 이름이 있었다. 문헌정보학과 199906016 이선주. 선주는 자신의 이름을 다른 사람의 것인 양 매만졌다. 그 아래에 단 하나의 이름만이 있었다. 희준은 또박또박 대답했다.

"지, 수, 연이요."

미처 블라인드를 내리지 못한 창문으로 햇빛이 한줄기 들어왔다. 선주의 근무지는 지하 일층이었지만, 도서관이 경사면에 위치한 탓에 완전한 지하라고 보기는 힘들었다. 이용객들도 지하의 출입구를 후문으로 여기며 자유롭게 드나들었다. 아침저녁으로 환기를 할 때면 창문 너머로 시간의 흐름을 알 수 있었다.

"총 팔십사만 칠천구백원이에요."

"네?"

"연체료요. 제가 계산해왔어요. 바코드 잘 안 찍히죠."

저무는 해가 희준의 얼굴을 비추었을 때, 선주는 웅크린 몸이 잔잔한 수면 위로 떨어지면서 일으켰던 파란을 떠올렸다. 세기말, 몸안에 폭탄을 지니고 다녔던 아이. 즐거움을 담은 것처럼 희준의 보조개가 움푹 들어갔다. 자신이 가진 게 얼마나 큰 자산인지 모르는 이의 특권 같은 미소였다.

아. 폭탄이다.

"현금영수증 되나요?"

99년, 폭탄의 몸속에 웅크리고 있던 작은 폭탄이 눈앞에 있었다.

선주는 한 시간 반 만에 나타난 근로 학생에게 자리를 맡기고 희준을 사무실로 데리고 갔다. 예의상 차를 권하자 희준은 씩씩하게, 저는 이거면 됩니다, 하고는 탕비 구역에 놓인 우엉차 티백을 서슴없이 집었다.

"연체 기간이 길기도 하고, 이런 경우가 처음이라 확인을 좀……"

"엄마 이름으로 조회는 안 될 거예요. 1학년 마치고 자퇴했다고 들었고, 작년에 돌아가셨거든요."

희준은 그 말을 아무렇지도 않게 했다. 슬픔을 감추려는 의도도 읽히지 않을 만큼 담백하게. 아주 짧은 시간 동안 선주는 모든 동작을 멈추었다가, 곧 책상 위를 굴러다니는 이면지를 분주하게 뒤적였다.

"괜찮아요. 그렇게 가까운 사이는 아니었어서. 엄마가 많이 바빴거든요."

분주함으로 감추려 했던 당혹스러움을 간파한 듯 희준이 좀전과 같은 투로 말했다. 선주는 희준의 말투에 안도감을 느꼈다.

넌 진짜 아무렇지도 않아 보이네. 이혼 사실을 알렸을 때 강화는 그렇게 말했다. 그런가, 그래 보이나, 하고 넘겼으나 선주는 정말로 아무렇지 않았다. 때때로 선주는 아무렇지도 않다는 사실이 부끄러웠고, 부끄러워한다는 사실을 들키고 싶지 않았다. 어떤 일에도 지나치게 몰두해서 창피한 줄도 모르는 강화가 부러웠다.

"잔돈까지 맞춰서 드리는 게 편하시죠."

희준이 천 지갑을 꺼내 뒤집자 동전이 쏟아졌다. 희준은 주저 없이 무릎을 꿇고 책상 아래로 굴러떨어진 동전을 주워 담았다. 그러고는 금액별로 분류해 무너지지 않게 조심조심 탑을 쌓았다. 선주는 잠시만 기다려달라고 둘러대며 사무실을 빠져나왔다. 휴대폰을 켜자마자 남편의 마지막 문자가 화면에 떠올랐다. 선주는 망설이지 않고 통화 버튼을 눌렀다.

"어, 왜."

"물어볼 게 있어."

"……지금?"

"어, 지금."

"법원에서 하면 안 되는 문제야?"

"연체료가 팔십사만 칠천구백원인데 현금영수증 발급을 해주는 게 맞아?"

"뭐?"

"맞아? 그래도 돼?"

"급하다는 게 그거야?"

"응."

"뭐…… 맞겠지? 그런 게 현금영수증이니까."

"맞겠지가 아니라 맞냐고."

"나도 몰라. 갑자기 그런 걸 물으면 어쩌라고."

"너도 일해봤으니까 알 거 아냐."

"겪어봤어야 알지. 그런 경우가 어디 흔하냐?"

"알겠어. 고마워."

선주는 전혀 고맙게 들리지 않는 목소리로 전화를 끊었다. 남편과의 대화는 늘 이렇게, 해소되지 않은 채로 끝이 났다. 적절한 순간에 필요한 질문을 하는 것. 그것이 그들 사이에는 부재했다. 그러고 보면 선주도 이혼을 앞두고서야 결혼생활과 관계없는 질문이라는 것을 한 셈이었다.

사무실로 돌아오자, 희준은 종이컵에 티백을 담갔다 뺐다 하며 차를 우리고 있었다.

"혹시 몰라서 가족관계증명서도 뽑아 왔어요."

희준은 메고 있던 핑크색 가죽 핸드백─그 나이대 학생이라면 흔히 들 법한 중저가 브랜드의 가방이었는데 편안하고 수수한 차림에는 오히려 튀었다─에서 의기양양하게 서류를 꺼냈다. 사등분으로 접힌 종이를 펼치자, '가족관계증명서(상세)'라는 명칭이 드러났다. 제목의 오른쪽 하단에 작은 글자로 '[폐쇄]'라고 적혀 있었다. 가족 사항에는 지준태와 김형숙 두 이름만 있을 뿐, 어디에도 희준의 이름은 없었다. 어린 딸 대신 부모가 호적에 올린 모양이었다. 괄호 안의 '상세'라는 말이 무색하게도, 희준이 떼온 서류는 지수연과 어떤 관계도 설명해주지 못했다. 지수연의 이름 옆에 폐쇄보다 더 작은 글자로 '사망'이라고 적혀 있었다. 그렇게 표기하는 것만으로 한 인간의 삶이 끝났다고, 관계라고 할 만한 것이 더는 존재하지 않는다고 결론 내릴 수 있다는 게 놀라웠다.

"주연 이모한테 선생님 말씀 들은 적 있어요."

희준이 선주의 눈치를 보며 조심스럽게 말했다. 마치 선주에게 관계의 결정권이라도 있는 것처럼. 희준은 모르는 대단한 비밀을 선주가 알고 있기라도 한 것처럼.

"주연 이모, 아시죠?"

희준의 말투에는 자부심이 묻어났다. 우리 이모, 정말 대단하죠? 그렇게 말하는 것 같았다. 엄마의 친구를 이모라고 부르는 경우가 있다는 건 알았지만, 선주는 그런 식의 호칭이 부담스러웠다. 실제 친분의 정도보다 과장하는 기분이 들었기 때문이었다.

주연이 박정아 같은 탤런트나 아나운서, 그것도 아니면 대기업 사모님이 아니라 모교 교수가 되었다는 소식은, 그러면서도 소망했던 것처럼 사서나 서점 주인이 아닌 전공을 살려 불문학을 가르친다는 소식은 동경과 시기로 똘똘 뭉친 이들에게 질투심과 함께 묘한 안도감을 불러일으켰다. 그런데 정작 강화는 주연의 임용 소식을 듣고도 시큰둥했다.

"만약에 말야, 그때 미팅에 이주연이 왔으면 어땠을까?"

선주가 글쎄, 하고 답을 피하자 강화는 킬킬거리며 말했다.

"너네 남편, 하마터면 부인 바뀔 뻔한 거 아니냐."

겉으로 보기에 강화는 주연에 대한 감정을 넘어선 것처럼 보였다. 그러나 전혀 상관없는 순간에—그러니까 사실상 삶의 모든 순간에 있어서—억울하게 뭔가를 잃은 사람처럼, 그래서 마땅히 보상이 주어져야 할 것처럼 굴었다. 잃은 점수를 만회하려는 듯, 잘못이라고는 사랑받을 수 있으리라 착각한 죄밖에 없는 애인들을 괴롭히면서. 선주가 보기에 그건 관심을 받지 못한 어린애의 철없는 질투에 가까웠다.

세월이 흐르면서 선주는 강화가 원하는 걸 전부 가지는 게 아니라, 갖지 못한 건 원하지 않는 체한다는 사실을 알았다. 그게 마치 수치스러운 일이라도 되는 것처럼, 속마음을 인정하면 패배하기라도 하는 것처럼 꼭 경멸하듯 사랑하는 강화를 보면서, 선주는 남편을 떠올렸다. 저런 게 사랑이라면, 시기도 질투도 없는 이 관계를 과연 사랑이라고 할 수 있나?

"저희 엄마랑 친하셨어요?"

"친했다기보다는……"

"안 친하셨다고 해도 실망 안 할게요."

"그냥 주연이…… 이주연 교수님하고 동창이라 건너 건너 아는 사이였어요."

"아, 어쩐지."

실망하지 않는다던 희준은 맥이 빠진 것 같았다. 그러다 황급히 덧붙였다.

"오해하지 마세요. 저도 주연 이모 좋아해요."

"알아요."

선주는 고개를 끄덕이며 생각했다. 누군들 안 그러겠어요. 누군들 그애를 감히 싫어할 수 있겠어요. 선주가 주연의 존재감을 확인할 수 있는 건 지정 도서 신청자 목록에서 불어불문학과 이주연 교수의 이름을 발견할 때뿐이었다. 그런데도 이만하면 잘살았다, 는 생각이 들 때마다 주연의 삶은 징벌처럼 선주를 따라왔다. 직업과 지위, 현재를 이루는 모든 것을 스스로 쟁취해냈다고 믿고 싶었지만, 때로 주연처럼 그런 것들을 상속받는 것만이 진정한 쟁취처럼 느껴졌다.

이따금 선주는 주연의 치부를 발견하고 싶었다. 샅샅이 살피고 구석구석 뒤져 아주 작은 흠집이라도 찾아내고 싶었다. 선주는 이런 마음을 강화를 비롯한 그 누구에게도 털어놓지 않았고, 일기장에도 적어본 적이 없었다.

"어렸을 때는 주연 이모가 엄마인 줄 알 정도였어요. 엄마보다 집에 자주 오고, 선물도 주고 그러니까. 그래서 주연 엄마라고 불렀다니까요."

희준은 인생의 즐거웠던 한때를 떠올리듯 히죽 웃었다. 그러자 보조개가 짙게 파였다. 선주는 저 얼굴에 남은 폭탄의 흔적을 전부 찾아내고 싶었다. 폭탄이 어떻게 생겼는지 떠올려보려 했으나 기억나는 것은 난처할 정도로 거대하고 동그란 헬멧, 세련됨과는 거리가 먼 복장, 대신 느껴야 했던 민망함뿐이었다.

"주연 이모가 진짜 엄마가 아니라는 걸 알았을 때, 엄마한테 아빠는 어디 있냐고 물어본 적이 있어요. 그랬더니 어디 있겠지, 하고 말더라고요. 어디서 어떻게 만났냐고 끈질기게 물어보니까 미팅이었나? 하는 거예요. 그래서 전 미팅이 약혼 같은 건 줄 알았어요. 선생님은 미팅해보신 적 있으세요?"

첫 미팅 이후, 선주는 다시는 그런 자리에 나가지 않았다. 대답이 늦어지자 대단한 사연이라도 있는 줄 알았는지 희준이 기대를 품은 얼굴로 쳐다보았다.

"해봤죠."

"언제요?"

"스무 살 때."

"애프터도 받으셨어요?"

"네, 뭐……"

"우와, 그럼 사귀신 거예요?"

"그렇긴 한데, 아주 잠깐이었어요."

희준은 진심으로 아쉬워했다. 선주는 희준이 무엇을 아쉬워하는 건지 알 수 없었다.

"아버지…… 만나본 적 있어요?"

묻고 나서야 부적절한 질문이었다는 생각이 들었다. 선주는 그런 걸 묻는 사람이 아니었다. 어디서 만난 누구와도 거리를 유지하려고 노력했다. 때로 그런 모습이 직장 동료들에게, 오랜 친구나 남편에게 무정함으로 비친다는 걸 알고 있었지만, 적절한 거리 유지만이 관계를 지속하는 유일한 방법이라고 믿었다. 정작 질문을 받은 희준은 거리낄 게 없어 보였다.

"딱 한 번요. 엄마 돌아가시고 주연 이모 만나러 갔을 때 봤어요."

희준이 쓸쓸하게 웃었다.

"저를 전혀 모르는 눈치더라고요."

어쩌면 폭탄이 주연의 대타 노릇을 한 게 그때가 처음이 아니었을지도 모른다는 생각이 들었다. 오래전, 동정이나 우월감 같은 이유를 갖다대며 주연과 폭탄의 관계를 이해해보려고 애썼던 때를 떠올렸다. 인기 많은 여자애 주변에 엉겨붙는 남자들의 폭탄 제거반을 자처한 못난 여자애. 그렇게 설명하면 모든 것이 쉽게 이해되었다. 사는 동안 마주한 여러 복잡한 상황이나 사람을, 또는 관계를, 선주는 그런 식으로 이해해왔다. 그건 도무지 이해의 여지가 없을 때 베푸는 최소한의 관용이기도 했고, 관용을 치장한 핑계이기도 했다.

"부끄러운 줄도 모르고 제 앞에서 주연 이모한테 치근덕거리는 거 있죠. 이모는 관심도 없어 보였는데. 그 아저씨도 교수라던데. 저보고 공부 열심히 하래요."

그렇지만 선주는 더는 그렇게 믿고 싶지 않았다. 적어도 희준을 앞에 두고는 그러고 싶지 않았다.

"실은 저 수험생이거든요."

"바쁘겠어요."

"대학은 안 가려고 했는데 주연 이모가 도전해보라고 해서. 이 나이 먹고 수능 보게 생긴 거 있죠."

희준은 기껏해야 열아홉 살 정도로밖에 안 보이는 얼굴을 씰룩거리며 웃었다. 선주는 그것이 젊은이들의 허세라는 걸 알았다. 이제 막 신입생에서 벗어난 학생들이 늙은이라는 둥 화석이라는 둥 자조적으로 던지는 농담 같은 것이었다. 선주가 보기에 그들은 똑같이 젊었다.

"지금은 주연이랑 사는 거예요?"

"아니요. 할머니랑요. 그래도 한 달에 한두 번은 꼭 봐요."

한동안 잠잠히 있던 희준이 입을 열었다.

"어릴 땐 이모가 오는 날만 기다렸어요. 이모가 오면 엄마

도 집에 왔거든요. 엄마랑 이모가 온 날에는 탁 트인 마루에
셋이 나란히 누워서 낮잠을 잤어요. 엄마랑 이모는 저를 사이
에 두고 이마를 맞대고 누웠어요. 둘 사이에 웅크리고 있으면,
엄마가 없는 날들이나 아빠가 없는 날들 같은 건 아무런 문제
도 되지 않는 것 같았어요. 한번은 엄마가 벗어둔 안경을 깔아
뭉개서 깨먹었던 적도 있어요. 그 바람에 엄마는 주연 이모한
테 거의 의지해서 집을 나서야 했어요. 할머니가 엄마 간다,
이제 가면 한참 또 못 보니까 인사해라, 하는데 둘이 꼭 붙어
서 가니까 정말로 둘 다 제 엄마 같아서 그냥 엄마 잘 가, 했어
요. 누구보고 하는 말이랄 것 없이요."

웃긴 광경을 목격한 것처럼 흐흐, 하고 웃은 희준이 선주를
바라보았다.

"저는 여느 집이나 그런 줄 알았어요. 엄마가 둘인 줄 알았
어요. 선생님은 아이가 있으세요?"

선주는 고개를 저었다. 희준은 뭔가 납득한 듯—누군가는
아이를 원치 않기도 하고, 원치 않는 아이를 낳아 기르기도 한
다는 사실을—고개를 끄덕였다. 선주는 폭탄의 선택을, 선택
의 결과를 바라보았다. 희미한 기억 너머 불퉁한 얼굴과 언뜻
닮은 것도 같고, 전혀 다른 사람 같기도 했다. 붙임성이나 해
맑음으로 보건대 친모보다는 주연의 흔적을 발견하는 게 더
쉬워 보였다.

선주는 희준의 유년을 상상해보려 했다. 집에 남겨진 어린 희준이 보았을, 헬멧을 쓴 폭탄의 뒷모습을 그려보았다. 폭탄이 포기한 삶에 대해서 생각했다. 학업을 마치기도 전에 학교를 떠난 삶과 학교에 영영 뿌리내린 삶. 아이가 있는 삶과 없는 삶. 결혼을 한 삶과 하지 않은 삶. 익숙한 구획만을 오가는 삶과 타지로 나가 생활하는 삶. 쉬는 날이면 러닝에 트렁크 팬티 차림으로 티브이를 보는 남편과 사는 삶과 아이를 낳지 않고도 엄마라고 불리는 여자와 이마를 맞댄 채 평화로운 단잠을 자는 삶.

"그때 만났던 분이요, 많이 좋아하셨어요?"

선주는 문득, 희준에게 털어놓고 싶어졌다. 아무것도 모르는 이 아이에게, 애프터를 신청한 상대로부터 소개받은 사람과 결혼했다는 걸. 그러나 정작 중요한 사실, 미팅도 결혼도 그다음이 있다는 사실을 몰랐기 때문에 곧 그 남자와 헤어져 혼자가 될 계획이라는 걸. 그 미팅에 너의 엄마가 찾아왔었다는 걸. 등장만으로도 모두를 혼란에 빠뜨리고 잔뜩 헤집어놓았다는 걸.

하지만 어떤 식으로 말을 꺼내야 할지 알 수 없었다. 이 나이 먹고 삶을 회고하면 어떻게 해도 꼰대처럼 들린다는 걸, 선주는 무섭게 실감했다.

자신의 대답을 기다리고 있는 희준을 보며, 선주는 선선히 고개를 저었다.

"아니요."

희준은 작게 고개를 끄덕이며 그렇구나, 했다.

"그립지는 않아요?"

선주는 오늘 정말 평소라면 하지 않았을 질문을 필요 이상
으로 많이 한다는 생각을 했다. 희준은 곰곰이 생각하더니 고
개를 저으며 아니요, 했다.

"그러려면 서로를 잘 알아야 하잖아요. 전 그 정도로 엄마
를 알지는 못하거든요."

희준의 말투에는 슬픔이나 원망이 전혀 없었다. 그저 평화
로운 어느 오후, 낮잠의 기회를 잃어버린 사람의 아쉬움만이
있었다.

선주는 뭔가 홀가분해진 기분이 들었다.

선주는 희준을 도서관 후문까지 바래다주었다. 지하 일층에
도착해 로비에서 문을 열자 지상이 펼쳐졌다. 희준이 아 맞다,
하며 뒤돌아 물었다.

"연체료 정말 계좌이체 안 해드려도 될까요?"

선주는 희준이 이곳까지 걸음한 이유가 다름 아닌 연체료라
는 것, 긴 세월 동안 실체도 없이 몸집을 불려온 가상의 부채
때문이라는 사실을 기억해냈다. 책임을 물을 대상은 이미 세

상을 떠나고 없는데, 빚을 청산하기 위해 곧이곧대로 찾아왔다는 걸.

"확인을 좀 해봐야 할 것 같네요."

"그럼 확인하고 연락 주세요."

그러면서 희준은 휴대폰을 내밀었다. 모서리 칠이 벗겨지고 닳은 보급형 모델이었다. 번호를 찍어주자 희준이 냉큼 전화를 걸었다.

"사실은 그냥 먹을까 했어요."

"뭘……"

"연체료요. 작년부터 가야지, 가야지, 했는데 미루다가 이제야 왔네요."

희준이 두 손을 공손히 배꼽 위에 모으고 허리를 숙여 인사했다. 선주도 덩달아 상체를 어정쩡하게 숙였다.

"늦어서 죄송합니다."

허리를 편 희준이 개운하게 웃었다.

"그래도 오늘 선생님을 만났으니까, 팔십사만원이 아깝지 않아요."

선주는 소득 없는 이 만남에서 희준이 무엇을 얻었을지 가늠해보다가, 그냥 이렇게 말했다.

"빛나는 양심이네요."

멀어지는 희준은 배웅이라도 받는 사람처럼 끝까지 돌아보며 인사했다. 선주는 잠시 손을 흔들까 했으나, 어느새 희준은 점처럼 작아져 인사를 해도 소용없을 것 같았다.

　마침내 소지품 교환 시간이 다가왔을 때 강화는 휴대폰을, 선주는 곱창 밴드를 내놓았다. 차례를 정하기도 전에, 신승훈이 망설이는 기색 없이―그러나 설레는 기색도 없이―휴대폰을 집으며 이거 내 거, 했다. 비니의 손이 머리끈에 가까워졌을 때, 선주는 긴장했다. 곧 비니가 그것을 쥐었고, 탁자에는 미팅 내내 폭탄의 무릎에 놓여 있던 책만이 덩그러니 남았다.
　미팅이 끝나고 아이들은 뿔뿔이 흩어졌다. 신승훈과 강화는 오랜 친구라도 되는 것처럼 자리를 옮겼고, 비니와 선주는 돌아가는 방향이 같아 동행하기로 했다. 남겨진 건 예상대로 폭탄과 들창코였다. 맺어질 사람들이 모두 맺어지고 남은 이들인데도 어쩐지 1순위로 이어진 것 같은 착각이 들었다. 선주가 뒤돌아보았을 때, 들창코는 폭탄과 일행으로 보이는 걸 피하려는 듯 안절부절못하고 주변을 배회했다. 폭탄은 그런 들창코의 노력 같은 건 안중에도 없는지 낮은 돌담 위에 무심하게 앉아 있었다.
　비니가 집 앞까지 바래다주는 동안, 선주는 처음 만난 남자애와 이렇게 격의 없이 대화를 나눌 수 있다는 사실에 놀랐다. 두 사람은 통하는 구석이 많았다. 소지품 교환 이후로 비니는 곱창 밴드를 쭉 손목에 차고 있었다.

"나 순간 헛갈렸잖아."

"왜?"

비니가 장난스럽게 몸을 떨었다.

"너 사서학과라며. 근데 책이 올라왔길래. 실수로 안 골랐으니 망정이지."

선주는 처음부터 머리를 묶을걸, 후회했다. 아니면 탁자 위에 곱창 밴드를 낀 손을 올려둘 걸 그랬다고. 휴대폰에 비하면 ─하다못해 두꺼운 양장본보다도─곱창 밴드 같은 건 하잘 것없는 물건으로 느껴졌다. 선주는 뭐라고 대답할까 하다가 그냥 이렇게 말했다.

"다행이다."

선주가 시절로 돌아간 건 자정이 가까운 시간이었다. 지갑을 흘리고 온 것 같아서였다. 거리는 한산했다. 잠깐이지만 소나기가 내린 직후라 땅이 젖어 있었고, 공기가 맑았다. 선주는 쾌적한 밤공기를 가르며 빠른 걸음으로 걸었다.

카페 앞에 도착했을 때 당연히 영업은 종료된 후였다. 사방이 커튼으로 가려져 있었다. 손차양을 하고 출입구에 달린 작은 창문을 들여다보니 익숙한 구조를 짐작할 수 없을 만큼 내부는 어두웠다. 잠겼다는 걸 알면서도 괜히 문고리를 당겨보았다. 덜컹, 하고 걸쇠가 걸리는 느낌이 났다.

선주가 계세요, 하며 소심하게 문을 두드렸다. 그러면서 선주는 생각했다. 내일 찾아도 될 텐데. 잃어버린 곳이 카페가 아니라 길바닥일 수도, 혹은 소매치기를 당한 걸 수도 있었다. 그러나 수많은 가능성을 제쳐두고 선주는 닫힌 문 앞에 서 있었다. 세월이 오래 흐른 뒤, 선주는 바로 그 모습, 대답해줄 이가 없다는 걸 알면서도 걸어온 길이 아쉬워 무용한 짓을 하는 것이야말로 자신의 본모습이라는 생각을 하곤 했다. 제대로 도움을 요청할 용기도 없이 부끄러워만 하는 것. 고집을 부리며 미련스럽게 눈앞에 놓인 상황에만 매달리는 것이. 이후 펼쳐진 삶의 중요한 순간마다 선주는 꼭 그날 밤으로 돌아간 것 같은 기분을 느꼈다.

혹시 근처에 주인이 있지 않을까 싶어서 주위를 둘러보는데, 웬 가분수 형체가 가로등 아래 앉아 있었다. 선주는 부끄러운 행동이라도 들킨 것처럼 뒤로 물러섰다. 자세히 보니 그것은 헬멧이었다. 주먹밥처럼 동그란 헬멧. 촌스러운 안경. 선주가 시절을 나설 때와 똑같은 자리에, 똑같은 자세로 폭탄이 앉아 있었다.

폭탄은 선주에게 눈길도 주지 않고 텅 빈 거리만 건너보았다. 가까이서 보니 헬멧 표면에 자잘한 빗방울이 맺혀 있었다. 허벅지에는 『기록과 보존』이 놓여 있었다. 자신을 설명하지도, 대변하지도 못하는 실속 없는 소지품. 마지막까지 아무도 가져가지 않던 애물단지.

순간 선주는 화가 치밀었다. 저애는 왜 저렇게 미련한 걸까? 거절할 수도 있었고 거절했어야 마땅한 자리에 꾸역꾸역 고개를 들이밀어 웃음거리가 되길 자처하고, 누구도 환영하지 않는 분위기에서 아무렇지도 않게 차를 마시고, 갖은 핑계를 대며 떠나가는 사람을 붙잡지도 않고 그저 저렇게, 같은 자리에 앉아 있는 게 어떻게 가능한 걸까? 왜 저런 애에게 미련스럽게 돌아온 꼴을 들킨 걸까?

"애."

선주의 부름에도 폭탄은 꿈쩍도 하지 않았다. 조금 더 큰 소리로 애, 하자 그제야 폭탄이 돌아봤다.

"너, 강화 싫어하지?"

폭탄은 미팅 때처럼 시종일관 무심한 표정이었다. 선주가 몇 시간 전에 옆에 앉았던 상대라는 것도 눈치채지 못하는 것 같았다. 어쩌면 저애는 그 자리가 미팅인 줄도 몰랐을 수 있겠다는 생각이 들자, 선주는 더이상 화가 나지 않았다. 그저 부끄러울 뿐이었다.

폭탄이 조용히 일어났다. 그애가 앉았던 자리만 비에 젖지 않아 엉덩이 모양대로 둥그렇게 옅은 자국이 남았다.

"이선주."

선주는 잘못 들은 건가 싶었다. 폭탄이 손에 든 책을 흔들었다.

"책 좀 제때 반납해."

"뭐?"

선주가 말문이 막혀 쳐다보자, 폭탄이 웃었다. 그 이상 즐거울 수 없다는 듯이, 이 순간을 위해 평상시 웃음을 아껴왔다는 듯이. 폭탄의 치아는 뻐드렁니도 아니었고 치열도 가지런했다. 보조개가 파인 것도 같았는데, 사방이 어두운 와중에 헬멧 때문에 잘 보이지 않았다. 어쩌면 보조개가 아닌지도 몰랐다. 머리카락이거나 그냥 그림자일 수도 있었다. 뭐가 좋다고 실실 웃어. 선주는 차마 입 밖으로 내지 못하고 속으로만 생각했다. 안경 탓에 두 쌍의 눈이 일제히 그리고 올곧이 자신에게 향하는 것 같았다.

폭탄은 서서히 몸을 돌려 선주에게서 멀어졌다. 골목을 돌아 그대로 사라질 줄 알았는데, 스쿠터 앞에 우뚝 멈춰 섰다. 그러고는 스쿠터의 안장 커버를 열고 책을 조심스럽게 집어넣었다. 폭탄의 팔뚝이 안장 깊숙이 사라졌다가 다시 올라오기 전에, 선주는 몸을 돌려 도망쳤다.

왔던 길을 있는 힘껏 뛰어 되돌아가면서, 선주는 이 세상이 폭발해버렸으면 좋겠다고 생각했다. 폭탄의 몸속에 있는 시한폭탄이 터져버렸으면 좋겠다고. 그래서 폭발 이전에 무엇이 있었는지 짐작도 안 갈 정도로 말끔히 사라졌으면. 자신도 사라지고, 강화도 사라지고, 비니도, 신승훈도, 들창코도, 폭탄

도, 폭탄의 몸도, 마음도, 모두 가루가 되어버렸으면 하고 간절히 바랐다. 이 세상이 산산조각나버렸으면. 그래서 어떤 마음을, 상황을, 누군가의 선택을 이해하거나 고려할 필요도 없어져버렸으면.

집에 도착하자마자 방으로 뛰어들어간 선주는 문을 세차게 닫았다. 아이고, 다 부숴라, 부숴! 하는 엄마의 호통이 들렸다. 침대에 뛰어들어 아주 사소한 무엇도 틈입할 수 없게끔 이불로 몸을 똘똘 말았다. 선주는 몸을 웅크리고 주문을 외웠다. 폭발해라. 폭발해라. 폭발해라. 그렇게 생각하면 보이지 않는 힘이 정말로 대폭발을 일으키기라도 할 것처럼.

그렇게 밤새 기도했다. 숨이 막혀 더는 참을 수 없을 때까지. 아주 오랫동안 잠수하다 수면 위로 뛰어오르는 것처럼 이불을 걷어내고, 숨을 토해낼 때까지 내내 그러고 있었다. 그러나 세상은 폭발하지 않았고, 어느덧 까무룩 잠이 들었다. 다음날 늦게 눈을 뜰 때까지도, 지각을 면하려 부리나케 달려가느라 시절을 지나칠 때까지도, 하굣길에 무사히 지갑을 찾을 때까지도, 세상은 그대로였다. 선주의 세상은 영영 터지지 않았다.

라디오 스타가
사라진 다음에는

내가 방송국에서 일하게 된 것은 순전히 막냇삼촌 덕이다. 이에 대해 고마움을 표현하면 삼촌은 자리는 어디에나 있는 것이고, 그 자리에 알맞은 사람이 되는 것은 나의 몫이라고 손사래를 쳤다. 엄마는 걔가 원래 그렇다, 미련둔탱이마냥 그렇게 고지식하다, 하고 말했다. 엄마는 막내면서도 삼촌들에게 늘 반말을 했다. 나이 차이가 얼마 안 나는 막냇삼촌은 신경쓰지 않는 듯했다. 막냇삼촌이 "말을 해도 듣지도 않고" 하면 엄마는 "한 오십 년 봤으면 이제 친구 먹을 때도 됐지, 뭐"라고 받아쳤다. 그렇지만 엄마는 어릴 적에도 막냇삼촌에게 야, 너, 하며 대들었다고 하니 시간의 문제는 아닌 듯했다. 첫째 문선삼촌은 세상을 떠났고, 둘째 택선 삼촌도 만나지 않은 지 오래

였으니 태클을 걸 만한 사람이 남아 있지 않기도 했다. 나는 이제는 볼 수도 만날 수도 없는 두 삼촌도 막냇삼촌처럼 미련하게 성실하고 답답하게 정직했을까, 생각해보곤 했다.

막냇삼촌은 형제들 중 가장 평범하고 눈에 띄지 않았는데, 책 읽는 것을 좋아하고 영화를 사랑하던 수줍은 소년은 커서 라디오 방송국에서 일하게 되었다. 세상을 떠난 큰삼촌 어문선, 둘째 어택선, 셋째지만 막내라고 불리는 어경선, 그리고 나의 엄마 어민선까지 특별하면서도 묘하게 촌스러운 이름을 가진 네 형제 중 남아 있는 사람은 엄마와 막냇삼촌뿐이다. 남은 식구들에 의하면 형제들 중 가장 비범했던 건 첫째, 문선 삼촌이라고 한다.

그렇지만 형제들 중에 가장 유명한 사람은 둘째 삼촌이다.

많은 이들이 둘째 삼촌에 대해서 떠든다. 그러나 삼촌을 제대로 아는 사람은 아무도 없다. 심지어 엄마와 할머니, 막냇삼촌, 그리고 나조차. 그렇지만 삼촌에 대해서라면 나는 언제나 아주 많은 이야기를 하고 싶은 동시에, 어떤 말도 할 수 없는 기분이다.

어린 시절, 삼촌이 라디오 생방송에 출연한 적 있다는 사실을 알게 된 나는 동네방네 삼촌을 자랑하고 다녔다. "연예인이야?" 동네 애들이 물으면 나는 아니, 하고 고개를 저었다. "그럼, 정치인이야?" 내가 아니, 하고 또 고개를 저으면 "그

럼 누군데?" 하는 물음이 돌아왔다. 나는 그것보다 훨씬 훨씬
유명한 사람, 하고 으스댔다.

"투니버스에서 볼 수 있어?"

나는 가만히 생각하다가 고개를 저었다.

"그치만 뉴스에 나왔어."

그러면 어떤 아이들은 감탄했고, 어떤 아이들은 야유했다.
그리고 대부분은 내 말을 믿지 않았다.

"이름이 뭔데?"

"어택선."

"웃기는 이름이다."

실제로 나는 삼촌과 단 두 해를 같이 보냈을 뿐이고, 그후로
는 만나지 못했다. 그러나 삼촌의 목소리는 유튜브에 접속만
해도 들을 수 있다. 1987년, 라디오 뉴스에서였다.

엄마가 열아홉 살이었으니 나는 세상에 태어날 예정조차 없
던 때였다―사실 엄마는 얼떨결에 나를 임신한 거라, 실제로
는 나를 낳을 계획 같은 건 평생 가져본 적이 없다고 하는 편
이 옳았다―. 일요일 저녁이었고, 마루에는 뒷동산에서 캐온
쑥을 다듬고 있는 할머니와 막냇삼촌, 그리고 다 먹은 쭈쭈바
를 입에 물고 더 나올 것이 없는데도 쭉쭉 빨아먹던 엄마가 있
었다. 쭈쭈바는 꽁다리 부분이 제일 맛있다. 그 사실을 엄마에
게 알려준 건 택선 삼촌이었다. 그러면서 늘 엄마에게 꽁다리

를 주고 얄밉게 몸통을 다 먹어치우곤 했다. 그러나 그날따라 삼촌은 집에 없었고, 이게 웬 떡이냐 싶던 엄마는 벌써 삼촌의 몫까지 두 개째 쮸쮸바를 먹어치운 상태였다. 쪽 하고 빨아들이면 비닐 팩이 쪼그라들면서 묽은 아이스크림이 조금씩 나왔고, 잔뜩 팬 볼을 부풀리면 비닐 팩도 다시 팽창했다. 라디오 뉴스에서 앵커가 중산층의 부동산 열기가 잔뜩 부풀어 집값이 폭등하고 있다는 멘트를 전했고, 마침 훅하고 숨을 불어 비닐 팩을 있는 힘껏 부풀린 엄마가 그 말에 웃었다. 웃느라 불어난 비닐 팩에서 맥없이 공기가 빠져나왔다. 냉장고에 남은 쮸쮸바 하나를 더 먹을까 말까 고민하는 엄마에게 막냇삼촌이 형 몫을 남겨두지 않으면 분명 큰코다칠 거라고 경고를 날렸다. 그 순간 앵커의 서울 사투리가 느껴지는 멘트를 자르고 한 남성의 목소리가 난입했다.

"내 귀에 도청 장치가 있다! 내 귀에 도청 장치가 숨겨져 있다!"

음성만 들렸음에도 엄마는 그때의 모습을 그려볼 수 있다고 했다. 마이크 앞으로 몸을 기울여 앵커의 정신을 교란시키는 남자의 모습을. 앵커가 당황하며 남성을 밀어내면 안간힘을 내어 다시 몸을 들이미는 듯, 남성의 목소리가 멀어졌다 가까워졌다를 반복했다. "나는 가리봉동…… 번지에 사는……" 남자가 자신의 집주소와 이름을 읊었는데, 뉴스가 끝난 후 이에 대한 설전이 있었다. 누군가는 이름이 아니라 어텐션, 나에게 집중해달라는 뜻으로 말한 것이라 했고, 누구는 어데서, 라는 사투리라고 했고, 누구는 그저 의미 없는 음절에 불과하다고 했지만, 사실 남자가 말한 것은 그의 이름이었다.

남자가 자신의 개인정보를 생방송에서 외치는 동안 쑥의 짓무른 부분을 뜯어내고 있던 할머니도, 기어코 쭈쭈바를 더 먹기 위해 몸을 일으킨 엄마도, 책을 펼치고 뉴스를 듣는 둥 마는 둥 하던 막냇삼촌도 모두 얼어버린 채 라디오를 홀린 듯 바라보았다. 남자는 누군가 제지하기 전부터도 이미 무언가에 저항중인 것 같았다. 생방송에서 들려서는 안 되는 소음이 이어졌다. 목소리에서 당혹스러운 기색을 지우지 못한 앵커가 상황을 수습하기 시작했다. 취객의 난입으로 방송 사고가 일어난 점 사과드린다—나중에 알게 된 것이지만 남자는 술을 한 잔도 걸치지 않았다—는 앵커의 목소리 너머에서 끝까지 "도청 장치!" 외치는 소리가 들려왔다. 끌려나가면서 입막음을 당한 것인지 그 외침을 마지막으로 난동은 멈췄다. 급하게 기자에게로 통신이 연결되면서 뉴스는 빠르게 다시 본래의 목적을 되찾았다.

라디오 외에는 누구도 소리 내지 않는 거실에서, 엄마는 알아차렸다. 부정확한 발음으로 외친 이름을. 할머니도, 막냇삼촌도 들었다. 모를 수 없는 이름이었다. 바로 그날 아침까지도 함께 식사를 한 둘째 삼촌, 어택선이었기 때문이다.

96년생은 로스트 제너레이션이야.

소리가 처음 그렇게 말한 건 고등학교 1학년 아침 조회 시간이었다. 교실 스피커에서 교장 선생님의 훈화 말씀이 흘러나오는 중이었고, 나는 책상에 붙어 있는—언제부터였는지 알 수 없을 정도로 오랫동안 거기 있었던—스카치테이프 조각을 손톱으로 살살 밀어 떼어내고 있었다. 끝부분이 벗겨지면서 테이프 끝이 순식간에 오그라들었다. 소리는 샤프 뒷부분을 쉼없이 눌러 샤프심을 한계까지 꺼냈다가 책상에 대고 아슬아슬하게 밀어넣는 짓을 반복하고 있었다. 아침 자습 시간을 잘 활용하여 학습의 기회로 삼으라는, 하나 마나 한 말이 이어졌다. 담임선생님은 딴짓을 하는 아이들에게 주의를 주었지만 그러는 선생님도 방송에 귀기울이지 않는 것 같았다.

"우리 3학년들, 말 안 해도 이미 너무 잘하고 있습니다. 그리고 2학년들은 3학년들보다 더 잘하고 있어요. 마지막으로 1학년들. 니들은…… 뭐냐?"

정신이 번쩍 들어서 하던 짓을 중단했다. 교실 여기저기서 뒤늦은 웃음소리가 터져나왔다. "야, 방금 들었냐?" 키득거리는 아이들에게 조용히 하라고 말하는 선생님도 웃음을 참느라 얼굴을 씰룩거렸다. 내 앞자리에서 아예 엎드려 자고 있던 애가 비몽사몽인 얼굴로 뒤돌아 뭔데, 왜 그러는데, 하고 물었다.

"우리가 답이 없대."

소리의 목소리가 꽤 컸던 탓에 교실 전체가 웃음바다가 되었다. 아직 잠에서 빠져나오지 못한 앞자리 녀석도 무슨 말인지 잘 알지도 못하면서 눈치껏 따라 웃었다. 그 웃음소리에 힘을 입었는지 소리가 한마디를 덧붙였다.

"우리, 완전 잃어버린 세대다."

그 바람에 아이들이 책상에 엎어지며 속절없이 웃어댔고, 교실 분위기는 선생님이 출석부를 교탁에 내리칠 때까지 한동안 진정되지 않았다.

그날 이후로 우리 학년은 로스트 제너레이션이 되었다. 나는 그 말이 마음에 들었다. 확실히 우리 세대에는 인재가 부족했다. "인재? 인간 재앙이라는 뜻인가?" 소리는 이렇게 말했다. 우리를 통칭할 만한 말이 생긴다는 건 기분좋은 일이었다. 99년은 세기말이라는 이유로 본새가 나고, 2000년은 새천년의 시대인데—"난 아직도 21세기에 사람이 태어난다는 거 안 믿어." 소리는 때때로 그런 장난을 치곤 했다—96년은 뭔가 어중이떠중이스런 느낌이 있었다. 밀레니얼 세대로 묶기엔 너무 어리고, 이후에 태어난 애들한테는 애매하게 꼰대 같은. 그러면서도 십이간지를 외울 때는 〈꾸러기 수비대〉의 오프닝 노래 가사를 입속말로 중얼거리고, 리메이크된 공일오비의 노래

를 첫 소절부터 따라 부른다든지 하는 21세기스럽지 않은 짓을
했다. 하여튼 96년생들에게는 이것도 저것도 아닌 어중간한 괴
랄함 같은 것이 있었다. 그런데 잃어버린 세대라니. 로스트 제
너레이션이라니. 평생을 쉬지 않고 일해도 자가 주택을 살 수
없다든가 출생률이 몇 퍼센트라든가 하는 얘기보다 훨씬 그럴
싸한 구분이었다. 뭔가가 되기를 과감히 포기함으로써 더욱
본새가 나는 이름이라니. 우리의 형편없음이 거창한 말 아래
가려지는 것 같았다. 대단한 타이틀을 얻은 양 신이 났다.

"로스트 제너레이션의 예외라고는 빠른 97년생뿐이야. 그
러니까 사실상 없는 거지."

그런 농담이 주는 즐거움으로 인해 소리의 말이 사실 엄밀한
진실에서 한 발짝 벗어나 있다는 사실은 쉽게 망각되곤 했다.

"구성작가가 할 일은, 진실을 전하는 게 아니라 청취자들이
원하는 방식으로 장면을 구성하는 일이야."

첫 출근 전날, 막냇삼촌이 나를 앉혀두고 이렇게 말했다. 그
야 뭐 내가 사회부 기자도 아니고 하다못해 시사 프로의 메인
작가도 아닌 영화 소개 프로의 보조 작가일 뿐인데, 진실을 전
해야 한다는 사명감 따위야 당연히 없었다. 막냇삼촌은 잠시
자기가 한 말을 곱씹다가 덧붙였다.

"하지만 진실을 잊지 않는 것도 중요하지."

그러나 막상 일을 시작하고 보니 구성작가라는 건 생각보다

어려운 일이었다. 내가 특별히 곤혹스러웠던 건 영화 소개 멘트 사이에 활기를 불어넣어줄 재치 있는 추임새를 생각해내는 일이었다. 성우가 애드리브로 채워넣지 않는 이상 그것은 온전히 내 몫이었는데, 유행이 지난 유행어를 욱여넣고 억지스러운 말장난을 몇 번 쓰고 나니 아이디어가 고갈되었다. 줄거리를 적는 건 그렇게 어렵지 않았다. 그러나 그런 추임새는 전적으로 나의 감상을 요하는 것이어서, 그럴 때마다 나는 소리를 떠올리곤 했다.

소리와 짝꿍이 된 2005년은 내가 초등학교 3학년이 되던 해로, 어택선 삼촌이 우리집에서 지내기 시작한 지 일 년쯤 되어가던 시기였다. 소리와 대화다운 대화를 해본 건 한 달에 한 번 제출하는 독후감 과제를 돌려받는 날이었다. 나는 독후감을 손쉽게 적어 냈다. 그러나 돌려받은 공책에는 이런 코멘트가 적혀 있었다. '줄거리 말고 감상을 더 적을 것'. 그 아래에는 빨간 별 한 개가 그려져 있었다. 나는 곁눈질로 소리의 공책을 슬쩍 보며 물었다.

"너, 별 몇 개야?"

소리는 순순히 자기 공책을 펼쳐서 보여줬다. 웬만한 아이들은 등굣길에 그날 필요한 준비물을 학교 앞 문구사에서 구입했기 때문에 학교에 가면 모두 같은 모양, 같은 메이커의 리코더나 한자 공책을 가지고 있었다. 대부분의 아이들은 3학년부터 6학년용으로 나온 줄 공책을 썼다. 그런데 소리의 공책은 내 것보다 줄 간격이 좁았다. 중학생 언니들이 사용할 법한 공책이었다. 자음이 크고 동글한 내 글씨와는 다르게 소리의 글씨는 작고 날렵해서 어른스러워 보였다. 소리의 공책 하단에는 훈장처럼 주어진 별 세 개와 함께 선생님의 코멘트가 적혀 있었다. '신선한 시각.' 나는 순식간에 열패감에 휩싸였다. 하루만 독후감 공책을 빌려줄 수 있냐고 묻자 소리는 또 순순히 그것을 내주었다. 그길로 나는 소리의 독후감을 탐독했다. 돌이켜보면 완성된 작품이 아닌 누군가의 감상을 그토록 열심히 읽어내려간다는 건 좀 우스운 일이 아니었나 싶다.

소리는 고학년들이 읽는 활자가 많은 책을 읽었다. 대부분 내가 읽지 않은 책이어서 무슨 내용인지 파악하기 힘들었다. 소리의 독후감은 줄거리가 서너 줄 내외로 간단하고 나머지는 자신의 감상을 적었다는 점에서 깔끔하고 간결했다. 그때까지 나는 세세한 줄거리를 전부 적는 것만이 책을 제대로 읽었다는 증거라고 생각했다. 언젠가 엄마가 내 독후감을 보고는 조선왕조실록이냐, 하고 말한 적도 있을 정도였다.

다음날 나는 소리에게 독후감 공책을 돌려주었다. 소리가 앉아 있고 내가 서 있어서, 당시에도 나보다 머리 두 개는 컸던 소리와 눈높이가 수평을 이루었다. 얼굴에는 어떤 업신여김도 없었다. 나는 어제의 충동과 시샘이 부끄러워졌다. 그런 감정이 공책을 통해 소리에게로 흘러들어갈 것만 같았다. 소리는 비꼬는 뉘앙스 없이 언제든 필요하면 또 얘기해, 하고 말했다.

고등학교에 올라가서도 나는 종종 소리의 숙제를 베꼈다. 그렇지만 다른 과목과 달리 감상문을 제출해야 할 때면 어쩐지 말을 꺼내기가 어려웠다. 애초에 쉽게 베낄 수 있는 과제가 아니기도 했거니와, 독후감은 소리의 고유한 영역이라는 생각이 들어서였다. 나는 차마 소리가 창조한 세계를 섣불리 빌려올 수가 없었다.

위로 오빠가 셋이나 있었으니 사랑과 관심을 독차지했을 거라고 생각하기 십상이겠지만, 사실 엄마는 할머니와 할아버지로부터 어떤 특별 대우도 받지 못했다. 나와 마찬가지로, 엄마도 계획에 없이 태어난 아이였다. 언젠가 할머니는 아들 하나 더 태어날까 진저리가 나서 지우려다가 말았다고 한 적이 있었다. 그 말을 들은 엄마와 막냇삼촌은 마주보고 웃었다.

할머니는 정말로 병원 문턱까지 갔다가 돌아왔다. 할머니가 어떤 이유로 병원 문 앞에서 발걸음을 돌렸는지, 엄마를 지울 마음을 고쳐먹었는지는 정확히 알 수 없었다. 할머니의 이유는 늘 달랐다. 어떤 때는 애를 떼는 게 낳는 것보다 더 일이라서, 라는 답이 돌아왔고 어떤 때는 시꺼머죽죽한 사내새끼들만 키우다보니 지겨워져서, 라는 답이 돌아왔다. 그렇지만 엄마를 가졌을 때는 태아의 성 감별이 불가능했던 시기라 할머니의 대답은 전부 엉터리처럼 느껴졌다. 그러다가는 어떤 때는 그냥, 이라는 김빠지는 답이 돌아왔다. 나는 어쩌면 그것만이 진실일지도 모른다고 생각했다.

삼촌이 우리집에서 완전히 나가던 날, 피곤한 얼굴로 분주하게 움직이는 엄마를 보던 할머니는 혀를 차며 이렇게 말했다.

"안 낳으려다가 낳은 게 자식 노릇은 다 하는구나."

엄마와 막냇삼촌이 택선 삼촌을 데리고 나간 동안, 할머니가 집에 남아 나를 봐주기로 했다. 할머니는 침대에 누운 채로 나를 꼭 끌어안았다. 그러고는 등을 살살 문지르면서 우리 똥강아지, 했다. 나는 고개를 들어 할머니의 얼굴을 보려고 했지만 할머니의 팔힘이 생각보다 강해서 안겨 있는 수밖에 없었다.

할머니는 할미 손은 약손, 할미 손은 약손, 하고 중얼거렸다. 할머니의 품에 갇혀 있어서 할머니의 표정을 볼 수 없었다. 약손, 약손, 하는 말이 불분명해지더니 때때로 약속, 어떨 때는 야속, 하는 말로 들리다가 귀를 기울이면 어느새 다시 약손, 약손, 하고 있었다. 나는 할머니의 약손을 한껏 느끼면서 진짜 약이 필요한 사람은 둘째 삼촌이라는 것, 그리고 삼촌은 이제 한동안, 어쩌면 살아가는 동안 다시는 바깥세상으로 나오지 못하리라는 것을 떠올렸다. 나를 재워야 마땅한 할머니의 목소리가 점점 작아지고 손길이 느려졌다. "할머니, 자요?" 내가 묻자 할머니가 잠꼬대처럼 대꾸했다.

"자식 구실 할 줄을 알았지…… 민선이, 그애가 나를 떠나지 않을 걸 알았지……"

그렇게 어느샌가 할머니와 잠이 들었다. 깨어나니 엄마가 나를 내려다보고 있었다. 방이 어두워서 엄마의 표정이 보이지 않았다. 열린 방문으로 부엌 불빛이 새어들어왔다. 나는 잠에서 덜 깬 목소리로 엄마에게 "삼촌은?" 하고 물었다. 엄마는 내 머리카락을 귀 뒤로 넘겨주며 삼촌은 저녁을 준비하고 있다고 대답했다. 엄마의 말대로 부엌에서 분주하게 움직이는 소리가 들렸다. 나는 고개를 저었다. "막냇삼촌 말고." 엄마가 내 귀와 볼을 부드럽게 매만졌다. 낮의 할머니의 손길과 아주 비슷하다고 느꼈다.

"삼촌은 먼 데 갔어."

"이제 안 와?"

"응, 안 와."

"그럼 이제 삼촌 못 봐?"

"……그렇진 않아. 다만 시간이 좀 필요해."

엄마는 아주 짧은 시간 동안 슬픔에 잠겨 있다가, 침대에 걸치고 있던 엉덩이를 떼며 나를 일으켰다.

"밥 먹자. 오는 길에 낙지 포장해왔어."

마침 막냇삼촌이 우리를 불렀고, 할머니와 나 그리고 엄마와 막냇삼촌은 함께 식탁에 둘러앉아 낙지볶음을 먹었다. 나에게는 너무 매워서 함께 딸려온 계란찜을 배부르게 먹었다.

그후로 몇 달에 한 번씩 낙지볶음을 먹는 날이면 나는 엄마가 삼촌을 만나러 병원에 다녀왔다는 것, 돌아오는 길에 병원 근처의 식당에서 음식을 포장해왔다는 것을 알았다. 내가 계란찜 없이 낙지볶음을 다 먹을 수 있게 될 때까지, 그리고 그 이후로도 오랫동안 나는 삼촌을 만날 수 없었다. 삼촌은 내 인생에서 영영 사라져버렸다. 마치 원래부터 나에게는 없던 큰삼촌, 문선 삼촌처럼 말이다.

가리봉동의 유명인사가 된 삼촌의 기행은 라디오 출연으로 끝나지 않았다. 1988년, 삼촌은 춘계 배구 대회가 열리고 있는 장충체육관으로 갔다. 당시 어울리던 공장 동료들이 있기는 했지만 아주 가까운 사이는 못 되었기 때문에—게다가 뉴스 출연 이후로는 더더욱—혼자서 갔을 것으로 추정된다. 누구랑 갔다 한들, 그 꼴을 보고 삼촌과 다시 어울릴 수 있었을까 싶다. 삼촌은 평소처럼 공장에 출근했다가 오후에 반차를 내고 경기를 보러 간 모양이었다. 그런 추측을 한 이유는, 당시 삼촌이 우중충한 회색빛 바탕에 감색 줄이 그어진 작업복을 입고 있었기 때문이다.

체육관에는 곳곳에 중계용 카메라가 세워져 있었다. 관중석에서 얌전히 경기를 관람하던 삼촌은 세번째 세트가 시작되기 전, 두 선수단이 코트 위치를 바꿀 때에 맞춰 슬그머니 일어섰다. 누구도 삼촌에게 눈길을 주지 않았다. 누구나 그런 식으로 경기 도중에 화장실도 가고 열띤 응원을 위해 자리에서 일어나 환호하고 그러다가 시야를 가리면 뒷사람이 저기요 아저씨, 좀 앉아요, 뒤에 사람 안 보이잖아, 하는 게 당연한 풍경이었다. 삼촌은 꽤 위쪽에 앉아 있었는데, 그곳에서 내려다보면 경기장을 뛰어다니는 선수들이 보드게임의 말처럼 작고 장난스러워 보였다. 그 바람에 치열한 경기도 매우 단순하게 느껴졌다. 삼촌은 관중들 사이를 지나 아래로 곧장 내려갔다. 마치 어떤 목적이 있는 사람처럼. 특별 임무를 수행하는 비밀 결사대의 일원처럼. 품속에 뭔가를 꽁꽁 숨기고 있는 듯이 몸을 잔뜩 웅크리고 주위를 둘러보던 삼촌은 걸음을 빨리했다. 한 선수가 서브를 치기 위해 코트 뒤쪽에 자리를 잡고, 국악풍의 짧은 응원가가 경기장에 울리고, 그의 점프에 맞춰 관객들이 오오오― 아! 하는 소리를 내고, 마침내 넓적하고 커다란 손바닥이 힘있게 공을 내리치는 순간, 삼촌은 경기장의 흰색 선 안으로 발을 내디뎠다.

 리시브에 성공한 공이 안정적인 포물선을 그리며 공중으로 올라간 그 순간, 삼촌이 두 팔을 사방으로 휘저으며 난입했다.

모두의 시선이 공을 따라 떠올랐다가 아래로 떨어졌다. 그리고 언제부터 있었는지도 모를 삼촌이 거기에 있었다. 한순간이지만 삼촌의 존재는, 난입은, 경기의 일부처럼 보였다. 관중들은 정체를 알 수 없는 남자가 난데없이 승자와 패자의 세계로 뛰어든 광경을 지켜보았다. 경기 한복판으로, 공격과 수비의 간극 속으로, 하나의 시간 속으로.

　배구공이 코트 위로 착지하자마자 삼촌이 그것을 뺑 걷어찼다. 체육관의 모든 사람이 네트에 달려들어 쥐어뜯고 행패를 부리는 삼촌을 숨죽이고 지켜보았다. 삼촌은 고래고래 고함을 질렀는데, 뭐라고 했는지는 아무도 알아들을 수 없었다. 주파수가 맞지 않아 귀 따가운 소리를 내는 라디오처럼, 삼촌의 입에서 송출되는 소리는 인간이 알아들을 수 없는 외계어처럼 느껴졌다. 분명히 모국어로 말하고 있는데 단어와 단어가 이어지지 않았고, 주어와 서술어가 맞지 않았으며, 문장의 앞뒤가 엉망이었다. 그런데다가 목이 쉬어라 소리를 지르고 있으니 의미가 더더욱 전달될 리가 없었다. 체육관 안은 시간이 멈춘 것처럼 고요했다. 오직 삼촌만이 소리를 내고 움직였다. 꺼내줘, 나갈래, 하는 말을 간간이 알아들을 수 있었지만 어디서 무엇을 꺼내달라는 건지, 누군가에게 부탁을 하는 건지, 아니면 스스로 이곳을 빠져나가겠다는 건지―빠져나가고자 하는 곳이 경기장이라는 물리적인 공간을 말하는 건지, 관념적인 압박을 말하는 건지조차—말의 주체와 객체를 전혀 파악할 수 없었다. 그렇게 가열하게, 몸이 부서질 듯이 움직이고 말하는데 그 누구도 알아들을 수 없다는 것은 생각할수록 아주 슬프고 우스운 일이었다.

불행인지 다행인지 생방송중에 일어난 것치고 사건은 빠르게 수습이 되었다. 독점 방송이라 다른 방송사에 유출될 일도 없었다. 카메라맨들은 빠르게 앵글을 돌렸고, PD는 하이라이트 영상을 내보냈다. 관계자들은 가슴팍의 공장 로고를 주먹으로 퍽퍽 치고 쥐어뜯는 삼촌을 끌어냈다. 삼촌은 경찰서로 끌려갔고, 삼촌이 사라진 자리에서 경기는 어색하게 재개되었다.

언젠가 소리와 장충체육관에 배구를 보러 간 적이 있다. 상대 팀은 이름과 등번호만 간략하게 소개하던 것과 달리, 홈 구단의 차례가 되자 별안간 체육관의 불이 꺼졌다. 요란한 EDM 응원가가 흘러나오는 동안 코트 위로 경쾌하게 뛰어들어오는 선수들에게 하나하나 조명을 비췄다. 되게 야박하네, 하고 중얼거리자 소리는 원래 다 그래, 했다. "쟤네도 자기네 경기장에서는 상전이야."

초대받지 못한 생일 파티에 참석하는 사람처럼 멋쩍게 서 있는 상대 팀을 보면서, 나는 삼촌을 떠올렸다. 누구도 조명을 비춰주지 않는데도 저돌적으로 경기장 중앙에 난입했을 삼촌. 모두가 눈을 뗄 수 없었을 삼촌. 하지만 그날의 삼촌은 기사

몇 줄 외에는 흔적을 찾을 수 없다. 전 국민의 관심이 곧 열릴 88올림픽에 쏠려 있었기 때문이다. 그 덕에 크고 작은 스포츠 중계는 주목을 받지 못했다. 사람들은 올림픽이 개최되기 직전 배구 경기에 뛰어든 남자가 바로 전해에 라디오 뉴스에 난입했던 사람과 동일 인물이라고는 생각하지 못했다. 구글링만 하면 한 사람의 생애를 전부 추적할 수 있는 정보화 시대에 유명인사인 삼촌의 업적을 찾을 수 없다니. 기회가 된다면 나는 언젠가 그 영상을 찾고 싶다. 그날 삼촌이 그 많은 사람들 앞에서 외치고도 이해받지 못했던 말이 무엇인지 너무도 궁금하기 때문이다.

자라면서 글쓰기에 대한 나의 욕심과 허영은 자연스럽게 열어졌다. 나와 달리 소리는 여전히 책을 많이 읽고 틈틈이 인스타그램에 감상을 남겼다. 그런데도 성적에 맞춰서 국문과에 진학한 것도, 라디오 방송국에서 구성작가로 일하게 된 것도 전부 소리가 아니라 나라는 사실이 때때로 이상하게 느껴졌다. 대학 졸업반이 되었을 때 나는 막냇삼촌에게 그나마 텃세가 덜하다는 라디오 쪽에서 일하고 싶다고—일말의 희망을 가지고—이야기한 적이 있었다. 그러자 삼촌은 한동안 말없이 먼 곳을 응시하다가 나에게 하는 말이라고는 생각할 수 없을 만큼 작은 소리로 중얼거렸다.

"라디오는…… 사람이 죽어야지만 티오가 나는 곳이야."

그런 연유로 반쯤 포기하고 있었는데, 어느 날 막냇삼촌은 신생 영화 소개 방송의 구성작가로 지원해보지 않겠냐는 제안을 했다. 실시간 교통정보 방송과, 무명 아이돌 출신 디제이와 논란이 잦은 개그맨이 진행하는 시끌벅적한 방송 사이에 편성된 십오 분짜리 자투리 방송이었다. 내가 면접을 보러 간다고 털어놓았을 때, 소리는 이렇게 말했다.

"〈라디오 스타〉 같은 거네?"

내가 못 알아듣자 왜, 원래 〈무릎팍도사〉 끝나고 하는 꼭지 프로였잖아, 하고 설명했다.

나는 별걸 다 알고 있다고 생각하면서도 주어진 업무가 막막할 때면 소리의 그런 잡다한 지식마저 부러웠다.

나는 소리가 인스타그램에 올리는 글에 꼬박꼬박 '좋아요'를 눌렀다. 프로필 사진도 설정해두지 않았을 정도로 거의 사용하지 않는 계정이라, 소리의 게시글에만 반응하다보니 어쩐지 나 자신도 소리의 수많은 열성팬 중 하나가 된 것만 같은 기분이었다.

소리의 인스타그램 아이디는 @min.sound였고 팔로어들은 소리를 '사운드 님'이라는 별명으로 불렀다. 소리는 약 일만 명가량의 팔로어를 보유하고 있었는데 정기적으로 '좋아요'를 누르는 사람은 오백 명 정도였고, 댓글은 그보다 더 적었지만 이따금 외주나 광고 문의가 들어오기도 할 정도로 꾸준한 관심을 받았다.

세월이 흐르면서 알게 된 사실은 소리가 책이나 영화를 이해하는 방식이 보통 사람들과는 좀 다르다는 것이었다.

소리가 쓰는 글은 대개 이런 식이었다. 왕가위의 〈중경삼림〉에 대해서 '실패하기 위한 사랑을 찾아 헤매는 네 남녀의 사각 관계'라고 적었는데, 언젠가 업무를 위해 본 〈중경삼림〉은 네 명의 남녀가 엮이는 것이 아니라 둘씩 짝을 지어 별개의 에피소드가 진행되었다. 톨스토이의 「사람은 무엇으로 사는가」에 대해서는 '삶과 죽음은 종이의 양면 같은 것이라서 어디에나 위험이 도사리고 있다. 무작위로 흘러가는 삶의 질서 속에서, 동물의 왕국과도 같은 거친 세상 속에서, 우리를 일깨워주기 위해 몸소 강림한 천사 미하일을 영접하는 벼락같은 행운이 찾아오기를 기도한다'라고 적었다.

"보통 이런 걸 벼락같은 행운이라고 하나?"

"천사를 못 만났으면 시몬네 집은 파탄 났을걸. 게다가, 천사 없이 이야기가 진행이 돼?"

소리는 그렇게 논리정연한 듯도 하지만 어딘지 억지스러운 주장을 내세웠다. 소리의 인스타그램에 올라오는 빽빽한 독후감을 읽다보면 뭔가 잘못된 것 같았다. 그러다가도 모로 가도 서울만 가면 된다고, 아예 틀린 말을 하는 건 아닌 것 같기도 했다. 조금은 비틀린, 약간은 가공된, 진실에서 다소 멀어진, 그러나 거짓이라고는 할 수 없는. 어떤 때에 소리는 모든 것을 다 맞히는 예언가 같았고, 또 어떤 때는 무엇이든 치료할 수 있다는 자신만만한 문구를 내걸어놓고 진료를 할 때는 엉뚱한 곳의 맥을 짚는 의원 같았다.

소리의 독후감이 문제적이라는 생각을 나만 하는 건 아니었던지, 그즈음 꾸준히 소리를 공격하는 무리가 있었다. 최근 소리를 '저격'하는 데 앞장서는 계정은 원래 소리의 오랜 팬이었다. 그는 소리가 계정을 운영하던 초반부터 팔로어였고, 모든 게시글에 '좋아요'를 눌렀으며, 소리가 좋다고 한 책은 모두 독파했다. 응원 디엠과 함께 선뜻 음료 교환권을 보내기도 했다. 그러다가 어느 날부터 소리의 글쓰기가 미묘하다는 느낌을 받게 되었고, 비슷한 의문을 제기하는 사람들에게 까칠하게 대하는 소리를 보며 진정한 팬이라면 애정의 크기만큼 잘못된 행동에 비판도 할 줄 알아야 한다고 생각해 장문의 '쓴소리'를 남기게 되었다고 했다. 사운드 님 외람된 말씀이지만, 으로 시작되는 댓글은 정중하고 또 정중했으며 의도가 곡해되지 않기를 바라는 의미에서 중간중간 우는 얼굴과 합장 이모티콘이 적절히 섞여 있었다. 마지막에는 언제나 응원합니다, 라는 말과 함께 하트를 색색깔로 박아놓았는데 소리는 그 댓글에 이렇게 답글을 달았다.

—아 꼬우면 읽지 마세요ㅋㅋ

　그 댓글을 받고 소리의 팬 계정은 폭발했다. '지금까지 내가 널 얼마나 아꼈는데, 하트를 누른 시간이 아깝다.' 흡사 연인들의 사랑싸움 같다는 생각이 들 정도로 격렬한 반응이었다. 한 사람의 집요한 적의는 곧 집단의 동조로 이어졌다. 나는 악의적인 댓글들을 눈에 띄는 대로 신고했지만 혼자서는 역부족이었다. 그러는 중에도 소리는 꿋꿋하고 꾸준하게 새 글을 올렸다. 나는 소리가 어떤 마음으로 독후감 쓰는 일을 지속하는 건지 알 수 없었고, 쉽사리 물어볼 수 없었다.

　1981년, 만나본 적 없는 나의 큰삼촌 어문선은 서울대에 입학했다. 이듬해인 1982년 여름이 시작될 무렵 큰삼촌은 실종되었다. 가리봉동과 관악산 일대, 서울대 교정에 큰삼촌의 얼굴이 박힌 전단지가 붙었다. 큰삼촌은 계절이 지나가고서야 집으로 돌아왔지만 한쪽 다리가 완전히 망가져 있었고, 눈에 초점이 없었다. 한 계절 동안 정리하지 않은 머리는 덥수룩하게 길어서 수척해진 얼굴을 반쯤 덮었다. 곁에서 기지개를 켜거나 이마에 붙은 머리카락을 떼어주려고만 해도 큰삼촌은 경기를 일으켰다. 자주 발작했고, 바닥에 웅크려 떨다 오줌을 지리거나 거품을 물기도 했다. 잘못했어요, 잘못했어요. 제가 안 그랬어요. 허공을 향해 그렇게 외치며 두 손을 싹싹 빌었다.

보다못한 할머니가 대체 뭘 잘못했다는 거냐고, 뭘 안 했다는 소린지 말을 해야 알지 않느냐고 소리를 질렀다. 수류탄이 터지는 소리라도 들은 듯이 냅다 비명을 내지르고 두 귀를 막은 문선 삼촌은 방언이라도 쏟아내는 것처럼 쉴새없이 울부짖었다. 저는 그냥 산책하려던 거예요…… 그냥 지나가던 길이었어요…… 말씀하시는 그런 거 아아, 안 했어요…… 할머니는 웅크리고 있는 큰삼촌의 등 위로 엎어져 함께 울었다. 큰삼촌은 사흘에 한 번꼴로 쓰러지거나 발작을 했고, 환영에 시달렸다. 결국 큰삼촌은 휴학계를 내고 칩거했다. 가장 총명하던 첫째가 바보가 되었다는 소문이 동네에 파다하게 퍼졌다. 당시 중학생이었던 엄마는 집에 돌아오면 이부자리에 웅크리고 누워 벌벌 떠는 큰오빠의 모습을 봐야 했다. 건드리면 증상이 심해졌으므로 가족들은 점점 큰삼촌을 혼자 내버려두게 되었다.

겨울이 다가온 어느 날, 한밤중에 잠에서 깨 물을 마시러 나온 엄마가 큰삼촌의 방 문이 열려 있는 것을 발견했다. 가족들은 야밤에 온 동네를 돌아다니면서 문선아, 어문선이, 하고 외쳐야 했다. 잠이 깬 주민들이 합세해 샅샅이 뒤졌지만 동이 터올 때까지 큰삼촌을 발견하지 못했다. 엄마는 큰삼촌의 얼굴이 박힌 전단지를 떠올렸다. 아직 몇 묶음이 남아 있었는데 그걸 다시 써야 한다고 생각하니 아득해졌다. 그러나 남은 전단지를 쓰게 될 일은 없었다. 이틀 후, 큰삼촌은 인근 국민학교에서 발견되었다. 체육 수업을 하던 한 학생이 공을 주우러 가다가 상록수 사이에 맨발로 쓰러져 있는 큰삼촌을 보고 놀라 기절을 하고 만 것이었다. 삼촌은 얼어죽었다. 동상 때문에 두 발은 발목까지 시꺼멓게 변색되었다. 큰삼촌의 휴학계를 철회하고 제적 처리를 위해 사망진단서를 제출한 것은 택선 삼촌이었다.

큰삼촌이 떠난 후, 택선 삼촌은 조금씩 달라졌다. 그런 변화는 기행보다는 반항이나 방황 정도로 받아들여졌는데, 큰형이 잘못되었으니 상심이 클 만도 하지, 라는 게 동네 사람들의 의견이었다. 삼촌은 어떤 날은 하루종일 말을 안 하기도 했고, 어떤 날은 지나치게 많은 말을 하기도 했다. 그럴 때면 최대한 많은 단어와 문장을 말하는 것이 유일한 목적이라도 되는 듯 굴었다. 삼촌이 내뱉는 말들에는 어떤 연관도 없어 보였고 동시에 모든 것이 지나치게 촘촘하게 이어져 있는 것 같기도 했다.

언젠가는 밤중에 요란한 소리가 들려 온 집안 사람들이 강도가 든 줄 알고 깼다. 프라이팬을 든 막냇삼촌과 과도를 쥔 엄마가 서로 바싹 붙어 현관으로 나갔다. 열린 문 밖에는 맨발의 택선 삼촌이 있었다. 엄마는 과도를 든 손을 내리고 황당해하며 물었다.

"오빠, 뭐해? 이 시간에."

삼촌은 허공을 매섭게 노려보다가 눈가에 힘을 풀고 그냥,

춥기도 하고, 잠도 안 오고 그래서, 하고 얼버무렸다.

"오밤중에 그러고 있다가 동상 걸린다."

"동상에 걸리면 발에 오줌을 싸야 해."

삼촌이 낮게 중얼거리는 말에 막냇삼촌과 엄마가 아무런 대꾸도 하지 않자, 삼촌은 잠시 뒤 같은 말을 반복했다. "오줌을 싸야 해, 오줌을. 안 그러면 발을 절단해야 해."

"안으로 들어와서 얘기해."

"나는 잘려나가고 싶지 않아."

"잘리긴 왜 잘려."

엄마가 재촉하는데도 삼촌은 듣지 못한 것처럼 그 자리에 잠시 서 있다가 터벅터벅 집안으로 들어왔다. 삼촌은 동상에 걸리지 않았지만 몇 년 뒤 다시 세상에 맨발로 뛰쳐나가게 된다.

1989년 삼촌은 학기가 시작된 지 얼마 안 된 서울대에 출몰했다. 죽은 큰삼촌이 아니라 둘째 삼촌, 어택선이 말이다.

그곳에는 시위하는 학생들과 진압하려는 전경들이 팽팽하게 대치하고 있었는데, 대열이 흐트러지거나 균열이 포착되는 순간 뭔가가 시작될 것 같은 긴장감이 감돌았다. 어느 순간, 뭔가가 터지는 소리가 들렸다. 최루탄이 터진다, 누군가 외쳤다. 학생들이 술렁였다. 전경들도 동요했다. 뭐지, 뭔가가 시작되었나? 최루탄이 터진다고 외친 학생이 소리가 강해져, 하고 말했다. 모두 소리의 근원지를 찾아 전경을 노려보았다. 그러나 전경이 낸 소리가 아니었다. 소리는 먼 곳에서부터 들려왔다. 그리고, 가까워지고 있었다.

따다다다, 하는 규칙적이고 맹렬한 소리는 점점 가까워지다가, 커지다가, 마침내 학생들 앞에 도달했다. 그것의 정체는 최루탄도 곤봉도 아닌, 슬리퍼였다. 원가 파괴, 라는 무시무시한 문구가 빨간 마커로 적힌 떨이 가게에서 할머니가 열 개 삼천원에 공수해온, 짝퉁 메이커의 검정 슬리퍼. 그것이 삼촌의 발 아래서 펄떡이고 있었다. 슬리퍼가 매섭게 바닥에 붙었다 떨어지면서 따발총이 발사되듯 따다다다, 하는 소리가 났다. 그러나 소리는 더이상 중요하지 않았다.

모두의 시선을 끌었다는 점에서 한없이 웅장하게 느껴지기도 하고, 한없이 하찮게 느껴지기도 하는 그 싸구려 슬리퍼를 제외하면, 삼촌은 실 한 올 걸치지 않은 맨몸으로 등장했다. 삼촌은 슬리퍼가 벗겨지지 않도록 발가락에 힘을 주고 학생들과 전경들이 대치하고 있는 곳까지 뛰어내려왔다. 모두가 입을 조금쯤 벌리고, 홀로 질주하는 알몸의 삼촌을 지켜보았다. 한 손을 휘두르며 간절히 누군가를 부르는 것 같던 삼촌은 마침내 시위대와 경찰 사이에 도달했다. 맨허벅지 위에 두 손을 얹고 고개를 아래로 한 채 잠시 숨을 고르던 삼촌은 피가 몰려 시뻘게진 얼굴을 들어 삼촌을 유명인으로 만들어준 그 대사를 외치기 시작했다.

"내 귀에 도청 장치가 있다! 나를 수색해라! 나는 감시당하고 있다!"

아주 잠시 동안—그곳에 있던 사람들에게는 영원과도 같았겠지만—모두 홀린 듯이 삼촌의 일인 시위를 지켜보았다. 시위대와 경찰 사이의 팽팽하던 긴장의 끈이 뚝, 하고 끊어진 것처럼 다들 하나가 되어 오직 한 사람, 삼촌에게만 시선을 고정했다. 시위대의 일원 누군가 에구머니나, 하고 혼잣말했다. 그것이 기폭제가 된 듯 여기저기서 소리가 튀어나왔다. 삼촌이 "나는 아무것도 걸치지 않았다!"고 외치자 누군가 "그걸 누가 모르냐!" 하고 외쳤고, 삼촌이 그에 대한 답가처럼 "그러니어서 나를 수색하라!" 하고 외쳤다. 그렇게 한동안 시위대와 전경 구분 없이 구호처럼 주거니 받거니 하다가, 학생들 중 누군가가 짜증 섞인 말투로 아, 저것 좀 어떻게 해봐요, 하고 외치자 경찰 한 명이 어정쩡하게 대열을 이탈해 삼촌에게 다가갔다.

"민간인을 사찰하고 이 사실을 은폐하는 경찰은 각성하라!"

학생들을 진압하려고 호시탐탐 기회를 노리던 전투경찰의 모습은 온데간데없었고, 벌거벗은 삼촌의 몸에 손대지 못하고 우물쭈물하는 얼빠진 공무원만 있었다.

난동극 끝에 경찰은 삼촌을 연행해 갔다. 학생들은 맥이 빠진 상태로 시위를 계속했다. 누군가 뒤늦게 훌쩍이기 시작했다. 긴장이 풀린 건지, 아니면 시위가 엉망이 된 것이 분한 건지 알 수 없었다. 남은 전경들이 촘촘히 대열을 섰지만, 그곳에 있던 사람들은 모두 팽팽하게 줄다리기를 하다가 별안간 줄이 뚝 끊기는 바람에 엉덩방아를 찧은 사람의 표정을 하고 있었다.

삼촌은 그날 저녁 늦게야 보석금을 내고 집으로 돌아올 수 있었다. 처음에는 숨기는 것 없냐고 추궁하던 경찰도 삼촌이 "나를 수색하라, 나를……" 하고만 반복하자 결국 신문을 포기했다. 뭐 숨길 것도 없겠구만, 급한 대로 담요로 알몸을 가린 삼촌을 보고 나이든 경찰이 말했다. 연신 사과하는 할머니와 엄마와 막냇삼촌 앞에서도 삼촌이 꾸준히 귀에 뭔가가 심어져 있다고 주장하자 결국 경찰은 그런 사실 없다, 고 말하기까지 했다. 경찰서를 나서면서도 삼촌은 끊임없이 "그런 사실 없다…… 그런 사실 없다니……" 하고 중얼거렸다. 참다못한 할머니가 소리를 질렀다.

"그만 좀 해, 이 미친놈아! 없는 일을 어떻게 있다고 해, 하기를!"

토해내듯이 그렇게 말한 뒤, 할머니는 숨을 헉하고 들이쉬었다. 그러고는 경찰서 입구에 주저앉아 엉엉 울어버렸다. 삼촌은 중얼거리는 것을 멈추었다. 그러나 잠시 후 할머니의 울음이 잦아들자 아주 또렷한 목소리로, 더듬거리지도 않고 말했다.

"나는 잘못하지 않았어요."

1996년에는 두 가지 중요한 사건이 일어났다. 하나는 '내 귀에 도청장치'라는 록 밴드가 결성된 것이다. 내면의 소리를 듣겠다는 뜻으로 지은 이 이름은 회사의 권유로 잠시간 '프라나'라는 영문 모를 이름으로 바뀌게 된다. 그렇지만 정규 4집이 발매될 때 다시 본래의 이름으로 돌아온다. 그들은 이 이름에 애착이 깊었던 걸까? 그들의 노래를 들어보기도 했지만 특별히 내 마음을 울리지는 못했다. 하지만 나는 그들의 노래를 들을 때마다 삼촌을 떠올렸다. 그들도 밴드를 결성할 때 삼촌을 떠올렸을 거라고 생각하니 기분이 이상했다.

무선 이어폰을 쓰는 시대에—그걸로 노래를 듣거나 통화를 하면 도청 내용을 엿듣는 스파이나 허공에 대고 혼잣말을 하는 사람이 된 것 같은 기분이었다—그들의 노래를 들을 때면, 나는 어째서 그들은 알지도 못하는 삼촌에게서 밴드의 이름을 따왔을까 궁금해지곤 했다. 그들 역시 삼촌이 궁금했을지 궁금했다.

이 세상에 삼촌을 기억하는 사람은 많았다. 개그 프로에서 삼촌을 흉내내는 코미디언도 있었고, 유튜브에 올라온 삼촌의 영상—검은 화면에 삼촌의 말에만 찌그러진 서체로 자막을 입힌—에 웃긴다는 댓글을 단 사람들도 수천 명이었다. '2025년에도 들으러 오신 분?' 매년 댓글에 출석 체크를 하는 사람도 있었다. 그렇지만 그 사람들 중 진짜 삼촌을 알고 있는 사람은 없었다. 삼촌의 이름과 목소리, 사는 곳은 알고 있었지만 삼촌이 1987년부터 2005년까지 어떤 삶을 살았는지는 알지 못했다.

1996년에 일어난 다른 중요한 사건은 내가 태어난 것이다. 같은 해 소리도 어디선가 태어났다—소리는 "여의도 성모병원이야"라고 했다—. 삼촌의 상태와 나의 출생은 아무런 연관이 없다. 그럼에도 나는 언제나 두 가지 사실을 맞물려 생각하게 된다.

처음에 엄마는 삼촌에게 나를 보여주지 않으려고 했다. 그렇지만 이미 태어난 아이를 없다고 할 수는 없는 노릇이니, 결국 나는 삼촌을 만나게 됐다. 엄마의 품에 안긴 못생기고 주름진 나를, 눈을 감고 얌전히 안겨서 자는 것밖에 못하던 나를 삼촌은 가만히 내려다보았다. 엄마는 아주 잠시 동안 조마조마했다. 삼촌이 갑자기 소리를 질러서 내가 놀라 깨버리면 어쩌지? 아이의 고막에 문제라도 생기면? 아이를 때리면? 바닥에 패대기치면?

그렇지만 삼촌이 다음 순간 한 행동은 엄마가 걱정한 어떤 것도 아니었다. 삼촌은 잔잔한 눈으로 나를 내려다보다가, 근 몇 년간 마르긴 했어도 여전히 커다란 몸을 천천히 숙여—그 건 숙인다기보다는 구기는 것에 가까웠지만—내게 얼굴을 들 이밀었다. 그러고는 내 이마에, 삼촌의 손바닥보다 작고 판판 한 내 이마에 입을 맞췄다. 아주 짧은 시간 동안 세상이 멈춘 것 같았다. 마침내 삼촌이 버석한 입술을 내 이마에서 떼고 숙 였던 허리를 다시 곧게 펼 때까지, 나는 한 번도 울지 않았다.

1996년 이후로 삼촌은 좀 잠잠해졌다. 한 세기가 끝나가면 서 삼촌의 널뛰던 감정 상태도 사그라드는 것처럼 보였다. 실 제로 그 시기의 삼촌은 암흑기를 사는 사람처럼 집에서만 지 냈다. 대외적으로 더는 문제를 일으키지 않았으나 체중은 줄 었고 말수도 적어졌다. 가끔 입을 열면 논리나 맥락을 파악할 수 없는 말을 해서 이해받지 못했고, 이해를 받지 못하니 금 세 입을 다물었다. 공장을 그만둔 이후로 간간이 일자리를 구 했지만 그마저도 이삼 개월 이상 버티지 못하고 그만두었다. 21세기가 도래한 이후 삼촌은 단 한 번도 제대로 된 직업을 가지지 못했다.

1996년에서 2005년 사이 삼촌과 나의 시간에는 공백이 존 재한다. 나의 경우 너무 어릴 때라 기억의 순서가 뒤죽박죽이 어서 그렇다면 삼촌의 경우는 아무런 활동도 하지 않고 지냈기 때문이었다. 내게 있어 최초의 기억은 막냇삼촌이 방송국에서 추석 선물로 받아온 참기름을 엎었던 것이다. 막냇삼촌이 미끄러져서 기름으로 흥건한 바닥에 누워 있던 게 떠오른다. 택선 삼촌도 함께 있었는지는 기억나지 않는다.

삼촌을 돌보던 할머니가 뇌졸중으로 쓰러진 이후, 막냇삼촌이 할머니를 보살피게 되면서 삼촌의 거취는 우리집으로 정해졌다. 삼촌이 처음 우리집에 온 날, 아주 작았던 나는 어느새 백삼십사 센티가 되어 삼촌을 올려다보았다. 갓 태어나 빨갛고 쪼글쪼글하고 못생긴 내 이마에 삼촌이 가만히 입맞추던 그때처럼.

우리집에서 지냈던 첫해에 삼촌은 거의 없는 사람처럼 살았다. 당시 우리집에는 방이 두 개밖에 없었기 때문에 삼촌은 거실에 이부자리를 펴놓고 생활했다. 아침이 되면 삼촌은 제일 먼저 일어나 이불을 개고 그 위에 앉아 시간을 보냈다. 엄마가 일어나 아침식사를 준비하면 삼촌이 조용히 방문을 열고 나를 깨웠다. 깨웠다, 고 하기에는 좀 이상한 구석이 있기는 했다. 방으로 들어오지도, 큰 소리로 깨우지도 않고 그저 문을 열고 나를 지켜보았기 때문이다. 삼촌이 방문을 열 시간이 되면 자연히 눈이 떠졌고, 일어나보면 문 앞에 서서 나를 보는 삼촌이 있었다.

삼촌이 우리집에 오기 전에 엄마가 나를 앉혀두고 삼촌은 남들과 조금 다르기 때문에 매우 조심해야 한다고 당부했던 것이 무색할 정도로 삼촌과 나 사이에는 어떤 일도 일어나지 않았다. 내가 컴퓨터 실습 시간에 배운 대로 피피티를 만들거나 쥬니어네이버 동물농장을 꾸미기 위해 거실의 컴퓨터를 사용하고 있으면 삼촌은 접어놓은 이불이나 소파에 얌전히 앉아 나를 구경했다. 그럴 때 무심코 고개를 돌리면 엄마가 나를 불안하게 쳐다보고 있었다. 마치 언제 터질지 모르는 폭탄을 가지고 노는 어린아이를 보는 것처럼.

그렇지만 나는 삼촌에게서 어떤 위협도 느끼지 못했다. 삼촌은 심지가 물에 축축이 젖어 아무리 불을 붙여도 타오르지 않는 초나 불발된 다이너마이트 같았고, 나는 기억에 없는 삼촌의 모습, 한 손으로 들어올릴 수도 있을 만큼 작았던 나에게 조용히 입을 맞춘 삼촌을 알고 있었다. 나는 그때의 삼촌을 감각할 수 없었지만 그 이야기는 내 안에 아주 오래도록, 삼촌이 떠난 지금까지도 남아 있었다.

그날 나는 메일 주소를 만들어오라는 숙제를 하기 위해 포털 사이트를 들락거렸다. 분명 실습 시간에 들었던 대로 하고 있다고 생각했는데 자꾸만 길을 잃었다. 정보의 바다라더니 정말 망망대해구나, 그렇게 생각하며 이것저것 눌러보는데 꺼진 티브이 화면에 삼촌이 비쳐 보였다. 컴퓨터와 티브이가 한 방향으로 놓여 있었기 때문에 나는 컴퓨터를 하면서 삼촌을 훔쳐볼 수 있었다. 삼촌은 소파에 얌전히 앉아 나를 유심히 바라보았다. 내가 길을 잃고 헤매고 있는 걸 삼촌이 보고 있다고 생각하니 부끄러워졌다. 그래서 나는 몸을 돌려 삼촌을 마주보았다.

"삼촌, 나 이것 좀 도와줘."

삼촌은 가만히 나를 바라보다가, 천천히 소파에서 몸을 일으켰다. 삼촌이 앉았던 자리의 가죽이 움푹 들어갔다가 서서히 제자리를 찾아갔다. "이메일이라는 걸 만들어가야 해." 삼촌은 내 뒤에 서서 묵묵히 설명을 들었다. 너무 말이 없어서, 나는 삼촌이 이메일이 무엇인지 모르는 것 아닐까 하는 걱정이 슬그머니 들기 시작했다. 삼촌은 20세기 사람이니까 모를 만도 하지 않을까 하는 생각이 들었다. "삼촌 이해했어?" 재촉하는 내 머리 위로 삼촌이 커다란 몸을 기울였다. 삼촌은 마우스를 가져가더니 아주 천천히 화면에 떠 있는 모든 버튼을 눌러보았다. 그 과정이 너무 느려서 모르면 됐어, 하고 말하려는 찰나 삼촌이 영타로 빠르게 내 이름을 적어넣었다. 삼촌의 타자가 매우 빨라서―나는 독수리 타법으로 39타를 겨우 쳤다―나는 놀랐다.

"다 했어."

삼촌이 그렇게 말하고 내게서 비켜났다. 그게 삼촌이 우리집에 와서 처음 한 일이었다.

나는 한순간에 내게 주어진 새로운 이름, 삼촌이 만들어준 메일 주소를 쳐다보면서 경이로움을 느꼈다. 망망대해 같던 바다에서 아주 작은 요트를 발견한 것 같은 느낌이었다.

어느 날 소리로부터 이름의 철자가 틀렸다는 지적을 받기 전까지, 나는 틀린 이름을 쓰고 있다는 자각조차 없었다. 소리는 내 인스타그램 피드를 슬쩍 보더니 "근데 너 아이디가 왜 그래?" 하고 물었다.

"잘못됐잖아, 최희라고."

최초희라는 이름을 로마자표기법에 맞게 적으려면 Choi Chohui여야 했지만, 삼촌이 만들어준 내 아이디는 choihee96이었다.

한 세월을 잘못된 이름으로 살았다니. 황당했다. 그러나 이제 와 메일 주소를 전부 바꿀 수도 없는 노릇이었다. 결국 지금까지도 별수없이 온갖 포털 사이트며 업무용 메일 계정까지 삼촌의 실수로 만들어진 아이디를 사용하고 있다. 그런 내게 소리는, 영락없이 잘못된 이름으로 살아야 할 운명인가보다, 하고 농담했다.

메일 주소를 만들어준 이후로 나는 종종 삼촌과 대화했다. 내게 색종이로 학이나 개구리를 접는 법을 알려준 것도 삼촌이었다. 양면 색종이는 접기 시작할 때는 초록색이다가, 완성할 때쯤에는 분홍색 개구리가 되어 있었다. 개구리 엉덩이를 검지로 꾹 눌렀다가 뗐다. 종이로 만든 개구리가 한순간에 폴짝 뛰어올랐다가 바닥에 나동그라졌다. 나는 놀라워하며 개구리의 분홍색 살결을, 속살이라도 되는 양 살살 매만지며 말했다.

"속이 훤히 보이는 놈이네?"

삼촌은 그 말을 듣고 웃었다.

그때까지 엄마는 퇴근 시간을 엄격히 지켰는데, 삼촌이 나의 보호자로 부적격하다고 생각해서 그랬던 것 같다. 그때의 삼촌은 아주 나쁜 단계에 돌입한 것도, 그렇다고 호전되는 것 같지도 않은 상태에 있었다. 그렇지만 확실히 우리 사이의 긴장은 느슨해졌고—나는 그제야 엄마와 나, 삼촌마저도 긴장한 상태였다는 것을 깨달았다—엄마가 늦으면 삼촌과 단둘이 엄마가 아침에 만들어두고 간 반찬을 꺼내서 식사를 하는 것이 일상이 되었다. 저녁을 먹고 나면 삼촌과 나는 한컴 타자 연습으로 아이스크림 내기를 했다. 이기면 쭈쭈바의 몸통을 먹고, 지면 꽁다리 부분을 먹기로 했다. 나는 언제나 삼촌을 이겨서 몸통을 먹었는데, 이제 와서 생각해보면 그토록 익숙하게 영타를 치던 삼촌이 번번이 졌다는 건 역시 나를 봐준 거라는 생각밖에 들지 않는다.

여름방학이 시작되기 이 주 전, 엄마는 할머니를 모시고 병원에 다녀올 테니 냉장고에 있는 볶음밥을 삼촌과 나눠 먹으라는 쪽지를 냉장고에 붙여놓고 외출했다. 학교에서 돌아온 나는 그 쪽지를 떼고 밀폐용기에 담긴 볶음밥─파프리카가 들어가 알록달록했다─을 꺼내 전자레인지에 돌렸다. 삼촌은 식탁에 먼저 앉아 엄마의 쪽지에서 스카치테이프를 살살 떼어내고 있었다. 잘 떼어지던 테이프는 막판에 종이가 찢어지면서 접착면에 하얗게 종이가 딸려 나왔다.

마주앉아 저녁을 먹으면서 나는 삼촌에게 엄마 대신 독후감에 사인을 좀 해달라고 부탁했다. 삼촌은 머뭇거리다가 고개를 끄덕였다. 보호자나 할 법한 서명을 자신이 해도 되는지 고민한 모양이었다. 삼촌과 나는 볶음밥에서 파프리카를 전부 골라내며 먹었다.

소리의 독후감을 읽은 후, 나는 소리를 따라 대학 공책─크래프트 재질의 표지로, 소리와 같은 것이었다─을 장만했다. 그리고 내가 탐독했던 소리의 독후감 형식을 최대한 되살려 썼다. 책도 소리와 같은 것을 골랐다. 피나는 노력으로 빨간 별은 두 개로 승급되었지만, 여전히 만족스럽지 못한 결과였다. 나는 독후감을 돌려받자마자 소리의 것을 빌려 내 것과 무엇이 다른지, 나의 언어와 소리의 언어가 얼마나 어떻게 다른지 살펴보았다. 선뜻 공책을 내어준 소리는 내가 그것을 찬찬히 읽어보는데도 언짢은 기색이 없었다. 내가 소리를 따라 읽은 책 중 하나는 귓속의 난쟁이에 대한 이야기였다. 한 사춘기 소녀가 어느 날부턴가 자신의 귓속에 들어와 사는 난쟁이의 존재를 알아차리고 벌어지는 사건들이 주된 내용이었는데, 소리는 그 책에 대해서 이렇게 적었다.

'어느 날 불쑥 주인공의 몸을 난쟁이가 무단 점거한다. 나가라고 해도 나가지 않고, 사라지라고 해도 사라지지 않는다. 사실 그애는 평생 내면의 소리를 들어줄 난쟁이를 기다리고 있어서 난쟁이에게 더 가혹하게 굴었는지도 모른다. 나도 그애처럼 불청객도 받아들일 줄 아는 태도를 본받고 싶다. 내게도 귀에 숨어사는 난쟁이의 속삭임이 들리는 것 같다. 누가 내 생각을, 내가 하는 혼잣말을 전부 듣고 있다고 생각하면 조금 소름 끼친다. 남들이 듣지 못하는 소리를 나는 듣는다. 바람소리를 아무도 못 듣고 나만 들었을 때, 나는 그걸 난쟁이가 속삭이는 말이라고 생각하기로 했다.'

나는 '무단 점거'니 '불청객'이니 하는 단어의 뜻을 알지 못했지만, 어쩐지 내가 읽은 것과 내용이 사뭇 다르다는 생각을 했다. 나는 그 책에 대해서 '난쟁이가 코가 아니라 귀에 들어가서 다행이다'라고 쓰는 게 고작이었다.

독후감 공책을 들고 나갔을 때 삼촌은 거실 소파에서 나를 기다리고 있었다. 삼촌이 내가 건네준 공책을 펼치자 새빨간 별 세 개가 눈에 들어왔다. 나는 순간적으로 놀랐지만, 곧 그것이 소리의 공책이라는 것을 알아차렸다. 내 것과 비교하다 공책이 뒤바뀐 모양이었다. 삼촌은 독후감을 찬찬히 훑어보더니 "네가 쓴 거야?" 하고 물었다. 나는 고개를 저었다.

"아니, 소리가."

"소리가 누군데."

"내 짝꿍. 독후감 엄청 잘 써."

나는 삼촌의 옆에 앉았다. 삼촌과 달리 나는 다리가 바닥에 닿지 않아 공중에 쭉 뻗어야만 했다. 삼촌이 독후감을 찬찬히 읽어내려가는 동안 나는 옆에서 소리의 칭찬을 했다.

"소리는 대단해. 나랑은 차원이 틀려."

삼촌은 나지막하게 같은 차원이야, 같은 차원 사람이야, 하고 말했다.

"소리는 되게 어려운 말도 써. 막, 무단 어쩌고 하는 말도 써."

내가 소리의 논리정연함, 차분하고 지적인 면과 신선한 시각—정작 어떤 부분이 신선한지는 정확히 알 수 없었지만—에 대해 칭찬하는 동안 삼촌은 공책에 코를 박고 독후감을 읽어내려갔다. 나는 소리를 이길 수 없음을 깨닫고 전의를 상실했던 것을 들키고 싶지 않아서 더 쾌활하게 말했다.

"근데 소리는 삼촌이 없대. 그래서 내가 부럽대."

특별히 자랑할 만한 것이 없던 나에게 삼촌이 셋이나—실제로 만날 수 있는 건 둘뿐이었지만—있다는 사실을 밝히자 소리는 놀라워했다. 자신의 부모님은 두 분 다 외동이어서 대가족이 부럽고 궁금하다고 했다. 나는 괜히 우쭐해져서—왜냐하면 내가 평소에 소리보다 나은 경우는 거의 없으니까—다음에 만날 때 소개해주겠다고 멋대로 장담했다.

"막냇삼촌은 방송국 대빵이고, 큰삼촌은 서울대 나왔다고 자랑했어. 우리 삼촌들은 전부 유명한 사람이라고 그랬더니 소리가 자기도 그런 삼촌이 있었으면 좋겠대."

나는 귀가 가려울 때면 누군가 내 욕을 하고 있는 거라는 말을 독후감에 썼더니 선생님이 재미있는 생각이라고 적어준 것, 그러나 소리에게처럼 신선한 생각이라고는 적어주지 않은 것에 대해서 한참을 떠들었다.

"그래도 나는 삼촌들 중에 삼촌이 제일 좋아, 알지? 삼촌은 뉴스에도 나왔잖아."

꺼진 티브이 화면에 비친 삼촌의 표정이 자세히 보이지 않았다.

"이건 막냇삼촌한테는 비밀이다?"

그렇게 말하며 고개를 돌렸을 때, 삼촌의 몸이 경련하며 소파에서 떨어졌다. 쓰러진 삼촌의 얼굴에서 87년도를, 88년도의 장충체육관과 89년도 서울대 시위를 보았다.

삼촌이 발작하는 동안 나는 다리가 바닥에 박힌 듯 서 있었다. 그러다 냉장고로 달려가 엄마가 하루에 하나씩만 먹으라고 당부한 쭈쭈바를 따서 한 손에 꽁다리를 들고, 몸통 쪽을 삼촌의 입에 들이밀었다. 삼촌은 몸을 뒤틀며 내 손길을 거부했다. 삼촌은 바닥에 납작 엎드려 머리를 감싸고—마치 누군가에게 구타를 당하기라도 하는 것처럼—벌벌 떨었다. 어느 순간 삼촌의 울부짖음에 내 울음이 섞여 있다는 것을 알아차렸다. 보이지 않는 존재에게 입막음이라도 당하는 것처럼 몸부림치는 모습은 마치 엉망으로 추는 브레이크 댄스처럼 보였다. 나는 울면서 쭈쭈바를 삼촌의 입에 마구 비볐다.

엄마와 할머니가 돌아왔을 때 나는 엉망이 된 거실 바닥에 번데기처럼 웅크린 삼촌 옆에서 훌쩍이고 있었다. 삼촌은 간간이 기합 같은 소리를 지르기도 했지만 금세 소리가 잦아들었다. 알아들을 수 없는 말을 중얼거리던 삼촌이 고개를 들었다. 입가에 쭈쭈바가 거품처럼 말라붙어 있었다.

엄마가 구급차를 부르는 동안 할머니가 아이고, 내 새끼, 하며 손을 뻗었다. 나는 그것이 삼촌을 부르는 소리라고 생각했는데, 할머니는 삼촌에게 시선을 고정한 채 내게 다가왔다. 내가 소리 내어 울기 시작하자 할머니가 나를 낚아채듯 품에 안고 주문을 외듯 말했다.

"내가 니를 가졌을 때 뒤집었어야 했는데, 너를 뒤집어서 낳았어야 했는데……"

어린 내가 듣기에도 터무니없는 소리라는 걸 알 수 있었다. 응급대원이 삼촌을 싣고 나가는 동안 나는 할머니에게 매달려 있었다. 내가 삼촌을 그렇게 만들었다는 생각이 떠나지 않았다. 삼촌은 구급대원들의 손길을 거칠게 거부했으나 몇 번의 저항 끝에 결국 결박당했다. 삼촌이 다문 이 사이로 흐으으, 하고 내뱉는 신음소리가 들렸다. 소리를 참으려는 것인지 참지 않으려는 것인지 구분할 수 없었다. 그때까지 차가운 쭈쭈바를 쥐고 있느라 손에 감각이 없었다. 꽁다리를 쥐고 있던 손이 축축했다. 나는 주황색 물을 뚝뚝 흘리면서도 쭈쭈바를 쥔 손을 놓지 않고, 힘없이 늘어져 들것에 실려나가는 삼촌을 보았다.

그후로 나는 삼촌을 영영 보지 못했다.

얼마 없던 삼촌의 짐을 엄마가 버리면서 집안에 삼촌의 흔적이랄 것은 하나도 남지 않았다. 삼촌은 정신병원에서 생활하게 되었다. 자라는 동안 알게 된 사실로 짐작하건대 아마 삼촌의 치료 비용은 막냇삼촌이 부담하는 듯했다. 급여를 일당으로 받는 엄마 대신 막냇삼촌이 삼촌을 책임지는 건 어찌 보면 당연한 일처럼 느껴졌다. 막냇삼촌은 나와 엄마에게 한 번도 그것을 내색하거나 생색을 내지 않았다. 나는, 혹시 그것이 단 두 해 동안 삼촌을 돌본 엄마에 대한 막냇삼촌만의 보답인 걸까 궁금했다. 그리고 책임진다는 것, 한때는 아이스크림을 공정하게 나눠 먹는 문제로 다투고, 새벽이면 이불을 덮어쓰고 손전등으로 장난을 치고, 형제의 사망진단서를 제출하고 온 날 서로 등을 붙이고 아무런 말도 행동도 하지 않은 채 함께 밤을 난 사람을 책임진다는 것은 어떤 의미일지 생각해보곤 했다. 그렇지만 아무리 생각해도 나는 그것을 짐작할 수 없었다. 그 방, 골판지를 덧댄 가리봉동의 작은 집에서 서로 옹기종기 모여 여러 해의 밤을 보냈을 삼촌들과 엄마를 떠올리면 내가 짐작할 수도 없는 삶에 대해서 알게 될까봐 두려웠다.

삼촌이 어쩌나 쥐죽은듯이 지냈는지 삼촌이 사라지고 나서도 나의 생활에는 별 차이가 없었다. 삼촌은 거의 거실 구석의 한 평 공간에서만 생활했으므로 삼촌이 있으나 없으나 집이 더 비좁거나 넓게 느껴지지는 않았다. 나는 그 집에서 성인이 될 때까지 쭉 살았는데 때때로 아침에 누가 깨우지 않아도 스스로 일어났을 때, 한가한 주말 오전 거실로 걸어나왔을 때, 야간자율학습을 끝내고 아무도 없는 집에 들어섰을 때, 삼촌의 이부자리가 있던 거실 구석, 컴퓨터와 티브이 사이의 아주 작은 공간을 보면서 삼촌을 떠올리곤 했다.

삼촌이 떠난 뒤 소리에게 독후감 공책을 돌려주었다. 소리는 공책이 바뀐 것을 이제 알았다고 했다. 건넬 때 보니 공책에 쭈쭈바 자국이 남아 있었다. 소리가 괜찮다고 했는데도 나는 물티슈로 자국을 문질렀다. 그 바람에 공책 표면에 진한 얼룩이 남았다. 나는 소리의 독후감을, 감상을, 한 시기를 훼손시킨 것 같아 울었다.

"김지연 얘 또 댓글에 테러하네. 지치지도 않아."

소리가 열성팬의 이름까지 알고 있는 것을 보고 둘이 사적으로 아는 사이인가, 정말 과거에 연인이기라도 했나, 싶었다.

"이름도 알아?"

"아니, 아이디가 김딜레이잖아. 직역하면 김지연."

평생을 잘못된 이름으로 살아왔다는 걸 안 이후에도 귀찮아서 새로운 이름을 짓지도, 그렇다고 잘못된 정보를 정정하지도 않고 사는 나에게 소리처럼 디테일이 중요한 아이는 이해 밖의 영역이었다.

"이름이 특이하면 아이디 만들 때 쉬워."

소리가 그렇게 말했을 때, 나도 모르게 삼촌의 이름을 내뱉었다.

"어택선."

"응? 뭐라고?"

"어택선, 우리 삼촌 이름이라고."

소리는 그게 무슨 뜬금없는 소리냐는 표정으로 나를 쳐다보았다. 나는 뭔가 멋쩍어져서 내가 아는 사람들 중에 가장 특이

한 이름이야, 하고 둘러댔다.

"혹시 그 라디오 스타?"

소리가 기억을 더듬는 것처럼 눈을 감고 손가락으로 공중을 콕콕 찔렀다.

"그 왜, 어릴 때 니가 엄청 자랑했잖아. 니네 삼촌 되게 유명한 사람이라고. 무슨 라디오에도 나왔다면서."

"그랬나."

"그랬어. 그래서 엄마한테 혼난 적 있잖아. 막 울고불고 눈 팅팅 부어가지고 놀이터에 나타나서 아까 얘긴 잊어줘, 그랬잖아."

"뭘 그런 것까지 기억하고 그러냐."

"삼촌 이름이 어 택 자 선 자였구나. 십오 년 만에 비밀이 풀렸네."

소리는 고개를 끄덕이고는 다시 인스타그램 피드를 훑었다. 그러다가 불쑥 내뱉었다.

"공격해."

"뭐를?"

"니네 삼촌 이름, 영어로 하면 공격해, 라고. 어택, 썬."

나는 그게 뭐야, 하고 대꾸했지만 소리의 인스타그램 아이디를 생각하면 그리 이상한 발상도 아니었다. 나는 검색창에 attack, sun, 따위의 단어를 차례로 적어보았다. 어택몬스터라는 상표를 가진 남성 전용 화장품 브랜드가 하나 떴고, 선희나 지선 같은 이름을 가진 사람들의 닉네임이 떴다. 그러나 어디에서도 나의 삼촌, 어택선은 발견할 수 없었다.

"공격한다니까 생각난 건데, 나 오늘 오다가 되게 이상한 일 있었다?"

소리가 느닷없이 말했다.

"아니, 연희동 너무 오랜만에 와봐서 오다가 길을 잃은 거야. 지름길로 가고파서 일부러 큰길로 안 가고 골목길로 갔거든. 구불구불한 주택가를 한참 헤매다가 어느 골목으로 들어갔는데, 대궐 같은 집 대문 앞에 검은 양복 입은 남자 둘이서 서 있다가 나를 딱 막더라고. 그래서 내가 좀 쫄아서 왜, 왜 이래요? 하고 물었더니 되게 무게 잡으면서 무슨 용건으로 오셨습니까, 이러는 거야. 그래서 네? 저 그냥 지나가는 건데요, 했거든. 약간 기죽어서. 그랬더니 그 사람이 막 엄청 심각하게 품안의 무전기 같은 거에다 대고 그냥 지나가신답니다, 이러는 거 있지. 그리고 한참 미적거리다가 그냥 보내줬어. 웃기지."

"어어, 웃긴다."

"별로 안 웃긴가보다, 너 반응 보니까."

"아냐, 웃겨."

소리는 입만 웃을 뿐, 잔뜩 충혈되고 메마른 눈은 휴대폰에만 고정하고 있었다. 나는 말을 할까 말까 망설이다 머뭇거리며 물었다.

"너는 그…… 김딜레이 씨 때문에 계정 닫을 거야?"

내가 조심스럽게 묻자 소리는 한동안 말이 없었다.

"그러면 왠지 지는 것 같아서."

소리는 휴대폰에서 시선을 떼지 않고 말했다. 지다니, 누구에게? 김딜레이 씨에게? 아니면 사운드 님의 만 명이 넘는 팔로어들에게? 나는 소리가 대체 누구와 보이지 않는 싸움을 하고 있는 건지 알 수 없었다.

"막말로 내가 어디서 긁어다가 표절한 것도 아니고."

소리는 요 며칠간 새벽에도 인스타그램을 붙들고 자신을 비난하는 사람들의 댓글을 하나하나 지워나갔다. 물론 그럴 때마다 '사운드 님, 찔리세요? 당당하면 왜 댓글 삭제하시나요?' 하는 댓글이 달려서 그걸 삭제해야 하는 수고를 두 배로 들여야 했지만. 소리는 화면을 아래로 끌어다놓으며 새로 고침을 반복했다. 어떤 글도 새로 올라오지 않았고, 소리의 그런 반복적인 행동은 부질없는 것처럼 느껴졌다. 나는 소리의 독후감을 빌렸던 때를 생각했다. 소리의 선의에 우월감이나 남을 찍어 누르는 기색이 섞여 있는지 확인하기 위해 눈을 찬찬히 살폈던 것도. 나는 소리의 충혈된 눈을 바라보았다.

"근데 앤 왜 자꾸 은근슬쩍 말을 놓지? 기분 나쁘게. 동갑이면 다야?"

"동갑인 건 또 어떻게 알았대."

"아이디가 김딜레이96이잖아."

하여튼 96년생들이란, 소리가 투덜거렸다.

"96년생 중에 그렇게 인물이 없나?"

"수지, 혜리, 크리스탈은 94년생이고, 아이유, 유승호, 태민은 93년생인데 96년생 중에 괜찮은 놈이 누가 있어."

한참을 고민한 끝에 내가 제니 있잖아, 하자 소리는 고개를 저었다. 그러면서 휴대폰 화면에 시선을 고정하고 말했다.

"한 명으로 세상을 바꾸기에는 역부족이지."

방송국으로 출근하게 되면서부터 엄마는 종종 막냇삼촌에게 전할 반찬이나 건강즙을 내게 들려 보내곤 했다. 아무래도 나를 심부름꾼이나 비둘기쯤으로 생각하는 듯했다.

"잘해줘야 해, 걔한테."

"어련히 알아서 잘하겠지. 애도 아니고."

"애는 아니지만 막내니까."

"엄마가 막내잖아."

"그건 그런데, 그냥."

엄마는 그렇게 얼버무렸다. 엄마의 반응이 그러니까 뭔가 더 따지기가 어려워져서 상암까지 곰국을 가득 담은 보온 도시락을 들고 출근했다―마주친 직장 동료들이 "전쟁 났어요?

어디 방공호 들어가요?" 하고 놀린 것은 두말할 것도 없었다. 나는 거기다 대고 예, 삶이 전쟁입니다, 하고 받아쳤다ㅡ. 양손에 도시락을 들고 찾아갔더니 어벙하게 생긴 막내 작가가 자료보관실에 가보라고 했다. 자료보관실 앞에 도착해 어깨로 슬쩍 문을 밀자, 막냇삼촌의 뒷모습이 보였다.

수많은 음반과 필름으로 가득찬 자료보관실은 마치 오래된 도서관 같았다. 막냇삼촌의 굽은 등과 목이 보였다. 오랜 방송국 생활로 생긴 거북목과 오십견은 엄마의 곰국 같은 걸로는 도무지 보신이 될 것 같지 않았다. 삼촌은 어둠 속에서 어떤 음원 자료를 듣고 있었다. 기계에서 나오는 불빛이 삼촌의 윤곽을 감싸고 있었다. 그 모습이 지나치게 경건해서 좀 우스꽝스러워 보일 정도였다. 잦은 야근으로 불규칙적인 생활을 하면서 젊은 시절의 날렵한 모습ㅡ언젠가 엄마의 서랍장에서 삼촌들의 사진을 발견하고 깜짝 놀랐다ㅡ은 거의 사라지고 없었다. 내가 기억하기로 막냇삼촌은 살이 너무 안 쪄서 걱정인 체질이었는데, 어느 순간부터 몸이 기하급수적으로 불기 시작하더니 이제는 굽은 등과 말린 어깨로 살집이 이어지면서 완만한 봉우리를 이루었다. 오랜 시간 모니터를 보다보니 눈도 나빠져서 식당 벽에 걸린 메뉴판을 읽으려면 눈을 사정없이 찡그려야 하는 지경에 이르렀다. 그런데도 막냇삼촌은 고집을 피우며 안경을 쓰지 않았다ㅡ"샌님 같아 보여." 그런 애길 하면 엄마는 "언젠 아니었다고" 하며 코웃음쳤다―. 어깨로 벽에 달린 스위치를 누르려는 찰나였다.

"나는 가리봉동…… 번지에 사는 어택썬, 어택선이다! 내 귀에……"

나는 그 목소리를 알아들었다. 이제는 사라진 나의 삼촌. 살았는지 죽었는지도 알 수 없는, 내게 최초의 잘못된 이름을 준 어른. 터지기 일보 직전의 폭탄처럼 불안하게 고요하고, 고요하게 소란스러운 내면의 소리를 듣던 사람.

막냇삼촌은 한 시대를 풍미했던 형의 목소리를 듣고 있었다. 이제는 어느 개그 프로에서 농담으로만 쓰이는 형의 한 시절을, 한 순간을. 우스꽝스럽고 경악스럽지만 결코 장난은 아닌, 매 순간 진지한 둘째 형의 목소리를. 이어지는 앵커의 목소리에서 막냇삼촌은 갑자기 재생을 멈췄다. 그리고 조금 앞으로 돌려, 맨 처음 앵커의 멘트부터 다시 시작했다. 소리뿐인 뉴스였지만 나는 앞으로 펼쳐질 일을 눈앞에 그려볼 수 있었다. 분명 그날의 중요한 뉴스거리였을, 이제는 누구도 귀기울이지 않는 멘트 도중에 고요히 다가오는 남자. 집집마다 놓여 있었을, 이제는 찾아볼 수 없는 라디오 안으로 난데없이, 부드럽게, 아무렇지도 않게 들어오는 한 남자의 모습을. 그리고 외침을.

내 쪽에서는 막냇삼촌이 어떤 표정을 짓고 있는지 보이지 않았다. 나는 막냇삼촌의 완만한 등을, 나잇살이라는 단어로 꼬집어 말할 수 없는, 몸 여기저기에 세월처럼 붙어 떨어지지 않는 살을, 구부정한 자세를 지켜보았다. 막냇삼촌은 방음이 되어 소리가 새어들어올 틈도, 나갈 틈도 없는 자료보관실의 어느 서가 앞에서 멈춰 섰을까. 방송 사고로 분류되는 형의 흔적을 보러 몇 번이나 왔을까. 막냇삼촌이 손을 뻗어 꺼낸 자료의 라벨지에 삼촌은 어떤 이름으로 기록되어 있을까. 문득 엄마 외에 다른 형제가 남아 있지 않음에도 막냇삼촌은 여전히 집안의 막내로 불린다는 사실을 깨달았다.

나는 막냇삼촌의 이름을 부르거나, 등에 살며시 손을 얹거나, 하다못해 손가락으로 옆구리를 쿡 찌르지도 않고 그저 멈춤 버튼이 눌린 것처럼 가만하게 서서 빛에 둘러싸인 삼촌의 뒷모습을 보았다. 막냇삼촌은 같은 구간이 계속해서 반복되는 음악처럼 택선 삼촌의 소리를 듣고 듣고 또 들었다.

* 소설 속 소리의 독후감은 크리스티네 뇌스틀링거의 『머릿속의 난쟁이』 (유혜자 옮김, 사계절, 2001)를 참고했다.

차라리 잠든 밤

지난 십 년간 방송국에는 단 한 명의 퇴사자도 나오지 않았
다. 나이든 PD 중 하나가 자랑스레 말했다. 작가나 성우는 고
려하지 않은, 오로지 PD들만 놓고 셈한 통계였다. 그 정도로
좋은 직장이라는 말이지. 나는 두 가지가 전혀 다른 문제라고
생각했지만 잠자코 듣고 있었다.

　간만의 전체 회식이었지만 조기 종영 통보를 받은 직후라
분위기는 영 어색했다. PD는 PD끼리, 성우는 성우끼리 모여
대화를 했다. 하필 주위에 PD는 나까지 두 명밖에 없었다. 그
래도 대각선에 앉은 재하가 술을 주는 대로 받아먹기 시작하
자, 경직된 분위기가 슬슬 풀리기 시작했다.

　화장실을 다녀오겠다던 재하는 잠시 후 환으로 된 숙취 해

소제를 사서 돌렸다. 시종일관 수줍게 굴어서 능청 같은 건 못 떠는 줄 알았는데 의외였다. 술에 취한 선배 성우들은 무슨 염소 똥 같은 걸 사왔냐며 장난스럽게 구박했다. 굵은 목소리 때문에 실없는 말도 만화 대사처럼 들렸다. 나는 숙취 해소제의 포장을 뜯지 않고 식탁에 올려두었다. 맞은편에 앉아 있던 선배 PD가 내게 안 먹느냐고 물었다.

알약을 못 먹어서요.

내 고백에 사람들은 애기네, 애기, 하고 너스레를 떨었다. 목청 큰 남자 성우가 그럼 아플 때는 어떻게 하냐고 물었다.

병원에다 부탁하면 빻아줘요.

애들이나 해주지 않나? 어른도 해줘요?

성인이나 돼서 유난 떤다고 생각할까봐 나는 괜히 농담을 던져 분위기를 풀어보려 했다.

왜냐하면 전혀…… 성장하지 않았거든요.

그러나 예상과 다르게 동정적인 반응이 쏟아졌다. 아시죠? 〈슬램덩크〉. 다급하게 덧붙였지만 아무도 내 말을 농담으로 받아들이지 않는 것 같았다.

맞은편 선배는 음료수라도 마시라며 친절하게 콜라를 주문했다. 그리고는 공평하게 나눠 따른 콜라를 재하와 내게 건넸다. 그러나 재하는 단칼에 거절했다.

제가 콜라를 못 마셔요.

주위가 단숨에 조용해졌다가 금세 어수선해졌다. 콜라 못 먹는 사람이 어디 있냐. 이것들이 쌍으로. 선배들이 장난 섞인 타박을 했다. 와중에 누군가 자기는 콜라를 먹으면 취한다고 하자 야유가 쏟아졌다.

어렸을 때 콜라 먹고 탈 난 적이 있어서요.

콜라는 원래 소화제 아니야?

선배들의 호들갑이 난처하지도 않은지 재하는 무척이나 침착했다. 확실히 탄산의 자극은 별로지만 삼키고 난 후의 상쾌한 느낌은 좋아했다. 그 기분을 맛보기 위해 괴로움을 견딘다 해도 과언이 아니었다.

결국 재하의 몫까지 두 개의 잔이 내 앞에 놓였다. 잔 속에서 보글보글 올라오던 기포가 가라앉고 있었다. 잔에서 시선을 떼자 재하와 눈이 마주쳤다.

저 신경쓰지 말고 드세요.

그렇게 말해놓고 재하는 시선을 돌리지 않았다. 정말로 마실 수 있는지 확인하려는 것처럼. 나는 잔을 입으로 가져가다 말고 물었다.

슈팅스타는 먹을 수 있나요?

사방이 떠들썩한 웃음과 외침으로 시끄러웠다. 누구도 우리에게 흥미를 가지지 않았다. 바순처럼 낮게 깔리는 남자 성우들의 목소리 위로 재하의 목소리가 가볍게 얹혔다.

자주는 아니고 가끔요.

차분히 말하는 재하의 목소리는 여자치고는 낮고, 남자치고는 가늘었다.

엄마가 싫어하시거든요.

요즘 누가 텔레비전을 보겠어. 처음 참여한 방송의 시청률을 확인하고 실망하자 선배들이 위로랍시고 그런 말을 건넸다. 하긴 나만 해도 OTT의 시대가 도래하고, 정기적으로 구독료를 납부하면서부터는 더는 텔레비전을 보지 않았다. 금년부터 인상되는 월정액에 이용자가 빠져나가는 상황에서도 나는 구독을 해지하지 않았다. 자주 보느냐 하면 그것도 아니었다. 내가 OTT를 이용할 때라고는 늦은 밤, 보지도 않을 영화를 이것저것 눌러볼 때뿐이었으니까. 그럼에도 꿋꿋이 구독을 유지하는 이유는 매번 해지하는 것을 잊어버리고 마는 성미 탓도 있었지만, 무엇보다 엄마 때문이었다.

엄마는 OTT의 충성스러운 고객이었다. 십 년 전에나 히트한 아침드라마부터 막장으로 유명한 일일드라마, 엄청난 제작비를 퍼부었으나 막상 뚜껑을 열어보니 텅 빈 강정이더라는 오리지널 시리즈까지, 온갖 종류의 콘텐츠를 섭렵했다. 좀비물이 유행하자 얼마간은 세상에 존재하는 좀비 아포칼립스물은 죄다 시청하기도 했다. 취향의 스펙트럼이 가히 놀라울 정도였다. 더 정확히 말하자면 취향이라는 게 아예 없는 사람처럼 마구잡이로 빠져들어 보았다.

그러는 와중에 꾸준히 보는 장르도 있었다. 생전 듣도 보도 못한 영화들이었는데, 하나같이 잔인하고 괴랄했다. 용인에 있는 집에 갈 때마다 엄마는 내가 없는 동안 본 범죄영화의 줄거리를 설명해주었다. 그런 대화는 주로 식사중에 오갔다. 밥 때가 아니면 내가 좀처럼 방에서 나오지 않기 때문이었다. 내가 건성으로 대꾸하는 동안 엄마는 잔인하게 난도질당한 여자들의 시체와 생존자가 감행하는 더 잔인한 복수를 상세히 묘사했다. 가끔은 휴대폰 화면을 켜서 그 장면들을 보여주기도 했다.

너무 징그럽지 않니? 몸서리를 치면서도 엄마는 어딘지 개운해 보였다. 그 영화들의 어떤 점이 엄마를 매료시켰는지 궁금했다. 제목을 기억했다 나중에 찾아보기도 했지만—주기적으로 시청 기록을 정리하는 나와 달리 엄마는 그런 부분에 있어서 치밀하지 못했다—잔인하기만 할 뿐 몰입의 이유를 짐작할 수는 없었다.

그렇게 열띠게 설명하다가도 식사를 마치고 나면 대화는 단숨에 종결되었다. 마치 사용기한이 정해진 구독제 같았다. 이제까지의 대화는 없던 것처럼 엄마와 나는 인사도 없이 흩어졌다. 나는 식기를 정리하고 방으로 들어갔다. 엄마는 거실 텔레비전 앞에 남았다.

거실의 텔레비전은 종일 켜져 있었다. 밤늦게까지 소리가 나길래 나가보면 거실에는 아무도 없었다. 텔레비전에서는 애국가가 나오고 있었다. 전원을 끄자 순식간에 집안이 고요해졌다. 문틈으로 안방을 들여다보니 엄마가 손바닥만한 휴대폰 화면으로 비명과 저주와 광기의 소리를 숨죽여 듣고 있었다. 이불을 반쯤 덮은 엄마의 둥근 옆모습이 무덤처럼 솟아 있었다. 나는 조용히 내 방으로 돌아왔다.

침구와 옷장과 방바닥은 늘 깨끗하게 유지되고 있었다. 나는 방 한가운데 서서, 언제 올지 모르는 나를 위해 주기적으로 청소기를 돌리고 환기를 하고 계절마다 이불을 가는 엄마를 상상했다.

내가 상암으로 돌아갈 때가 되면 엄마는 아쉬운 내색을 했다. 자고 가지…… 그러면서도 적극적으로 붙잡지는 않았다. 아쉬운 한편으로 어서 나를 보내고 B급 슬래셔 무비에 파묻혀 혼자만의 여가를 보내고 싶은 것 같았다.

현관까지 따라나온 엄마는 붙박이 신발장 문에 매달려 내가 신발을 신는 걸 지켜보았다. 엄마가 움직일 때마다 끼익, 끽, 하는 소리가 났다.

다음번 방문은 언제야?

장난스러운 말투였다. 나는 구겨진 신발 뒤축에 손가락을 넣어 꾹꾹 눌러 펴면서, 역시나 장난스럽게 대꾸했다.

때가 되면 돌아오겠지요.

그러면 엄마는 웃었다. 아무런 걱정 없다는 듯이. 내가 이 집을 나섰다가 불의의 사고로 죽거나 불구가 되어 영영 돌아오지 못할 가능성은 상상할 수 없다는 듯이.

신발장에 끈질기게 매달려 있는 엄마는 마치 부모를 배웅하는 어린애 같았다. 무심코 돌아보자 앙증맞게 손을 흔들었다. 안녕. 엄마가 소리 없이 입 모양으로 인사했다. 대답을 하기도 전에 현관문이 닫혔다.

계단을 걸어내려가는 동안 누적된 피로가 차차 가셨다. 층마다 두 가구가 마주보는 구조가 반복되었다. 낡은 새시와 손을 갖다대면 한기가 느껴지는 칠이 죄다 벗어진 난간, 깨를 쏟은 것 같은 층계 바닥의 무늬—어린 시절 내가 그렇게 말한 걸 두고 엄마는 아직도 웃었다—가 낯설지 않았다. 계단에 쌓인 무단 적치물과 현관문에 달린 십자가, 철 지난 크리스마스 장식으로 여기가 몇층인지 구분할 수 있었다. 일층으로 이어지는 계단은 다른 층보다 길었다. 뫼비우스의 띠를 걷는 기분은 공동 현관에 도달해서야 끝이 났다. 나는 그곳을 나서서 내가 사는 집으로 돌아갔다.

재하는 성우이지만 지난 이 년간 〈꼰대〉의 AD를 맡아왔다.

〈꼰대〉는 목요일 오후 다섯시 반에 편성된 〈근데 꽁지야, 근대?!〉를 제작진들끼리 줄여 부르는 말이었다. 초등학생 꽁지가 한국사 교사의 타임머신을 타고 과거로 돌아가 한국 근대사를 직접 경험한다는 내용이었는데, 아무리 교육용이라고는 해도 아이들이 재미있어할 구석은 도무지 찾아볼 수 없었다. 그게 나만의 생각은 아니었는지 방송은 별다른 성과 없이 허무하게 막을 내렸다.

막을 내린 건 〈꼰대〉만이 아니었다. 방송국에서 더이상 전속 성우를 뽑지 않기로 결정한 것이다. 몇 해 전부터 성우 공채가 격년제로 바뀐 걸로 모자라, 좀처럼 내년 공채 일정을 공지하지 않던 탓에 방송국 내부에서는 일찌감치 소문이 돌고 있었다. 재하가 전속 일 년 차에나 맡는 AD를 이 년이나 한 것도 후배가 들어오지 않아서였다. 전속 기간이 끝나면 성우들은 강제로 프리를 달아야 했으므로, 재하의 기수를 끝으로 방송국에 남는 성우는 없었다.

그 시기 재하는 업무 시간의 대부분을 성우극회실에서 보냈다. 전속 성우들은 당번제로 극회실에 상주하며 전화 응대를 했다. 전속 막바지에 이르자 성우 중 일부는 외주 녹음을 하거나 오디션을 보러 다녔다. 원칙적으로 전속 기간에는 방송사 외부 업무를 할 수 없었지만 다들 알게 모르게 봐주는 분위기였다. 상주 시간표는 사실상 무용지물이 됐고, 그때그때 시간이 비는 사람이 극회실에 남는 식이었다. 그렇지 않아도 성우로서 뚜렷한 업무가 없던 차에 극회실에 머무는 시간이 늘어나면서 전화 응대는 자연스럽게 재하의 몫이 되었다.

이따금 극회실에 들를 때면 유선전화기 앞에 재하가 덩그러니 앉아 있었다. 그 자리가 처음부터 자신에게 주어진 일터인 것처럼. 재하는 군데군데 솜이 터진 소파에 꼿꼿하게 앉아 꼼짝없이 오후를 보냈다.

재하와 제대로 대화를 나눠본 건 〈꼰대〉의 종영을 삼 주 남긴 시점이었다. 퇴근길에 극회실 앞을 지나가는데 불이 켜져 있었다. 소등을 잊은 모양이었다. 문을 열자 누군가 소파에 누워 있는 게 보였다. 재하였다. 두 손을 가슴팍에 모으고 시선은 천장을 향한 모습이었다. 재하가 나를 발견하고 벌떡 일어났다. 그러더니 별안간 물었다.

선배님, 〈슬램덩크〉 좋아하시죠.

그렇게 좋아하지는……

일전에 실패한 농담을 두고 하는 말임을 알아채고 말끝을 흐리자 재하가 슬쩍 웃었다.

그럼 저 좀 도와주세요.

그렇게 말하는 목소리는 전화 응대를 할 때와 다르지 않았다. 재하는 극회실에 걸려오는 전화 하나하나에 성실히 응했다. 호들갑을 떨지도 무심하게 굴지도 않았다. 타고난 소리 자체가 평균 남성보다 높기도 했지만, 전화를 받을 때면 목소리부터 깔고 보는 남자 동기들과는 달랐다.

강PD님 소개로 다음달에 오디션 하나 보기로 했거든요.

무슨 오디션이요?

〈슬램덩크〉요.

강선배는 〈꼰대〉의 메인 PD였는데, 나이가 지긋한데다가 굽히는 법을 몰라서 다들 어려워했다. 〈슬램덩크〉의 신작 극장판이 제작되는 것도, 그 강선배가 더빙판 오디션 기회를 주선해준 것도 뜻밖이었다.

그런데 제가 살면서 〈슬램덩크〉를 본 적이 없어서요.

얼빠진 얼굴로 재하를 올려다보았다. 장난치는 것 같지는 않았다. 재하 앞에 서자 꼭 마이크가 된 기분이었다. 순박한 인상과 유순한 성격 탓에 간과하기 쉬웠지만, 재하는 키가 꽤 컸다. 녹음을 할 때면 재하는 동선에 방해가 되지 않도록 뒷짐을 지면서 물러섰다. 마이크 높이에 맞추느라 다리는 넓게 벌리고 기다란 목을 숙여야 했다. 그러고 있으면 재하는 꼭 잘못된 도로에 도착한 사슴처럼 보였다.

나는 더듬거리며 OTT 서비스 몇 군데를 알려주었다. 재하는 그중 어느 것도 구독하고 있지 않다고 했다. 보고 싶은 게 생기면 그때그때 사내 자료실에 가서 찾아본다면서.

집에 텔레비전이 없어서요.

그럼 그냥 원작으로 봐요. 그게 평이 더 좋으니까.

선배는요?

나 뭐요?

어느 쪽이 더 좋냐고요.

그게 오디션과 무슨 상관인지 알 수 없었다.

저는…… 텔레비전 판을 더 선호해요.

그럼 저도 그걸로 볼게요.

그렇게 말하고 재하는 다시 벌러덩 누웠다. 신장에 비해 소파가 너무 아담해서 팔걸이 밖으로 다리가 튀어나왔다. 여기서 이러지 말고 휴게실이라도 가라고 하자, 재하는 태연하게 극회실에서 밤을 새우고 첫차를 타는 게 마음이 편하다고 했다.

집이 어딘데요?

남양주요.

재하는 아까처럼 두 손을 가슴 위로 다소곳하게 모았다. 선배는요? 천장을 보며 묻는 재하에게 나는 건성으로 대꾸했다.

가까워요. 여기서 금방이에요.

우리집에서는 식사할 때면 텔레비전을 보았다. 엄마는 간단히 차려 먹을 때도 식기에 신경을 쓰는 사람이었지만—내가 플라스틱 용기째로 반찬을 퍼먹고 있으면 엄마는 내가 널 그렇게 가르쳤니, 하고 장난스럽게 말했다—식사 장소에 있어서만큼은 엄격하게 굴지 않았다.

언젠가 텔레비전을 보면서 식사하는 가족을 몰상식하게 묘사하는 동화책을 읽은 적이 있다. 나는 의아했다. 우리집에서는 오랫동안 그것이 일반적인 풍경이었기 때문이다.

어쩌면 내가 화성에서 일곱 살 무렵까지 살았던 집이 공간 구분이랄 게 없다시피 해서 그랬는지도 모르겠다. 화성을 벗어나 용인의 신축 아파트 단지에 입성하고 나서야 나는 집에도 구조라는 게 존재할 수 있다는 걸 알았다.

용인에 살면서 비로소 나에게도 방이 생겼다. 아빠에게는 서재가, 엄마에게는 침실이 생겼다. 공간이 분리되어 있는 건 물론이고, 부엌에 식사 공간까지 따로 있었다. 심지어는 옷방도 따로 있었다. 그 집, 마침내 나만의 공간이 생긴 그 집에서 우리 가족은 정해진 시각에 식탁에 앉아 식사를 했다. 그 시기에는 아빠도 일찍 퇴근해 저녁을 함께 먹었다. 물론 그런 생활이 지속된 건 단 몇 달뿐이었다. 아빠의 퇴근은 조금씩 늦어졌고, 엄마와 나는 다시 텔레비전 앞으로 돌아갔다.

나는 그 집에서 고등학교를 졸업할 때까지 지냈다. 성인이 되어서는 경기도를 벗어나 성북구의 작은 빌라에서 홀로 살았다. 혼자 살게 되면서 식사는 간단히 요기만 하거나 배달 음식으로 때웠다. 구매할 여유도 감당할 공간도 부족했으므로 당연히 텔레비전은 없었다. 대신 밥을 먹는 동안 빨간 국물 자국이 무늬처럼 남은 협탁에 휴대폰이나 태블릿 피시를 세워두고 밀린 드라마를 시청했다.

내가 성북구에 사는 동안 엄마는 용인에서 동탄으로, 동탄에서 광주로, 광주에서 다시 용인으로 거처를 옮겼다. 지금 살고 있는 아파트는 내가 어릴 때 살던 곳과 같은 동이다. 용인과 동탄과 광주의 집에는 모두 식사를 할 수 있는 공간이 마련되어 있었지만, 밥때가 되면 엄마는 어김없이 텔레비전 앞으로 갔다.

나는 그걸 천박하거나 못 배운 행동이라고 생각하지 않았다. 혼자 지내다보면 그런 일은 흔했다. 아빠는 여전히 밤늦게나 퇴근했고 주말에는 등산을 다니느라 바빴다. 내가 독립한 이후 사실상 엄마는 혼자 사는 거나 다름없었다. 내가 상암에 자취방을 알아보러 다닐 무렵 엄마가 은근히 적적한 내색을 한 것도 이해 못할 일은 아니었다.

나도 따라갈까.

엄마가 넌지시 그렇게 말했을 때, 나도 모르게 아빠는? 했다. 엄마는 냉정한 투로 아빠는 알아서 하겠지, 했다. 그동안도 따로 사는 거나 마찬가지였을 텐데, 이제 와 황혼이혼이라도 하겠다는 걸까. 아무래도 상관은 없었지만, 엄마의 태도에서 이혼을 결심한 사람의 체념이나 결의는 찾을 수 없었다.

지금은 모두 처분했지만, 처음 용인에 살기 시작할 무렵에는 집에 침대가 많았다. 이사오면서 새로 장만하기도 했고, 친척이나 지인에게서 꾸역꾸역 받아온 것도 있었다. 안방에는 복고풍의 퀸 사이즈 침대—나는 그걸 여왕님 침대라고 불렀다—가 있었고, 내 방에는 어린이용 흰색 까사미아 침대가 있었다. 그 외에도 어디선가 구해온—아마 분리수거장이었을 거다—이층 침대를 분리해 안방과 옷방에 하나씩 두기도 했다.

엄마는 그런 식으로 집안의 남는 공간을 어떻게든 채우려 했다. 화성에서 쓰던 물건은 텔레비전뿐이었다. 거실에 최신식 텔레비전이 있었지만, 엄마는 안방에 있는 그 텔레비전을 더 자주 봤다.

처음 내 방이 생겼을 때 들떴던 게 무색하게도 방에 머무르는 시간은 점차 줄어갔다. 나는 낮 동안 그 방에서 책을 읽거나 숙제를 하거나 피아노 레슨—일 년이 안 되는 시간 동안 엄마는 내게 피아노, 해금, 논술과 주산 등 여러 종류의 과외를 붙였다가 그만두길 반복했다—을 받았다. 그러다 밤이 되면 복도 끝, 안방 맞은편의 옷방으로 기어들어갔다. 그리고 철 지난 옷들과 짐들에 둘러싸여, 더이상 이층이 아닌 이층 침대에 누워 잠을 청했다.

내 방은 아빠의 서재와 붙어 있었다. 벽이 있어야 할 자리에는 미닫이문이 달려 있었다. 내가 큰 소리로 책을 읽거나 노래를 흥얼대면 아빠가 문을 양쪽으로 밀고 고개를 쑥 내밀었다.

소리 좀 낮춰라. 짧게 경고한 뒤 아빠는 다시 미닫이문 너머로
사라졌다.

화성의 집에는 방이랄 게 없었으므로 온 가족이 거실에 모
여 잤다. 현관 쪽에 아빠가, 벽 쪽에 엄마가, 둘 사이에 내가
누웠다. 한밤중에 화장실에 가고 싶어서 깨면 아빠를 넘어가
야 했다. 아무리 조심스럽게 움직여도 나는 늘 아빠를 깨웠다.
아빠는 잠결에도 사람 넘어다니면 수명 깎인다, 했다. 나는 화
장실 변기에 앉아 내가 수없이 깎은 아빠의 수명을 가늠해보
곤 했다.

그렇게 방도 침대도 훨씬 많아졌지만, 그 많은 침대 중 어느
하나 아빠의 서재에 놓이는 일은 없었다. 엄마는 퀸 사이즈 침
대를 홀로 썼고, 아빠는 서재에 이불을 깔고 잤다. 내가 옷방
으로 자러 가면서부터 아빠는 내 침대를 쓰기 시작했다. 아동
용이라 누우면 발목이 튀어나와서 모로 웅크려야 했는데도.
밤이 되면 우리는 각자의 영역에서 벗어나 내 것이 아닌 공간
에 몸을 구기고 잠들었다.

많은 아이들이 그렇듯, 나도 엄마와 아빠가 대화를 하지 않
는 상황에 극도의 두려움을 느꼈다. 그렇지만 각방을 쓰는 건
아무렇지도 않았다. 오히려 자연스러운 일이라고 여겼다. 내
가 두려웠던 건 엄마와 아빠가 언쟁을 하는 거였고, 두 사람은
한 공간에 있으면 반드시 다퉜으므로 각방에 거부감을 느끼지

않은 건 어쩌면 당연한 일이었을지도 모른다.

늦은 밤 아빠가 미닫이문을 밀고 건너오면 나는 미련 없이 내 방을 떠났다. 낮 동안 내 공부방이었던 공간은 밤사이 변신 로봇처럼 아빠의 침실이 되었다. 나는 거실과 부엌을 나누는 복도를 따라 옷방으로 갔다. 나프탈렌 냄새가 나는 옷들에 둘러싸여서야 비로소 평안을 찾았다. 문 너머 내 방에서 아빠가 코를 골고—아빠는 눕자마자 잠드는 편이었다—엄마가 안방에서 텔레비전을 보고 있었지만, 귀를 기울이지 않으면 잘 들리지 않았다. 나는 마침내 모든 소음과 소란으로부터 멀어졌다. 문을 열고 나가지 않는 이상 나는 안전할 수 있었다. 누구도 나를 해칠 수 없고, 구해낼 수도 없는 온전한 나만의 시공간이었다.

매주 수요일 오후, 〈꼰대〉의 출연진은 다 같이 모여 대본 리딩을 했다. 신인 성우들에게 주어지는 역할이라곤 구두공이나 시민 1, 회사원 3 같은 것이 전부였지만, 도무지 활약할 기회가 없는 전속들에게는 그마저도 소중했을 것이다.

전속 성우로서 재하가 처음 비중 있는 역할을 연기한 것도 그 리딩 현장에서였다. 재하는 대통령의 비서실장 역을 배정받았다. 재하가 담담하게 첫 대사를 뱉자마자 강선배가 연기를 중단시켰다. 아니지. 자꾸 숨잖아, 지금. 재하는 당황하는 것 같았지만 이내 목을 가다듬고 다시 연기를 시작했다. 그러나 두번째 시도도 금방 저지당했다.

부끄러움을 이겨내야 해.

그건 격려도 조언도 아닌 명령에 가까웠다. 그 말을 지표 삼아 어느 방향으로도 나아갈 수 없다는 점에서 그랬다.

호흡해야 하는 구간과 아닌 곳을 구분하란 말야.

아가미가 달린 것도 아니고 호흡을 해야 할 곳과 아닌 곳을 어떻게 구분하라는 건지 알 수 없었다. 호흡은 힘들이지 않아도 할 수 있는 건데. 오히려 의식하기 시작하면 지금껏 어떻게 호흡해왔는지 알 수 없어지는 건데. 그런데 그걸 구분하라니. 나로서는 무리한 요구처럼 들렸다. 무엇보다 부끄러움을 이겨내라니. 그게 이기고 지는 문제인가.

한번 말리기 시작하자 재하는 도미노처럼 무너졌다. 처음 몇 번은 나름대로 변주를 줘가며 접근했지만, 연이은 퇴짜에 점점 자신감을 잃어갔다. 같은 구간에서 대사를 씹었고, 꼬였고, 포기했다.

이겨내야지, 응? 팍, 하고 뚫어내야지.

그 순간 재하가 느낀 건 부끄러움보다 수치심이나 모멸감에 가까워 보였다. 부끄러움을 이기지 못해서 연기에 실패한 것이 아니라, 연기에 실패했기 때문에 느끼는 모멸감.

결국 재하의 배역은 한 기수 선배인 희원에게 돌아갔다. 재하는 억울해하지 않았다. 배역 교체도, 연기에 대한 지적도, 모멸감도 묵묵히 받아들였다.

그런 식으로 요령을 피우거나 돌아가지 않고, 있는 그대로 받아들이는 재하의 태도는 유연함과는 조금 달랐다. 모르긴 몰라도 강선배 역시 재하의 그런 모습을 좋게 본 모양이었다. 전속이 끝나가는 이 시점에 굵직한 오디션을 물어다준 걸 보면 말이다.

매주 수요일 리딩이 끝나고 나면, 재하와 나는 극회실에서 특별훈련을 진행했다. 특별훈련이라는 명칭은 재하가 붙였다. 옛날 만화 속 인기 없는 동아리 같다는 게 이유였다.

훈련을 시작하면서 알게 된 재하는 다소 엉뚱한 면이 있었다. 첫 주에 어색한 분위기를 풀 겸, 나는 재하에게 둘이 있을 때는 편하게 대하라고 했다. 말은 그렇게 했어도 재하 쪽에서 거절할 줄 알았는데 재하는 냉큼, 그럴까? 하고 말을 놨다. 그러더니 다음날 모두가 보는 앞에서 선배 하이, 하고 손을 번쩍 들어 보이기까지 했다. 얼떨결에 인사를 받아버리는 바람에 꼼짝없이 반말하는 사이가 된 건 덤이었다.

의외인 점은 또 있었다. 재하는 만화를 꽤 많이 보았다. 도무지 끝날 줄 모르는 소년 만화도 최신 화까지 꼬박꼬박 챙겨 봤고, 『드래곤볼』이나 『리니지』 같은 만화도 완결까지 읽었다. 주로 일대기형 만화를 좋아하는 것 같았지만 무협지부터 순정만화까지 가리는 것 없이 폭넓게 감상했다―내가 신기해하자 무협지와 순정만화는 사실 굉장히 비슷한 구조라고 설명해주기까지 했다. 그러면서도 만화 자체를 즐기는 것 같지는 않았다. 만화를 좋아하는 사람 특유의 상대가 묻지도 않은 얘기를 늘어놓는 일도 없었다. 재하는 뭔가를 수행하듯 오로지 그것들을 성실하게 챙겨볼 뿐이었다.

물론 가장 의외였던 건 그렇게 많은 만화를 봤으면서 정작 〈슬램덩크〉는 본 적이 없다는 사실이었다.

시도해본 적은 있어.

언제?

예전에, 만화방에서.

극회실 조명이 화면에 반사되지 않도록 재하가 태블릿 피시의 각도를 조절했다. 태블릿 피시 뒤쪽에 스트랩이 달려 있었다. 녹음을 할 때면 재하는 스트랩에 손등을 끼우고 대본을 읽었다. 자기 몫의 대사가 한두 줄뿐인 걸 생각하면 과분한 장비 같기도 했지만, 요즘에는 종이 대본을 사용하는 성우가 거의 없으니 이상할 것도 없었다.

집 앞에 있어서 자주 갔어. 엄마가 회사 다녀서 낮에 집이 비었거든.

여기보다 조금 좁았는데, 덧붙이며 재하가 태블릿 피시를 손에 든 채로 양팔을 벌렸다.

사면이 다 만화책이었어. 책꽂이 밀면 안에도 한가득 있고. 바닥에도 여기저기 쌓여 있었는데.

재하가 극회실을 빙 둘러보며 여기보다 조금 좁았는데, 했다. 나도 덩달아 극회실을 둘러보았다. 수시로 윙, 하는 소리가 나는 오래된 냉장고, 다리 밑에 골판지를 접어넣어 균형을 맞춘 책상, 찢어진 가죽 사이로 솜이 노출된 소파와 벽에 달린 기수별 성우들의 반명함판 사진이 보였다. 재하의 기수를 마지막으로 게시판 아래쪽은 텅 비어 있었다.

한 권에 이백원.

재하가 손가락으로 브이를 그렸다. 평소보다 묘하게 수다스러운 모습이었다.

파격적인 가격 정책이다.

천원 들고 가면 거기선 부자야.

나는 재하가 매일 빌려 읽었을 만화책을 떠올렸다. 장르도 내용도 공통점이라고는 없는 천원어치의 이야기를.

재하가 말하는 동안에도 영상은 계속됐다. 한쪽 귀에 꽂은 무선 이어폰에서 대사가 흘러나왔다.

근데 끝까지 보기도 전에 망해버렸어.

어느새 재하는 평소의 표정으로 돌아왔다. 궂은일도 마다하지 않지만 어느 것에도 크게 열의를 보이지 않는 얼굴로. 재하가 태블릿 피시를 똑바로 세웠다.

요즘에는 죄다 만화 카페로 바뀌었더라.

그거랑은 좀 다르잖아.

그래도 더 좋아졌던데. 먹을 것도 팔고.

나 다니던 데도 췄어.

뭐 팔았는데?

재하는 곰곰이 생각하는 건지, 영상에 집중하는 건지 모를 얼굴로 말이 없었다. 화면 속에서 강백호가 농구화를 고르고 있었다. 익숙한 빨간색 조던이 아니라, 흰색 바탕에 검정과 빨강이 섞인 에어 조던 6였다.

콜라.

못 먹는다며.

그땐 먹었어.

훈련은 내내 그런 식이었다. 거창한 건 없었고, 무선 이어폰을 한 쪽씩 귀에 나눠 끼고 〈슬램덩크〉를 시청하는 게 전부였다. 이따금 재하가 입속말로 대사를 따라 해보기도 했지만, 누구 하나 콕 집어서 연구하지는 않았다. 특정한 역할로 제의를 받은 게 아니라서 한 가지 배역에만 몰두하면 안 된다는 게 재하의 주장이었다. 내가 하는 거라곤 단행본과 더빙판의 로컬라이징이 다른 경우 설명해주는 게 다였다. 그렇다고 재하가 내 설명을 썩 잘 이해한 것 같지도 않았다―재하는 신소걸과 신준섭이 동일 인물이고, 신준섭과 심준섭이 다른 학교 소속이라는 걸 끝까지 헷갈려했다.

소속 학교와 생김새로 선수들을 구분하는 나와 달리, 재하는 목소리로 구분했다. 윤대협과 서태웅이 맞붙는 장면에서 재하가 작게 웃었다.

둘이 같은 성우야.

어떻게 알아?

내 물음에 재하는 생각해본 적 없다는 표정을 지었다.

그냥…… 들리니까.

의식하고 들으니 정말 비슷하게 들리기도 했다. 재하가 알려준 바에 의하면 꽤 많은 인물들이 같은 목소리를 공유했다. 티가 나는 경우도 있었고, 나지 않는 경우도 있었다. 중반부터 대부분의 성우가 교체된다는 것도 처음 알았다.

그런데 선배는 의외로 만화 별로 안 봤나보네.

어릴 때 집에 케이블 채널이 안 나와서 그래.

그럼 처음 본 버전이 이거야?

재하가 화면을 가렸다. 나는 이것도 봤지, 하고 대꾸했다.

하지만 내가 기억하는 〈슬램덩크〉의 목소리는 98년도에 방영한 SBS 판이었다. 나는 오랫동안 그것이 〈슬램덩크〉의 '진짜' 목소리라고 생각해왔다. 비디오 판의 존재는 방송국에 들어오고 나서야 알았다.

재하와 매주 OTT로 감상하는 버전은 비디오 판이었다. 지금으로서는 SBS 판을 구할 방법이 없기 때문이었다. 그래도 오프닝곡만큼은 SBS 판을 잘라 붙였는데, 아마 많은 사람들이 박상민의 〈너에게로 가는 길〉을 〈슬램덩크〉의 주제곡이라고 여기기 때문일 거다. 그리고 그건 나도 마찬가지였다.

마치 내 안에 작은 비디오 플레이어가 있고, 버튼을 임의로 눌러가며 그때그때 기억 속의 목소리를 갈아끼우는 것 같았다. 기억이라는 건 생각보다 명확하지 못해서, 나는 그런 식으로 사는 동안 들었던 〈슬램덩크〉의 목소리를 한데 섞어서 기억했다.

그러니까 우리는 혼합되고 편집된 〈슬램덩크〉만을 감상할 수밖에 없는 거다.

98년에 엄마는 내게 수면제를 먹이고 번개탄을 피웠다. 거실에 개다리소반을 펼쳐놓고 저녁을 먹는 동안 SBS에서는 〈슬램덩크〉가 방영중이었다. 내가 밥을 먹지 않으려고 버티는 바람에 엄마는 진땀을 뺐다.

엄마는 거의 남기다시피 한 밥상을 치우고 일찌감치 이불을 깔았다. 나는 이불 정중앙에 누워 분주히 돌아다니는 엄마를 구경했다. 엄마는 칙칙한 노란색 테이프로 창문과 문 틈새를 막았다. 테이프가 오래되어 자꾸만 찢어졌다. 엄마는 길게 찢어진 테이프 조각을 공처럼 뭉쳐 아무데나 붙였다. 하도 모기가 들어와서 막아두는 거라고 했다. 선천적으로 땀이 잘 안 나는 체질은 모기에게 물리지 않는다던 아빠의 말이 떠올랐다. 자랑할 게 없어서 저런 걸. 엄마가 등을 돌리고 씹어뱉던 말.

아빠는?

잠에 들 때는 둘뿐이어도 아침에 눈을 뜨면 아빠가 있었다. 그런데 저렇게 단단히 막아버리면 아빠는 어떻게 들어오지? 엄마는 잘못 붙인 테이프를 떼어냈다가 다시 붙였다. 접착면이 떨어지면서 쩌억, 하고 귀 따가운 소리가 났다. 기포가 일어난 부분은 떼었다 붙여도 그대로였다. 엄마는 테이프 붙이는 일을 멈추지 않고, 나를 돌아보지도 않고, 아빠는 괜찮을 거라고 했다.

문을 전부 막은 뒤 엄마는 물을 반쯤 채운 컵을 들고 왔다. 반대쪽 주먹을 펼치자 흰색 알약이 한 알하고도 반쪽 놓여 있었다. 나는 그게 종종 엄마가 자기 전에 먹는 약이라는 걸 알았다. 언젠가 약의 효능에 대해서 물었을 때 엄마는 영양제라고 답했다. 나는 그 말을 추호도 믿지 않았다. 식칼로 자른 건지 알약 단면이 삐뚤빼뚤했다.

엄마가 내게 약을 강제로 먹인 건 아니었다. 그저 그걸 주었고, 나는 받아들였다.

그때까지 나는 알약을 먹어본 적이 없었다. 엄마가 시범을 보여주겠다며 혀를 쭉 내밀었다. 혓바닥에 알약을 붙이고 물을 한 모금 마신 뒤 목을 젖혔다. 그런 뒤에 입을 크게 벌려 알약이 남아 있지 않다는 것까지 보여주었다. 엄마가 따라 해보라고 했다. 나는 혀를 헤, 내밀어 알약의 단면을 갖다댔다. 알약이 혀에 닿자마자 쓴맛이 올라왔다.

빨리 삼켜. 삼켜야지 안 써.

아무리 삼키려고 해도 약은 계속 남아 있었다. 입안이 쓰고 물배가 찼다. 엄마가 턱 아래 손바닥을 대고 뱉으라고 했다. 엄마의 손바닥에 축축해진 알약을 뱉었다.

엄마는 부엌으로 가 물을 한 잔 더 따랐다. 엄마가 내게 다가오는 동안 한계까지 찬 물이 찰랑거렸다. 엄마가 잔을 내밀며 이번에는 물을 곧바로 삼키지 말고 머금고 있으라고 했다. 나는 시키는 대로 했다. 양치 후 입을 헹굴 때처럼 물이 목구멍까지 찼다. 목뒤로 물이 넘어갈까봐 고르륵, 하는 소리를 냈다. 벌어진 입안으로 엄마가 알약을 똑, 떨어뜨렸다. 엄마의 축축한 손바닥이 내 코와 입을 감쌌다. 고개가 젖혀졌다.

없어졌어.

얼굴에서 엄마의 손이 떨어지자, 내가 헐떡거리며 말했다. 혀로 입안을 샅샅이 훑어봐도 약은 없었다. 잘했어. 엄마가 나를 칭찬했다.

여느 아이들이 그렇듯 나도 일찍 잠들기 싫어했으므로 여덟시에 누우면 아홉시나 열시가 되어서야 겨우 잠들었다. 나는

최대한 버티다가 졸음이 몰려오면 엄마를 툭툭 건드리며 잠들
지 못하게 했다.

엄마.

응.

엄마 자?

응.

엄마.

왜.

엄마 나 사랑해?

응.

나 진짜 사랑해?

응.

나 진짜 진짜 사랑해?

그래……

나도 사랑해.

……

엄마는 나 안 사랑해?

사랑해……

내가 사랑을 확인할 때마다, 엄마는 반쯤 잠에 취해서 웅얼
거렸다. 무슨 말을 하고 있는지도 모르는 것 같았다. 그 답변
이 탐탁지 않아서 괜히 같은 걸 묻고 또 물었다.

엄마, 엄마 나 진짜 사랑해?

응.

나 왜 사랑해?

그런 식으로 조금이라도 변주를 주면 대답은 돌아오지 않았다. 의도적으로 답을 피했다기보다 자기도 모르는 새 잠이 든 것 같았다.

어쩌면 마지막 질문은 하지 않았는지도 모른다. 엄마만큼이나 나도 잠에 취해 있었으니까. 엄마가 대답하지 않은 것과 내가 질문하지 않은 것. 이쯤 되자 나는 그 둘을 구분할 수 없다. 어떨 때는 전자 같고, 어떨 때는 후자 같다. 어떨 때는 둘 다인 것 같기도 하고, 어떨 때는 둘이 뭐 다른가 싶기도 하다.

그러면 나는 참을 수 없어져서 엄마를 힘껏 흔들고 때렸다.

엄마! 엄마, 내 말 듣고 있어?

듣고 있어……

엄마는 한숨처럼 대답하지만, 나는 그것이 거짓임을 알고 있다. 그래서 처음부터 다시 시작하는 거다. 엄마, 엄마 나 사랑? 응…… 얼마큼 사랑해? 으응…… 엄마 자? 아니……

그런데 그날은 내가 엄마보다 일찍 잠들었다. 잠이 온다, 는 감각을 느끼기도 전에 나는 기절하듯 잠들었다. 목 안쪽이 끓어오르는 게 느껴지기 전까지 자고 있다는 사실도 몰랐다. 목구멍이 지나치게 간지러웠다. 안을 긁을 수 없어서 피부만 벅

벅 긁었다. 기도에 뭐가 단단히 걸린 것처럼 갑갑했다. 기침이
라도 해서 그것을 빼내고 편해지고 싶었다. 목을 가다듬으려
숨을 들이켰을 때, 목에서 느껴지는 게 가려움이 아니라 괴로
움이라는 걸 알았다.

사우나에서 숨을 크게 들이쉬었을 때처럼 가슴이 턱 막혔
다. 들숨도 날숨도 힘겨웠다. 토할 것 같았다. 누군가 내 뱃속
을 붙잡고 뒤흔드는 기분이었다. 귀가 먹먹하고 머리와 배의
위치가 바뀐 것 같았다. 사지를 비틀어가며 엄마를 불렀다. 엄
마…… 그러나 목소리가 시원하게 나오질 않았다. 휘적대는
내 팔에 걸리는 게 엄마인지 알 수 없었다.

엄마가 내 귀에 대고 말했다. 포기하면 그 순간 시합 종료예
요. 흉하게 앓는 소리가 나왔다. 엄마, 나 목이 이상해. 모기
삼켰어. 목이 바글바글해요. 모기가 알을 낳았나봐. 테이프를
다시 붙여야 할 것 같아…… 최선을 다해 소리를 끌어모았지
만 정작 내 입에서 나온 건,

목에…… 모그, 목…… 모기……

가 전부였다. 아무리 애를 써도 꺽꺽대는 소리만 나왔다. 숨이
안 쉬어지는 것보다 말이 안 나오는 게 더 서러웠다. 이대로는
안 되겠다고, 내가 죽어간다는 사실을 전해야겠다고 생각한
순간—나는 그제야 내가 죽어가는 중이라는 걸 실감했다—
무언가 터지는 소리가 들렸다. 올록볼록한 포장재를 힘껏 움

켜쥐어 기포를 터뜨리는 것 같은 소리. 요란한 박수 소리 같기도 했다. 끔찍한 것이 입을 벌리는 소리. 갈라지고 찢어지는 소리. 함성. 버저비터.

행가래를 타듯 몸이 가볍게 떠올랐다. 눈꺼풀을 들어올리려 안간힘을 썼다. 힘겹게 눈을 뜨자 고여 있던 눈물이 흘러내렸다. 아빠가 나를 내려다보면서 울고 있었다. 아빠가 정말로 우는 건지, 내가 울고 있어서 그렇게 보이는 건지 구분할 수 없었다. 거실 텔레비전이 켜져 있었다. 피범벅이 된 송태섭과 눈물을 쏟아내는 정대만이 나를 쫓아왔다. 아빠에게 매달려 집 밖으로 나오자, 신선한 공기가 쏟아졌다.

마당에 엎어지는 내 등을 아빠가 넓적한 손바닥으로 내리쳤다. 손바닥이 등짝에 닿을 때마다 흐억, 껙, 하는 소리를 쏟아냈다. 꽉 막혔던 폐에 송곳으로 구멍을 뚫은 것 같았다. 여전히 갑갑하고 답답했지만 그 구멍에 매달려 숨을 뱉었다. 내 생애 그렇게 호흡이 어려운 건 처음이었다. 현관문이 있던 자리가 뻥 뚫리고, 집안 곳곳에 찢어진 테이프가 붙어 있었다. 구급대원에게 끌려 나오던 엄마가 문에 매달려 토악질을 하고 있었다.

얼굴이 눈물과 콧물과 침으로 범벅이었다. 침을 아무리 뱉어내도 속이 들끓었다. 어, 엄…… 엄마. 애처롭게 부르자 아빠가 내 등을 문질렀다.

응, 아빠 여기 있어.

아빠는 종종 내가 엄마를 부르는 소리에 대신 대답했다. 아빠 말고 엄마, 하면 아빠는 섭섭한 것도 같고 멋쩍은 것도 같은 표정으로 혀를 찼다. 그러면서도 내가 엄마를 부를 때면 어김없이 대꾸했다. 나는 가끔 그게 지겨웠다.

나는 고개를 저었다. 아빠가 아니라고, 아빠 말고 엄마를 불러달라고 하고 싶었는데 말이 제대로 나오질 않았다. 나……침인지 말인지 모를 것을 뱉자 아빠가 내 쪽으로 몸을 숙였다. 나는 가까스로 말을 내뱉었다.

배고파.

죽음의 문턱까지 갔다가 돌아와 한다는 말이 그거라니. 고작 허기짐을 호소하는 거라니. 아빠는 알겠다, 하고 나를 안아 올렸다. 나는 산소호흡기를 달고 병원으로 호송되었다. 그곳에서 위세척을 하고, 몇 번의 구토를 하고 나서야 제대로 숨을 쉴 수 있었다.

그때 나는 정말 배고팠을까? 아니, 아니다. 나는 배고프지 않았다. 대신에 나는 부끄러웠다. 스스로 죽거나 살아갈 자격이 없는 아이처럼 느껴졌다. 배고프지 않았는데 배고프다고 말했다. 그날을 떠올리면 나는 허기졌다.

입사 초부터 선배들은 전속 성우들을 두고 너는 누구 까라다, 는 얘기를 심심찮게 떠들었다. 그건 칭찬 같기도 하고 악담 같기도 했다. 엄밀히 따지면 멀쩡한 사람을 두고 가짜라고 하는 셈이니 기분이 나쁠 법도 한데, 막내 기수들은 퍽 기뻐 보였다.

꼭 그렇게 나쁜 뜻은 아니야. 재하는 그렇게 말했다. 단순히 목소리의 결이 비슷하다는 뜻이라고. 공부할 때 아예 기성 성우 까라를 잡고 연습한다고도 했다.

재하는 성우 준비 기간이 짧은 편이었고 소리의 특색이 강한 편도 아니었다. PD들 사이에서는 원석 뽑겠다고 너무 모험을 한 거 아니냐는 얘기도 나왔다. 그런 평에 대해 재하도 알고 있었을 것이다.

재하의 차례가 되었을 때 답은 한 번에 나오지 않았다. 재하는…… 재하는 뭐지? 몇몇 기성 성우가 언급되었다. 중성적인 미성의 소유자들. 자연스럽고 부담 없는 목소리. 그렇지만 누구도 딱 들어맞는 것 같지 않았다.

결론이 나기도 전에 호출을 받는 바람에 나는 결국 재하가 누구의 까라로 지명되었는지 듣지 못했다.

훈련 마지막 주에 나는 재하에게 오디션에 합격하면 누구를 맡고 싶냐고 물어봤다. 재하는 고민 끝에 대답했다.

서태웅.

서태웅?

예상치 못한 답변에 내가 황당한 목소리로 되물었다. 말해 놓고 저도 민망했는지 재하는 슬며시 눈길을 피했다.

왜 하필 서태웅?

……대사가 적어서.

뭐래. 다시 골라.

내가 정색을 하자 재하는 선택을 번복했다.

그럼 권준호.

권준호 정도는 언제든지 막을 수 있다고 생각했나?

재하는 권준호가 상상할 수 있는 범위에 있어서 좋다고 했다. 농구 천재나 지난한 과거를 가진 양아치 슈터가 아니라, 스타팅 멤버에 뽑히지 못한 3학년 벤치 선수. 부주장이라는 애매한 감투도 재하에게 이입할 여지를 주었다.

가끔은 이게 내게 주어진 운명 같기도 해.

재하가 진지한 목소리로 그런 말을 하자 삼류 게임 대사처럼 들렸다. 실장이나 총무처럼 전속 활동에 필요한 중책이 아닌 AD를 맡게 된 것도, 넘겨줄 후배가 없단 이유로 어영부영 계속하게 된 것도 전부 자기 천성 때문이라고 재하는 이어 말했다.

학교 다닐 때는 삼 년 내내 체육부장이었어.

그런 건 원래 좀…… 잘나가는 애들이 맡지 않나?

내 미묘한 반응에 재하는 발끈했다. 비록 애들 줄 세울 때나

물 채운 주전자로 운동장에 선 그를 때만 찾는 직책이지만 은 근한 테크닉을 필요로 한다면서.

양 조절을 잘해야 선을 균일하게 그릴 수 있어.

부장 권한으로 다른 애들 시킬 순 없었어?

그건 안 돼.

재하가 딱 잘라 말했다. 그러고는 약간 부끄러운 듯이 나직이 고백했다.

왜냐하면 선 긋는 거…… 좋아했거든.

방송국에 입사하고 나서야 재하 같은 목소리―어떨 때는 여자 같기도 하고 어떨 때는 남자 같기도 하지만, 대부분의 경우 둘 모두 아닌 것 같은―가 꽤 수요가 있다는 걸 알았다. 그렇지만 성우들 사이에 있으면 재하의 목소리는 한 번에 알아듣기 힘들었다. 왈라* 신을 녹음할 때 재하는 종종 군중 소음을 지휘하는 역할을 맡았다. 주먹을 쥔 재하의 손이 공중에 크게 원을 그리다 움직임을 멈추면, 제각기 대본에 없는 말을 떠들던 성우들이 일제히 입을 다물었다. 정작 재하의 연기는 다른 성우들에게 묻혀 구분할 수 없었다.

재밌었어. 똑바로 그어지면 기분좋고.

그럴 때면 녹음 부스 너머를 주시하는 재하와 눈이 마주쳤

---

* walla. 영화, 게임 등에서 군중의 함성을 표현하는 효과음.

다. 콕 집어서 나를 본 건 아니었다. 다만 내가 부스 밖에 있고, 재하가 부스 안에 있어서 그랬을 뿐이었다. 각자가 맡은 보잘것없는 역할을 해내는 동안에 말이다.

합동 체육 하면 알게 모르게 체육부장들끼리 경쟁 붙었어. 은근히 긴장됐다, 그거? 지목 못 받은 날에는 집에 가서도 생각나.

뭐가?

내가 긋는 깔끔한 선이.

나는 체육복도 갈아입지 않고 침대에 누운 어린 재하를 떠올렸다. 두 손을 가슴에 모으고, 천장에 붙어 있는 야광 별을 올려다보는 중학생 남자아이. 변성기가 지나고 나면 성대에 어떤 변화가 찾아올지 추호도 모른 채 다음에는 꼭 선을 그어야지, 내가 긋고 말 거야, 하고 몰래 다짐하는 아이. 엄마가 수저 좀 놓으라고 부르는 소리에 대답하기 전까지는 어떤 소리도 내지 않는 아이.

재하는 오디션에 떨어졌다. 오디션 결과는 〈더 퍼스트 슬램덩크〉의 개봉 소식으로 알게 되었다.

원래들 그래. 떨어진 건 잘 안 알려줘.

재하는 크게 상심한 것 같지 않았다. 정작 상심한 건 나였다. 그동안 내심 재하의 목소리가 〈슬램덩크〉와는 어울리지 않는다고 생각하긴 했지만—그 사실을 누구보다 잘 아는 사람은 재하 자신이었다—막상 이렇게 되니 아쉬웠다.

누구 연기했어? 오디션 때.

재하는 곰곰이 생각한 끝에 대답했다.

모르겠어.

재하의 마지막 근무일에 나는 홀로 〈더 퍼스트 슬램덩크〉를 보러 갔다. 재하는 끝나고 동기들과 뒤풀이가 있다고 했다. 가본 적 없는 곳이라, 나는 휴대폰으로 지도를 살피며 천천히 영화관까지 걸어갔다.

심야영화라 관람객은 많지 않았다. 상영관에 아저씨 관객들이 듬성듬성 앉아 있었다. 잠시 후 상영관 조명의 조도가 낮아졌다. 나는 좌석에 몸을 깊숙이 묻었다. 화재시 비상 대피로를 따라 이동하라는 안내와 함께 스크린에 상영관 도면이 떴다. 나는 대피 경로를 눈에 익히려 했지만 스크린에서 안내하는 것처럼 극단적인 상황은 쉽게 일어나지 않을 것 같았다. 상영관의 조명이 완전히 꺼지고 눈앞이 캄캄해졌다. 눈을 감았다 떴는데도 여전히 어두웠다.

영화가 시작되고 나서야 재하가 모르겠다고 한 이유를 알수 있었다. 원작을 보지 않은 재하로서는 모르는 내용인 게 당연했다. SBS 판은 북산의 전국 대회 진출 직전에 종영했다. 원작에서 글로만 설명된 이후의 패배도 그려지지 않았다. 재하의 〈슬램덩크〉는 거기서 끝이었다.

하지만 〈더 퍼스트 슬램덩크〉는 재하가 모르는 산왕전을 다루고 있었다. 영화는 원작의 역동성을 재현하고 있었다. 나는 선수들의 매끄러운 움직임을 보며 감탄했다. 하지만 무엇보다 놀라웠던 건 성우들의 연기였다. 비디오 판의 캐스팅이 유지된 건 강백호를 맡은 강수진 말고도 다른 성우들 역시 위화감 없이 어울렸다. 나는 그것이 가능하다는 데 놀랐다. 이미 존재하는 이야기를 전혀 다른 목소리로 덮어씌울 수 있다는 것에.

영화는 산왕전과 송태섭의 과거가 교차되며 진행되었다. 경기 중간중간 송태섭의 삶이 내가 모르는 목소리로 펼쳐졌다. 송태섭에게는 실종된 형이 있었다―형의 이름이 송준섭인 걸 보고 나는 재하가 헷갈릴 이름이 또하나 늘었다고 생각했다―전국 대회 전날 송태섭은 엄마에게 편지를 남겼다.

살아 있는 게 저라서 죄송해요.

쓰다 만 편지는 구겨져 쓰레기통에 처박혔다. 나는 웅크리듯 상체를 숙였다. 깊게 호흡하자 가슴이 허벅지에 닿았다. 농구화 밑창이 체육관 바닥과 마찰하는 소리가 들렸다.

나는 재하가 아는 것과 다른 '슬램덩크'를 알고 있었다. 아직 용인에 살 때, 동네 비디오 대여점에서 재고 떨이를 한 적이 있었다. 거기에 만화책 『슬램덩크』도 있었다. 누렇게 변색된 비닐은 너덜거리는 표지를 조금도 보호해주지 못했다. 전권이 있지도 않았다. 나는 텔레비전 판으로 본 적 없는 후반부만 한 권에 오백원을 주고 사왔다.

그날 밤 나는 옷으로 가득찬 방에서 표지가 다 떨어져가는 『슬램덩크』를 읽었다. 이불을 뒤집어쓰고 장만한 지 얼마 안 된 폴더형 휴대폰의 불빛에 의존해서 읽느라 눈이 아프고 자주 숨이 막혔다. 중간중간 잘려나간 페이지 때문에 장면이 매끄럽게 이어지지 않았다. 옳게 읽고 있는 건지도 확신이 없었다.

내가 읽은 장면들에서 송태섭에게는 죽은 형도, 슬픔도, 목소리도 없었다. 그저 도내에서 가장 민첩한 가드일 뿐이었다. 나는 아무 페이지나 펼쳐서 대사를 소리 내 읽어보았다. 기대하지도 않았지만 내 목소리는 형편없이 들렸다. 만화책에 고개를 묻자 오래된 종이 냄새가 났다.

세상에 너무 많은 판본이 존재했다. 아무리 노력해도 그것들을 다 볼 수 없을 것 같았다. 그러니까 나는 온전한 〈슬램덩크〉를 본 적이 없는 셈이었다. 전부 조각나고 뜯어지고 훼손된 〈슬램덩크〉뿐이었다. 그 사실에 서러워졌다.

무릎에서 고개를 떼고 천천히 몸을 바로 세웠다. 스크린에 유려하게 복원된 〈슬램덩크〉가 있었다. 내게 익숙하고 또 낯선 방식으로. 나는 재하의 목소리를 떠올려보려 했다. 만약 재하가 오디션에 합격했다면 어떤 역할에 어울렸을지 상상했다. 그러나 이미 주인이 정해진 목소리에 재하가 끼어들 틈은 없었다.

엔딩 크레디트가 올라가는 동안 여기저기서 아저씨들의 탄성이 튀어나왔다. 모두 영광스러운 과거로 돌아간 것처럼 감격했다. 나는 깊숙이 파묻혀 있던 몸을 천천히 일으켜 영화관을 빠져나왔다.

휴대폰의 전원을 켜자 날짜가 바뀌어 있었다. 이로써 재하의 전속 기간은 정식으로 끝이 났다. 나는 곧장 재하에게 문자를 전송했다.

—재하야, 프리다! 쏴라!!

문자를 읽고 나서도 재하는 한참 동안 답이 없었다. 아무래도 내 농담을 이해하지 못한 모양이었다.

그다음주부터 나는 수요 경제 방송에 투입되었다. 선배들은 더는 조기 종영하는 일 없을 거라며 섣부르게 위로했다. 적어도 귀띔 정도는 해줄 거라고. 나는 몇 년 차쯤 되어야 귀띔 없이 종영되어 마땅한 방송과 그렇지 않은 방송의 차이를 구분할 수 있을지 궁금했다.

어김없이 편집실에 틀어박혀 있을 때 재하가 찾아왔다. 전속계약이 종료된 후로도 재하는 변함없이 출근했다. 녹음 일정이 잡혀 있었기 때문이다. 재하가 오디션에 떨어지고, 사람들이 삼십 년 만에 다시 〈슬램덩크〉에 열광하는 와중에도 변한 건 없었다.

출입문 유리창 밖에서 재하가 테이크아웃 컵을 들고 두 손을 흔들어 보였다. 벙긋거리는 재하의 입 위로 경제 주간지 기자의 따분한 목소리가 씌워졌다. 일시 정지 버튼을 누르자 소리가 뚝 멈췄다. 나는 헤드폰을 벗고 출입문을 열었다.

멀었어?

밤새워야 돼. 너는?

배차 간격 사십 분이라 시간 좀 때우다 가려고.

재하가 편집실 구석에서 등받이 없는 의자를 끌고 와 앉았다. 다리 세 개 중 하나가 짧은지 의자가 불안정하게 흔들렸다. 나는 헤드폰을 한쪽 귀만 덮도록 비뚤게 썼다.

내가 하는 작업은 립 노이즈를 제거하는 일이었다. 입술이 붙었다 떨어지면서 누구나 조금씩 소음이 발생하는데, 심하면 돌멩이가 입안을 굴러다니는 것 같은 소리가 들렸다. 플러그인으로도 제거되지 않는 부분은 수작업으로 하나하나 지워야 했다. 나 같은 막내 PD에게 제격인 아주 번거로운 작업이었다.

자료 화면에 입힌 내레이션은 희원의 목소리였다. 그는 재하와 달리 목소리가 꽤 중후한 편이었다. 그날따라 입이 건조했는지 소음이 유독 많이 잡혔다.

너네 선배 슈팅스타 먹고 녹음한 거 아니야?

이 형이 원래 긴장하면 입이 잘 말라.

재하가 들고 있던 음료를 건넸다. 레몬 조각이 들어간 에이
드였다. 재하의 것은 평범한 커피였다. 에이드를 한입 쭉 빨자
목구멍을 타고 따끔따끔한 탄산이 뻗어나갔다. 나는 진저리를
쳤다.

무슨 맛이길래 그래? 나도 한입만.

나는 재하의 손을 피해 음료를 내 쪽으로 당겼다.

이거 탄산 있는데, 먹어도 돼?

응, 콜라만 못 먹는 거니까.

그럼 제로 콜라도 못 먹어?

안 먹어봐서 모르겠다.

사이다는?

먹으려면 먹지.

페리에는?

스무고개 하냐.

슈팅스타는 먹는다며.

재하가 에이드를 향해 뻗었던 팔을 책상에 툭 내려놓았다.

먹을 수는 있는데, 예전에 엄마가 그 회사 다닐 때 하도 먹
어서 질렸어.

예전에? 예전에 언제.

남양주 살기 전에.

그전엔 어디 살았는데?

대청동.

나는 편집중이던 파일을 내리고 인터넷 사이트에 대청동을 검색했다. 컴퓨터 화면에 강남구 지도가 떴다.

좋은 데 살았네.

근데 대청이 약간 강남의 슬럼가거든.

강남이 다 강남이지 슬럼가가 어딨어.

아냐, 대청 사람들 거기에 자부심 있어.

별게 다 자부심이다.

재하는 억울한 듯이 진짜야, 하더니 손을 키보드로 가져갔다. 대청역 개포일원아파트, 라고 치자 개포동 아파트 시세가 우후죽순 떴다.

만화방도 이 근처였어?

응. 이쯤이었는데.

지도를 이리저리 살펴보던 재하가 기다란 회색 사각형에서 멈췄다. 일원아케이드라고 적힌 건물이었다. 재하가 손가락으로 다닥다닥 붙어 있는 작은 상점들 중 하나를 짚었다.

되게 작아 보이는데. 음식도 팔았다며.

판 건 아니고 주인 아저씨가 준 거야.

재하가 지도에 대고 마우스 휠을 굴리며 확대와 축소를 반복했다. 만화방이 있던 자리는 아무리 확대해도 상호명이 나오지 않았다.

근데 무슨 햄버거도 없이 콜라를 주냐.

햄버거도 줬어.

감자튀김은?

자기가 좋아해서 다 먹었대.

웃기는 아저씨네.

그치. 대뜸 햄버거 좋아하냐더니 주더라고. 탄산 다 빠져서 하나도 맛없더라.

재하는 손안의 반투명한 갈색빛 커피를 내려다보았다. 잔 표면에 맺혀 있던 물방울이 재하의 손가락을 타고 흘러내렸다.

집 오는 길에 그거 마시고 쓰러졌잖아.

재하가 손바닥의 물기를 무심하게 허벅지에 문질러 닦았다.

와, 세상이 막 뒤집히고 쪼개지는데. 근처에서 농구하던 형들이 신고해서 살았지, 뭐. 나는 그 형들 무서워서 맨날 멀리 돌아갔는데.

재하의 목소리는 평소와 다름이 없었다. 어쩌면 즐겁게 들리기도 했다. 하지만 나는 재하가 부끄러워할 때와 그렇지 않을 때를 구분하지 못했다.

엄마 회사 잘리고, 이사가기 전에 보니까 문 닫았더라고. 만화책도 싹 다 빼고.

재하가 슬쩍 웃으면서 아깝게, 했다.

나는 텅 빈 만화방 앞에 선 어린 재하를 떠올려보려 했다.

간판을 뗀 자국과 탑처럼 쌓여 있던 만화책이 사라진 자리. 어린 단골손님에게 독극물을 건넨 저의를 파악할 겨를도 없이 사라진 만화방 주인을 떠올리던 재하.

그런 식으로 세상이 뒤집히고 쪼개져버린 후, 어떻게 다시 붙여야 할지 오래도록 생각했을 것이다.

지금 해보자.

뭘?

나는 헤드폰 단자를 컴퓨터에서 뽑았다. 곧바로 유튜브에 들어가 〈슬램덩크〉 더빙판을 검색했다. 섬네일만 봐도 썩 시원치 않은 화질의 영상들이 떴다.

더빙. 지금 해보자고.

의자가 흔들리면서 재하의 몸이 한쪽으로 기울었다가 제자리로 돌아왔다. 나는 긴장했다. 재하가 거절하거나 겁낼까봐. 그러나 재하는 커피잔을 쥐고 있느라 물기 묻은 손을 마우스로 뻗었다. 영상을 클릭하자 숙박업소 광고가 멋대로 재생됐다. 편집실에 경박한 멘트가 쩌렁쩌렁 울렸다. 재하가 소스라치게 놀라며 스피커 소리를 줄였다.

프리미엄 결제 안 했어?

내 거 아니야. 회사 계정이야.

광고를 넘기고 나서야 영상이 재생되었다. 핵심적인 장면을 얼기설기 엮어 만든 영상이었다. 이상하게도 같은 장면이 두 번씩 반복되었다. 곧 그 이유를 알게 되었다. 그건 더빙판들을 비교하기 위해 짜깁기한 영상이었다. SBS 판이 먼저 나오고 뒤이어 비디오 판이 나왔다. 재하가 대사를 조금씩 따라 하기 시작했다.

한 평짜리 편집실에는 방음 부스도, 토크 백도 없었다. 영상은 싱크가 묘하게 어긋났다. 음향을 최대한으로 낮추자, 재하가 인물들의 입 길이에 맞춰 시사*를 시작했다. 어떤 목소리는 어울렸고 어떤 목소리는 튀었다. 어떤 건 애매했다. 처음에는 웃겼던 것도 듣다보니 나쁘지 않았다. 어떤 황태산은 내가 알던 재하였고 어떤 전호장은 내가 모르는 재하였다. 어쨌든 재하는 변성이 주특기인 성우는 아니었다.

농구부를 부수러 온 정대만에게 송태섭이 소리쳤다. 외국 다큐멘터리나 군중 소음 위로 주연 성우의 대사가 들리듯, 김일의 목소리 위로 재하가 말했다.

누구보다도 과거에 얽매여 있는 건 바로 선배 당신이야.

그 대사를 말하는 목소리는 김일도, 오세홍이나 손원일도, 엄상현도 아니었다.

이어서 무리하게 톤을 높인 재하가 박하진을 연기하는 바람에 나는 하마터면 마시던 에이드를 뿜을 뻔했다. 나는 책상에

* 더빙하기에 앞서 미리 내용을 체크해보는 것.

엎드려 끅끅대며 웃었다.

소리 다 뜬다, 야.

어쩐지 울고 싶은 기분이었다. 더빙을 한 건 재하인데, 나는 괜히 헛기침을 하며 에이드로 목을 축였다. 책상에 잔을 당겨온 그대로 물기가 남았다. 탄산 때문에 목이 따끔거렸다. 나는 목구멍에서 탄산의 기운이 잦아들기를 기다렸다. 목이 따가워서 눈물이 맺히려 했다.

하나도 안 맞아.

재하는 대답하지 않았다. 음 소거나 다름없는 상태로 영상은 멈추지 않고 계속됐다. 턴오버를 막기 위해 코트를 가로지르고, 농구공을 향해 몸을 날리고, 골대 밑에서 삼 점 슛이 튕겨져나오기만을 기다리는 선수들이 고요하게 움직였다.

영상이 끝나자 화면이 어두워졌다. 화면 하단에 다음 동영상까지 남은 시간 오 초, 라는 문구가 떴다. 나도 재하의 얼굴을 보지 않았고 재하도 내 얼굴을 보지 않았다. 우리는 나란히 숫자가 줄어드는 것을 지켜보았다.

데려다줄까?

여느 때처럼 현관까지 배웅을 나온 엄마가 불쑥 말했다.

나는 엄마와 함께 똑같은 구조의 층계를 내려갔다. 엄마는 나를 아빠의 차에 태우고 출발했다. 상암으로 가는 내내 내비게이션의 안내를 전부 무시하고 달렸다. 그래도 상암까지 무사히 진입했다.

여기가 네가 사는 동네구나.

엄마가 느리게 주행하며 창문 너머로 오피스텔이 즐비한 거리를 구경했다.

들어갔다 갈래?

집 앞에 도착했을 때 내가 가볍게 물었다. 엄마는 웃었다.

됐어, 아무나 들이지 마.

엄마는 나를 공동 현관 앞에 내려주고 떠났다. 엄마가 탄 차가 멀어졌다. 흰색 번호판이 때가 타서 지저분했다.

엘리베이터가 없는 빌라를 걸어올라가면서 나는 골몰했다. 엄마가 죽지 않고 용인으로 돌아갈 가능성을. 외곽순환도로를 돌다가 관성을 이기지 못하고 도로 아래로 추락하지 않을 가능성을. 어떤 위험도 도사리고 있지 않은 집 앞 골목에 차를 세우고 나오다가 갑자기 튀어나온 오토바이와 충돌하지 않을 가능성을.

매트리스에 누워 그런 상상을 하염없이 했다—이사를 하고 줄곧 침대 사는 걸 미루느라 침실에는 매트리스만 하나 덜렁 놓여 있었다—. 언제나처럼 OTT 앱에 접속해 아무 영화나 눌러보고 있는데 엄마에게서 문자가 왔다.

—이제 집.

—잘 자.

나는 그날 밤 무엇도 선택하지 않았다.

때때로 내가 너무 불합리하게 군다는 생각을 한다. 엄마가 내게 저지른 실수—그것이 명백한 실수라는 걸 나는 알았다—를 꼬집어 기억하는 것 말이다. 선명한 녹색 번호판이 때가 탄 흰색 번호판이 달린 차로 바뀌는 세월 동안 엄마는 혼자 남았다. 함께 살 수도 있었을 집에 홀로.

나는 내가 홀로되었던 밤을 기억한다. 아빠를 기다리다 어느 순간 잠들어버린 끈기 없는 밤을. 가끔은 내가 그 밤을 기억하는 게 아니라, 그 밤이 나를 기억하는 것 같다는 생각을 한다. 그 밤을 잊을 수 없는 이유가, 혹은 제대로 기억할 수 없는 이유가 바로 거기에 있다고. 그 밤의 결정권이 나에게 있지 않기 때문이라고 말이다.

지금도 내가 무엇을 확인하고 싶었는지 궁금하다. 나는 반복 재생되는 녹음기처럼 묻고 또 묻는다.

엄마 자?

엄마는 답이 없다.

엄마 듣고 있어?

나는 엄마가 대답할 때까지 포기하지 않고 매달린다.

엄마, 엄마 나 사랑해?

아직 대답을 못 들었는데 잠이 몰려오는 것 같다. 잠들었

나? 싶을 때 엄마가 들릴락 말락 한 소리로 속삭인다. 하마터
면 놓칠 뻔할 정도로 작은 소리다.

……아니.

나뭇잎이 살을 비비는 소리가 엄마의 대답처럼 들려온다.

그렇구나.

……

……

……나도 사랑해.

환호하는 관중 소리가 멀어지고, 멀리서 농구공 튕기는 소
리가 들려온다. 98년도의 목소리와 처음 가본 심야 영화관의
목소리, 편집실에 나란히 앉아 들었던 재하의 목소리는 평행
세계처럼 서로 닿을 수 없다. 나는 아마 이 장면을 평생 기억
할 텐데, 그때 본 게 무엇인지는 영영 떠오르지 않을 것이다.
그럴 때면 완전히 새로운 소리를 입히고 싶어진다.

나는 잠결에 들었던 버저비터를 찾기 위해 이곳저곳을 헤맨
다. 좋아하는 가수의 음원을 왼쪽과 오른쪽에서 교차로 나오
도록 편집한 영상처럼. 내 앞을 막아서는 거대한 산 같은 가드
를 발 빠르게 뚫는 선수처럼.

나는 매일 밤 묻지 않아 듣지 못했던 답을 떠올린다.

* 소설의 제목은 〈슬램덩크〉 엔딩곡, WANDS의 〈세상이 끝날 때까지는…
(世界が終るまでは…)〉의 가사 중 '서로의 모든 것을 알게 될 때까지가 사
랑이라면 차라리 영원히 잠들어버릴까'를 변형한 것이다.

내일의 집

엄마는 살면서 총 세 번 미국에 방문했다. 그 세 번의 방문 동안 최종 목적지는 언제나 시애틀의 고모할머니 집—정확히 말하면 고모할머니의 남편, 잭의 집—이었다. 처음으로 방문한 것은 내가 아직 엄마 뱃속에 있던 시절이었다. 나는 이따금 엄마가 나를 시애틀에서 낳았으면 어땠을까 하고 생각해본다. 그랬더라면 지금쯤 미국에서 학교를 다녔을 수도 있었을 것이다. 아니면 좀더 능숙하게 영어를 구사할 수 있었을지도 모른다. 무엇이 되었든 간에 지금보다는 쓸모 있는 사람이 되지 않았을까 싶다. 그런 생각은 만삭이던 엄마가 미국 고모할머니와 그녀의 동생 봉일천 고모할머니 사이에서 활짝 웃고 있는 사진을 보고 있으면 더욱 간절해진다. 그 사진은 아마 잭이 찍어주었을 것이다. 그곳은 잭의 주방이고, 파란색과 벽돌색이 섞인 네덜란드풍 문양의 타일 벽을 배경으로, 세 사람은 먹다 만 마카로니와 정체 모를 음식들이 차려진 상 앞에서 바싹 붙어 눈부시게 웃고 있다. 저녁식사를 하다 말고 옹기종기 모여 일회용 카메라로 사진을 찍었을 이십여 년 전 그들을 생각하면 사랑스러운 기분이 든다. 원, 투, 쓰리, 치즈, 하고 말하며 커다란 손으로 셔터를 눌렀을 잭을 떠올려본다. 내가 그 집, 시애틀의 잭의 집에서 태어나 그곳에서 나고 자랐을지도 모른다고 생각하면 기분이 이상하다. 일어나지도 않은 일을 상상하면 가슴 한편이 서늘해진다. 내 생애 처음으로―그러나 엄마에겐 두번째로―시애틀에 도착한 날 저녁, 우리는 마요네즈에 잔뜩 버무린 마카로니로 식사를 했다. 다음날이 되자 엄마와 고모할머니들은 한국 식료품점에 방문해 힘없고 말라비틀어진 배추와 팩에 담긴 유통기한이 간당간당한 김치, 단단하고 비닐 냄새가 나는 두부와 쌈장을 사서 돌아왔다. 둘째 날 우리는 김치찌개를 해먹었다. 잭은 나에게 영어로 저녁식사가 맛있냐고 물었다. 나는 고개를 끄덕였다. 어제는? 잭의 물음에 나는 입을 꾹 다물었다. 그 모습을 보고 어른들이 웃었다. 아직 익숙지 않아서 그래. 고모할머니는 나를 도닥였다. 한 템포 늦게 맛있었어요, 하고 대답했지만 어른들의 웃음을 한번 더 터뜨리게 만들었을 뿐이었다. 고모할머니는 나를 껴안으며

—나는 이따금 자신도 모르게 애정을 표출하는 어른들에게 어떤 반응을 보여야 할지 알지 못했다—귓가에 속삭였다. 곧 익숙해질 거야. 고모할머니는 그 말을 영어로 했는데, 나는 발음을 따라 할 수조차 없으면서 그 말을 정확하게 알아들었다.

지금도 이따금 그 말이 떠오른다. 곧 익숙해질 것이고, 모든 게 괜찮아질 거라는 말. 그 말은 주문처럼 나를 따라다니지만, 나는 한 번도 익숙해진 적이 없고 괜찮아진 적이 없다. 시애틀을 떠나 유년 시절을 보낸 집은 엄마의 명의가 아니었고 성인이 된 이후로도 내 집을 가져본 적이 없다. 집, 이라는 단어를 생각하면 나는 언제나 시애틀의 잭의 집, 거리에 찍어낸 듯 늘어서 있던 똑같은 크기와 모양의 하얀색 이층집을 떠올린다.

엄마에겐 친한 친구가 두 명 있었다. 한 명은 한국에서 미군과 결혼한 미희 아줌마였고, 다른 한 명은 대학교를 졸업하기도 전에 미국에서 눌러살게 된 진경 아줌마였다. 내가 알기로 엄마는 학창시절에 진경 아줌마와 더 친밀했다. 하지만 진경 아줌마가 유학을 떠나고 한동안 연락이 끊긴데다가, 엄마도 결혼을 하고 나를 낳아 기르느라 정신이 없어 몇 년 동안 서로의 소식을 모른 채 지냈다. 시애틀의 잭의 집에서 지내는 한 달 동안 엄마는 꽤 여러 번 진경 아줌마에게 연락을 취했지만 번번이 실패한 모양이었다.

한국에 돌아온 뒤로 엄마는 미희 아줌마와 자주 왕래했다. 경기도 끝에 위치한 미군기지. 거기에 미희 아줌마가 살았다. 엄마의 말에 따르면 미희 아줌마는 특별히 예쁘지도, 공부를 잘하지도 않았는데, 어떻게 해서인지 덩치가 크고 웃을 때 입을 크게 벌리는 백인 군인과 결혼을 하게 되었고, 결과적으로 엄마를 포함한 동창들 중에 가장 만족스러운 결혼생활을 하고 있었다. 엄마는 내심 미희 아줌마의 배우자가 '고작' 미군이라는 점을 깔보는 것 같았다. 그것이 어떤 방식으로든 미희 아줌마에게 전달됐을 거라고 생각한다. 그래도 엄마는 미희 아줌마가 양공주라고 모욕을 당하면 아줌마의 편에 서서 화를 내주었다. 어떤 방식으로든 미희 아줌마가 엄마에게 중요한 사람이었던 것은 틀림없었다.

미희 아줌마에게는 나보다 서너 살 어린 아들과 그보다 더 어린 딸이 있었는데, 두 아이 다 백인 혼혈이라는 것이 티가 나는 외모였다. 한국식 이름이 있기는 했지만 서류상의 이름일 뿐, 모두가 두 아이를 각각 조슈아와 임마누엘이라고 불렀다. 엄마는 조슈아를 쫘샤, 임마누엘을 임똬, 하고 불렀는데 그 아이들은 그게 무슨 뜻인지도 모르면서 어색하게 따라 웃었다. 조슈아와 임마누엘은 둘 다 순진무구했고 착했으며 무엇보다 어른들의 심기를 건드리지 않는 선에서 예쁨받을 줄 알았다. 나는 그애들이 자라면 모두에게 사랑받을 것이라고 멋대로 추측했다.

야, 조슈아. 내가 그렇게 부르자 조슈아는 마치 그것이 자기 이름이 아닌 것처럼 나를 빤히 쳐다보았다. 조슈아와 임마누엘은 줄곧 조심스럽게 다른 사람의 눈치를 살피곤 했는데도 그것이 지나치게 주눅들어 있거나 얌체 같아 보이지 않았다. 나는 그들이 불편하면서도 마음에 들었다. 너 학교에서 인기 많지? 내가 그렇게 묻자 조슈아는 배시시 웃기만 했다. 긍정하지는 않지만 그렇다고 딱히 부정도 하지 않는 모습이 적당히 숫기 있으면서도 자신감에 차 보였다. 나는 그런 모습이 사람들로 하여금 조슈아를 좋아하게 만드는 것이라고 생각했다.

미군기지 안에 살면 좋은 점 중 하나는 수영장을 마음껏 이용할 수 있다는 것이었다. 미끄럼틀도 파도풀도 없었지만 하나뿐인 커다란 풀장에는 어린아이도 뛸 수 있는 다이빙대가 하나 있었다. 조슈아는 거기서 멋들어지게 뛰어내릴 줄 알았다. 가뿐히 공중제비를 돈 뒤 깔끔하게 수면으로 떨어졌다. 그렇게 할 줄 안다는 사실을 숨기지 않았다. 나는 조슈아가 뻐기는 아이는 아니지만, 자신 있는 분야에 관해서는 실력을 뽐내고 싶어한다는 것을 알았다. 임마누엘은 자기 몸에 꼭 끼는 튜브에 매달리다시피 하며 허리까지밖에 오지 않는 좁은 어린이 풀장—수심이 깊은 커다란 풀장과 이어져 있어 사실상 하나라고 할 수 있는—에서 유유히 떠다녔다. 임마누엘의 앙증맞

은 발이 바닥에서 일이 센티 정도 떠 있으리라는 것을 보지 않
아도 알 수 있었다.

　내가 아직 태어나지 않았을 때, 그러니까 당연히 조슈아와
임마누엘도 없었을 때, 엄마는 그 수영장에 가본 적이 있었다.
미희 아줌마는 자신이 동행하니 입장하는 데는 문제가 없지
만, 동양인이 있으면 수색을 당할 수 있으니 차 뒷좌석으로 가
숨어 있으라고 말했다. 엄마는 순순히 뒷좌석으로 갔다. 운전
석 뒤에 몸을 둥그렇게 말아 숨으면서도 엄마는 이게 무슨 짓
인가, 지금 내가 무슨 짓을 하고 있는가, 생각했다. 들키게 된
다면 수영장에 못 들어가는 것은 둘째 치고, 창피를 당할 것이
라고 생각하니 혈압이 오르고 얼굴이 뜨거워졌다. 미희 아줌
마는 유창하지만 한국인 티가 나는 발음으로 입구의 백인 미
군과 짧은 대화를 나눈 후 입구를 통과했다. 엄마가 몸을 일으
키려 하자 미희 아줌마는 전방을 주시한 채 말했다. 일어나지
말고 있어. 아직 보고 있어, 우리를. 엄마는 몸을 더 낮췄다.
이번에는 다른 이유로 얼굴이 화끈거리는 것을 느꼈다.

　수영장에서 엄마는 즐거운 시간을 보냈다. 그러나 집으로
돌아갈 때는 다시 뒷좌석으로 가 웅크려야 했다. 입장할 때와
마찬가지로 미희 아줌마가 백인 미군과 인사를 하고 출구를
빠져나와 군인 숙소 단지로 돌아갈 때까지, 엄마는 오랫동안
빨지 않은 냄새가 나는 군용 점퍼를 덮고 자동차 바닥에서 쪼

그리고 있었다. 회색 시트 위로 엄마의 머리에서 흘러내린 물
방울이 떨어져 진한 얼룩을 남겼다.

나는 그 수영장에 고개를 숙이고 들어간 기억이 없다.

그럼에도 엄마는 조슈아를 쫘샤, 하고 부르고 임마누엘을
임봐, 하고 불렀다. 나에게 작아져 더이상 입을 수 없는 옷을
몇 벌 가져다주기도 했다. 미희 아줌마는 뭐 이런 걸 가져왔냐
고 투정을 부리면서도 기쁘게 받았다. 다음에 만났을 때 조슈
아는 내가 어릴 때 즐겨 입던, 흰색 기린이 수놓아진 노란색
스웨터를 입고 나왔다.

어 이거, 내 거다. 본래 내 것이었던 스웨터, 이제는 조슈아
의 것이 된 스웨터를 가리키자 엄마가 웃으며 그거, 은하가 입
던 세타네? 하고 말했다. 조슈아는 자기가 입고 있는 옷을 잡
아당겨 물끄러미 내려다보았다. 딱히 기분 나쁜 기색은 아니
었고, 굳이 따지자면 수놓아진 기린을 보는 것 같았다.

그후로 조슈아와 임마누엘은 단 한 번도 내가 물려준 옷을
입은 적이 없다. 조슈아가 내 말에 기분이 상해서 그런 건지는
모르겠지만, 이유를 알기도 전에 조슈아와 임마누엘, 그리고
미희 아줌마와는 만나지 않게 되었다.

시애틀에 머무는 동안 잭은 나를 유니라고 불렀다.

내 이름은 발음하기 어렵지 않았지만 잭은 늘어지는 발음으

로 몇 번 불러보더니 이름이 무슨 뜻이냐고 물었다. 나는 지구와 달이 영어로 각각 어스와 문인 것을 알았고 한국의 집 냉장고에는 태양계가 그려진 포스터도 붙어 있었지만, 내 이름의 뜻이 영어로 무엇인지는 몰랐다. 고모할머니가 내 옆에 쪼그리고 앉아 은하의 이름이 뭐냐는데, 잭 할아버지가? 하고 물었다. 고모할머니는 외국인도 아니면서 내 이름을 뚝뚝 끊어서 은, 하, 하고 발음했다. 내가 더 어렸더라면 엄지와 검지로 고모할머니의 혀를 잡고 죽 늘여 입안을 들여다보았을 것이다. 그리고 손가락으로 혓바닥에 내 이름을 새겼을 것이다.

내 이름은 우주라는 뜻이에요.

고모할머니는 내 어깨를 손바닥으로 문질렀다. 봉일천 고모할머니가 자주 해주던 거였다. 내 어깨와 손발을 세게 문지르며 추울 때 이렇게 하면 열이 나고 혈액순환이 잘된다고 했다. 고모할머니는 내가 잭에게 영어로 말할 용기가 없다고 생각했는지, 나를 안은 채 잭을 올려다보며 말했다.

유니버스. 은하는 유니버스란 뜻이에요.

잭은 유니벌스? 하더니 그럼 유니, 유니네, 하고 말했다. 나는 고모할머니가 어째서 갤럭시가 아니라 유니버스라는 단어를 선택했는지 아직도 모르겠다. 자라면서 알게 된 거지만 은하와 우주는 다른 개념이기에, 잭의 집에 있는 동안 나는 전혀 다른 이름으로 불렸던 셈이다.

폭풍우가 치던 날 밤, 잭은 나를 침실로 불렀다. 고모할머니가 문틈으로 고개를 들이밀고 은하, 자니? 하고 물었다. 고모할머니는 언제나 우리 방―나와 엄마, 봉일천 고모할머니 셋이 사용하는 방―에 들어오기 전에 노크를 했다. 우리가 오기 전까지는 고모할머니가 쓰던 공간이었음에도 그렇게 했다. 그 방이 본래 고모할머니의 침실이었다는 사실을 알기 전까지 나는 이층에 침실이 두 개인 이유를 알 수 없었다. 고모할머니는 그 방을 손님방이라고 소개했다.

잭 할아버지가 재미난 이야기 들려준다는데?

내가 머뭇거리자 엄마가 내 등을 떠밀었다. 고모할머니는 나와 잭만 남겨두고 다시 우리 방으로 돌아갔다. 세 여자 어른이 그들만의 밤을 보내는 사이, 나는 잭의 품에 안겨 알 수 없는 언어로 펼쳐지는 이야기를 들었다.

잭이 내 귀에 영어로 속닥거리면 나는 웃긴 대목에서는 키득거렸고 겁나는 장면에서는 숨을 죽였다. 나는 그가 이야기를 더욱 실감나게 들려주기 위해 이런 밤을 선택했다는 것을 알았다. 잭이 들려준 이야기가 무엇이었는지 기억한다. 자신에게 어울리는 공주를 찾기 위해 매트리스 아래 완두콩을 넣어두고 그 사실을 알아차릴 수 있는지 시험하는 왕자에 대한 이야기였다. 당연히 나는 이야기의 세세한 부분은 전혀 알아듣지 못했다.

그럼에도 불구하고 나는 그 이야기를 완벽하게 이해했다.

그것이 본래 내가 알고 있는 이야기였기 때문에 가능했던 건지, 아니면 정말로 내게 언어를 해석하는 능력이 있었던 건지는 모르겠다. 그것은 전혀 어렵지 않았다. 어떻게 했냐고 하면, 나도 모르겠다. 그저 그때는 그게 가능했다. 그런 현상이 가능했던 이유를 짐작해볼 때마다 나는 그런 건 어린아이들만이 발휘할 수 있는 이상한 힘이 아닌가, 언어가 온전하게 자리 잡지 못한 미성숙한 인간이 생존하기 위해 터득한 본능 같은 것, 성장하면서 점점 잊어가는 타고난 번역의 능력이 아닌가, 하는 생각을 했다. 지금 잭을 다시 만난다 해도 같은 일이 가능할지 모르겠다. 물론 그런 생각은 부질없다. 시애틀을 떠난 뒤 나는 잭을 다시는 만나지 않았다.

미국에서 돌아온 후 엄마는 나를 영어학원에 등록시켰다. 상담 직원이 내게 영어 이름이 뭐냐고 물었다. 나는 프런트에 매달린 채로 직원을 올려다보며 유니요, 라고 말했다.

아뇨, 주디요. 주디로 해주세요.

엄마가 그렇게 말하며 나를 프런트에서 떼어놓았다. 나는 어렴풋이 짐작하고 있던 사실, 나는 결코 유니가 될 수 없고, 이전에 그럴 만한 가능성이 있었다고 하더라도 더는 집착해서는 안 된다는 사실을 깨달았다. 영어학원을 그만둘 때까지 나는 주디라고 불렸다. 우리 반 여자애들은 릴리와 신디, 앤절라와 킴 같은 이름을 썼다. 남자애들은 영이나 준처럼 본래 이름의 마지막 글자를 따왔다. 중학생이 되면서 나는 영어학원을 관두고 동네에 있는 보습학원에 다녔다. 그곳에서 영어 이름 같은 건 필요 없었다.

그럼에도 나는 아주 오랫동안 유니로 살아온 기분이다. 밤마다 매트리스 밑에 완두콩을 넣어두고 자는 기분. 한밤중에 일어나 불을 켜고 매트리스를 들어올려봐도, 침대 밑을 샅샅이 뒤져봐도, 도무지 불편함의 이유를 찾을 수가 없다. 나는 다시 불을 끄고 침대에 몸을 말고 누워, 언젠가는 익숙해질 거라는 고모할머니의 말을 떠올린다. 그것이 전혀 도움이 되지 않을지라도.

데이비드가 오기 전날, 무릎 통증을 호소하며 집에 남은 봉일천 고모할머니를 제외하고―"미국은 병원비가 금값이라며. 아휴, 겁나서 진찰도 못 받겠어, 그냥"―엄마와 나, 고모할머니와 잭은 차로 십오 분 거리에 있는 어린이 도서관을 방문했다. 잭이 운전을 하고―고모할머니는 면허가 없었다―조수석에 엄마가, 뒷좌석에는 고모할머니와 내가 나란히 앉았다. 국도를 달리는 동안 나는 창문을 내리고 바람을 맞았다. 도서관에 도착하자 고모할머니가 나를 데리고 차에서 내렸다. 엄마는 내리지 않았다. 잭과 함께 들를 곳이 있다고 했다.

어디 가는데?

은행. 할머니랑 도서관 구경 잘하고 있어.

엄마는 나중에 데리러 오겠다고 했다. 둘은 차를 타고 떠나
갔다.

고모할머니는 서가에 나를 풀어두고 읽고 싶은 책을 골라오
라고 했다. 그림책을 가져오면 고모할머니는 내가 이해할 수
있을 만한 단어로 풀어서 해석해주었다. 단어를 하나하나 짚
어가는 고모할머니의 손끝을 따라 시선을 움직였다. 살면서
처음으로 방문한 도서관에, 내가 스스로 이해할 수 있는 것은
하나도 없었다. 그럼에도 나는 그곳이 편안했다. 유치원에서
영어를 배우던 것과는 아주 달랐다. 단어의 뜻을 하나하나 풀
이하는 것은 비슷했으나, 고모할머니는 내가 이해하건 이해하
지 못하건 재촉하거나 부추기지 않고 차분하고 느린 속도로
문장을 읽어나갔다. 나는 단어와 문장의 뜻을 전부 알지 못해
도 전체적인 맥락과 줄거리를 이해할 수 있었다. 적어도 그렇
다고 느꼈다. 그것은 정말로 이상한 경험이었고, 그후로 다시
는 그런 명쾌한 경험을 하지 못했다. 일부러 문제를 꼬아놓은
것이 분명한 수험 서적이나, 더 세월이 흘러 업무 차원에서 찾
아 읽은 기사의 일부에서 외국어를 마주할 때면, 나는 모르는
언어를 골똘히 내려다보았다. 그리고 그것들을 '읽을' 수는 없
지만 '이해'할 수는 있었던 시기에 대해서, 그런 게 가능했던

이유에 대해서 생각해보곤 했다.

내가 책을 골라오면 고모할머니가 해석해주기를 한 시간쯤 하고 나서, 우리는 도서관 지하의 구내식당으로 갔다. 고모할머니는 그곳에서 디저트를 담당했다. 새하얀 옷에 모자를 쓰고 진흙탕에서나 신을 법한 장화를 신고 음식을 만들었다. 그날의 메뉴는 초콜릿케이크였다. 크고, 진한, 고동색의 초콜릿케이크. 고모할머니는 나를 스테인리스 테이블 위에 앉혀놓고 오븐에서 케이크를 꺼냈다. 그렇게 단맛으로 꽉꽉 채워진 케이크는 생전 처음 보았다. 나는 엉덩이 밑에 손등을 끼워넣고 다리를 앞뒤로 흔들었다. 김이 피어오르는 케이크—내 머리 두 개를 겹쳐놓은 두께였다—가 내 옆에 놓였다. 고모할머니는 케이크 위에 토핑을 얹기 위해 분주하게 움직였다.

시간이 흘러 누군가의 생일을 축하하기 위해 모인 자리에서 그것과 매우 유사한 케이크를 본 적이 있다. 이거 그거 같다, 『마틸다』에서 트런치불 교장이 전교생 앞에서 억지로 먹게 한 그 승리의 케이크. 누군가 그렇게 말했을 때 나는 고모할머니의 케이크를 떠올렸다. 축하 문구가 적힌 눈앞의 케이크와 달리, 아무리 기억을 뒤져봐도 고모할머니의 케이크는 완성된 모양을 떠올릴 수 없었다. 내 기억에 남아 있는 것은 아무것도 올리지 않은 맨몸의 케이크뿐이다. 나는 그것에 대해 아주 오랫동안 잊고 지냈다. 어떤 것도 더 비집고 들어갈 곳이 없을 만큼 빽빽한 밀도와 진한 색깔을 가진 초콜릿케이크, 그걸 바라보던 할머니의 기대에 가득찬 얼굴, 케이크가 식을 때까지 기다리던 우리 둘의 시간에 대해서. 고모할머니는 장식으로 올릴 크림 색깔을 나더러 고르라고 했다.

내일이 기대된다. 그렇지, 은하?

고모할머니는 들떠 보였다. 나는 그것이 무엇을 위한 케이크인지, 어째서 한 조각도 먹지 못하게 하는지 다음날이 되어서야 알 수 있었다.

다음날이 되자 고모할머니는 아침부터 집안을 청소하고 식사를 준비했다. 나는 고모할머니와 잭에게 자식이 있을 거라는 생각을 해본 적이 없었다. 집안에는 육아에 관한 어떤 흔적도 없었다. 성장의 증거인 벽난로 위의 사진도, 자라는 동안 읽었을 동화책도, 유행이 지난 어린이 취향의 벽지도 없었다. 한 아이가 성장하고 성인이 되기까지의 흔적을 찾을 수 없었다. 태초부터 고모할머니와 잭, 둘만 존재하는 공간 같았다. 잭과 할머니는 그 집에서 삼십 년 넘게 살고 있었다.

지금도 나는 그 남자, 저녁식사에 초대된 멀끔하고 상냥해 보이는 미소를 띠는 남자가 다름 아닌 잭의 집에서 자랐다는 사실을 믿을 수 없다. 데이비드는 주름이 없는 매끈한 셔츠와 발목이 드러나는 바지를 입고 현관으로 들어섰다. 그가 코트를 벗으며 머리에서 눈을 털어내는 동안에도 나는 그가 그저 손님, 그러니까 이 집과의 거리가 나와 비슷하거나 좀더 먼 사람이라고 생각했다. 고모할머니가 낳은 자식이니까 나나 엄마보다 이 집에 가까운 사람인데도.

나는 이층으로 통하는 계단에서 막 도착한 데이비드가 고모할머니와 잭과 차례로 포옹하는 것을 내려다보았다. 그가 나를 발견하고 빙그레 웃었다. 나는 그렇게 조용히 웃는 사람을 이전에도 이후에도 본 적이 없었다. 그는 안녕? 하고 영어로 인사했다. 나는 대꾸하지 않고 계단을 뛰어내려가 봉일천 고모할머니의 무릎에 몸을 던졌다. 어른들이 소리 내어 웃는데도 그는 그저 미소 짓고 있을 뿐이었다.

저녁을 먹기 전까지 그는 거실에서 잭과는 영어로, 고모할머니와는 간간이 한국어가 섞인 영어로, 그리고 엄마와 봉일천 고모할머니와는 더듬거리는 한국어와 영어로 대화했다. 나는 그가 불청객 같다고 느꼈는데, 그렇게 생각하는 것이 스스로도 이상했다. 그곳은 잭의 집인 동시에 그의 집이었고, 우리가 쓰는 고모할머니의 방도 수년 전에는 데이비드의 방이었기 때문이다. 우리 탓에 그는 자고 가지 않고 곧바로 자신이 사는 도시로 돌아간다고 했다. 고모할머니는 못내 서운한 눈치였다.

언제든 다시 올 수 있잖아요.

그래, 언제든.

그렇게 말하고 고모할머니와 데이비드 사이에는 굉장히 이상한 기류가 흘렀다. 잠깐의 침묵 동안 나는 그들이 아무 말도 하고 있지 않음에도 굉장히 많은 얘기를 하고 있다는 걸 느꼈다. 소란스러운 침묵으로부터 오는 공포감이 덜컥 나를 감싸안는 순간, 데이비드가 부엌 쪽으로 걸어가며 가벼운 말투로 오늘도 마카로니 해요? 하고 물었기 때문에, 내가 느꼈던 감각은 온데간데없이 사라졌다. 지금까지도 그 감정이 도대체 무엇이었는지 설명하기 힘들다.

그날의 저녁식사 자리는 화목했다. 나는 그곳에 불청객처럼 앉아 있었다. 그러나 데이비드와 고모할머니, 잭은 나를 그 집안의 손녀딸, 그러니까 진짜 손녀딸처럼 대해주었다. 그들이 나를 끌어당기는 힘, 그들의 품성과 온화한 마음씨 같은 것들로부터 뻗어오는 인력이 느껴졌다. 그 힘을 느낄 수 있다면, 약간의 불편함을 감수하고서라도 이곳에 계속 앉아 있어도 좋겠다고, 함께 있다보면 그런 감각은 곧 씻은듯이 사라질지도 모른다고 생각했다.

엄마는 식사 내내 속이 불편해 보였다. 더부룩하네, 자꾸. 얹힌 것 같아. 엄마는 답답한 기색으로 명치를 쓰다듬으며 데이비드가 가져온 샴페인을 마시려고 노력했지만 결국 한 잔을 다 비우지 못했다. 식사가 다 끝나기도 전에 엄마는 양해를 구하고 위층으로 올라갔다. 고작 몇 모금 마셨을 뿐인데 엄마는 목까지 빨개졌다. 나는 더 앉아 있어도 된다고 말하는 어른들에게 고개를 저으며 엄마를 따라 이층으로 올라갔다. 엄마는 침대에 엎드리자마자 금세 잠이 들었다. 나는 그 옆에 누워 엄마가 입을 벌리고 자는 모습을 지켜보았다. 엄마의 입에서 약하게 술냄새가 났다. 아래층에서 데이비드에게 작별인사를 하는 소리가 들렸다. 고모할머니가 울먹이고, 데이비드가 달래는 소리도 들렸다. 봉일천 고모할머니의 카랑카랑한 목소리가 집안을 울렸다. 다음에 또 보면 되지, 주책맞게 왜 이래? 그렇게 말하면서도 고모할머니를 안아주었는지 우는 소리가 조금 잦아들었다. 나는 다음에 또 언제 오느냐는 질문에 데이비드가 크리스마스 잘 보내라는 말로 답하는 것을 들으며, 엄마의 곁에서 잠에 빠져들었다. 대문이 닫히는 소리가 들렸다.

다리 사이에서 느껴지는 축축한 감각에 깨고 보니 엄마가 없었다. 눈을 감은 채 침대를 기어다니다가 봉일천 고모할머니도 없다는 사실을 깨달았다. 그리고 내가 자면서 오줌을 지렸다는 사실도. 자는 동안 분명히 화장실에 다녀왔다고 생각했는데, 꿈에 등장한 집의 구조가 잭의 집과 똑같았기 때문이었다. 두런거리는 말소리가 나직이 들려왔다. 나는 이불로 몸을 칭칭 감고 소리를 따라갔다. 문을 열고 나가자 층계참에 세 사람이 모여 앉아 있었다. 엄마는 가운데 앉아 울고 있었다. 훌쩍이는 엄마에게 고모할머니가 갑티슈를 건넸다. 엄마는 코를 풀고는 소리 죽여 말하기 시작했는데, 아마도 내가 들을까

봐 그러는 것 같았다.

그런 식으로 데이비드를 들먹일 줄은 몰랐어.

울음을 참느라 엄마에게서 억눌린 소리가 났다. 고모할머니는 나에게 등을 돌린 채 계단에 앉아 있었지만, 말없이 엄마의 어깨를 주무르는 것만 봐도 난감해한다는 것을 알 수 있었다. 잭한테도, 데이비드한테도 당장 필요한 돈도 아니잖아. 한참 전부터 울었는지 엄마는 간간이 딸꾹질을 했다.

마치 내가, 그런 취급을 받아도 된다는 듯이.

엄마가 울음 섞인 숨을 헐떡이다가 흐느끼기 시작했다. 그렇게 어린아이처럼 우는 엄마는 처음 보았다. 나는 이대로 내려가 엄마를 끌어안고 싶은 마음 반, 지금 목격한 상황을 외면하고 방으로 되돌아가고 싶은 마음 반으로 옹기종기 모여 앉은 세 사람의 정수리를 내려다보았다.

고모한테도 그렇게 소리지르고. 사람들 다 보는 앞에서, 돈봉투 막, 던지고.

나 진짜 깜짝 놀랐다. 딴사람인 줄 알았잖아.

내 쪽에서 옆얼굴이 다 보이는 봉일천 고모할머니가 혀를 차며 고모할머니를 슬쩍 흘겨보았다. 그 눈길은 비난이나 질책보다는 걱정과 안타까움을 담고 있었다. 애정을 드러내는 것이 부끄러웠는지 아니면 침묵이 어색했던 건지, 봉일천 고모할머니는 쉽사리 알아듣기도 힘들고, 알아들어도 대꾸를 하기가 힘든 노인 특유의 혼잣말들을 속사포처럼 중얼거렸다.

왜 하필 지금이냐고…… 아까 술도 좀 먹었단 말야.

어휴, 몇 모금 먹은 것 갖고는 어림도 없어. 걱정 마.

여행 비자도 다 돼가는데. 내가 안 갚겠다는 것도 아니고.

봉일천 고모할머니는 혀를 끌끌 차며 엄마의 어깨를 감싸안
고 힘껏 문질렀다. 그러다 이층에서 그 모습을 지켜보던 나를
발견했다. 나는 방금 막 일어난 척 눈을 비비면서 천천히 계단
을 내려갔다. 엄마가 눈물을 닦고 애써 아무렇지 않은 척했지
만, 누가 들어도 방금 운 사람처럼 코가 막혀 있었다. 나는 꾸
물거리며 엄마의 품속을 파고들었다. 엄마는 나를 끌어안으려
다가 내게서 나는 냄새를 맡고 급하게 나를 떼어놓았다. 얘가,
너 지금 오줌 싼 거야? 엄마의 목소리에서 슬픔과 회한은 더
이상 찾아볼 수 없었고, 나는 호되게 혼이 났다. 그때까지 나
는 오줌을 싼 것이 별것 아니고 일어날 수 있는 일이라고 생각
했다. 철이 들 만한 나이는 아니었지만 그렇다고 침대에 오줌
을 지릴 정도로 적은 나이는 아니었는데도 그랬다. 꿈속에서
분명히 반듯하게 일어나 방에 딸린 화장실을 사용하고 돌아왔
으니까. 안 그래도 심란해 죽겠는데 너까지 왜 그래, 정말. 엄
마가 짜증스럽게 나를 감싸고 있는 이불을 헤집었다. 그제야
뭔가 심각하게 잘못했다는 자각이 몰려왔다. 나는 결국 울음
을 터뜨렸다. 봉일천 고모할머니가 내 바지를 벗겨 빨래를 하

러 간 사이, 수치와 창피에 떨며 우는 나를 고모할머니가 가뿐히 들어올려 침실로 옮겼다. 할머니의 마른 몸 어디에서 그런 힘이 나왔을까? 나는 고모할머니에게 안긴 채로 이대로 할머니가 부러지는 것은 아닌가 생각했다. 고모할머니는 내 몸을 젖은 수건으로 닦아주며 품에 꼭 안고 주문처럼 말했다.

응, 괜찮아. 문제없어. 다 괜찮아.

나는 훌쩍이면서 고모할머니의 가슴에 머리를 갖다댔다. 그러자 고모할머니의 심장 소리가 들렸다. 나는 심장박동에 맞춰 숨을 들이쉬고 내쉬었다. 그러고 있으니 점점 졸음이 몰려왔다. 고모할머니가 반쯤 잠에 취한 나를 안고 달래는 동안 엄마와 봉일천 고모할머니는 침대 시트를 갈았다. 고모할머니는 나를 깨끗한 침대에 눕히고 땀에 젖은 머리카락을 정돈해주었다. 세 사람은 내가 울다 지쳐 잠들었다고 생각했는지 나를 가운데 두고 모였다. 물론 반쯤은 잠들어 있었지만, 나는 눈을 감고도 매트리스의 움직임으로 그들이 아까처럼 둘러앉았다는 걸 알았다. 고모할머니가 내게 두르고 있던 손 한쪽을 떼어냈다. 두 할머니가 엄마의 어깨를 어루만지고 있다는 것을 보지 않아도 알 수 있었다. 그러다가 고모할머니가 아주 나직이 말했다.

데이비드는 아마 거절할 거야.

너무 나직해서 엄마와 봉일천 고모할머니에게 들리긴 했나

싶을 정도였다. 그러나 나에게도 들릴 정도였으니 그 둘도 분명히 들었을 텐데, 두 사람은 별 반응이 없었다. 이제 와 생각해보면 아마 고모할머니가 잭을, 혹은 데이비드를 두둔하기 위해서 한 말, 그러면서도 동생과 조카를 상처 입히지 않는 선에서 할 수 있는 최선의 말이라고 여긴 모양이었다.

왜냐하면 데이비드는…… 잭에게 어떤 도움도 받지 않겠다고 했으니까.

이번에도 역시, 누구도 대꾸하지 않았다. 나는 편한 자세를 찾으려 바르작거렸다.

그다음주에 엄마와 나는 도망치듯 잭의 집을 나왔다. 공항으로 가는 버스에 타기 위해 우리는 정류장까지 걸어갔다. 어둑한 거리에는 캐리어를 끌고 새벽의 차가운 공기를 가로질러 가는 엄마와, 캐리어 손잡이를 잡고 종종걸음으로 따라가는 나, 봉일천 고모할머니, 그리고 자신의 피부만큼이나 얇은 숄을 두른 고모할머니만 있었다. 엄마는 약간 화가 나 있었고, 고모할머니는 미안해 보였다.

전날 밤 잭과 엄마가 언성을 높이며 싸우는 소리가 이층 침실까지 들려왔다. 나는 내려가지 않았다. 나에게 있어서 잭은, 늦은 밤 나를 껴안고 귓가에 알아들을 수 없는 언어로 동화를 속삭여준 사람이었는데, 일층에서 들리는 격양된 영어는 꼭 다른 사람이 하는 말 같았다.

고모할머니들은 해가 뜨기 전에 집으로 돌아가야 했기 때문에 나와 엄마를 공항까지 배웅해줄 수 없었다. 엄마가 버스표를 끊는 동안 나는 캐리어에 매달려 빙글빙글 돌았다.

은하. 고모할머니는 쭈그리고 앉아 가느다란 손가락으로 내 뺨을 쓰다듬으며 말했다.

우리 다시 만날 수 있을 거야.

고모할머니가 내 이름을 부를 때, 은하아, 하고 길고 부드럽게 발음을 굴릴 때, 나는 마음이 평화로워지는 것을 느꼈다. 그리고 한편으로는 슬퍼졌다. 나는 그것이 고모할머니가 슬픈 마음을 흘려보내기 때문이라고 생각했다. 그렇지 않고서야 내 이름을 듣고 그렇게 슬퍼질 리가 없었으므로.

씨 유 순. 그렇게 말하고 고모할머니는 눈물을 글썽거리며 웃었다. 나는 이따금 자신도 모르게 슬퍼지는 어른들에게 어떻게 반응해야 할지 알지 못했다. 고모할머니는 결국 울었다. 나는 고모할머니가 우는 이유를 알 수 없으면서도 고개를 끄덕였다. 버스에 오르기 직전에, 고모할머니는 마른 팔로 우악스럽게 엄마의 외투 주머니에 봉투를 쑤셔넣었다. 엄마는 단단히 화가 난 듯이 봉투를 고모할머니에게 돌려주었다. 잭이 주는 것도 아니잖아, 왜 고모가 그래? 하고 따져 묻는 엄마에게 고모할머니는 기어코 봉투를 쥐여주었다. 가져가. 내가 미안해서 그래.

고모가 뭐가 미안해.

엄마는 그렇게 말하고 씩씩대며 버스 안으로 들어가버렸다. 엄마를 따라 버스에 올라타면서 나는 마지막으로 뒤를 돌아보았다. 봉일천 고모할머니는 팔짱을 낀 채 걱정스러워하는 것도 같고 어딘가 못마땅한 것도 같은 표정으로 우리를 지켜보고 있었다. 그 옆에서 고모할머니가 흐르는 눈물을 손등으로 닦았다. 나는 고모할머니에게 손을 흔들었다. 다시는 고모할머니를 만날 수 없을 거라는 생각, 확신에 가까운 생각이 들었다.

미국에서 돌아오고 몇 달 후 엄마는 마야를 낳았다. 엄마가 마야를 품에 안고 어디론가 전화를 걸 때마다, 나는 마야의 이름이 한자이면서도 영어로 발음하기 쉽다는 것, 『꿀벌 마야의 모험』의 마야와 같다는 것, 그리고 몇 달만 더 잭의 집에서 지냈더라면 미국 시민권을 취득할 수도 있었다는 것을 떠올리곤 했다.

마야를 낳은 후 엄마는 진경 아줌마를 찾으려 사방팔방으로 수소문을 했다. 엄마는 진경 아줌마와의 재회가 미희 아줌마를 통해 성사되길 기대하는 듯했는데, 지금 생각해보면 미군과 결혼했다는 이유만으로 그 넓은 땅덩어리에서 진경 아줌마를 찾아내라는 과제를 부여한 엄마도 대책이 없었다. 처음 몇 번은 미희 아줌마도 장단을 맞춰주었으나 얼마 안 가 의욕을 잃었다. 애초에 미희 아줌마에게 진경 아줌마를 찾고자 하는 열정 같은 건 없었을 것이다. 그러나 엄마는 미희 아줌마에게 집요하게 전화를 걸었고, 그 열정이 미희 아줌마를 지치게 만들었다.

이만하면 할 만큼 하지 않았니? 미희 아줌마의 말에 엄마는 대꾸도 없이 전화를 끊어버렸다. 나는 그 말의 어떤 부분이 엄마를 그토록 화나게 했을까, 자동차 뒷좌석에 숨어 퀴퀴한 냄새가 나는 군용 점퍼를 걸치고도 모멸감을 참아냈던 엄마가, 어째서 그 말 한마디에 망설임 없이 등을 돌렸을까 궁금했다.

엄마는 오기를 부리듯 진경 아줌마를 찾아다녔다. 마침내 진경 아줌마와 연락이 닿았을 때, 엄마는 나에게 짐을 싸라고 했다. 초등학교 5학년 여름방학, 엄마는 다섯 살이 된 마야와 나를 데리고 뉴욕으로 갔다.

그때쯤 말문이 트인 마야는 엄청난 수다쟁이가 되어 있었다. 엄마가 동창회의 누군가—상대는 매번 바뀌었다—와 통화를 하는 동안 젖병을 소리 없이 빨던 마야는, 이제는 세상에 존재하는 모든 말을 배우겠다는 듯 조잘조잘 떠들고 다녔다. 나는 그런 마야가 성가셨다. 비행기에서 흑인 남자에게 달려가 헬로, 아임 마야, 하고 인사를 건네면 주변에 앉아 있던 외국인 어른들이 귀엽다는 듯이 웃어대는 꼴도 못 봐줄 지경이었다. 엄마는 귀엽게 군 대가로 초콜릿을 얻어온 마야의 머리를 쓰다듬으며 마야는 참 겁도 없지, 하고 말했다. 나는 그 말이 듣기 싫어서 기내용 이어폰으로 귀를 막아버렸다.

　그 시절 나는 마야를 매우 싫어했다. 그러나 그 감정은 관심을 빼앗긴 철부지 어린애의 질투나 말 많은 동생이 생긴 것에 대한 성가심 정도여서, 이제는 작아진 옷을 양보하지 않으려고 애를 쓰다 울어버린 기억도 웃으면서 이야기할 수 있게 되었다. 그때나 지금이나 마야와 나는 여느 자매들과 다를 게 없는 사이였다.

　케네디공항에 도착해 게이트를 빠져나가자마자 엄마는 어떤 여자를 발견하고 소리를 질렀다. 임부복 같은 옷을 입고 한눈에도 저렴해 보이는 파마를 한 여자였다. 어머, 얘! 진경아! 그 여자도 엄마를 보고 펄쩍거리며 호들갑을 떨었다. 나는 엄마가 그렇게 흥분하는 것을 본 적이 없었다. 심지어 미국 고모할머니를 보았을 때도 그 정도는 아니었다. 진경 아줌마—나는 그때까지 아줌마가 어떻게 생겼을지, 또 어떤 사람일지 한번도 상상해본 적이 없다는 사실을 깨달았다—의 곁에는 고모할머니만큼이나 비쩍 말라 볼품없는 남자와, 나보다는 어리고 마야보다는 나이가 많아 보이는 여자애가 서 있었다. 우리를 마중나오는데 온 가족이 다 출동한 것이 이상하게 느껴졌는데, 진경 아줌마네 집에 도착하고 나서야 공항에 모인 이들이 가족 구성원의 전부가 아니란 걸 알았다.

진경 아줌마는 호들갑을 떨며 우리를 주차장으로 데리고 갔다. 굴러가기나 할까 싶은 낡은 카니발에 짐을 싣고 맨 뒷좌석에 올라타자 의자에서 먼지가 날렸다. 사실상 짐칸이나 다름없이 쓰였으나 우리가 오기 전 급하게 쌓여 있던 물건을 치웠음이 틀림없었다. 내가 기침을 하자 아줌마의 남편이 수더분하게 거긴 잘 안 써서요, 좀 지저분합니다, 하고 말했다. 아저씨는 베레모를 쓰고 국방색 야상을 입고 있었는데 그러고 있으니 영락없는 영국 산업혁명 시기 노동자처럼 보였다. 진경 아줌마는 여전히 웬일이니, 웬일, 하고 반복하다가, 문득 뒤를 돌아 중간에 앉아 있는 여자애를 소개했다.

얘는 우리 딸, 나라. 나라야, 인사해.

나라는 그제야 고개를 돌리고 수줍게 안녕하세요, 하고 인사했다. 진경 아줌마네서 머물던 기간 동안 들었던 나라의 유일하고 완전한 한국말이었다.

여기까지 오느라 고생 많으셨죠.

아저씨가 룸 미러를 통해 우리에게 빈곤한 웃음—살이 없고 뼈만 남아서 웃으면 자글자글한 주름이 잡히는 모습이 정말이지 그렇게밖에 표현할 길이 없었다—을 건네며 말했다.

이왕 온 거니까 편하게 있다가 가. 내 집이다 생각하고.

나는 그 말대로 되는 일은 없을 거라고 생각했다. 그들이 사는 집의 모양새라는 게 내가 지금 타고 있는 이 낡은 카니발과

다를 바 없으리라는 것을 본능적으로 알았던 것이다. 그곳은
내 집일 수 없었다. 그렇다고 진경 아줌마의 집이라고도 할 수
없었다. 그곳을 세준 주인의 집일 터였다. 정확한 언어로 표현
할 수는 없었지만, 막연하게 그들이 터무니없는 친절을 베풀
고 있다고 생각했다. 마야는 가죽이 벗겨져—아마 인조가죽
이겠지만—충전재가 다 드러난 의자에 턱과 입술을 마구 갖
다대다가, 앞에 앉은 나라의 머리카락을 함부로 만졌다. 나라
는 화들짝 놀라 머리카락을 감싸며 경계하는 눈빛을 보냈다.

이름이 나라야?

마야가 물었다. 나라는 고개를 끄덕였다.

나는 마야야.

마야야?

마야야가 아니고 마야.

그러고는 씩 웃으며 『꿀벌 마야의 모험』에 나오는 마야랑
똑같아, 라고 말했다. 나는 그 말이 거슬렸다. 마야는 『꿀벌
마야의 모험』을 읽지도 않았기 때문이었다. 마야가 그 책의
제목을 알고 있는 건 순전히 나 때문이었다. 마야는 남의 것을
쉽게 뺏을 수 있는 아이였지만, 사람들은 그 사실을 모르는 채
마야를 예뻐했다. 마야에겐 그런 힘이 있었다. 상대를 쉽게 자
기 편으로 끌어들이는 힘. 나는 언젠가 그것이 탄로나기를, 그
래서 모두가 마야에게서 떠나기를 간절히 바랐다.

진경 아줌마가 나라, 꿀벌 말야, 꿀벌. 비, 버즈즈즈, 비,
하고 두 손바닥을 파닥거리는 시늉을 해 보였다. 전혀 벌 같지
않았음에도 나라는 오우, 하는 미국적인 감탄사를 내뱉었다.
그러더니 놀라울 만큼 매끄러운 발음으로 마야 더 비, 하고 말
했다. 이제야 이해했다는 듯한 그 태도에 나는 약간은 감명을
받았고 약간은 의심스러워졌는데, 한국인 부모 아래서 자란
―그리고 당시에는 몰랐지만 집에서 한국인 조부모가 기다리
고 있는―여자애가 그런 식으로 한국말을 이해하지 못하는
척하는 것이, 조금은 과시적으로 느껴지는 영어 발음이, 본받
고 싶은 동시에 껄끄럽게 느껴졌기 때문이었다. 마야는 턱을
등받이 위에 얹은 채―그 바람에 뭉개진 발음으로―마자,
비, 버즈즈즈, 하고 흉내냈다. 그 소리가 웃겼는지 나라는 슬
쩍 웃었다. 두 아이는 그렇게 속닥거리다가 맨해튼에 도착했
을 때쯤에는 몇 년 동안이나 알고 지낸 사이처럼 손장난을 주
고받았다. 나는 시차에 적응하지 못해 졸음을 참아가며 복잡
한 맨해튼의 거리를 내다보았다.

애아빠가 너네 보여주려고 일부러 맨해튼으로 돌아서 가는
거야.

진경 아줌마가 고개를 틀어 우리를 보며 말했다. 아저씨와는
반대로 살집이 있어서 목을 돌릴 때마다 살이 힘겹게 접혔다.

궁금할 것 같아서 왔는데, 좀 막히네요.

190

엄마는 창밖의 풍경에 감탄하며 자꾸만 잠이 들려는 나를 흔들어 깨웠다.

은하야, 밖에 좀 봐봐. 우리가 드디어 뉴욕에 온 거야.

나라는 마야에게 저게 엠파이어 스테이트 빌딩이라며 손가락으로 창문을 꾹 짚었다. 나는 그 손이 향하는 곳보다도 나라의 발음이 놀라워서 잠이 쏟아지는 와중에도 속으로 감탄했다. 눈이 자꾸 감겼고, 신호등과 끝없이 이어지는 자동차의 불빛이 흐릿하게 번져갔다. 엄마와 마야의 탄성을 배경 삼아 나는 잠이 들었다. 눈을 떴을 때 나는 모르는 집의 이불 위에 누워 있었다. 아저씨가 나를 옮겨줬다고 했다. 나는 그가 나를 안아서 옮긴 기억이나 감촉이 없음에도 뒤늦게 불편해져서 몸을 꼬았다. 문밖에서 웃고 떠드는 소리가 들렸다. 나는 이 감각, 불편하고 어딘가 해소되지 않은 것 같은 손님의 감각이 이집에 있는 동안 계속되리라는 것을 알았다.

진경 아줌마네 집—사실은 진경 아줌마의 부모가 세 들어사는 집—은 퀸스에 있었다. 맨해튼을 한참 돌아다니다가 도착한 집은 낡은 이층짜리 주택이었다. 그때까지 우리 가족은 아파트나 빌라에서만 살아봤기 때문에 뉴욕 퀸스의 주택에 입성하게 되었다는 사실에 말은 하지 않아도 매우 고양되어 있었다—물론 그때는 퀸스가 그렇게까지 부촌은 아니라는 점,

그 주택의 이층만 진경 아줌마의 집이라는 점을 몰랐다―. 오직 마야만이 놀라움을 숨기지 않고 우와, 우와, 하고 탄성을 내질렀다.

나 이층집 처음 봐.

나는 처음 아닌데.

언제?

내가 중얼거리는 소리를 듣고 나라가 대뜸 물었다. 나는 그 질문이 나를 향한다는 것을 알아차리지 못하다가 나라가 쳐다보고 있음을 깨닫고서야 느릿하게 대답했다.

할머니가 거기에 살고 있어.

할머니?

응.

나도 할머니랑 사는데.

근데 친할머니는 아니야. 엄마의 고모야.

나라는 내 말을 전혀 이해하지 못하는 것 같았다.

나중에 알게 된 사실이지만 진경 아줌마는 엄마가 살던 동네에서 드물게 부유한 부모 아래 태어났는데, 엄마보다 공부는 못했다고 한다. 그래도 어머니의 치맛바람으로 대학 시절에는 유학까지 떠났다. 그렇게 해서 방문한 이곳 뉴욕에서, 마찬가지로 유학생인 지금의 남편을 만나 눌러살게 되었다. 아마 어린 날의 치기였겠지만, 결혼을 반대하던 부모와 연을 끊

고 가난하고 끔찍한 생활—이것은 진경 아줌마의 표현이었다
—을 이어갔다. 나라를 낳고 얼마 안 있어 몸도 마음도 지쳐
결국 부모에게 연락을 취해 원조를 받아왔고, 몇 년 전에야 비
로소 진경 아줌마의 부모는 이곳 퀸스로 오게 된 것이었다. 진
경 아줌마는 이러한 사정을 아저씨와 나라, 그리고 마야가 부
엌에서 팬케이크를 굽는 동안 털어놓았다. 진경 아줌마의 말
은 무덤덤하기도 하고 뭔가 억누르는 것도 같았지만 기본적으
로 지나간 시절에 대한 체념의 뉘앙스가 강했다. 그러니까 이
제는 어찌할 수 없는 아주 오래전의 이야기라서, 화를 내거나
울고불고해봐야 소용없다는 그런 말투. 나는 아줌마의 말을
엿듣지 않는 척하며 소파에 앉아 나라의 영어로 된 책들을 들
춰보고 있었다.

　나라의 할머니, 그러니까 진경 아줌마의 엄마는 우리를 반
갑게 맞아주었다. 그녀는 자신을 리타라고 소개했는데, 나는
그곳에 있을 때 그녀를 리타라는 이름으로 부르는 사람을 본
적이 없었다. 리타 할머니는 프릴이 잔뜩 달린 아이보리색 치
마를 입고 있었다. 칠순이 넘은 할머니가 그런 옷을 입은 것을
처음 봐서 신기했다. 리타 할머니가 몸을 움직일 때마다 치마
밑단이 흔들렸다. 그녀는 치마에 잡히는 주름이나 움직임에
따른 맵시 같은 것을 모두 계산하고 움직이는 듯한 인상을 주
었다.

그 집에서 지내면서 느꼈던 건, 집안 사람들이 다 같이 움직
인다는 거였다. 공항에 마중을 나온 것에서부터 시작해서 우
리—나와 엄마, 그리고 마야—의 여행을 온 가족이 책임지겠
다는 듯 굴었다. 진경 아줌마와 아저씨, 그리고 나라는 우리가
외출할 때마다 충실히 따라왔다. 아침 일찍 맨해튼이나 메이
시스백화점에 가기 위해 채비를 하고 있으면, 아저씨는 예의
산업혁명 시기 노동자 같은 단벌 외투를 걸치고 아침을 만들
었다. 나라는 그것을 받아먹으면서 노트에 뭔가를 휘갈겼다.
아침이라 해봐야 누텔라나 땅콩버터를 바른 딱딱한 식빵이 전
부였다. 평소 엄마가 단것을 마음껏 먹지 못하게 했던 탓에 처
음 몇 번은 나도 신이 나서 먹었지만 며칠이 지나자 금세 질려
버리고 말았다. 마야만이 아침마다 꾸준히 나라의 옆에 붙어
서 맛없는 식빵을 씹어댔다. 그러면서 나라의 노트 맨 뒷장에
알아볼 수도 없고 알아도 재미있을 것 같지 않은 낙서를 해놓
고 그걸 보며 같이 웃었다. 나는 그 사이에 끼고 싶지 않았고,
끼더라도 함께 웃을 수 있을 것 같지 않았다. 나라는 처음 만
난 이후로 아주 가끔가다 분절된 형태의 문장이나 단어만 한
국어로 말할 뿐 꾸준히 영어를 사용했다. 나는 그것들을 해석
하는 데는 문제가 없었지만 자연스럽게 대화를 나눌 정도로
영어에 능통하지는 못했다. 다행히 나라에게 한국어도 그랬던
모양인지, 한국어로 말해도 대충 알아듣는 눈치였다. 내가 아

는 영어 단어를 최대한 동원해가며 말하면, 나라는 유심히 내 말을 들어주었다. 대화는 대개 어떠한 진전 없이 같은 곳을 맴돌다 끝나곤 했지만, 그러고 나면 나는 일종의 성취감에 빠져들었다. 그러나 그런 감정은 마야가 나라에게 서슴없이 한국어로 이야기하고, 나라가 간간이 한국식 추임새—아냐, 왜에, 아!같이 흔한 말임에도 영어의 추임새와는 발음되는 방식 자체가 다른 것 같았다—를 섞어가며 대꾸하는 것을 볼 때면 빠르게 사그라들었다. 마야가 나라에게 하는 말은 내가 나라에게 하는 것과 근본적인 차이가 없어 보였는데도 그쪽은 명백히 대화라는 느낌이 들었다. 그게 어쩐지 나를 화나게 해서, 마야가 나라와 이야기할 때면 나는 절대 둘 사이에 끼지 않았다.

진경 아줌마가 처음 만날 때 걸쳤던, 임부복과 다를 바 없는 옷—그녀는 그런 옷을 색깔별로 가지고 있었고 하나같이 후줄근했다—을 입고 준비를 마치면, 리타 할머니와 할아버지를 제외한 사람들이 좁은 현관을 바글거리며 빠져나갔다. 리타 할머니와 할아버지—그는 결코 먼저 입을 여는 적이 없었다—는 현관에 구부정하게 서서 우리를 배웅했다. 진경 아줌마는 공항에서 퀸스로 오던 날처럼 조수석에서 목을 힘겹게 틀어 우리가 묻지도 않은 사실들, 원래 할머니와 할아버지도 함께 갈 계획이었는데 한 달 전 할아버지의 혈관에 문제가 생기면서 집에서 요양을 하게 되었고, 리타 할머니는 최근 관절이 더욱 안 좋아졌다는 이야기들을 쉴새없이 떠들어댔다. 엄마와 내가 카니발의 맨 뒷좌석에 앉았고 마야와 나라는 사이좋게 중간 좌석에 앉아 서로의 몸을 조심성 없이 만져댔다. 마야는 나라의 머리카락을 만지다가 이렇게 말했다.

너네 할아버지 오래 사네.

너네 할아버지는?

우리 할아버진 다 죽고 없는데?

마야의 무신경한 말투에 나라가 눈을 휘둥그레 뜨고 쳐다봤다. 마치 죽는다는 단어를 처음 들은 사람처럼.

없어?

멍청아, 어른한테는 돌아가셨다고 해야지.

내가 핀잔을 주었지만 지금 생각하면 죽었다, 는 말을 돌아가셨다, 고 대체한다고 해서 그 말이 가진 함의나 진실을 예의로 치장하고 가릴 수 있다고 믿는 건 너무 터무니없었다. 마야는 죽음이 무엇을 의미하는지 전혀 알지 못했고—그건 나도 마찬가지였다—죽었다는 말을 내뱉는 데 망설임도 죄책감도 없어 보였다. 나는 슬쩍 엄마를 보았지만 엄마는 지도를 살피느라 여념이 없어 보였다.

할아버지들은 원래 오래 못 살아.

우리 할아버진 오래 살아. 나라가 어떤 확신을 가지고 말했다. 마야는 여전히 나라의 머리카락을 가지고 놀며 대수롭지 않게 대꾸했다.

너네 할아버지도 곧 죽을걸?

차 안에 기묘한 침묵이 감돌았다. 나라는 아니야, 하고 나지막하게 말했지만 그걸 들은 사람은 나뿐인 것 같았다. 그렇지만 나라의 얼굴에 떠오른 표정은 불쾌한 기색이라기보다는 정말로 그것이 가능한지, 정말로 사람이 '죽을 수 있는' 존재인지에 대한 최초의 의문 같아 보였다. 진경 아줌마는 우리 쪽—정확히는 마야 쪽—을 쳐다보았는데 나는 진경 아줌마의 고개가 완전히 틀어지기 전, 순간적으로 눈에 분노나 경멸 같은 강렬한 감정이 담겨 있으면 어떻게 하나, 긴장했다. 그러나 정작 돌아본 아줌마의 눈은 평범하게 두 아이에게 가벼운 훈수를 두는 어른의 눈이었다. 아저씨는 운전을 하느라 앞만 보았다. 엄마가 지도에서 눈을 떼고 헛기침을 하며 무슨 그런 말을 해, 마야야, 하고 말했다. 그로 인해 분위기는 조금 풀린 것 같았지만 고개를 앞으로 향한 진경 아줌마가 그래, 마야야, 무슨 말이 그래, 라고 했을 때 나는 그 말에 담긴 날 선 기색을 알아차렸다.

우리는 쇼핑을 하고 쇼핑센터 근처에서 식사를 했다. 엄마와 진경 아줌마가 소호의 빈티지 숍을 돌아다니는 동안 아저씨와 함께 센트럴파크에 가서 감자튀김을 사 먹었다. 나라와 마야는 공원에서 술래잡기를 하다가 잔디에 엎어져 감자튀김을 주무르며 놀았다. 마야가 누운 채로 마구 주무른 감자튀김을 먹었다. 그러다가 또 떼굴떼굴 굴렀다. 나는 멀리서 그 모습을 지켜보았다.

집으로 돌아오는 길에 마야가 속이 안 좋다고 했다. 화장실에 가고 싶니? 막히는 구간에 들어서자 아저씨가 룸 미러로 마야를 보며 걱정스럽게 물었다. 그 말에는 어떤 의심도 타박도 들어 있지 않았다. 나는 아저씨가 좋은 사람이라고 느꼈다. 그가 감자튀김을 사주고, 우리가 안전하게 놀 수 있도록 벤치에 앉아 지키고 있어주어서가 아니라, 그가 주름이 많고 마르고 목소리가 가늘기 때문에. 그 얇은 피부를 뚫고 나오는 진심 같은 것이 있기 때문이라고 생각했다. 얇은 피부를 가진 사람들은 무언가를 속일 수 없는 법이라고도 생각했다.

마야는 힘없는 목소리로 그런 건 아니라고, 그냥 배가 살살 아프다고 말했다. 엄마가 마야의 배를 문질러줄 수 있도록 나는 마야와 자리를 바꿨다. 눈을 감고 엄마의 팔에 기댄 마야의 낯빛이 창백했다. 나라는 마야를 가만히 돌아보았다. 나라의 목덜미에 주름이 잡혔다가 고개를 앞으로 돌리자 사라졌다. 나라는 오전에 내가 서점에 들러서 산 해리 포터 볼펜을 보고 그게 뭐냐고 물었다. 나는, 해리 포터 몰라? 하고 되물었다. 그때까지 외국에 사는 아이들이라면 해리 포터에 대해 나보다 잘 알 것이라고 막연하게 생각했는데 그런 것도 아닌 모양이었다. 나는 집으로 돌아가는 동안 『해리 포터와 마법사의 돌』부터 『해리 포터와 혼혈 왕자』까지의 줄거리—당시는 마지막 권이 출간되기 전이었다—를 요약해주었다. 그러는 동안 마야는 계속 눈을 감고 있었다.

집에 도착하자마자 마야는 토했다. 엄마가 화장실을 깨끗이 치우는 동안 마야는 아까보다는 좀 나아진 얼굴로 잠들었다. 나라는 우리가 그 집에 온 이후 처음으로 우리 방—본래는 나라의 방—에 들어왔다. 나라는 바닥에 깐 이불 속으로 들어와 이야기를 계속해달라고 졸랐다. 나는 왠지 우쭐해져서, 아는 영어 단어를 총동원해 마법의 세계를 묘사했다. 나라와 내가 나란히 누워 이야기를 나누는 동안 살짝 열린 방문 너머로 리타 할머니가 쳐다보는 것이 느껴졌다. 내가 말을 멈추자 리타 할머니는 문틈 사이로 내게 미소를 지어 보였다. 나는 그 미소가 상냥하다고 느꼈다.

한번은 다 같이—할아버지와 리타 할머니는 빼고—수영장에 간 적이 있다. 나는 도착해서 수영복을 대여하기로 했고 엄마는 진경 아줌마의, 마야는 나라의 수영복을 빌리기로 했다. 마야는 분홍색과 노란색이 섞인 나라의 원피스 수영복을 보자마자 마음에 쏙 들어하며 출발하기도 전부터 옷 안에 받쳐 입었다. 나라는 마야의 목덜미에 드러난 수영복의 어깨끈을 바라보았다.

아저씨가 주차를 하는 동안 우리는 줄을 서서 기다렸다. 십오 분 정도가 흐르자 마야가 주저앉아서 엄마의 팔에 매달려 몸을 흔들기 시작했다. 지루해. 나는 마야를 째려보았으나 마야는 감정을 숨길 줄 몰랐다. 진경 아줌마는 마야를 내려다보며 어유, 기다리기 힘든가보다, 하고 말했다. 엄마는 다정하게 팔을 흔들며 곧 들어가게 될 거야, 라고 했다.

얼마 안 있어 수영장 문이 열렸다. 수영장 입구에서 보안관 같은 차림을 한 백인 남자와 흑인 남자가 입장객들에게 인사를 하거나 아이들과 하이파이브를 했다. 마야가 나도 저거 할래, 하고 들떠 칭얼거리는 것을 모른 체했지만 나 역시 손이 근질거렸다. 우리 차례가 됐을 때, 흑인 남자는 얼굴에서 웃음을 지우고 딱딱하게 말했다. 그는 키가 크고 입술이 두꺼웠는데, 웃지 않고 있을 때는 굉장히 위협적으로 느껴지는 생김새였다.

나 참, 이런 걸 왜 묻지?

흑인 남자의 말을 들은 진경 아줌마는 얼굴을 구겼다. 흑인 남자는 단호하게 고개를 저으며 들어갈 수 없다고 말했다. 엄마는 영어를 잘하지 못했지만 그의 태도를 통해 상황이 좋지 않게 흘러간다는 것을 짐작했다. 나 역시 마찬가지였다. 우리 중에서 영어로 말하는 데 가장 거리낌이 없는 사람은 마야였다. 실력이 형편없다는 것을 스스로 의식하지 않기에 가능한 일이었다.

남자는 수영복을 보여달라고 했다. 지금까지 누구에게도 하지 않았던 요구였다. 엄마가 남자의 말을 알아듣지 못했거나, 혹은 알아들었더라도 당황해서 허둥대자, 진경 아줌마는 이 남자가 수영복을 보여달래, 하고 통역을 해주고는 화가 난 얼굴로 그런 과정이 왜 필요하냐고 물었다. 남자는 단호하게 필요한 절차 중 하나라고 대답했다. 진경 아줌마와 남자가 영어로 설전을 하는 동안 옆에 있던 엄마는 어쩐지 혼나는 것 같은 표정을 하고 있었다. 진경 아줌마는 엄마의 품에서 수영복 가방을 가져가 입구를 벌려 보여주었다. 자, 됐지? 아줌마의 얼굴은 시뻘겋게 달아올라 있었다. 흑인 남자는 허락도 없이 가방에 손을 뻗어 안을 헤집었다. 엄마의 수영복—엄마의 피부와 비슷한 색의 비키니—을 꺼내 딱딱한 얼굴로 이건 수영복이 아니라 속옷 아니냐고 물었다. 엄마는 난감한 표정으로 진경 아줌마를 쳐다보았다. 아마 남자의 말이 길어지자 정확한 뜻을 헤아릴 수 없어 도움을 요청하는 것 같았다. 엄마가 영어를 잘 못한다는 걸 알아차린 남자가 고개를 들이밀며 낫 스윔슈트, 언더웨어, 하고 힘을 주어 말했다. 엄마는 굳은 얼굴로 노, 노, 했지만 목소리는 작고 자신이 없게 들렸다. 맞은편에 서 있던 백인 남자도 어린아이들과 하이파이브를 할 때와는 다르게 무표정이었다. 엄마가 이리저리 고개를 흔들며 할 수 있는 한 가장 강력하게 아니라는 표현을 해 보였지만 그들은 여전히 납득할 수 없다는 태도였다.

이게 속옷으로 보여?

진경 아줌마는 흑인 남자의 손에 들려 있던 수영복을 뺏으며 격앙된 영어로 쏘아붙였다. 똑바로 보라고. 남자의 얼굴 앞으로 수영복을 들이밀자 그는 뒤로 한 걸음 물러섰다. 이게 니 눈에는 속옷으로 보이냔 말야. 구분이 안 가? 노 언더웨어. 노 후크. 진경 아줌마는 단어 하나하나에 힘을 주어 발음했다. 아줌마의 발음은 그닥 부드럽지 않았으나 뜻을 전달하기에는 충분했다. 아줌마는 영어로 길게 말했다. 정확한 의미는 파악할 수 없었지만 왜 우리에게만 이런 식의 검문을 하느냐, 부당하다는 게 요지인 듯했다.

진경 아줌마가 항변을 하는 와중에 주차를 마친 아저씨가 뛰어왔다. 무슨 일이야? 아저씨가 다정하지만 긴장한 말투로 묻고는 진경 아줌마와 엄마, 그리고 흑인 남자 사이를 비집고 들어가 영어로 무슨 일이냐고 다시 물었다. 남자는 어깨를 으쓱하더니 여전히 탐탁지 않은 표정으로 한 걸음 물러나 입구 쪽으로 손짓을 했다. 진경 아줌마는 한국어로 욕을 하며 엄마의 손을 이끌고 수영장으로 들어갔다. 나와 마야, 나라도 뒤따라갔다.

그동안 관광했던 곳과는 달리 수영장은 보잘것없었다. 호텔에 딸린 것도 아니고 워터파크도 아닌, 거대하고 깊은 풀 하나와 수심이 얕은 유아용 풀이 전부인 동네 수영장이었다. 깊은 풀에 레인이 있긴 했지만 시합을 하는 사람은 없었다. 퀸스에 사는 어린이들과 그 아이들의 보호자들이 물장구나 치는 시시한 수영장이었다. 마야는 조악한 인조 야자수 때문에 장난감 오아시스처럼 보이는 유아용 풀이 마음에 들었는지 기껏해야 두세 살밖에 되지 않은 아이들과 그 안에서 물장구를 치고 놀았다. 거기 있으니 마야는 소인국을 방문한 걸리버처럼 보였다.

나라는 유아용 풀이 너무 얕아서 재미를 못 느끼는 듯했다. 내가 일반 풀로 가려고 하자 언니, 어디 가? 하고 물었다. 마야는 얕은 물에 몸을 반쯤 담그고 물장구를 치다가, 나라가 나를 따라 엉거주춤 일어서자 몸을 잠시 일으켰다가 다시 담갔다.

깊은 곳으로 가려고.

나도 같이 가.

그렇게 말하고 나라는 허락을 맡듯 마야를 슬쩍 돌아보았다. 마야는 산뜻한 투로 나는 여기 있을래, 하고 대답했다. 나라는 어딘가 홀가분해진 듯 가뿐히 유아용 풀에서 나와 내게 팔짱을 꼈다. 뒤를 돌아보았지만 마야는 발장구를 더 크게 치고 있을 뿐이었다.

나와 나라는 깊은 물에서 잠수 시합을 하다가 아저씨와 공

놀이를 했다. 아저씨는 몸을 던져 우리를 웃겨주었다. 나라와 아저씨가 공을 주고받는 동안 나는 조금 쉬기 위해 엄마가 누워 있는 곳으로 갔다. 선베드 위에 선글라스를 끼고 누운 엄마의 몸은 수영복을 제외하고 전부 선탠오일로 번들거렸다. 엄마의 옆에 비집고 눕자 내게도 오일이 묻었다. 엄마가 선글라스 너머로 나를 보며 물었다.

재미있어?

응. 나는 고개를 끄덕였다. 엄마가 등 쪽을 태우기 위해 몸을 뒤집고 내게서 고개를 돌린 채로 말했다.

다음에 또 오자.

수영장에서 돌아오는 길에 중국 음식을 포장해와서 식사를 했다. 비록 한식은 아니었지만, 이 집에 오고 나서 처음으로 먹는 매운 음식이었다. 식사시간에도 할아버지는 일절 말이 없었고, 간간이 쩝쩝거리는 소리만 내며 음식을 아주 천천히 떠먹었다. 아저씨는 정성스럽게 머리를 잘라낸 새우를 마야와 나라의 접시 위에 차례로―아주 공평하게 똑같은 개수를― 올려주었다. 마야는 깐풍 소스가 묻은 손가락을 쪽 빨았다. 나라는 그것을 가만히 지켜보았다.

그래서 미희한테 니 소식 물어봤는데, 모른다고 하더라고.

엄마가 막 그렇게 말했을 때 전화가 걸려왔다. 그건 정말 드문 일이었는데, 해외 로밍을 신청하긴 했지만 엄마에게 전화 올 곳은 좀처럼 없었기 때문이었다. 엄마와 정기적으로 연락하는 사람은 미희 아줌마가 거의 유일했고, 그마저도 연이 끊긴 이후로는 엄마가 먼저 연락하지 않는 이상 왕래가 이어지지 않는 관계가 대부분이었다. 엄마는 주저하며 휴대폰을 들었다 놨다 했다. 그때 할아버지가 처음으로 입을 열었다.

밥 먹는데 정신없다.

할아버지의 목에서 흘러나온 소리는, 살면서 들끓는 가래를 단 한 번도 뱉어내지 않고 목구멍에 모아놓은 것 같았다. 나는 경악스러운 기분에 마야를 쳐다보았다. 마야는 입안 가득 음식물을 씹고 있었다. 나는 마야가 쓸데없는 말을 할 수 없어서 다행이라고 생각했다. 엄마는 그 말에 놀라서 반은 충동적으로 전화를 받았다. 리타 할머니가 헛기침을 했고 진경 아줌마는 그 소리를 못 들은 척했다. 아저씨는 묵묵히 새우 머리와 몸통을 분리했다. 할아버지는 말을 꺼낸 적 없다는 듯이 원래대로 돌아갔다.

엄마는 전화를 받아 음, 헬로? 하고는 그렇게 말한 게 멋쩍었는지 괜히 실실 웃었다. 그러나 곧 얼굴에서 서서히 웃음이 사라지더니 금세 심각해져서 부엌을 나가버렸다. 리타 할머니가 밥 먹는데, 하고 중얼거렸다. 식탁에서 한 사람이 빠졌을 뿐인데 분위기가 이전 같지 않았다. 마야만이 아저씨가 주는 새우를 오물거리며 씹어댔다. 얼마 안 있어 엄마가 창백한 얼굴로 식탁으로 돌아왔다. 무슨 일이야? 하고 묻는 진경 아줌마의 목소리는 걱정스럽다기보다는 언짢게 들렸다. 식사시간을 망친 것에 대한 언짢음인지, 아니면 할아버지가 입을 연 것에 대한 언짢음인지 알 수 없었다.

고모부가…… 사고가 나서, 지금 위독하다네.

엄마의 표정과 다르게 말투는 생판 남의 소식을 전하는 투였다. 게다가 엄마의 입에서 고모부라는 호칭을 처음 들어봐서 그 대상이 잭이라는 사실을 깨닫는 데까지는 시간이 조금 걸렸다. 진경 아줌마가 고모부? 하더니 고모부가 미국에 살아? 하고 물었다. 엄마는 고개를 주억거리며 횡설수설했는데 그건 내가 이미 다 아는 내용, 엄마의 고모가 수십 년 전 미국으로 건너가 미군 출신 잭을 만나 결혼했고 지금은 시애틀에 살고 있다는 내용이었다. 진경 아줌마는 지루해 보였고 리타 할머니는 눈썹을 치켜올리느라 이마에 주름이 졌다. 식탁에는 마야를 제외하고 더이상 음식에 손을 대는 사람이 없었다.

그럼 지금 가봐야 하는 거 아냐?

허둥대는 엄마의 팔을 잡으며 진경 아줌마가 말했다. 엄마는 당장이라도 떠날 것처럼 몸을 일으켰다가 다시 앉기를 반복하고 있었는데, 진경 아줌마에게 팔을 잡히는 순간 모든 동작을 멈추고 우두커니 섰다. 마치 진경 아줌마가 알아들을 수 없는 말을 했다는 듯이. 그 말의 진의를 헤아리고 있다는 듯이. 모두가 앉아 있고 엄마만 서 있는 식탁은 좀전까지 아무 일도 일어나지 않은 것 같기도 했고, 무언가 대단한 일이 일어난 직후 같기도 했다. 엄마는 잠시 말없이 서 있다가 작은 소리로 지금? 하고 물었다.

고모부가 위독하시다며.

그렇지, 그렇긴 한데……

엄마는 나와, 그때까지도 유일하게 음식을 씹고 있던 마야를 쳐다보았다. 그 시선에 비친 난감함은 마치 이해를 바라는 것 같아서 나는 괜히 마야의 어깨를 툭 쳤다.

애들도…… 있고. 엄마는 작은 소리로 그렇게 덧붙였다. 진경 아줌마는 여전히 엄마의 팔을 붙든 채로 말했다.

애들은 걱정하지 마.

그 말이 주는 신뢰감이나 힘 같은 것이 나에게까지 느껴졌다. 나는 엄마가 우리를 이곳, 바로 이 집, 엄마가 없다면 누구와도 연고가 없는 사람들의 집에 내버려두고 잭을 만나러 떠나려 한다는 사실이 잘 믿기지 않았다. 진경 아줌마는 한숨을 쉬고 우선 식사를 마치고 생각해보자고 말했다. 식사는 재개됐지만, 식기를 달그락거리는 소리는 전에 없이 우울했다. 오직 할아버지와 마야만이 묵묵히 음식을 먹었다.

엄마에게 전화를 한 건 미국 고모할머니가 아니라 봉일천 고모할머니였다. 나중에, 그러니까 미국에서 돌아오고도 오랜 시간이 흐른 뒤에 알게 된 사실이지만, 그 무렵 잭은 한쪽 다리에 마비가 온 상태였다. 아무리 풍채가 좋아도 그는 나이가 들었고, 기름진 음식만 섭취하느라 나라의 할아버지처럼 혈관이 꽉 막혀버렸다. 치료 시기를 놓치는 바람에 한쪽 다리에 이어서 왼쪽 팔마저 조금씩 굳어가고 있었다. 사고가 나던 날 밤 잭은 옆 차로에서 끼어든 차를 피하려 무리하게 핸들을 꺾었다. 시속 백삼십 킬로로 달리던 차는 고속도로 중앙에서 급회전했고, 잭은 브레이크를 밟으려 했으나 굳어버린 발이 마음대로 움직여주지 않았다. 잭의 오래된 차—나를 도서관에 데려다주었던 바로 그 차—는 도로 한복판에서 뒤집혔고, 뒤쪽에서 달려오던 화물차에 들이받혔다.

미국인들에게는 비만 유전자가 있어.

잭에 대한 화제가 떠오를 때마다 봉일천 고모할머니는 그렇게 말했다. 나는 그 말이 일종의 차별을 담고 있다는 사실을 알았지만 굳이 지적하지 않았다. 봉일천 고모할머니는 여러모로 무례한 사람이었는데, 그 무례함을 솔직함이나 매력으로 둔갑시키는 능력이 있었다. 세월이 지나 그녀가 한 명의 평범한 노인이 되는 동안 그 능력은 서서히 빛이 바랬지만, 그래도 여전히 그런 능청스러움에 웃음이 나긴 했다.

그녀는 내가 고등학교에 입학하기 전까지도 봉일천에 살았으나, 남편이 죽은 후 사촌 남동생이 살고 있는 부천으로 이사했다. 받아줄 자식도 없었고, 하나뿐인 언니는 미국에 살았으니까. 언젠가 가족 모임에서 미국으로 가 언니와 살 생각은 없냐고 묻자 봉일천 고모할머니는 나이 칠십 먹고 미국인 될 일 있어? 하고 대꾸했다.

그날 봉일천 고모할머니는 시장에 있었는데, 콩나물을 사면서 주인과 실랑이를 하던 중에 국제전화가 걸려왔다. 미국에 언니가 살고 있으니까 국제전화가 오면 의심할 틈도 없이 받곤 했는데, 그날따라 전화를 받고도 상대가 한참 말이 없어서 이번에야말로 스팸인가, 통장에서 몇백씩 빠져나가는 건가, 걱정했다고 한다—"빠져나갈 돈도 없는데 지금 생각해보면 뭔 걱정을 했는지, 참"—. 막 전화를 끊으려던 찰나 울음소리가 났다. 전화기 너머에서 자신의 언니가 우느라고 말을 잇지 못하고 있었다.

수술실 밖에서 전화를 건 고모할머니에게 당장 달려갈 수 없는 노릇이라 봉일천 고모할머니는 낙담했다. 그래서 엄마에게, 미국에 간다던 조카에게 전화를 걸었다. 봉일천 고모할머니도 정말로 엄마가 시애틀로 가주기를 기대한 것은 아닐지도 모른다. 그래도 그때 봉일천 시장에서 한 손에 검은 봉다리를 들고 할 수 있는 일이 그것뿐이라, 언니와 가까운 곳에 있는 사람이 너뿐이라 그랬다, 고 그녀는 회상했다.

엄마는 저녁식사가 끝나자마자 진경 아줌마의 도움으로 다음날 새벽에 출발하는 시애틀행 비행기를 예약했다. 내일 일찍 출발해야 하니 이만 자라는 진경 아줌마의 성화에 엄마는 멍한 상태로 방으로 들어갔다. 해가 지기도 전에 엄마는 잠이 들었다. 아줌마는 엄마를 방해하지 말라며 나와 마야를 거실로 데리고 나왔다. 마야는 나라에게 보드게임을 하자고 제안했지만 나라는 내켜하지 않았다. 내가 거실에 있는 책을 보느라 게임에서 빠지자 나라도 숙제를 해야 한다며 일어났다. 마야는 나와 나라에게 번갈아가며 아쉬운 소리를 하다가 모두 거절당하자 장기말을 만지작거리며 상심한 듯 중얼거렸다.

엄마한테 물어볼까.

마야는 좀전의 식탁에서의 분위기를 떠올렸는지 답지 않게 머뭇거렸다. 거실 소파에 누워 텔레비전을 시청하던 진경 아줌마가 일어나 앉았다. 아줌마는 리모컨을 들어 텔레비전을 끄고 우리를 향해—정확히는 마야를 향해—몸을 돌렸다.

애.

마야는 자기를 부르는 줄도 모르고—그도 그럴 것이 이제껏 마야를 그렇게 부르는 사람은 없었다—장기말을 의미 없이 보드 위에 올렸다 놨다 했다. 아줌마는 다시 힘을 주어 애, 나 좀 봐, 했다. 마야는 엎드린 상태로 고개만 빼꼼 들었다. 아줌마는 소파에 앉은 상태로 몸을 마야에게로 숙이고 미소를 지었는데, 그 미소가 꾸며낸 것처럼 서늘해서 나는 당장 그곳을 벗어나고 싶었다. 마야는 천진하게 아줌마를 올려다보았다. 아줌마는 싱긋 웃으며 이만 정리하자, 고 말했다. 이상하게도 정리하자, 는 말은 제안이나 부탁이 아닌 명령처럼 느껴졌다.

왜요?

같이 할 사람도 없잖니.

친절한 말씨였지만 단호하게 들렸다. 마야는 도움을 바라는 것처럼 나를 쳐다보았다. 마치 내가 보드게임을 같이 하겠다고 말해주기를 원하는 것 같았다.

엄마한테 하자고 해야지.

내가 아무런 반응이 없자 마야는 그렇게 말하며 차분히 보드게임을 정리하기 시작했다. 진경 아줌마가 조금은 짜증스럽게 머리를 털더니, 무언가를 간신히 참는 목소리로 말했다.

지금 엄마는 자고 계시잖아. 피곤할 테니 쉬게 내버려둬.

마야는 상자 뚜껑을 들고 가만히 아줌마를 쳐다보았다. 마치 그게 무슨 상관인데요? 우리 엄마는 나를 사랑하는데, 하고 말하는 것 같아서 약이 오르게 만들었다.

너도 그 정도는 알지? 응? 아무리 어려도 그런 건 알잖아.

그치? 그렇게 말하고 진경 아줌마는 눈이 휘어지도록 웃었다. 말할수록 목소리는 사근사근해졌지만, 휘어진 눈가 끝에 잡힌 주름이나 무릎 위에서 맞잡은 손 같은 것들이 더는 친근하게 다가오지 않았다. 마야는 말없이 아줌마를 바라보다가 고개를 끄덕였다. 그래, 말 잘 듣네. 아줌마는 한껏 풀어진 얼굴로 그럼 재밌게들 놀아, 하고 말하며 소파에서 몸을 일으켰다.

나라한테 같이 게임하라고 할게. 알겠지?

아줌마는 선심 쓰듯 그렇게 말하고 불쑥 손을 내밀어 마야의 볼을 쓰다듬었다. 마야는 미동도 없이 그 손길을 받아들였다. 실컷 쓰다듬고 나서 아줌마는 안방—우리가 지내는 동안 나라는 안방에서 진경 아줌마와 아저씨와 함께 생활했다—으로 돌아갔다. 복도 저편 안방에서 두런두런 대화를 나누는 소리가 들렸지만 나라는 나오지 않았다.

마야는 뚜껑을 덮지 않은 보드게임 상자를 가만히 내려다보았다. 나는 마야에게로 다가가 상자를 뒤집어 마룻바닥에 쏟아부었다. 우리는 삼십 분 정도 그곳에서 둘만의 게임을 계속했다. 전부 내가 이겼고, 마야는 역전의 기회도 얻지 못했다. 해가 지고 있었고, 거실의 하나뿐인 창문을 통해 들어온 햇빛이 마야의 얼굴 한쪽을 새빨갛게 물들였다. 나는 그것이 서서히 움직여 사라지는 것을, 완전한 어둠이 되어가는 것을 지켜보았다.

보드게임을 정리하고 거실을 나설 때는 이미 어두워져 있었다. 복도에 불이 희미하게 켜져 있었고 나와 마야는 그 빛에 의지해 거실을 빠져나왔다. 복도에는 화장실과 안방, 리타 할머니와 할아버지가 쓰는 방, 그리고 가장 안쪽에 엄마가 자고 있는 나라의 공부방이 차례로 있었다. 방에 들어가려는데 복도 중앙에 리타 할머니가 서 있었다. 화장실을 갔다가 들어가려던 참이었는지, 아니면 우리가 나오기를 기다렸던 건지는 알 수 없었다. 그녀는 프릴과 레이스가 달린 하얀색 원피스 잠옷을 입고 실내화를 신은 채로 서서 마야와 나를 지켜보았다. 나는 그녀의 시선이 따라오는 것이 부담스러워서 슬쩍 웃으면서 안녕히 주무세요, 하고 인사했다. 그녀는 인사에 대한 답인지 아니면 혼잣말인지 모를 말들, 응, 그래, 착하다, 정말 참해, 어쩜 이리 잘 배우고 자랐어? 같은 칭찬의 말들을 맥락 없이 내뱉었다.

언니라 그런지 어른스럽네.

그렇게 말하며 리타 할머니는 나를 향해 아주 온화하게 웃었다. 나는 그녀가 말하는 착하고 참한 대상이 오직 나라는 것, 마야는 거기에 해당하지 않는다는 것을 눈치챘다. 내가 어색하게 웃음을 걸치고 어정쩡하게 서 있자 리타 할머니는 진짜 내 할머니라도 되는 양 웃어 보이며 고갯짓을 했다. 나는 고개를 꾸벅 숙이고 방으로 들어갔다. 마야가 내 뒤를 따라왔다. 방안에는 엄마가 죽은듯이 잠들어 있었다.

다음날 아침 해가 뜨기도 전에 엄마는 시애틀로 갔다. 그곳에서 단 이틀을 지내고 돌아왔는데, 진경 아줌마의 집에 남겨졌던 나에게도 그렇게 긴 시간은 아니었다. 그러니까 엄마가 다시 돌아오지 않을지도 모른다든지, 이대로 우리를 버리고 갔을지도 모른다는 생각이 들기도 전에 엄마는 돌아왔다. 시애틀과 뉴욕은 비행기로 다섯 시간이 넘는 거리였으니 엄마는 그곳에서 이틀 밤도 채우지 못하고 돌아온 셈이었다. 엄마가 시애틀에 도착하고 얼마 지나지 않아 데이비드가 찾아왔으므로 뒤를 맡기고 새벽 비행기로 돌아왔다고, 후에 말해주었다. 그리고 그날 잭이 고속도로를 타고 향하던 곳이 데이비드의 집이었다는 사실도.

엄마가 돌아오던 날 나와 마야, 그리고 나라네 가족은 공항으로 엄마를 마중나갔다. 마치 온 가족이 손님인 엄마를 반겨주듯이. 돌아오는 길에 가족끼리 다 같이 식사라도 하자며, 드물게도 리타 할머니와 할아버지까지 동행했다. 공간을 넓게 쓰기 위해 카니발의 뒷좌석을 트렁크 영역까지 밀고 나와 마야가 그곳에 앉았다. 중간 열 간이 좌석에 나라가, 나라의 양옆으로 리타 할머니와 할아버지가 앉았다.

엄마를 데리러 가는 길에 나라와 마야는 다퉜다. 마야가 함부로 머리를 만진 것에 대해 나라가 언짢아했기에 벌어진 일이었다. 따지고 보자면 원인은 마야의 서슴없음에 있었으므로 멋대로 다른 사람을 만진 것에 대해 사과해야 마땅했다. 그러나 나라의 짜증이 그날의 아침식사 자리에서부터 계속되어왔다는 것에 대해서 그 누구도, 그러니까 리타 할머니와 할아버지, 아저씨와 진경 아줌마, 심지어 나조차 문제삼지 않았다는 것은 불합리하게 느껴졌다.

그거, 내가 좋아하는 건데.

마야가 마지막 남은 누텔라를 병에서 긁어내는 것을 보고 나라가 불쑥 말했다. 마야는 식빵을 내려다보다 손으로 찢어서 땅콩버터가 발린 쪽만 가지고, 누텔라가 발린 절반을 나라에게 내밀었다. 그러나 나라는 그것을 가만히 내려다보더니 아무 대꾸도 하지 않고 딸기잼 병 뚜껑을 열었다. 아저씨가 오는 길에 마트에 들러서 새것 하나 사자고 애써 쾌활하게 말했다. 마야는 땅콩버터와 누텔라로 범벅이 된 손가락을 조용히 빨았다.

아침식사 내내 마야의 말을 못 들은 척하거나 눈을 크게 뜨고 똑바로 쳐다보면서 마야가 했던 말을 그대로 되묻는 나라의 태도는 묘하게 사람을 주눅들게 만들었다. 마야는 두 사람의 사이가 이전과 같지 않다는 것을—이전이라고 해봐야 고작 삼 주 전이었지만—눈치챘는지 나라가 매정하게 굴 때마다 묵묵히 그 태도를 받아들이곤 했다.

공항으로 가는 길에 아저씨는 슈퍼마켓 근처에 카니발을 세웠다. 진경 아줌마와 아저씨가 나가자 차 안이 조용해졌다. 침묵 속에서 마야가 나라의 머리를 만졌을 때, 나라가 벌컥 화를 내며 영어를 쏟아내기 시작했다.

나는 그 말들, 나라가 쏟아내는 영문을 알 것도 같고 모를 것도 같은 분노와 짜증의 말들―그건 마야의 손길에 관한 것 같기도 했고, 누텔라에 관한 것 같기도 했고, 전혀 상관없는 어떤 것에 관한 것 같기도 했다―을 일부 알아들을 수 있었다. 나는 언제나 경고해왔어, 로 시작된 말은 그러나 정확한 맥락과 뜻을 이해하기보다는 말의 높낮이나 뉘앙스로 그 안에 담긴 싸늘함과 공격성을 추측할 수밖에 없었다. 평소 우리와 이야기할 때 쓰던 완성되지 않은 한국어나 일부러 느리게 말해주던 영어와는 속도와 성격 자체가 달랐다. 마야는 겁을 먹거나 당황하는 게 아니라, 전혀 다른 곳에서 외계의 말을 듣는 것처럼 나라를 쳐다보았다. 나는 어느 순간 차 안에 나와 마야, 나라 말고도 리타 할머니와 할아버지도 있다는 사실을 떠올렸다. 그들은 나라가 폭발하는 화산처럼 내뱉는 말이 들리지 않는 것처럼 앞만 보고 있었다. 아마 나라의 말이 더 과격해졌더라면 제지했을지도 모르지만, 적어도 그들이 보기에 나라의 그런 말과 행동은 정당했던 것 같다. 그 사실을 깨달은 순간, 나라의 말을 얌전히 듣고 있는 마야를 보면서 나는 나직이 속삭였다.

　그만.

　그러자 놀랍게도 카니발 안이 순식간에 조용해졌다. 잠시 후 진경 아줌마와 아저씨가 음료수와 간식을 사서 돌아올 때까지 누구도 입을 열지 않았다. 우리는 간식을 나누어 먹고 어딘가 불편한 채로 출발했다. 그렇게 얼마간 도로를 달리다가 도시의 경계에 이르렀을 때, 나라는 나에게 미안하다고 했다. 미안해, 언니. 나는 나라가 왜 사과를 하는지 알 수 없으면서도 그 사과를 받아들였다. 아니야, 나도 미안. 나라가 손을 내밀었고 나는 그 손을 잡았다. 마야는 말없이 나와 나라가 맞잡은 손을 내려다보았다. 그 사과로부터 얼마 지나지 않아 공항에 도착했다. 간소한 짐을 들고 차에 올라탄 엄마는 지쳐 보였다.

　엄마 없는 동안 재밌게 잘 지냈어?

　나는 물음에 답하지 않은 채 엄마를 올려다보았다. 엄마는 맨 뒷좌석, 내 옆자리에 앉기 위해 허리를 숙이고 카니발 안으로 들어오면서—엄마가 들어올 길을 만들어주기 위해 나라가 몸을 일으켜 간이 좌석을 옆으로 젖혀야 했다—나와 눈이 마주쳤다. 나는 마야와 나라의 싸움에 대해서 전하지 않은 채 옆으로 비켜앉았다.

　엄마가 시애틀에 다녀오고 얼마 지나지 않아 우리는 한국으로 돌아왔다. 예정보다 한 주 정도 빠르게 돌아온 셈인데, 그건 아마 남은 여행 경비의 대부분을 시애틀에 다녀오는 항공권에 썼기 때문일 것이다. 그때 엄마는 진경 아줌마에게 돈을 조금 빌렸고, 한국으로 돌아온 후에 갚았다. 한국에 돌아와서도 엄마와 진경 아줌마 사이의 연락이 끊기지 않은 것은 그 돈 때문이 아닐까 생각한 적이 있었다. 거기에 대해서 확신은 할 수 없지만, 어쨌든 엄마는 지금 진경 아줌마와 연락하지 않는다. 나는 시애틀에 가서 무엇을 보고 겪었는지 엄마에게 묻지 않았고, 엄마도 이야기한 적이 없다. 그래서 나도 엄마가 잠들어 있던 시간과 엄마가 없던 이틀 동안 있었던 일에 대해서 말하지 않았다. 엄마도 나도, 그후로 미국을 방문한 적은 없다.

잭은 내가 열네 살이 되던 해에 죽었다. 더 정확히 말하면 고모할머니와 가족들이 그를 죽이기로 결정했다. 고모할머니는 잭의 산소호흡기를 떼기로 결정했다는 소식을 전화로 전했다. 반신불수가 된 지 이태하고도 열흘 만의 일이었다.

모두를 위한 결정이야.

엄마가 자동차 핸들을 꼭 잡고 말했다. 엄마는 나를 학원으로 바래다주는 길에 잭의 죽음을 전했다. 나는 그 '모두'에 잭도 포함되는지 궁금했다. 그리고 고모할머니와 데이비드에 대해서도 생각했다. 그들에게는 그것보다 더 나은 선택이나 미래가 보이지 않는 것 같았다. 그건 정말 이상한 생각이었다.

나는 고모할머니와 일생에 걸쳐 한 달 정도 함께 지냈을 뿐, 한국으로 온 뒤로는 어떤 교류도 없었다. 그리고 데이비드는, 그 사람은 딱 한 번 만났을 뿐인데. 그런데 나는 왜 이런 쓸데없고 무례하기까지 한 단정을 내리고 있는 걸까? 엄마는 심란해 보였다. 내 기억에 엄마는 잭을 끝까지 미워했는데, 어째서 사고가 났을 때 한달음에 시애틀까지 달려갔을까.

할머니를 다시 만나긴 힘들겠지.

엄마는 그렇지, 하고 답했다―엄마의 동조가 단순히 내가 고모할머니를 보기 힘들다는 것에 해당하는 건지, 아니면 엄마 역시 고모할머니를 만날 수 없다고 단정짓고 있는 건지, 만약 그렇다면 그 결과가 잭의 죽음과, 거기에 관여한 고모할머니의 선택과 연관이 있는 것인지 궁금했다.

너 진경이 기억나니?

뜻밖의 이름에 나는 고개를 끄덕였다. 잭과 고모할머니, 그리고 시애틀의 집을 떠올리면 자연스럽게 진경 아줌마의 집을 떠올릴 수밖에 없었다. 시애틀과 뉴욕의 물리적 거리만큼이나 두 가정에 차이가 있었음에도 그 연상이 매우 자연스럽고 필연적으로 느껴졌다. 그것들은 예상치 못한 순간에 훅 치고 들어와 나를 얼빠지게 했다가, 금세 사라지곤 했다. 그러나 이따금 떠오를 때면, 언제나 같은 시간과 장소를 공유하는 한 가지 기억처럼 나를 괴롭혔다. 나는 엄마에게도 두 기억이 그럴까 궁금했다.

뉴욕 사는 엄마 친구?

응, 거기서 잠깐 살았었잖아.

살았다, 는 표현을 써도 될 만큼 우리는 그곳에 오래 머물지 않았다고 말하고 싶었다. 하지만 나는 아무렇지도 않은 척 잘 기억 안 나, 하고 대꾸했다.

너네들은 집에 있고 나 혼자 시나몬 사러 간 날 기억나?

기억하고 있었다. 나라와 나, 그리고 마야는 종종 나라의 집에 있는 보드게임을 했는데 처음 몇 번은 즐거웠지만 나라가 마야에게 이유를 설명할 수 없는 반감을 드러낸 이후부터는 분위기가 싸늘하기만 해서 도무지 즐겁지 않았다. 마야는 언제나 졌고 나라는 언제나 갖은 이유를 대며 이겼다. 나는 좋은 카드를 뽑으면 몇 번쯤 마야에게 양보했지만 내가 지는 일은 없었다.

엄마는 어느 날 밤인가 시나몬을 먹고 싶다며 홀로 집을 나섰다. 정확히는 시나몬이 아니라 시나본이었는데, 엄마는 결코 제대로 된 상표명을 말하지 않고 언제나 시나몬이라고 불렀다. 언젠가의 여정에서 우연히 먹은 시나본에 반한 후 엄마는 외출할 적마다 시나몬―그러니까 시나본―을 사오곤 했다. 진경 아줌마가 같이 가주겠다고 했지만 그렇게 말하는 얼굴은 졸음과 피곤이 덕지덕지 붙어 성가셔 보였고, 동행하겠

다는 말도 시늉뿐인 것 같았다. 엄마는 근처니까 금방 다녀오
겠다며, 길도 전부 안다며 의기양양하게 맨다리에 진경 아줌
마의 외투를 걸치고 집을 나섰다. 진경 아줌마는 곧바로 자러
들어갔고, 엄마는 정말로 사십여 분 만에 돌아왔다. 엄마는 나
라에게 함께 먹지 않겠냐고 물었지만 나라는 고개를 저으며
숙제해야 해요, 하고는 방으로 들어가버렸다. 우리는 부엌에
서 전자레인지로 시나몬을 데워 방으로 들어가 셋이서 나눠
먹었다. 게임 재밌었어? 하고 묻는 엄마의 물음에 마야는 응,
재밌었어, 언니가 이겼어, 하고 대답했고 나는 아무런 말도 하
지 않았다.

　엄마는 여전히 앞만 보며 그날의 기억에 대해서 말하기 시
작했다.

　그날, 동네를 가로질러서 가게로 곧장 가려는데 누가 나를
부르더라고. 길바닥에 앉아 담배를 피우던 양아치들이랑 골목
에 널브러져 있던 부랑자들이 나를 쫓아오면서 휘파람을 불었
어. 나는 외투를 여미면서 걸음을 빨리했어. 무슨 말을 하는지
정확히 알아들을 수는 없었지만 나를 얕보고 위협한다는 사실
만은 알 수 있었어. 야! 그 밑에 아무것도 안 입었냐? 겨우 알
아들을 수 있는 건 몇 마디의 욕설뿐이었어. 점점 빨라지는 내
걸음에 맞춰서 그들은 집요하게 쫓아왔어. 그때, 누군가 그들
에게서 최대한 빠르게 벗어나려고 하는 내 어깨를 한쪽 팔로

끌어당기다시피 감싸고 경보에 가까운 걸음으로 성큼성큼 걸었어. 뒤에서 거리의 양아치들이 휘파람을 불었어. 니 애인 엉덩이 죽이네! 맛있냐? 어깨를 잡은 남자가 앞만 보면서 걸으라고, 뒤돌아보지 말라고 영어로 속삭였어. 위험한 짓 하지 마, 위험한 짓 하지 마, 그러면서. 무사히 그곳을 빠져나와 다 쓰러진 철제 울타리 앞, 퀸스와 퀸스 밖의 경계에 서서 고맙다고 인사를 하려는 찰나, 남자는 나에게 돈을 요구했어. 황당했지만 나는 가진 돈이 없어요, 정말이에요, 이게 다예요, 하고 지갑—도장이 두 개나 세 개쯤 찍혔을까 한 쿠폰과 영수증만 든—을 펼쳐 보여줬어. 그는 그렇다면 돈이 될 만한 걸 내놓으라고 했고 나는 그 말이 좀전에 그가 나를 안심시키기 위해서 했던 말, 위험한 짓 하지 마, 라는 말 같아서 훌쩍거리며 주머니에 있는 걸 죄다 꺼냈어. 그건 진경이의 외투였고 그 안에 있는 것도 진경이의 물건들이었지. 하지만 진경이에게 필요해 보이진 않았어. 끝이 형편없이 구부러진 클립이나 머리핀, 다 채우지 못한 또다른 쿠폰, 그리고 동전 몇 개와 오 달러짜리 지폐 한 장, 보드게임의 말 같은 것들이 다였지. 있으나 마나 한 것들 말이야. 남자는 두 손을 소중히 모으고 그것들을 건네받았어. 하지만…… 나는 시나몬을…… 사야 해요. 애들이…… 그걸, 좋아한단…… 말이에요. 더듬거리는 영어로 말하자 그는 방금 가져간 오 달러를 다시 돌려주며 자, 됐지? 하고 말했어. 그는 결국 그것들, 어디에도 쓸데가 없을 것 같은 잡동사니들을 챙겨 다시는 이곳에 얼씬도 하지 말라고 신신당부하고는 내 어깨를 감싸고 올 때보다 더 빠르게 왔던 길을 돌아갔어. 그가 점처럼 작아지고 저 멀리서 또다시 휘파람과 야유 소리, 병이 깨지는 소리가 들려올 때쯤 나는 내가 울고 있다는 사실을 깨달았어. 눈물이 말라붙어서 볼이 따가웠어.

엄마는 신호 대기를 위해 차를 부드럽게 세웠다. 안전벨트가 내 가슴팍을 가볍게 압박했다가 풀어졌다.

나는 있지, 그날을 떠올리면 그 집이 내 집 같아. 진경이의 외투나 구겨지고 해진 오 달러로 산 시나몬, 맨다리를 녹일 수 있는 집 말이야. 단순히 영어를 잘하거나 강단이 있어서가 아니라, 나는 그애가 없을 때는 아무것도 할 수가 없었거든. 진경이와 있을 때 나는 보호받고 안전한 곳에 있는 것 같은 기분이었어.

나는 시나몬 하나를 나누어 먹었던 방의 온기를 떠올렸다. 깜빡이가 내는 규칙적인 소리가 차 안에 울렸다.

마침내 집에 도달한 것 같은 기분.

엄마는 속삭이고는 핸들을 왼쪽으로 돌렸다. 내 몸이 왼쪽으로 기울어졌다.

엄마에게 말하지 않은 것이 두 가지 있다. 하나는 진경 아줌마가 우리를 함부로 대했다는 것. 종종 나는 그 기억에 대해 털어놓고 싶은 충동에 휩싸인다. 아줌마도 나름의 사정이 있었을 것이고, 본인도 얹혀사는 형편에 친구와 줄줄이 딸린 자식들까지 한 달 가까이 머무는 게 불편했겠지만, 그래도 마야를 그렇게 대해서는 안 되었다고. 참고 참다가 한 번만 더 건드리면 폭발할 것 같은 얼굴로 마야에게 그런 말을 해서는 안 되었다고. 그래놓고서 마지막에 마야의 볼을 그런 식으로 쓰다듬으면 안 되었다고. 그걸 전부 지켜본 나에게 그렇게 친절하고 상냥하게 굴어선 안 되었다고. 나는 그곳에서 가장 환대받는 손님이었지만 대단히 위협감을 느꼈다. 밤이면 총성이 울리는 퀸스 거리라서가 아니라, 그 집의 창문 밖으로 몸을 던져도 결코 벗어날 수 없으리라는 공포심 때문에. 그리고 마야가 아무것도 모르는 얼굴로 진경 아줌마를 올려다보는 것이—혹은 모르는 것처럼 행동하는 것이—너무도 두려워서 소리를 빽 지르고 싶어졌다.

대신에 나는 멋쩍게 웃었다. 그런 것에 익숙하다는 듯. 마야를 욕하는 광경을 가만히 보고 있던 나에게 보상처럼 주어지는 칭찬이 기쁘다는 듯.

다른 하나는 데이비드가 저녁식사 자리에서 내게만 속삭였던 말이다. 나는 마요네즈에 절이다시피 한 마카로니를 포크로 굴리다가 식탁 아래로 튕겨버리고 말았다. 한번 떨어뜨린

이상 주워 담을 수 없다는 걸 알면서도, 나는 양털 카펫에 코를 박을 듯이 허리를 숙여 마카로니 조각을 찾았다. 데이비드의 신발 바로 앞에, 내가 떨군 마카로니가 있었다. 나는 그제야 데이비드가 신발을 신고 있다는 것을 알아차렸다. 잭의 집은 이층까지 모든 바닥이 하얀색 모조 양털 카펫으로 빽빽하게 채워져 있었는데, 한때는 새하얬을 것이 분명한 카펫의 누런 색깔이 세월의 흔적을 입증해주고 있었다. 나는 첫날에만 고모할머니가 건네준 실내화를 신었고, 이후로는 맨발로 지냈다. 모조 양털 위를 걸으면 폭신하고 포근한 감촉이 발바닥을 감쌌다. 그 느낌이 좋아서 일부러 양말을 벗고 바닥을 꾹꾹 밟으며 제자리를 맴돌았다. 봉일천 고모할머니가 양말을 주워와 다시 신겨도 그 감촉이 그리워 자주 맨발로 집안을 돌아다녔다. 잭과 고모할머니는 실내화를 신었다. 하지만 고모할머니는 내가 맨발로 돌아다녀도 혼내지 않았다. 아이고, 거기 더럽다, 라고 말하며 혀를 차는 봉일천 고모할머니의 말에도 그저 웃었다. 그 카펫은 마치 나를 위해 아주 오랜 세월 동안 심어놓은 푹신한 잔디 같았다.

나는 데이비드의 발 앞에 놓인 마카로니를 보았다. 때가 탄 양털에 마요네즈가 묻었지만 티는 잘 나지 않았다. 나는 데이비드의 신발에 마요네즈가 묻었는지 확인하기 위해 몸을 더 기울였다. 그 바람에 어른용 의자에 무릎을 펴고 앉아 있던 내 몸은 직각에 가깝게 접혔다. 서서히 기울어지던 몸이 순간적으로 쏟아지려 할 때, 데이비드의 손이 내 이마를 짚어 가볍게 밀어올렸다. 나는 식탁 위로 완전히 올라오는 대신, 고개만 들어 데이비드를 바라보았다. 데이비드는 조용히 미소 짓고 있었다. 나는 우물거리다가 더듬거리는 영어로—속삭이느라 거의 들리지 않았다—저기에 내가, 뭘 흘렸어요, 하고 말했다. 나에게 귀를 기울이기 위해 그가 내 쪽으로 몸을 숙였다. 식탁 위에서 보면 나와 데이비드의 상체는 거의 보이지 않았을 것이다. 데이비드는 내가 가리키는 쪽을 슬쩍 보더니 아, 하고 이해했다는 소리를 내뱉었다. 나는 사과를 해야 하는지, 아니면 지금이라도 그걸 주우러 가야 하는지 결정하지 못해 우물쭈물했다. 괜찮아. 데이비드가 영어로 말했다. 신경쓰지 마. 간단한 영어였고 나는 그것을 무리 없이 알아들었지만 괜찮지 않다고, 여기는 내 집이 아니고 초대받은 곳에서 음식을 흘리고 바닥을 더럽히면 어른들께 알리고 치워야 한다고, 그렇지만 이런 걸로 주목받고 싶지 않다는 말을 어떻게 하면 전달할 수 있을지는 알지 못했다. 내가 청소, 치워야 해요, 더러워, 라는 단어들을 띄엄띄엄 전달하려고 노력하자 데이비드는 입을 살짝 벌리고 웃었다. 나는 그가 내 말을 이해하지 못했다고 생각해서 좀더 적극적으로, 손짓을 해가며 설명하려 애썼다.

여기, 당신 집이에요. 우리집 아냐.

이해했어요? 그와 나를 차례로 가리키고 올려다보자 데이비드는 그래, 하고 대답했다. 그가 의자를 당겨 나에게 더 가까이 왔다. 그리고 허리를 숙인 채 양 팔꿈치를 무릎 위에 얹어 몸을 지탱했다. 나는 그가 뭔가 말하려 한다는 사실을 알았다. 말뜻을 정확히는 알 수 없어도, 적어도 목소리의 높낮이나 표정 같은 것으로 의사를 유추해보려고 그쪽으로 몸을 더 숙였다. 데이비드와 나는 금방이라도 식탁 아래로 숨을 것처럼 낮게, 또 가까이 붙었다. 데이비드는 내 귀에 대고 이렇게 말했다.

하지만 나는 내일 이 집에 없을 거야.

나는 그 말을 정확히 이해했다. 단순히 단어의 배열을 통해서 뜻을 유추하거나 문법적으로 옳게 알아듣는 차원의 문제가 아니라, 그가 말하려고 하는 바를 정확히 알아들었다. 그건 선언이었다. 다시는 이 집에 오지 않을 것이라는. 그리고 그 또한, 이 집에서 나와 같은 손님일 뿐이라는.

어느새 그는 허리를 곧추세우고 식탁 위에서 어른들과 웃으며 대화를 나누기 시작했다. 조금 전 조용한 미소를 짓던 사람이라고는 믿을 수 없을 만큼 편안하고 자연스럽게 이를 보이며 웃었다. 이제 나는 그가 하는 말을 하나도 알아들을 수 없었다. 마치 다른 나라의 언어로 말하는 것 같았다.

나는 이 일에 대해서 엄마에게 이야기한 적이 없다. 그곳에

우리를 환영하는 사람은 없었고, 우리는 궁지에 몰려 있었다
고. 궁지에 몰린 사람들밖에 모이지 않은 곳에서, 속절없이 트
렁크에 갇혀 실려가는 것과 다름없었다는 것을. 엄마에게도,
고모할머니에게도, 봉일천 고모할머니에게도 한 적이 없다.
가장 친한 친구나 미래의 연인, 혹은 그럴 일은 없겠지만 미래
의 배우자나 자식이 생기더라도 결코 말할 계획이 없다. 어차
피 그들은 알아듣지 못할 것이다. 마치 내가, 다른 나라의 언
어로 말을 하고 있다는 듯이, 나를 낯설게 쳐다볼 것이다.

뱀이 쫓아온다

할아버지의 집에는 오래된 뱀술이 있다. 내가 그것을 보고 있으면 할아버지는 의기양양하게 말했다. 산 채로 잡아넣은 기다. 할아버지가 직접 잡았다는 건지 잡는 걸 지켜봤다는 건지는 알 수 없었다. 몸통이 둥글고 입구로 갈수록 좁아지는 투명한 병에는 누르스름한 색깔의 술이 가득하다. 병 속의 뱀은 두툼한 몸을 꼬고 꼬고 또 꼬아서 시작점과 끝을 알 수 없게 구겨져 있다. 뱀술이 된 뱀의 눈이 나를 쫓아오는 것만 같다. 시선을 피해 도망가면 소리 없이 나를 따라오다가 반대쪽으로 움직이면 스르르 쫓아온다.

달이 쫓아온다.

할머니가 별안간 말했다. 품에는 무지개색 먼지떨이를 소중히 안고 있다. 할머니가 하루종일 먼지떨이를 품고 다녔던 탓에, 다들 그것을 먼지라는 이름의 강아지처럼 취급했다. 병원에서 돌아오는 길이면 할머니는 차창에 코를 박고 말했다. 달이 쫓아온다.

엄마, 달이 아니라 눈이요. 달은 늘 제자리에 있어요. 움직이는 건 사람이에요.

달이 움직여. 계속 따라와요.

할머니는 벌건 대낮에 떠 있는 달을 발견하기라도 한 것처럼 허공을 올려다보다가 서서히 얼굴을 구겼다. 그러고는 갑자기 먼지를 내던지고 적갈색 소파의 낡은 팔걸이에 매달렸다.

잡아묵을 기다. 잡아먹힌다. 무서워, 무서워, 무서워, 무서워!

할머니가 발작을 시작하면 모두가 일제히 움직인다. 삼촌은 텔레비전 아래 선반에서 약통을 꺼내고, 고모는 보리차가 담긴 뚜껑 없는 델몬트 유리병과 잔을 꽃무늬 쟁반에 받쳐서 가져온다. 삼촌이 할머니의 몸을 무릎으로 눌러 제압하면, 할아버지가 할머니의 볼을 틀어쥐고 억지로 입을 벌려 한 번에 약을 털어넣는다. 고모가 우악스럽게 잔을 들이민다. 할머니는 머리를 이리저리 틀며 거세게 저항한다. 약을 뱉지 못하도록 할아버지가 커다란 손으로 할머니의 입을 틀어막는다. 미처 삼키지 못한 물이 고모와 할아버지의 손가락 사이로 솟구친다. 고모는 소리 없이 운다. 할아버지의 손아귀 아래서 할머니가 끅끅댄다. 무서워…… 계속 따라와…… 계속…… 할머니의 울부짖음이 잠잠해지면 삼촌이 무릎을 떼고, 할아버지는 약통을 다시 밀봉한다. 고모는 흐르는 눈물을 닦아낸다. 그때쯤이면 손도 흠뻑 젖어 얼굴을 닦아도 물기가 사라지지 않는다.

모든 과정이 일사불란하게 진행된다. 나는 약속이나 한 듯이 할머니를 제압하는 삼촌과 고모와 할아버지를 지켜본다. 모든 지난한 과정이 끝나기를 기다린다. 그 광경을 지켜보는 내가 어떤 얼굴을 하고 있는지는 알 길이 없다. 그렇지만 엄마의 얼굴은 볼 수 있다. 엄마는 나와 조금 떨어진 곳에 있다. 부엌과 거실을 경계 짓는 문지방 위에 서서, 이 집의 사람들이 한데 뒤엉키는 모습을 지켜보고 있다. 나는 맞은편 전신거울 속에 서 있는 엄마를 본다. 소파와 같은 가구점에서 산 것이 분명한 녹슬고 촌스러운 프레임 속 엄마는, 마치 이 소동의 한가운데에 있는 것처럼 보인다.

우리집은 예술가 집안이다. 정신이 또렷할 때 할머니는 곧잘 그렇게 말하곤 했다.

서예를 따로 공부한 적은 없었지만, 할아버지는 명필이었다. 이따금 이웃집에서 지방을 대신 써달라고 찾아오기도 했다. 그런 부탁을 받을 때면 할아버지는 이 사람아, 한자를 이래 몰라서 쓰나, 하고 핀잔을 주었지만 내심 뽐낼 기회를 얻은 게 기쁜 눈치였다.

할아버지의 서체는 획 하나하나가 훌륭했다. 그렇지만 글씨를 잘 쓴다는 건 그것 자체로 대단히 멋진 장기는 아니라서 내세우기에는 민망한 구석이 있었다. 그런데도 할아버지는 자신의 서체에 자부심이 있었다. 내가 거실 바닥에 엎드려서 가로세로 열 칸짜리 한문 공책에 힘을 주어 글자를 쓰고 있으면, 어느샌가 할아버지가 다가와 뒷짐을 지고 구경했다. 할아버지는 결코 칭찬을 하는 법이 없었다. 글씨가 그게 뭐고, 응? 그러면 나는 대꾸하곤 했다. 뭐긴 뭐예요, 할아버지. 그럴 때면 엄마가 나직이 내 이름을 불렀다. 말대답을 하지 말라는 뜻이었다.

글씨를 그래 쓰면 뱀이 콱 물어간다.

내가 뱀의 눈을 무서워하는 걸 알고서 할아버지가 겁주었다. 뱀이 자꾸 쳐다봐요. 내가 그러면 엄마는 무시해, 그냥 그렇게 보이는 거야, 했고 할아버지는 말 안 들으면 잡아 물라고 쳐다보는 기다, 했다. 옆에서 지켜보던 삼촌이 코웃음을 치며 그저 착시일 뿐이라고 했다.

착시가 뭐야?

그냥 그런 기분이 드는 거다. 구도랑 비례의 문제지, 실제로 이짝을 보고 있는 게 아니라고. 초상화랑 같은 원리다.

초상화가 뭐야?

그러면 삼촌은 씰룩거리며 웃었는데, 어릴 적 소아마비를
앓았던 탓에 얼굴이 살짝 비뚤어져서 그렇게 보이는 것뿐 상
대를 무시하려는 의도는 아니었다. 엄마는 사람의 얼굴에 살
아온 세월이 담겨 있다고 했다. 바르게 살아온 사람은 바르게,
비뚤게 살아온 사람은 비뚤게, 마음이 있는 그대로 드러난다
고 말이다.

그럼 삼촌은?

엄마는 내 질문에 답하지 않았다.

삼촌은 미대에 진학하지 않았다. 집안 형편을 고려한 결과
였을 테지만, 그렇기에 삼촌이 정말로 실력 있는 미술학도가
되었을지는 알 길이 없었다. 할아버지의 자식 중 대학에 진학
한 사람은 아빠가 유일했다. 아빠는 예술과 관련없는 전공을
공부했다. 할머니는 그 사실을 자랑스러워했다. 어쩌면 삼촌
과 고모와 할아버지가 지닌 예술적 가능성보다 더.

삼촌이, 고모가, 할머니가, 닥칠 수도 있었을 미래를 증거처
럼 내밀면 나는 할말이 없었다. 그건 마치 술병 속의 뱀 같았
다. 산 채로 병에 욱여넣어 뚜껑을 열어보기 전까지는 살았는
지 죽었는지 알 길이 없는 뱀 말이다. 숙성시킬수록 좋다는 말
을 철석같이 믿으며 몇십 년이고 묵혀두는 바로 그 뱀.

나는 원한으로 똘똘 뭉쳐 독한 술에 푹 잠긴 채로 복수를 꿈

꾸는 뱀을 상상했다. 병의 뚜껑이 열리기만을 기다리다가 미래의 어느 날, 입구가 벌어지는 순간 할아버지를 향해 맹렬하게 입을 벌리는 뱀의 모습을.

야도 어릴 때 발레를 해가 뼈대가 얇실하고 팔다리도 쫙 뻗었잖아요.

하긴 사람들이 내 그래 작게 안 본다.

고모는 피부병만 아니었으면 자신이 무용수가 되었을 거라고 장담했다. 고모는 선천적인 피부질환 때문에 얼굴과 몸에 쉽게 열이 올랐다. 어릴 적에는 방에 불을 때는 문제로 삼촌과 늘 다퉜다고 했다. 형제들 중 독방을 쓴 사람은 아빠뿐이었다.

엄마는 묵묵히 복숭아 껍질을 벗겨내고 여덟 조각으로 갈랐다. 고모는 솜털이 텁텁해서 싫다며 꼭 껍질을 벗긴 복숭아만 먹었다. 나는 딱딱한 복숭아가 좋아요. 그렇게 말하고 나는 손목을 타고 흐르는 즙을 쭉 핥아 올렸다. 물렁한 건 버거워요. 나는 초등학교 저학년 때까지 버겁다는 말과 번거롭다는 말을 혼동해서 사용했다.

야가 뭘 모르네.

고모는 엄마가 접시에 정갈하게 올려놓은 복숭아 조각을 날름 집어먹었다.

원래 복숭아는 입안에 즙이 쫙, 쏟아져야 맛있는 건데.

고모가 복숭아 한 조각을 내게 건넸다. 한입 물자 고모의 말대로 과즙이 쫙, 흘러나왔다.

언니도 깎지만 말고 하나 드세요.

과즙이 턱끝에 아슬아슬하게 매달려 있다 떨어지기 직전, 고모가 턱을 훔쳤다. 그러고는 손등에 묻은 즙을 빨아먹었다. 엄마는 칼질을 멈추지 않으며 대답했다.

저는 복숭아 알레르기가 있어서요.

아, 맞다, 맞다. 고모가 생각났다는 듯 박수를 쳤다. 손바닥이 맞부딪칠 때마다 끈적거리는 감촉이 내게까지 느껴졌다.

할아버지의 집에서 살기 전까지 나는 언제나 우리 가족을 아빠와 엄마 그리고 나, 이렇게 세 명으로 소개했다. 언젠가 미술시간에 우리 가족을 그린 적이 있었다. 내가 그린 그림 속 아빠는 키를 한참 잘못 계산해 팔척장신처럼 우뚝 서서 비딱하게 미소 짓고 있었다. 엄마는 그 옆에서 한쪽 눈을 감고 있었다. 선생님이 어머니는 왜 한쪽 눈을 감고 계시니? 하고 물었다. 윙크하고 있는 거예요. 나는 그것도 모르냐는 투로 대답했다.

그때 그렸던 그림이 어디로 갔는진 모르겠다. 그림을 본 할아버지가 글씨를 지적할 때처럼 목을 쭉 빼고 할부지는 어뎄노, 했던 게 기억난다. 숨어 있는 할아버지의 행방이라도 찾으려는 듯 도화지를 멀뚱히 내려다보는 날 보고 할아버지가 웃었다.

엄마와 아빠가 나를 할아버지의 집에 맡기고 외출했던 그 날, 나는 고모를 따라 〈호두까기 인형〉을 보러 가기로 했다. 마침 엄마 아빠가 할아버지의 집을 나서는 시간과 삼촌의 귀가가 맞물렸다. 삼촌은 삼교대로 근무했기 때문에 아침 일찍 퇴근해 온종일 자다가 저녁 늦게 다시 출근했다.

나가기 직전까지 고모는 현관문 맞은편에 달린 거울을 보며 옷매무새를 점검했다. 고모의 방이 현관 바로 앞에 있었기 때문에 외출할 때마다 고모는 그런 식으로 거울에 자기 모습을 비춰보곤 했다. 고모의 손을 잡고 현관을 나설 때, 막 씻고 나온 삼촌이 수건을 팽팽하게 당겨 머리카락의 물기를 털어냈다.

평소와 달리 화장도 짙게 하고 아끼던 블라우스까지 꺼내 입었지만 고모는 어딘지 어색해 보였다. 그런 차림에 접힌 자국이 그대로 남은 진갈색 단화는 도무지 어울리지 않았다. 하지만 고모가 간과했던 건 어울리지 않는 구두만이 아니었다.

생애 첫 발레 공연이 시작되자마자 나는 공황상태에 빠졌다. 나는 어둠이 싫었고, 병정 인형 분장을 한 발레리노들이 춤추는 광경은 공포스러웠다. 춤추는 병정 인형들이 나를 해칠 거라고 믿었다. 그냥 좀 훌쩍이는 정도가 아니라 목이 쉬도록 고래고래 고함을 지르며 자지러졌다. 고모가 나를 안아도 보고 달래도 보고 저건 그냥 가짜일 뿐이라고 사정도 해보았지만 겁에 질린 나는 울음을 멈추지 않았다. 내 비명에 맞춰 무용수들이 춤을 췄다. 결국 고모는 나를 안아 들고 공연장을 빠져나갔다.

공연장 일층에 딸린 매점에서 단팥빵을 입에 물고 나서야 나는 울음을 멈췄다. 나는 헐떡이는 와중에도 그걸 꾸역꾸역 먹었다. 콧물이 섞여 달콤짭짜름한 맛이 났다. 달콤한 것이 입에 들어가니 널뛰던 공포가 잠잠해졌다. 고모와 나는 1막이 끝날 때까지 아무도 없는 매점에서 단둘이 기다렸다. 고요한 로비에 간헐적으로 내 딸꾹질소리가 울렸다. 고모는 땀이 전혀 흡수되지 않는 재질의 블라우스 자락을 손으로 펄럭였다.

이제 집에 갈까?

내가 고개를 젓자 고모는 픽 웃더니 블라우스 가슴팍에 달린 리본—그런 디테일이 옷을 더 저렴해 보이게 만들었다—끝으로 번들거리는 내 코와 인중을 닦아주었다. 싸구려 블라우스의 미끈한 재질에 얼굴은 도무지 말끔해지지 않았다.

남은 공연 동안 소리를 지르지 않겠다는 약속을 받아내고야 고모는 나를 데리고 공연장으로 들어갔다. 관객들의 무릎을 스치면서 연신 고모가 죄송하다고 속삭였다. 곧이어 2막이 시작되니 좌석에 착석해달라는 안내 멘트가 흘러나왔다. 불이 꺼지자 나는 잠시 칭얼거렸지만, 곧 의연하게 어둠을 견뎠다. 하지만 막이 오르고, 과자의 궁전에 도착하자마자 나는 먹은 걸 전부 게워냈다.

결국 고모는 2막을 다 보지 못했다. 나를 병원에 데려가야
했기 때문이다. 나는 식중독으로 입원했다. 수액을 맞고 마침
내 긴 잠에 들기 전, 나는 고모에게 작은 소리로 속닥거렸다.
발레 끝까지 못 봐서 미안해.
파랗고 보드라운 담요를 덮어주며 고모는 내 가슴팍을 토닥
였다. 그러고는 어차피 시시한 공연이었다고 속삭였다.
내가 구토와 설사를 반복하는 동안 엄마와 아빠가 탄 차는
급하게 차선을 바꾸던 트럭과 충돌했다. 차는 전복된 상태로
몇 미터를 더 끌려가다 가드레일 밖으로 추락했다. 아빠는 현
장에서 즉사했다. 안전벨트를 매지 않아 앞유리를 뚫고 나간
탓이었다. 깨진 앞유리 파편이 튀어 엄마의 눈을 긁었다. 그러
나 아픔을 느끼지는 못했다. 차가 뒤집히면서 창문에 머리를
부딪혀 그대로 기절했기 때문이다. 보닛이 길쭉한 구형 그랜
저에서 멀쩡한 건 뒷좌석에 고정되어 있던 내 어린이용 시트
뿐이었다.
퇴원하고 할아버지의 집으로 돌아왔을 때는 모든 장례 절차
가 끝난 뒤였다. 할아버지는 내가 입원중이었고 너무 어렸기
때문에, 무엇보다 여자아이이기 때문에 상주가 될 수 없었다
고 했다. 그러면서 커다랗고 두툼한 손으로 내 머리를 거칠게

쓰다듬었다. 나는 언제나 할아버지의 손이 해적의 손 같다고 생각했다. 오랜 체육교사 생활을 한 할아버지의 손바닥은 굳은살이 잔뜩 박여 있었고 묵직했다. 꾹꾹 누르다시피 하는 손길에도 나는 투정하거나 뿌리치지 않았다.

할아버지의 집에서 살게 되면서 달라진 것 중 하나는 아침이면 현관 앞에 두유가 배달 오는 거였다. 이른아침마다 철제 대문에 매어둔 보따리에서 두유를 꺼내오는 건 내 몫이었다. 겉면에 물방울이 맺힐 정도로 차가운 두유병은 뚜껑이 단단하게 잠겨서 뜨거운 물에 담가놓거나 고무장갑을 끼고 힘껏 돌려도 열리지 않았다. 조그만 유리병에 매달려 용을 쓰고 있으면 할아버지의 두툼하고 거뭇한 손이 다가와 그것을 가져갔다. 할아버지가 힘을 주어 돌리면 막혔던 게 뚫리듯 뻥, 소리가 나며 뚜껑이 손쉽게 열렸다. 할아버지가 두유병을 돌려주면 나는 잠자코 그것을 받아 마셨다.

오랜 세월이 흐른 뒤, 병을 뒤집어 바닥을 약하게 치면 뚜껑이 쉽게 열린다는 얘기를 듣고 나서부터는 남에게 병뚜껑을 열어달라고 부탁하는 일은 없게 되었다. 그러나 내 기억 속의 어떤 어른도 할아버지처럼 손쉽게 병뚜껑을 열지는 못했다.

딱 하나, 딱 니 하나 남았다……

할아버지는 그렇게 말하며 투박한 손길로 나를 매만졌다. 나의 존재를 확인하려는 것처럼. 그러다 불현듯 일어나 거실 진열장에서 뱀술을 꺼내왔다. 술병이 놓여 있던 자리에 둥그런 자국이 남았다. 할아버지가 움직일 때마다 뱀이 병 속에서 뒤틀렸다. 반동에 의한 것인지, 살아 숨쉬며 탈출할 기회를 엿보는 것인지 구분할 수 없었다.

할아버지는 술병을 끌어안았다. 이따금 나를 쓰다듬었던 것처럼 술병의 곡선을 따라 매만지긴 했지만 뚜껑을 비틀어 열지는 않았다. 그저 그렇게, 손을 얹은 채 가만히 병을 어루만졌다. 얼마간 시간이 흐른 뒤 할아버지는 웅크렸던 몸을 펴고는 술병을 본래 있던 자리에 돌려놓았다. 뱀술은 움직인 적 없는 것처럼 진열장 위로 돌아갔다.

엄마가 퇴원하고 나면 다시 우리 가족이 살던 아파트로 돌아갈 거라고 생각했다. 그러나 엄마와 나는 할아버지의 집에 남았다.

할아버지의 집 현관에서 나는 할아버지 할머니와 함께 퇴원하는 엄마를 맞이했다. 고모가 한쪽 다리에 깁스를 한 엄마를 부축했다. 간소한 짐가방을 어깨에 멘 삼촌이 뒤따라 들어왔다. 할머니가 엄마의 손등 위에 손을 포개며 울먹거렸다.

욕봤다, 응? 욕봤어.

몇 주 만에 본 엄마의 얼굴은 낯설었다. 나는 그 이유가 깁스 때문일 거라고 판단했다. 괜히 몸이 근질거려서 등뒤로 손을 숨기고 펄떡거리며 벽에 몸을 부딪쳤다. 평소에 그렇게 하면 어른들 중 누군가 벽 상한다며 주의를 주었는데, 그날은 아무도 내게 관심을 보이지 않았다.

그날 밤 엄마와 나는 손님방에 이불을 깔고 나란히 누웠다. 아빠가 할아버지의 집에 살 적에 쓰던 방이었다. 명절이나 할아버지 할머니의 생일이면 우리 가족은 그 방에서 머물다 갔다. 평소 같으면 장롱 쪽에 누운 아빠와 입구 쪽에 누운 엄마 사이에서 잤을 테지만, 이제는 내가 장롱 쪽에 누웠다. 뒤척일 때마다 장롱 문짝에 새겨진 자개 학과 소나무가 오색으로 빛이 났다. 손톱으로 긁어봐도 반짝거리는 게 묻어나오지 않았다.

엄마, 하고 불러보았으나 돌아오는 답이 없었다. 엄마는 내게 등을 돌리고 입구를 바라보며 누워 있었다. 나는 엄마가 잠들지 않았다는 걸 알았지만 홀로 방을 나왔다.

부엌 식탁에는 언제나처럼 보리차가 담긴 뚜껑 없는 델몬트 유리병이 있었다. 나는 두 손으로 델몬트 병을 기울여 잔에 보리차를 따랐다. 병의 무게 때문에 팔이 후들거렸다. 미지근한 보리차에서 은근하게 쉰내가 났다. 컵을 꽃무늬 쟁반 위에 가지런히 올려두고 거실로 나갔다.

거실 창을 통해 들어오는 달빛이 뱀을 비추었다. 뱀은 오동통한 몸통을 병에 꼭 맞게 구기고 있었다. 뱀의 비늘이 매끈하게 빛났다. 한 걸음 옮기자 뱀의 눈이 나를 따라 움직였다. 다시 걸음을 물리자 눈이 또르륵 굴러 내게로 향했다.

나는 한밤의 실낱같은 달빛 아래서 뱀의 눈을 피해 이리로 폴짝 저리로 폴짝 뛰며 춤을 추었다. 그러다가 뱀이 꿈틀, 한순간 뒤도 돌아보지 않고 손님방으로 뛰어들어갔다. 내디딘 걸음마다 장판이 들고 일어나 집을 떠받치는 구들이 무너지는 소리가 났다.

엄마는 여전히 같은 자리에 같은 자세로 있었다. 내가 누워 있던 자리 주위로 이불이 뭉쳐서 꼭 둥지처럼 동그란 흔적이 남았다. 나는 엄마 옆에 쪼그리고 누워 반짝이는 자개 학과 소나무에 등을 기댔다. 자개 학이 맞닿은 내 등에 대고 날개를 펄럭이는 기분이 들었다.

아침에 눈을 떴을 때 나는 이불을 한 치의 양보도 없이 말아 감고 있었다. 엄마는 곁에 없었다. 밤새 흘린 땀 때문에 잠옷이 등에 들러붙었다. 햇살이 내 이마에 부드럽게 쏟아졌다. 누군가, 아마도 신적인 존재가, 손가락으로 툭 건드리고 가기라도 한 듯 이마에 온기가 남아 있었다.

할머니. 국물이 맑아요.

식탁 위에 올라온 뭇국의 속이 훤히 들여다보였다. 맑은 국 표면을 건드리자 내 얼굴이 일렁였다. 할머니가 순진무구한 표정으로 국그릇을 들여다보았다. 파장이 잦아들면서 국에 비친 할머니의 얼굴이 또렷해졌다.

내 정신 좀 봐요. 이걸 무슨 맛으로 먹겠노.

할머니는 퍼뜩 정신이 들었는지 그릇을 가져갔다. 그리고는 말간 뭇국을 냄비에 쏟아붓고 고춧가루를 풀어 휘휘 저었다.

엄마가 깜빡하면 언니가 좀 챙겼어야죠.

고모가 웃으며 엄마의 팔뚝을 아프지 않게 꼬집었다. 엄마는 묵묵히 갈비가 담긴 철판을 옮겼다.

웬 갈비예요?

아버님이랑 장기 두시는 회장님댁에서 주셨어요.

저번에 그 복숭아 주신 분요? 그거 맛있었는데.

안 그래도 부탁해놨다. 집에 복숭아 환장하는 놈 있다고.

금세 시뻘게진 뭇국을 내온 할머니가 비어 있는 할아버지 옆자리—할아버지는 식사 준비가 끝나기 전까지 부엌에 오는 법이 없었다—에 앉았다. 할머니는 국그릇을 쥐느라 뭇국에 담갔던 엄지를 쪽 하고 빨았다. 그리고 집안의 오랜 규칙을 상기시키듯 말했다.

니 입만 입이가. 오빠 안 부르나.

손으로 나물을 집어먹던 삼촌이 그대로 굳었다. 달궈진 철판 위에서 갈비가 지글거리는 소리가 들렸다.

가서 느그 아버지랑 형 좀 불러온나.

누구도 움직이지 않자 할머니가 재촉했다. 퍼뜩 불러온나,

국 식는다. 삼촌이 엉거주춤 일어서자 할머니가 삼촌의 볼기를 찰싹 내리쳤다. 때려야만 말을 듣는 죽기 직전의 소처럼, 삼촌은 미루적거리며 부엌을 벗어났다. 엄마는 철판을 들고 오다 말고 식탁에서 몇 걸음 떨어진 곳에 멈춰 서서 앉아 있는 사람들을 바라보았다.

할머니는 치매 판정을 받았다. 진행을 늦출 수는 있겠지만, 멈추지는 못할 거라고 했다.

낡은 승용차 한 대에 모두가 탈 수는 없었기 때문에―아빠의 구형 그랜저는 사고 후에 폐차했다―삼촌이 운전을 두 번하기로 했다. 할머니가 엄마와 병원 근처에서 기다리는 동안 나와 고모, 할아버지를 태운 차가 먼저 출발했다. 고모는 창밖을 보는 척하며 딴청을 부렸지만 간간이 새어나오는 훌쩍거림은 숨길 수 없었다. 기어코 흐느끼는 소리가 흘러나오자, 할아버지가 자동차 천장을 주먹으로 세게 치며 불길하게 굴지 말라고 호통을 쳤다.

불길하게 굴지 마라. 나는 그 말을 오랫동안 생각했다. 언제, 어디서부터 이 집의 불운에 불이 붙었는지를 생각했다. 그러나 허리를 최대한 숙이고 그을린 자국을 따라가보아도 발화점은커녕 타다 남은 재 하나 발견할 수 없었다. 화재로 무너진 터를 황망히 바라보는 사람처럼, 아무 일도 일어나기 전으로 돌아갈 수 없다는 사실만 실감할 뿐이었다.

할아버지의 집에 도착하자마자 고모는 방으로 들어가 울었다. 고모의 방 베란다는 거실과 연결되어 있어서 마음만 먹으면 안에서 뭘 하는지 전부 알 수 있었다. 할아버지는 마당으로 이어지는 부엌 쪽문 뒤에서 담배를 연달아 피웠다. 나는 그때까지 할아버지가 담배를 피운다는 사실도 몰랐다. 담배꽁초를 장독대 뚜껑 위에 지져 끄고도 할아버지는 한참을 들어오지 않았다.

삼촌이 엄마와 할머니를 데리고 돌아왔을 때, 거실에는 나밖에 없었다. 나는 소파에 앉아서 세 사람을 멀뚱히 바라보았다. 삼촌은 주차를 다시 해야겠다며 황급히 밖으로 나가버렸다. 할머니의 품에 검은 봉지가 들려 있었다.

오는 길에 팔길래.

봉지를 소파에 내려놓자마자 형태가 무너지면서 안에 들어 있던 무가 쏟아졌다. 소파 아래로 떨어질 뻔한 무 하나를 내가 가까스로 잡아냈다. 할머니는 소파 주변을 서성이며 짓궂은 장난을 치기 전의 어린아이처럼 비실비실 웃었다. 병원에서부터 시종일관 난처하게 웃는 얼굴이었다. 소파의 낡은 팔걸이를 의미 없이 쓰다듬던 할머니의 얼굴이 이윽고 무너져내렸다. 그 표정을 감추려는 듯, 할머니는 황급히 안방으로 들어가버렸다. 엄마는 소파에 널브러진 무를 하나하나 봉지에 주워 담았다. 나는 내 몸통만한 무를 품에 안고 엄마의 뒤를 쫓아갔다.

엄마는 주워 담은 무를 싱크대에 쏟아넣었다. 무가 요란한 소리를 내며 우르르 떨어졌다. 엄마는 그것들을 수세미로 박박 씻기 시작했다.

껍질째 먹을 거야?

아니.

그런데 왜 그렇게 세게 닦아?

전부 농약덩어리야.

엄마는 눈에 보이지도 않는 농약을, 닦아낸다기보다 깎아낼 것처럼 무를 문질렀다. 그런 뒤 맨질맨질해진 껍질을 다시 채칼로 벗겨냈다. 나는 그때까지도 들고 있던 무를 뒤늦게 엄마에게 내밀었다. 엄마는 무를 닦아 납작한 원판 모양으로 썰어 내게 주었다.

너 먹어.

그것을 입에 넣고 씹자마자 웩, 하고 손바닥에 후드득 뱉어냈다. 단단하기만 하고 단맛이 하나도 없었다. 엄마는 내가 씹다 뱉은 무의 잔해를 맨손으로 모아 버렸다.

잘했어.

깍두기처럼 멋없게 자른 무를 냄비에 쏟아넣으며 엄마가 말했다.

맛이 없으면 그렇게 뱉는 거야. 괜히 억지로 삼키면 속 다 상해.

농약 때문에?

응. 농약 때문에.

엄마는 단맛도 없고, 쉽게 잘리지도 않는 무를 썰고 조각내고 끓이는 데 저녁시간을 할애했다. 그렇게 손질한 무를 유리병에 겹겹이 눌러 담고는 무가 다 잠기도록 식초 물을 부었다. 주걱으로 무 조각을 꾹꾹 누를 때마다 노란 기운이 도는 투명한 식초가 유리병 입구까지 솟았다가 가라앉았다. 이러다가는 끼니마다 무 반찬만 먹어야 하지 않나 싶었는데, 막상 완성된 건 두 병밖에 되지 않았다.

엄마는 온몸의 힘을 실어 뚜껑을 잠갔다. 조금의 빈틈도 허용하지 않으려는 듯이. 아주 사소한 침입의 가능성마저 전부 차단하겠다는 듯이. 다시는 누구도 열지 못하도록 밀봉이라도 할 기세로 병에 매달렸다.

식사시간이 되자 다들 아무 일 없었던 것처럼 식탁에 둘러앉았다. 언제나처럼 기다란 식탁의 상석에는 할아버지가 앉았다. 할아버지의 왼쪽으로 할머니와 삼촌, 고모가, 오른쪽으로 아빠의 자리를 비워두고 엄마와 내가 앉았다. 누구도 시킨 적 없었지만 식사시간이면 언제나 그렇게 앉았다. 고모는 눈이 퉁퉁 부어 있었고, 삼촌은 아침에 막 퇴근했을 때처럼 피곤해 보였다. 할머니는 여전히 난처한 웃음의 흔적을 머금고 있었다. 다들 불운한 소식을 전달받지 못한 사람들처럼 행세하려 애쓰고 있는 것 같았다.

할아버지가 첫술을 뜨자 모두 약속이나 한 듯이 한 박자 늦게 숟가락을 들었다. 숟가락이 식탁 유리에 닿으며 날카로운 소리가 났다. 꼭 의도된 규칙성이 존재하는 것도 같고, 완전한 불협화음처럼 들리기도 했다.

뭔 냄시 안 나나.

숨겨진 단서를 탐지하려는 경찰견처럼 할머니가 킁킁거렸다. 할머니는 수저와 반찬에 코를 대고 하나하나 냄새를 맡아보다가, 밥을 한술 뜨고는 박차고 일어났다. 싱크대를 살피던 할머니가 밥풀이 묻은 주걱을 들고 와 내게 들이밀었다. 주걱에서 희미하게 달큰한 향이 났다.

단 냄새가 나요.

내 말이 떨어지기 무섭게 할머니는 엄마를 향해 주걱을 흔들었다.

이상한 냄시가 나서 우야노, 응?

죄송해요, 어머니. 피클을 담그느라고요.

이 집에 피클 먹을 사람이 어디 있나, 대체.

엄마는 더는 토를 달지 않고 일어났다. 주걱을 못 쓰게 됐다며 할머니가 끊임없이 투덜거렸다. 할아버지가 수저를 다시 들자 식사는 재개되었다. 엄마는 무를 문질렀던 것처럼 철수세미로 주걱을 벅벅 닦았다.

할머니의 기억은 어느 날에는 누구보다 또렷해서 삼십 년 전 일까지 전부 들춰볼 수 있었고, 어느 날에는 머리에 안개가 낀 것처럼 조금 전의 일도 떠올리지 못했다.

가끔은 할머니가 일부러 저러나 싶기도 했다. 분명히 어제까지만 해도 절인 배추를 사오라던 사람이 다음날 현관 앞 다라이에 잔뜩 쌓인 배추를 보고는 절인 배추를 이렇게 많이 사면 어쩌냐고, 집에 있는 천일염은 다 갖다버리라는 거냐고 소리쳤다. 평소 할머니는 음식의 간을 세게 하는 편이었는데, 그해 김장은 좀 심하다 싶은 수준으로 짰다. 그런데도 할머니는 끝까지 평소와 똑같다고 우겼다. 아무도 그 말을 믿지 않았고 김치는 속절없이 쉬어갔다.

그런 일은 점점 잦아졌다. 나중에 돌아보았을 때 할머니의 그런 실수가 꼭 치매 때문이라고만은 볼 수 없을 것 같았다. 그렇지만 할머니 자신도 기억하지 못하는 변덕에 할아버지의 식구들은 매번 동요했고, 그 동요 자체가 할머니를 속상하게 만들었다. 그럴 때마다 현관을 가득 채운 배추를 손질하는 것도, 너무 짜서 다들 손도 안 대는 김치를 끼니마다 묵묵히 먹는 것도, 식탁 위의 실수를 매번 수습하는 것도 전부 엄마였다.

억센 사투리와 쩌렁쩌렁한 목청 탓에 평소 할머니의 말투는 경어를 써도 화가 난 것처럼 들렸다. 내가 아주 어릴 적 고모와 할머니가 장롱에 짝 맞는 양말이 하나도 없다며 옥신각신한 적이 있었다. 내가 달려가 두 사람의 손을 포개고 싸우지마, 하자 할머니와 고모는 웃음을 터뜨리며 싸운 거 아니다, 그냥 말한 거다, 해서 나를 놀라게 만들었다.

그러나 할머니는 이제 그런 말로는 설명이 되지 않을 정도로 주변의 모든 것을 헐뜯고 욕하기 시작했다. 할머니는 꼭 불안한 표정으로 상자 안을 더듬으며 무엇이 들어 있는지 맞히는 사람 같아 보였다. 할머니는 모든 일에 예민하게 굴었고, 언젠가 망가지고 말 것이라고 확신하는 사람의 태도로 자신 외의 모든 것을 망가뜨렸다. 그 모든 말과 행동의 화살은 결국 할머니 자신을 향한 것 같기도 했다. 나는 할머니가 저러다가 정말로 망가질까봐 두려우면서도, 가능하면 빠르게 망가지는 편이 모두에게 좋을 것이라고 남몰래 생각했다.

그렇게 모질게 굴고 나면 할머니는 만주나 절편을 사와서 손님방에 넣어주었다. 그것이 할머니 나름의 사과라는 것을 나는 알았다. 내가 떡과 과자가 골고루 담긴 접시를 깨끗이 비울 때까지 엄마는 손가락 하나 대지 않았다.

폭우가 쏟아진다는 예보에도 다 같이 고모산에 가자고 밀어붙인 사람은 할아버지였다. 고모산은 선산의 이름이었다. 아빠도 그곳에 안치되어 있었다. 할아버지의 식구들은 그곳을 선산이라고 우겼지만 크면서 나는 그곳이 그냥 공동묘지라는 것을 알았다. 산이라고 하기는 낮고 언덕이라고 하기는 가파른 동네 뒷산이었다. 고모산은 그 산의 진짜 이름도 아니었다. 할아버지의 고향에서 가장 높은 산 이름이 금오산이었는데, 산이라면 죄다 똑같은 곳인 줄 알았던 내가 어릴 적 그곳을 고모산이라고 부른 이후부터 모두들 그렇게 불렀다.

고모산에 갈 때면 고모는 내 옆구리를 찌르며 저거 누구 산이게, 했다. 그럼 나는 고모산이지, 하고 대답했다. 나는 고모가 그렇게 물어봐주는 게 좋았고, 고모는 내가 그렇게 대답해주는 걸 좋아했다.

벌초도 하고 그라모 안 좋나.

벌초가 뭐예요?

산소에 난 잡초를 뽑는 기다.

나도 해도 돼요?

벌초는 남자들만 하는 거라.

고모는 이번 외출을 탐탁지 않아했다. 이 많은 인원을 어떻게 감당하냐는 거였다. 그러나 실은 인원 같은 건 문제가 되지 않는다는 걸 모두 알고 있었다. 문제는 할머니였다.

상의 끝에 삼촌이 할아버지와 할머니를 데리고 차로 먼저 출발하면, 고모와 엄마와 내가 택시를 타고 뒤따라가기로 했다. 고모는 여전히 불만스러운 얼굴로 할머니에게 생전 쓸 일

없던 등산복을 꺼내 입혔다. 알록달록한 등산복에도 할머니는 묘하게 칙칙해 보였다. 할아버지는 위아래로 감색 체육복을 맞춰 입었다. 등판에 금실로 '경희금오남고제28회동창회'라고 수놓아져 있었다. 나는 여름용 흰색 멜빵 반바지에 무릎까지 오는 양말을 신었다.

막상 집을 나서니 날씨는 습하고 더웠다. 이렇게까지 차려 입을 필요가 있었나 무안할 지경이었다. 에어컨이 고장났는지, 삼촌의 차를 타고 온 사람들은 차에서 내릴 때부터 이마가 땀으로 젖어 있었다. 고모산은 간밤에 내린 비 때문에 바닥이 질어서 물이 고인 곳을 잘못 딛다간 다리가 쑤욱 빠졌다. 할머니의 상태가 눈에 띄게 나쁘지도 않았는데 고모는 유독 예민하게 반응했다.

엄마! 자크 단디 올리라니까.

더운데 어째요……

모기 물리고 또 벅벅 긁을라고 그라제.

이런 데 왔으면 시원한 바람도 느끼고 그러는 거라며 할아버지가 능청을 떨자 고모는 엄마가 칭얼거리는 소리 하면 아빠가 책임질 거냐고 신경질적으로 쏘아붙였다. 할머니는 주눅 들어 보였다. 얼어붙은 분위기 속에서 간신히 증조할머니의 묘에 도착했다. 엄마가 과일을 쌌던 보자기를 땅바닥에 깔자, 할머니가 그 위에 무릎을 대고 절을 했다. 보자기가 작아서 고모는 아슬아슬하게 한쪽 무릎만 걸쳤고, 엄마는 맨땅바닥에서 절을 했다.

절을 두 번씩 하고도 분위기는 여전했다. 삼촌은 벌초를 핑계로 산소 뒤쪽으로 도망쳤다. 할머니를 사이에 두고 엄마와 고모는 각자 다른 곳을 보았다. 나는 운동화 앞코로 땅바닥을 푹푹 찍어댔다. 할아버지는 우리와는 관계없는 사람처럼 언덕 아래를 지나가는 아무에게나 말을 걸었다. 누구도 대답하지 않아서 할아버지의 말은 꼭 메아리처럼 들렸다.

어느새 산소 뒤편에서 돌아온 삼촌이 손에 잡초를 쥐고 생글거렸다.

재밌는 거 보여주까.

이 틈에서 벗어나고 싶었던 나는 순순히 삼촌을 따라나섰다. 할아버지도 슬며시 내 뒤를 따라왔다. 뒤돌아보니 엄마와 할머니와 고모의 모습은 동그랗게 솟아오른 산소에 가려 보이지 않았다.

저 봐라. 삼촌이 싱글벙글 웃으며 어느 한 곳을 가리켰다. 앞에는 우거진 수풀뿐이었다. 별안간 할아버지가 고함을 지르더니 산삼이라도 발견한 사람처럼 야, 보인다, 보인다, 했다. 나는 눈을 가늘게 떴다가 크게 떴다가 하며 할아버지가 본 것을 보려고 노력했다. 할아버지가 내 등을 떠밀었다. 내가 발을 디딘 곳 주변이 꿈틀거렸다. 그제야 이때까지 풀이라고 생각한 기다란 형체가 뱀이라는 걸 알았다.

실제로 살아 움직이는 뱀을 본 건 그때가 처음이었다. 갈색에 가까운 녹색 뱀이 저희들끼리 얽혀 있었다. 아니, 자세히보니 얽혀 있는 게 아니었다. 스스로 꼬리를 잡아먹고 있었다. 입안 가득 쑤셔넣고도 모자랐는지 몸을 꿈틀거리며 미련하게 꼬리를 집어삼키려 하고 있었다.

생전 처음 보는 광경에 본능적으로 거부감이 들었다. 구역질이 났다. 뒷걸음질을 치다가 가로막혀 고개를 돌리니, 흥분한 할아버지가 턱과 광대를 씰룩거리고 있었다.

잡아다 뱀술 담그면 딱이다.

삼촌이 부러진 나뭇가지를 들고 대범하게 다가갔다. 하지마세요. 나는 잔뜩 얼어붙어서 속삭였다. 할아버지는 내 쪽을 보지도 않고 손사래를 쳤다. 괜찮타, 독 없다.

다리를 넓게 벌리고 팔만 휘적이던 삼촌이 뱀에게 성큼 다가갔다. 내디딘 허벅다리에 힘을 주고 다른 쪽 발꿈치를 높이 든 삼촌이 나뭇가지를 천천히 뱀에게 들이댔다. 막대 끝으로 쿡, 찌르자 뱀이 펄떡거리며 튀어올랐다. 삼촌이 덩달아 경기를 일으켰다. 삼촌이 비명을 지르며 뒹구는 동안 뱀이 갈지자모양을 그리며 시야에서 빠르게 벗어났다. 할아버지가 삼촌의 겨드랑이 아래 팔을 끼고 산소 앞쪽으로 질질 끌고 갔다. 나는 뱀이 배로 바닥을 쓸고 지나간 자리를 바라보았다.

떠날 때와 똑같은 자리에 똑같은 자세로 앉아 있던 엄마와 할머니와 고모가 할아버지에게 끌려오는 삼촌을 보고 놀라 일어섰다.

무슨 일이고, 어?

할머니는 삼촌이 곧 녹아내리기라도 할 것처럼 무릎에 눕히고 절박하게 어루만졌다. 할머니의 까맣고 자글자글한 손이 눈물 콧물로 엉망이 된 삼촌의 얼굴을 문질렀다. 삼촌이 할머니의 수분을 전부 가져가버린 것 같았다. 엄마가 재빨리 입고 있던 회색 트레이닝복을 벗어 버둥거리는 삼촌의 팔뚝을 묶었다. 고모가 뭘 어쨌길래 애가 이 지경이 됐냐고 비명을 질렀다. 사색이 된 할아버지가 뱀이…… 야가 뱀을…… 하며 더듬거렸다.

삼촌이 뱀을 찔렀어요.

어른들이 일제히 나를 돌아보았다. 아주 찰나의 순간이 지나고, 시선들이 물러났다. 뱀이 확 튀어가 야를 콱 물었다. 마침내 언어를 되찾은 할아버지가 땀을 뻘뻘 흘리며 상황을 설명했다.

구급차가 올라올 수는 없으니 할아버지가 삼촌을 업고 산 입구까지 뛰어내려갔다. 할머니는 그 뒤를 쫓아가는 내내 울면서 삼촌의 등을 쓰다듬었다. 저마다 가족을 보러 온 방문객들이 우리를 힐끔거렸다. 할머니는 삼촌이 죽기라도 한 것처

럼 오열했다. 산 입구까지 오래 걸리지 않았는데도 할머니는
더 빨리 가라고, 할아버지에게 업힌 삼촌의 등을 찰싹찰싹 때
렸다. 내가 자꾸 뒤처지자 엄마는 내 팔을 쥐고 걸음을 빨리했
다. 순간 엄마의 발목이 꺾이면서 풀썩 넘어졌다. 아무도 돌아
보지 않았고, 앞서가던 사람들과 순식간에 거리가 벌어졌다.
엄마는 곧바로 털고 일어났다. 그렇지만 아무리 빨리 쫓아가
도 한번 벌어진 간극은 좁혀지지 않았다.

  엄마와 내가 산 입구까지 내려왔을 때 구급차는 이미 떠나
고 없었다. 사이렌소리가 멀어지고 모여들었던 인파가 흩어질
때까지도 나는 엄마의 손을 잡고 있었다. 엄마의 바지가 진흙
으로 얼룩덜룩했다. 내 바지와 무릎 양말에도 도깨비바늘이
잔뜩 묻어 있었다. 엄마와 나는 꼭 어쩌다 이 사태를 목격한
관련없는 등산객 같았다. 엄마의 손에 힘이 하나도 없어서, 나
는 금방이라도 엄마가 내 손을 툭 놓고 어디론가 가버릴까봐
맞잡은 손에 힘을 꽈악 주었다.

  엄마와 나는 고모산 입구에서부터 한참을 걸어가서 택시를
잡았다. 택시 안에서 나는 노래를 불렀다. 고 고 고 자로 시작
하는 말은. 고모산, 고래밥, 고릴라, 고생길, 고진감래. 택시기
사가 따님 목소리가 꾀꼬리 같다고 칭찬했다. 엄마는 대꾸하
지 않고 창문을 내려 논과 밭과 운치 없는 거리를 건너다봤다.
비가 오려는지 하늘이 흐렸다. 침묵을 메꾸려 나는 노래를 이

어 불렀다. 고 고 고 자로 끝나는 말은……

할아버지의 집에 도착했을 때는 해가 진 후였고, 다들 병원에서 돌아와 있었다.

누룩뱀이라 독성은 없다 카데.

할아버지는 별것도 아닌 일로 요란을 떨더라니, 하며 삼촌의 팔뚝을 내려치고 호탕하게 웃었다. 삼촌은 커다란 거즈를 붙인 팔뚝을 문지르며 딴청을 피웠다. 고모는 어쩐지 고모산에 갈 때보다 더 화가 난 것 같았다. 전반적으로 다들 기진맥진해 보였고, 삼촌의 생존이 닥칠 수 있었던 죽음보다 더 못마땅한 것처럼 데면데면하게 굴었다.

액땜했다고 생각캐라.

뭔 복덩이가 굴러들어올라고 액땜을 이래 요란하게 하노.

할머니가 투덜거렸다. 문득 애초에 뱀이 삼촌을 물기는 한 건지 궁금해졌다.

차를 산에 두고 와서 우짜노. 하도 정신없이 굴어가.

제가 다녀올게요.

신발도 벗지 않고 현관에 서 있던 엄마가 말했다. 같이 갈까요, 언니? 그렇게 물었지만 고모의 몸은 이미 반쯤 소파에 늘어져 있었다. 됐어요, 아가씨. 금방 다녀와요. 차 키를 받아 나가면서 엄마가 말했다.

금방이에요, 정말.

현관문이 닫히기 전에 엄마가 나를 돌아보았다. 거울에 비치는 각도로는 엉뚱한 곳을 향해 시선을 던지는 것처럼 보였다. 문이 닫히자, 거울에는 빈 현관만 있었다.

그날 밤 나는 고모와 다퉜다. 싸움의 원인은 기억나지 않는다. 기억나는 것은 다투던 도중부터이다. 너무 울어서 볼썽사납게 부은 볼이 눈물 때문에 따끔거렸다. 쉬지 않고 소리를 지르느라 목이 완전히 쉬었는데도 누구 하나 나와보지 않았다. 아마 엄마가 나를 버리고 갔다는 사실을 모두가 직감했기 때문인 것 같았다.

엄마는 저녁식사가 끝난 후에도 돌아오지 않았다. 마룻바닥에 배를 깔고 누워 숙제를 하고 있는데 불현듯 그 생각이 찾아왔다. 이제는 엄마가 없는 나날이 계속될 것이다. 교차해서 흔들던 두 다리가 저절로 멈췄다. 한번 떠올리자 그 생각에서 벗어날 수 없었다. 하루아침에 아빠의 존재가 없어진 것과는 다르다. 엄마는 스스로 선택해서 이 집에서 벗어나기로 한 것이다.

저녁부터 하늘이 흐리더니 밤이 되자 기어코 폭우가 내렸다. 할아버지의 집은 어느새 무시무시하게 낯선 곳으로 변했다. 빗물이 거실까지 들이쳤다. 마룻바닥이 젖지 않도록 베란다부터 거실까지 수건을 깔아두었다. 바닥에 통일성 없는 색상의 낡고 젖은 수건들이 널브러져 있었다. 그것들을 밟아가며 젖은 마룻바닥을 닦는 고모에게 소리를 질렀다.

엄마 데리고 오라고!

아까 전화 왔다니까. 비가 너무 많이 와서 내일 온다 안 카나.

엄마가 날 버린 것과 고모의 거짓말 중 어느 쪽에 더 배신감을 느꼈는지 모르겠다. 나는 고모를 상처 입히고 싶었다. 회복 불가능하도록 완전한 타격을 가하고 싶었다. 그때까지만 해도 내 입으로 욕설이라는 걸 내뱉어본 적이 없었기 때문에, 어떤 말로 고모를 모욕 주어야 하는지 알지 못했다. 그래서 내가 아는 말 중 가장 끔찍하고 무서운 말로 고모를 겁주기로 했다.

거짓말하지 마. 거짓말하면 고모 죽일 거야.

고모가 허리에 손을 올리고 황당한 표정으로 나를 내려다보았다. 그 눈높이가 내가 결코 고모를 죽일 수 없다는 사실을 확실하게 일러주었다.

우짜게? 응? 우짤 건데.

우리 엄마가 고모 죽일 거야.

그 말에 고모는 웃음을 터뜨렸다. 순수하게 즐거워서 내는 소리 같기도 했고, 하품이나 재채기처럼 참을 수 없이 터져나오는 소리 같기도 했다.

니네 엄마가 무슨 수로 내를 죽일 건데.

여기 있지도 않은데. 그 말은 그렇게 들렸으므로 나는 쉬어버린 목을 있는 힘껏 긁어 통곡했다. 그렇게 악을 쓰고 울다보면 엄마가 내 울음소리를 듣고 돌아올 거라고, 그래서 나를 달래거나 제대로 혼내줄 거라고 믿었다. 하지만 한편으로는, 살아 있는 동안 다시는 엄마를 만나지 못할 거라는 생각이 들었다. 어쩌면 그 순간 내가 더 굳게 믿었던 건 바로 그 생각이었는지도 모른다.

엄마가 반드시 고모 죽일 거야. 고모 때려서 막 피나게 할 거야.

나는 부족한 어휘를 동원해 최대한 잔혹하게 말하려 애썼다. 고모는 나를 물끄러미 내려다보았다. 그 순간 나는 고모가 나보다 어른이라는 것을, 그것도 한참 어른이라는 것을, 마음만 먹으면 내가 방금 말한 것과 같은 피상적인 형태가 아닌 구체적이고 사실적인 방식의 죽음을 선사할 수 있다는 사실을 실감했다.

고모가 낮은 목소리로 야, 했다. 이전까지 고모는 나를 그런 식으로 부른 적이 없었다.

니만 엄마 있나.

그건 나의 예상과는 완전히 다른 반응이었다. 나는 할말을 잃고 고모를 올려다봤다. 고여 있던 눈물이 흘러내리자 흐릿했던 고모의 표정이 또렷해졌다.

누군 엄마 없는 줄 아나? 나도 있거든, 엄마.

물속에서 서서히 내려앉던 모래를 헤집었을 때처럼, 황당함에 잠시 가라앉았던 분노가 다시금 떠올랐다.

우리 엄마가 더 세.

세긴 뭐가 세노. 니네 엄마보다 우리 엄마가 훨 세고 나이도 많거든?

누구 하나 물러서지 않는 와중에도 이건 아닌데, 하는 생각이 들었다. 고모는 어른이니까, 어른이라면 마땅히 나를 혼내야 하는데. 고모는 나를 이겨먹으려 하고 있었다. 동급생과 다투듯이, 체급이 비슷한 선수에게 덤비듯이 목에 핏대를 세우고 필사적으로 나를 상대하고 있었다. 이대로는 고모를 이길 수 없다고 판단한 나는 내가 할 수 있는 가장 강력한 공격을 날리기로 했다.

이제 할머니는 별로 세지도 않잖아.

싸움은 더는 이어지지 않았다. 거실에는 숨소리만 들렸다. 그 침묵이 마치 승리의 증표 같아서 나는 의기양양해졌다. 그러나 곧 할머니의 방까지 내 목소리가 들렸을까봐 신경이 쓰였다. 나를 내려다보는 고모의 눈은 물속에서 눈을 뜨고 헤엄친 사람처럼 핏대가 서 있었다. 지고 싶지 않아서 나도 시선을 피하지 않았다. 그렇지만 주워 담을 수 없는 말을 내뱉고 말았다는 생각을 떨칠 수 없었다. 한동안 말없이 서로를 노려보다가, 고모가 몸을 돌렸다. 나는 순간 움찔했지만, 고모는 나를 지나쳐갔다. 고모의 방문이 닫혔고, 나는 거실에 혼자 남겨졌다.

그날 밤 나는 모든 것을 잃어버린 기분이 들었다. 엄마도, 고모도, 그리고 할머니도. 비는 멈추지 않았고 새벽이 되자 번개까지 치기 시작했다. 번쩍하고 밝아졌다가 금세 어두워진 거실에 뒤늦게 천둥소리가 울렸다. 나는 번개가 치는 순간과 천둥소리 사이의 간극을 좁힐 수 있다면 하고 바랐다. 그 간극만큼 뭔가를, 중요한 것을 놓쳐버렸다는 생각을 하면서 거실 소파에 쪼그린 채 훌쩍이다가 잠이 들었다.

아침이 되자 더러운 것들은 모두 씻겨내려간 것처럼 하늘이 말끔히 갰다. 말라붙은 눈곱 때문에 눈이 잘 떠지지 않았다. 손가락으로 비비자 눈곱이 눈가를 찔렀다. 눈을 끔뻑이는데 엄마가 현관문을 열고 들어오는 게 보였다. 엄마가 내게 벌써 일어난 거냐고 물었다. 고모가 방문을 열고 나오다가 엄마를 보고 흠칫 놀랐다. 엄마는 고모에게 태연하게 말을 걸었다.

요 앞에서 회장 사모님 마주쳤는데 복숭아 두 박스 주문해 놓으셨다네요.

복숭아요?

고모가 얼이 빠진 얼굴로 물었다. 엄마가 젖은 머리카락을 귀 뒤로 넘겼다.

왜 있잖아요. 아버님이랑 종종 장기 두신다는.

엄마는 신발을 벗어 현관문 쪽으로 가지런히 돌려놓았다. 엄마가 지나간 자리에 조금씩 물기가 남았다. 고모가 엄마를 졸졸 쫓아가며 물었다.

언니…… 복숭아 알러지 있다고 하지 않았어요?

엄마는 돌아보지도 않고 대답했다.

만지는 건 괜찮아요.

엄마는 문지방을 밟고 가뿐히 부엌으로 넘어갔다. 고모는 뭔가에 가로막힌 듯 문지방 앞에 서 있었다.

엄마는 부엌에서 있는 재료를 전부 꺼내 아침상을 차렸다. 식사를 준비하는 동안 삼촌과 할아버지가 거실 소파에 나란히 앉아 텔레비전을 보며 허허실실 웃었다. 웃는 게 꼭 숨이 꼴딱꼴딱 넘어가는 소리 같았다. 나는 언제나 그 소리가 조금은 소름 끼친다고 생각했는데 햇살이 내리쬐는 일요일의 오전, 꼭 닮은 소리로 웃고 있는 두 사람의 모습은 매우 평화로워 보였다.

나는 문득 거실의 풍경이 달라졌다고 느꼈다. 틀린 그림 찾기를 할 때처럼 찬찬히 거실을 둘러보았다. 진열장에 있어야할 뱀술이 사라지고 없었다. 분명 있던 것이 없어졌는데도 누구 하나 눈치채지 못한 것 같았다. 할머니. 내가 부르자 할머니가 돌아보았다.

없어졌어요.

뱀술이 있던 자리를 가리키며 말했는데도 할머니는 나를 쳐다보기만 했다. 나는 할머니가 다시 정신이 오락가락하는 것인지, 아니면 단순히 내 말뜻을 못 알아들은 것인지 구분할 수 없었다. 부엌에서 고소한 냄새가 새어나왔다. 엄마가 모두를 부르는 소리가 들렸다.

삼촌이 식탁에 앉으며 이야, 상다리 부러지겠네, 하고 감탄했다. 명절에 만들고 얼려두었던 동그랑땡을 비롯해 매실장아찌, 냉동실 깊은 곳에 있던 말린 나물과 고등어까지 집에 있는 줄도 몰랐던 음식들이 식탁에 올라와 있었다. 제삿날도 아닌데 소고기뭇국도 있었다. 할머니식으로 고춧가루를 넣어 칼칼하게 끓인 탕국이 아니라 맑은 국물이었다.

음식으로 가득한 식탁에 앉아 나는 생각했다.

엄마가 우리를 죽이려 한다.

식사는 훌륭했다. 고모가 고등어 살을 파헤치며 약간 비린내가 난다고 지적하긴 했지만 다른 사람들은 아무도 못 느낄 정도였다. 못 먹을 정도는 아네요. 고모는 오래 굶은 사람처럼 음식을 입에 쑤셔넣었다.

생선은 눈깔이 제일 맛있다.

할아버지가 젓가락으로 생선 눈을 후벼팠다. 흐리멍덩한 눈알이 손쉽게 빠져나왔다. 할아버지는 입을 동그랗게 말고 그것을 한입에 빨아먹었다. 고모가 생선살을 한 점 발라 내 밥그릇에 올려주었다.

그다음 장면은 내게 여러 변주로 찾아온다. 나는 숟가락을 내동댕이치고 소리친다. 이것―뱀술을 말하는 것인지, 식탁 위의 음식들을 말하는 것인지, 아니면 그 음식들을 만든 엄마를 말하는 것인지 알 수 없다―이 우리 가족을 몰살하려 한다고. 그러나 몰살이라는 단어는 그때의 내가 쓸 만한 말이 아니다. 그리고 나는 할아버지의 식구들을 그런 식―우리 가족―으로 불러본 적이 없다.

또다른 기억 속에서 나는 하얗게 질려 식탁에서 일어난다. 비틀거리며 부엌을 벗어나는 나를 모두가 지켜보고 있다. 나는 인조가죽이 튼살처럼 갈라진 적갈색 소파 앞에 멈춰 선다. 그리고 속에 있던 것을 뱉어낸다. 고모가 따라나와 내 등을 내리친다. 씹다 만 음식물과 피와 토사물이 섞여서 거실 바닥에 전부 후드득 떨어진다.

그러나 이것들은 오로지 나의 상상 속에서 일어난 일이다. 나는 고모가 발라준 생선살을 거의 으깨다시피 조각내서 입으로 가져간다. 그리고 천천히, 오래도록 그것을 씹는다. 맛이 거의 느껴지지 않을 때까지 씹다가, 마지못해 삼킨다.

그때 엄마의 표정은 어땠을까?

나는 어린아이처럼 칭얼대며 몸부림치는 할머니를 바라보던 엄마의 표정을 알고 있다. 정해진 시간에 약을 먹이고, 오물이 묻은 기저귀와 이부자리를 정리하던 표정이 어땠는지도 알고 있다. 그러나 그 순간 나를, 식사하는 가족들을 바라보던 엄마의 얼굴은 떠올릴 수가 없다.

야, 날 좋다. 할아버지가 활기차게 말했다. 시원한 바람이 부엌까지 흘러들어왔다. 나는 겁에 질렸다. 할아버지가 드디어 뱀술을 따자고 하면 어쩌지 걱정했다. 그러면서 동시에, 뱀술이 사라졌다는 사실을 영영 아무도 눈치채지 못할까봐 걱정했다. 그날 하루종일 나는 똘똘 뭉친 뱀의 원한이 우리의 몸속으로 흘러들어올 것이라는 생각에 사로잡혔다.

모두가 잠든 밤, 아이스크림 상점에서 경품으로 받은 장난감 시계의 초침이 자정을 가리킬 때까지 나는 뜬눈으로 밤을 지새웠다. 고개를 돌리면 등을 구부리고 누운 엄마가 있었다. 나는 죽어버린 식구들 한복판에 서 있는 내 모습을 상상했다. 혹은, 마찬가지로 눈을 감고 죽어 있는─남들이 본다면 죽은 듯이 잔다고밖에는 생각할 수 없을 만큼 얌전한─나를 상상했다. 내일자 조간신문에 일가족 동반자살이라는 내용의 기사가 실리겠지. 가족들의 이름은 익명으로 처리되겠지만 이웃들은 이 불우한 집안이 어디인지 유추할 수 있을 것이다. 엄마는 유일한 생존자나 목격자, 또는 일가족을 몰살한 잔학무도한

살인자―만에 하나 범행 사실이 드러난다면―가 되어 재판을 받을 것이다. 감옥에서 홀로 살아갈 것이다.

다음날 눈을 떴을 때 뱀술이나 독살 같은 단어는 내게 남아 있지 않았다. 나는 평소처럼 잠에 취해 세수를 하고, 머리카락에서 물기가 떨어지는 상태로―내가 그럴 때마다 고모가 타박하곤 했지만 지금까지도 버릇은 고치지 못했다―식탁에 앉았다. 엄마가 김이 모락모락 올라오는 밥그릇을 내 앞에 놓았다.

식사가 시작되고, 식탁을 둘러보고서야 깨달았다. 아무도 죽지 않았다. 우리 가족은 모두 무사했다. 뱀술은 늘 있던 자리, 거실 진열장에 놓여 있었다. 사라진 적 없다는 듯이. 엄마는 누구도 죽이지 않았고, 여느 날과 다름없는 하루가 흘러갔다.

나는 누구에게도 죽임당하지 않고 살아남았다.

할머니는 죽기 일 년 전 요양원으로 보내졌다. 마지막으로 찾아갔을 때는 나를 알아보지도 못했다. 사실 할머니가 알아볼 수 있을 만한 건 더이상 존재하지 않기도 했다. 할머니는 납작하고 때가 탄 메밀 베개를 어디든 안고 다니며 먼지라고 불렀다. 할머니가 마침내 세상을 떠났을 때, 가족 중 누구도 울지 않았다. 때로 너무 오래 살면 죽고 나서 흘려줄 눈물이 고갈된다는 것을 알았다.

지난해 나는 한 남자와 선을 봤고 오래 지나지 않아 결혼했다. 결혼식에는 할아버지와 고모만 참석했다. 삼촌은 공장을 그만두고 부사관에 지원했다가 요새는 고향에서 철물점을 하고 있었다. 삼촌은 철물점 근처에, 고모는 할아버지의 집에서 차로 한 시간 정도 떨어진 도시에 혼자 살았다. 할아버지의 풍채는 여전했지만 나잇살은 어쩔 수 없는 모양이었다. 방명록에 적힌 할아버지의 서체는 보나마나 훌륭했을 것이다.

고모는 내 손을 잡고 결혼을 진심으로 축하했다. 에나멜 구두에 달린 끈 사이로 발등 살이 튀어나온 게 보였다. 아마 고모가 가진 신발 중 가장 좋은 것이었을 거다. 남편은 좋은 사람이냐고 묻는 고모에게, 나는 그렇다고 대답했다.

첫 만남에서 남편은 어린 시절을 바쁜 부모님 대신 조모와 보냈다고 했다.

어릴 때 사진 보면 할머니랑 찍은 것밖에 없어요. 졸업식이나 입학식 같은 날도요.

주선자는 그가 많은 이의 사랑을 받고 자라—그것이 삶의 굴곡이 없었다는 뜻은 아님에도—구김이 없고 남의 말을 꼬아 듣는 법이 없다고 했다. 외모가 특출난 편은 아니었지만 그에게서는 상대를 편안하게 만드는 부드러운 분위기가 풍겼다.

할아버지가 암으로 일찍 돌아가셔서 할머니랑 저 둘뿐이었거든요.

거기까지 말하고 그는 멋쩍게 웃었다. 이런 얘기 좀 불편하죠?

남자는 지금도 온 가족이 해마다 건강검진을 받는다고 했다. 만약 그와 결혼하면 나도 그들의 연례행사에 참여해야 하는지, 과연 그들이 나의 건강에도 안녕을 빌어줄까 궁금했다.

어느 날 아버지가 장례식장에 데리고 가서야 할아버지가 돌아가신 걸 알았죠.

그렇게 말하는 남자는 편안해 보였다. 나는 살면서 많지도 적지도 않은 죽음을 겪었고 죽음을 애도하는 자리에 참석하기도 했지만, 가까운 이의 죽음을 목격한 이들이 보였던 고통스러운 태도는 남자에게서 찾아볼 수 없었다.

나는 할머니에 대해서 말할 때 나 역시 그랬으리라는 것을 알았다.

지난달 남편과 나는 경기도 외곽의 신도시로 이주했다. 내게는 아이 계획이 없었고 남편 역시 나의 선택을 존중했지만, 시댁은 내심 마음을 바꾸길 기대하는 눈치였다. 시모는 결혼식이 끝난 뒤 내 손을 잡고 가족의 일원이 된 것에 감사를 표했다. 그녀의 얼굴에서 어린 자식을 시댁에 맡기고 바쁘게 지내던 여자의 흔적은 찾아볼 수 없었다. 그저 남편과 닮았다는 생각만 드는 얼굴이었다.

나는 살아온 세월이 얼굴에 묻어난다는 엄마의 말을 떠올렸다. 한쪽이 약간 내려앉듯 비뚤어진 삼촌의 얼굴과, 요양원에 누워 있던 할머니의 얼굴을 떠올렸다. 그렇게 내려다보고 있으면, 할머니의 벌어진 입 사이로 침이 길게 늘어져 침대보 위에 똑 떨어졌다.

할머니가 죽은 뒤에도 뱀술은 여전히 미개봉 상태였다. 정신이 아직 남아 있을 때 할머니는 언젠가 저걸 내 손으로 갖다 버리고 말겠다고 으름장을 놓았다. 할머니는 정말로 굳게 믿었다. 이 집의 불행이 모두 그 병에서 비롯되었다고 말이다. 다 저것 때문이라고, 할머니는 신경질적으로 종알거렸다. 모든 게 뱀술 때문이라고. 고모산에 쏟아버릴 기다. 고모산이라고 했는지, 금오산이라고 했는지 정확히 구분할 수 없었다. 할머니가 미워하는 게 뱀인지, 뱀을 담은 술병인지도 알 수 없었다. 그럴 때마다 할아버지는 못 들은 체했다. 기껏해야 아깝게 버리긴 왜 버리냐고 받아치는 게 고작이었다.

남편을 데리고 할아버지의 집에 인사를 하러 간 날, 돌아가려던 나를 엄마가 불러세웠다. 나는 매일 아침 두유를 꺼내오던 철제문 앞에서 기다렸다. 엄마는 뱀술을 안고 한 걸음 한 걸음 신중하게 발걸음을 내디뎠다. 지금도 엄마는 비가 오는 날이면 골반이 쑤셔 걷지 못하고, 좌우 시력이 크게 차이 난다. 엄마의 앞머리를 들춰보면 이마에 불뚝 튀어나온 하얗고 기다란 흉터가 있다.

엄마의 품에 술병이 꽉 찼다. 할아버지 허락은 받은 거냐 묻자, 엄마는 고개를 저었다.

내가 주는 거야. 너 결혼 선물로.

나는 할아버지가 그 오랜 세월 고이 모셔둔 뱀술을 품에 안고 차에 올라탔다. 남편은 조수석 창문을 내리고 엄마에게 예의바르게 인사했다. 차가 출발하고, 사이드미러 속 텅 빈 손을 늘어뜨린 엄마의 모습이 멀어졌다. 뒷좌석에 놓으라는 남편의 권유에도 나는 돌아가는 내내 술병을 안고 있었다. 무슨 부적이라도 되는 것처럼. 그걸 여는 순간 케케묵은 액운이 한꺼번에 터져나오기라도 할 것처럼.

이삿날 뭘 해도 페인트 냄새가 가시질 않는 집 거실에 뱀술은 덩그러니 놓여 있었다. 가구를 배치하기 전이라 진열할 만한 곳을 찾지 못한 탓이었다. 집안을 활보하는 이삿짐센터 직원들에게 걷어차일까 조마조마한 한편으로 나는 그것을 무책임하게 내버려두었다.

꼭 살아 있는 것 같네요.

이삿짐업체 소장이 뱀술을 보고 이죽거리며 말했다. 그는 내가 직원들에게 돌린 페이스트리 빵을 우적우적 씹으며 우린 이런 고급 취향이 아니라고 연신 투덜거렸고, 남편이 없을 때면 혼잣말인 척 욕을 했다.

물진 않을 거예요.

소장이 하하, 하고 웃었다.

바깥양반이 고급 취미가 있으신가보네.

제 거예요. 할아버지가 물려주셨어요.

나는 거실 바닥에 놓인 뱀술을 내려다보았다. 어릴 적, 달빛이 비치는 거실에서 뱀의 눈을 따라 춤을 추었던 것처럼. 뱀이 내 움직임을 따라 눈알을 굴렸던 밤처럼. 언제부터 있었는지 모를 정도로 오랫동안 할아버지의 집에 전해져내려온 이 술병이 견뎌온 시간을 생각했다. 삼촌도, 고모도, 마지막으로 할머니까지 떠난 집에서 엄마가 그걸 지킨 세월을 떠올렸다.

나는 때로 엄마가 그때 우리를 모두 죽였다면 어땠을까 생각해본다. 엄마도 이런 상상을 할지, 한다면 엄마는 상상 속에서 살아남을지 궁금하다. 엄마는 맹독을 품은 뱀을 먹을 필요도 없이, 복숭아를 먹었더라면 곧장 기도가 부풀어오르고 점차 숨이 막혀와 죽었을 것이다.

나는 항상 엄마가 죽이고 싶었던 일가족에 내가 포함되어 있는지 궁금했다.

이사가 마무리된 건 저녁 늦게였다. 나는 하루종일 노골적으로 팁을 요구하던 소장에게 뱀술을 건네주었다. 오만원권 지폐 네 장이 담긴 봉투를 불만족스럽게 들쳐 보던 그의 표정이 단숨에 밝아졌다.

아유, 이렇게 귀한 걸 받아도 될는지 모르겠네요.

전 집에 많아요, 그런 거.

할아버님께서 사모님을 많이 아끼시나봅니다.

남편이 다가와 귓속말로 저걸 줘도 되겠냐고 속닥거렸다.

괜찮아.

나는 들리지 않게 대답했다.

갖고 있어봤자 아무도 손대지 않을걸.

나는 아무것도 모른 채 기꺼이 자신의 집으로 불행을 옮겨 들고 가는 남자의 뒷모습을 지켜보았다. 소장의 씰룩거리는 걸음걸이에 따라 병 속의 뱀이 꿈틀댔다. 술 때문에 움직이는 것처럼 보일 뿐이라는 걸 이제는 알았다. 세월이 지나도 쪼그라들거나 몸집을 부풀리지 않고 병에 꼭 맞게 들어찬 뱀이 조금씩 움직였다. 뱀이 멀어진다.

뱀이 나를 쳐다본다.

안개가 시작된다

대관령에 간다는 건 여름휴가가 시작된다는 뜻이었다. 언니와 원규 오빠는 스키 동호회에서 만났다. 겨울이면 동호회 사람들과 대관령으로 스키를 타러 갔고, 연애를 시작하면서부터는 여름에도 단둘이 다녀오곤 했다. 결혼 후에도 쭉 연례행사로 자리잡았다. 원규 오빠의 회사 일정에 따라 조금씩 달라지긴 했지만, 대체로 7월 마지막 주면 휴가가 시작되었다.

휴가 전주에 원규 오빠는 내게 전화를 걸어 언니네 집에서 하룻밤 자고 가지 않겠냐고 물었다. 평창까지는 자기 차로 함께 가자고. 사실상 그건 제안이라기보다는 확인에 가까웠다. 내가 차를 뽑았다는 소식에 오빠는 놀란 모양이었다. 사고 이후 오빠는 거의 운전을 하지 않았다. 조심해서 와. 그렇게 말하는 오빠의 주변이 소란스러웠다.

슬기가 너 바꿔달라고 난리다.

슬기는 막 일곱 살이 된 나의 조카였다. 그렇게 말하면서 오빠는 난처하게 웃었다. 곤란함보다는 즐거움에서 비롯된 웃음이었다.

내가 슬기와 통화하는 동안 오빠는 무엇을 하고 있을까? 슬기를 안아올려 무릎에 앉히고 기다릴까. 아니면 슬기의 귀에 휴대폰을 대주고 있으려나.

오빠, 나도 면허 있어. 내가 응수하자 오빠가 그럼 다음번에 대전에 올 때는 차를 끌고 오라고 했다.

세대 등록 해놔야겠다.

그 말을 듣고 나는 상상했다. 다음번을. 오빠가 사는 아파트 단지에 차를 끌고 입장하는 모습을. 누구도 나를 막아서지 않고, 내가 세대원이 아니라고 의심하지 않는 상황을.

평창으로 가는 길은 생각보다 한산했다. 제한속도를 초과하자 곧바로 자동차 내비게이션에서 알람이 울렸다. 나는 서서히 속도를 줄였다. 내비게이션 화면에 뜬 숫자가 조금씩 줄어들었다.

평창에 가까워지자 안개가 자욱했다. 눈앞의 거리를 가늠하지 못할 정도는 아니었지만 날이 저물기 전에 서두르는 게 좋을 것 같았다. 칠백 미터 방면 평창IC라고 적힌 표지판을 막

지나쳤을 때, 계기판에 타이어 공기압이 낮다는 경고 문구가 떴다.

급하게 차를 갓길에 세우고 살펴보았지만 육안으로는 확인이 되지 않았다. 실 구멍인가보다. 오빠가 뒷좌석에서 칭얼대는 슬기를 안심시켰다.

여분 타이어 챙겨올걸. 큰집에 있으려나?

오빠가 말하는 큰집이란 이모의 집이었다. 오빠는 연구소에서 제공해준 숙소—오빠가 슬기와 함께 사는 아파트—도 언니네 집, 이라고 불렀다. 마치 그곳이 언니의 소유이고 오빠와 슬기가 잠시간 얹혀사는 것처럼.

이모에게 도움을 요청할 생각인가 싶어서 나는 긴장했다. 그러나 오빠는 보험사에 연락할 테니 차에 있으라고 했다. 그러면서 보험사에 전화를 걸며 다시 차를 살펴보러 나갔다. 슬기가 차문 잠금장치를 잠갔다 풀었다 장난을 쳤다. 출발하기 전에 잠금 설정을 해놓아 위험하지는 않았지만, 신경에 거슬리는 소리가 났다. 나는 문득 뒷좌석 문이 벌컥 열리면서 고속도로 한복판에 슬기가 떨어지는 상상을 했다.

이모, 밝은데 어두워.

도로 양쪽으로 솟아오른 산 주위가 뿌옜다. 안개 때문에 그래. 내가 속삭였다. 안개가 뭐야? 슬기가 물었다. 나는 조금씩 가까워지는 것 같은 희뿌연 지평선을 가리켰다. 앞이 안 보이는 거.

앞이 안 보여…… 슬기가 내 말을 따라 하다가 대뜸 웃음을
터뜨렸다.

안개가 보여.

뭐가 그렇게 웃긴지 슬기는 자꾸만 앞이 안 보여, 안개가 보
여, 했다. 허리춤에 손을 얹고 통화중인 오빠의 뒷모습이 보였
다. 오빠의 목소리가 자동차 밖에서 먹먹하게 들려왔다.

명절 전날이 되면 나는 언니와 함께 이모의 집에 방문했다.
다음날 내가 서울로 돌아가면 이모는 언니를 데리고 본가로
갔다. 언니의 친가에서 그때까지 제사를 지냈기 때문이었다
—원규 오빠네 집안은 제사를 치르지 않았다—. 이모에게는
시댁이었고, 나에게는 어느 곳도 아닌 집안이었다. 언니가 결
혼한 이후에는 그곳에 가는 인원이 오빠와 슬기까지 늘었다는
점만 달라졌다.

처음 몇 해는 나도 그 집에 따라갔다. 언니의 할머니는 턱이
각지고 입매가 고집스럽게 처진 사람이었다. 뒷짐을 지고 내려
다보는 통에 내 시야에는 꽉 다문 턱밖에 보이지 않았다. 턱 근
육이 호두처럼 오돌토돌하게 솟았다. 금방이라도 말려들어갈
것처럼 얇은 입술에 가느다란 세로줄이 빽빽이 그어져 있었다.
그 선들은 인중의 주름으로 이어졌다. 할머니라는 사람이 거쳐

온 세월 동안 결코 양보하지 않은 것들이 똘똘 뭉쳐 자리잡은 것 같았다. 꾹 다물려 있던 주름이 꿈틀거리며 움직였다.

이애가 그애냐.

이모가 내 어깨를 감쌌다. 나를 지켜주려 했다기보다 방패로 삼은 것에 가까웠을 거다. 할머니는 입을 꾹 다물고 나를 내려다보다가, 이내 등을 돌리고 멀어졌다.

이모가 둘렀던 팔을 풀자, 언니가 곧장 내게 팔짱을 꼈다. 우리 할머니 찌짐 짱 맛있다? 언니가 쾌활하게 조잘거리며 나를 집안으로 이끌었다.

그 집은 일층짜리 목조 주택으로, 현관이 기역자로 돌출된 구조였다. 그런 탓에 밖에서 보고 있으면 집안으로 들어가는 사람이 다른 세계로 이동하듯 감쪽같이 사라진 것처럼 보였다. 현관에 들어서면 집의 내부와 외부를 구분하는 중문이 하나 더 있었다. 중문에 달린 반투명 유리창은 내부를 짐작할 수 없게 했다. 언니가 방문하는 날이면 할머니는 언제나 두 개의 문을 활짝 열어놓았다.

언니와 내가 자란 집은 그 집과 정반대였다. 복도식 구축 아파트였는데, 할머니의 집과 공통점이라면 엘리베이터가 없다는 것 정도였다. 처음 그 집에 갔던 날, 나는 몸통만한 배낭을 메고 꼭대기 층까지 걸어올라갔다. 겨우 문 앞에 도착해서는 잠시 숨을 골라야 했다. 초인종이 높이 있어서 뒤꿈치를 들고 팔을 뻗어야 했다. 초인종에 손바닥이 아슬아슬하게 닿자마자 문이 벌컥 열렸다. 그 바람에 하마터면 이마를 부딪칠 뻔했다.

어, 왔니?

나는 숨을 헐떡이며 뒤로 몇 걸음 물러났다. 이모는 그런 나를 가만히 내려다보다가 말했다.

너구나.

이모의 표정은 나를 기다린 것도 같고, 갑작스러워하는 것 같기도 했다. 어느 쪽인지 파악하기도 전에 이모가 문 쪽으로 찰싹 붙어 내가 들어갈 공간을 만들어주었다.

현관에 신발이 어색하게 정리되어 있었다. 뒤꿈치가 구겨지고 주름진 운동화 두 켤레—알록달록한 벨크로가 달린 쪽이 아동용 같았는데 크기는 엇비슷해 보였다—와 내게는 좀 커 보이는 흰색 실내화가 나란히 놓여 있었다. 신발장 쪽에 놓인 성인용 남성 구두는 거의 새것으로 보였다.

등뒤로 문이 닫히고 나서야 나는 내가 서 있는 공간이 얼마나 비좁은지 인식했다. 당시 나는 평균에 훨씬 못 미치는 체구였는데 내가 서 있는 것만으로도 현관이 꽉 찼다.

지금 생각해보면 현관이 집의 일부인 게 아니라 그 집 전체가 조금 넓은 현관이라고 봐도 무방했다. 좁고, 버리기는 아깝고, 보관하기는 애매한 물건들이 현관 근처에 쌓여 있었다. 이모부의 대학 전공 서적, 결코 펼쳐보지 않으면서 고집스럽게 버리지 않던 저학년 교과서, 언니가 어릴 때 입던 옷―언니는 초등학교 5학년 때 이미 160센티를 넘어서서 한두 해 전만 해도 맞던 옷이 금방 작아졌다―, 겨울에 보관하던 여름옷과 여름에 보관하던 겨울옷.

나는 꿈지럭거리며 집안으로 들어갔다. 어리둥절할 정도로 곧바로 생활공간이 펼쳐졌다. 거실에서 한 걸음 떼기도 전에 훌쩍 부엌이었다. 싱크대는 방금 정리한 것처럼 깔끔했지만 식탁 위에 놓인 대접에 우편물이 무분별하게 쌓여 있는 것으로 미루어보아, 나름 치워보았으나 청소 도중에 한계를 느낀 것 같았다.

복도 끝의 방문이 살짝 열려 있었다. 이모가 얼른 나와서 인사해, 하자 기다렸다는 듯이 문이 벌컥 열렸다. 얼굴은 동그랗고 앳됐는데, 허리와 다리가 길어서 성장하는 중이란 티를 내는 어색한 몸뚱이가 성큼성큼 다가왔다. 짧은 복도를 서너 걸음 만에 걸어온 언니가 나를 내려다보며 씩 웃었다.

안녕.

나는 들릴락 말락 한 목소리로 안녕, 했다. 뭐라구? 안 들려. 언니가 허리를 숙이고 귀를 갖다댔다. 나는 움츠러들었다.

장난이야.

언니가 내 팔뚝을 아프지 않게 때렸다―살짝 꼬집은 것 같기도 했는데 너무 찰나라 확실하지 않았다―. 목소리에 비꼬

는 기색은 없었다. 언니는 나보다 머리 하나가 컸다. 고개를
푹 숙이자 까무잡잡하고 마른 다리에 불뚝 튀어나온 뼈마디가
보였다. 발가락이 외계인처럼 길었다.

　내 방 구경시켜줄게.

　언니가 내 팔을 덥석 잡아끌었다. 그 손길이 너무 서슴없어
서 차마 놀라지도 못했다. 나는 바퀴 달린 수레나 가벼운 이불
처럼 저항감 없이 끌려갔다. 언니가 뒤꿈치부터 내리찍는 발
걸음—그 집에 사는 내내 아래층의 불만을 들어야 했다—을
내딛다가 우뚝 멈춰 섰다. 그러고는 빙글 돌아서며 말했다.

　아니지. 우리 방이지, 이제는.

　언니가 웃자 입매가 시원하게 찢어졌다. 그 덕에 핏기 없는
입술에도 생기가 돌아 보였다. 입술이 작고 오므린 모양이라
무표정일 때 좀 옹졸해 보이는 이모와는 딴판이었다—게다가
이모는 잘 웃지도 않았다—. 아무래도 이모보다는 이모부를
닮은 모양이었다.

　나는 그 집에서 성인이 될 때까지 살았다. 고등학교에 올라
가면서부터는 명절에 할머니 집에 가지 않고 남았다. 언니는
함께 가자고 졸랐지만 이모는 별다른 반대를 하지 않았다. 나
는 독서실을 끊어놓아서 안 된다고 둘러댔다. 언니도 함께 다
니던 독서실이었지만, 그런 성의 없는 변명에도 넘어갈 정도
로 언니의 제안은 형식적이었을 것이다. 언니가 설득을 포기

하고 떠나고 나면, 나는 이모도 언니도 없는 빈집에서 기다렸다.

기다렸다. 나는 그 말을 뱉어놓고 생각한다. 내가 무엇을 기다렸단 말인가? 언니와 이모가 돌아오기를? 그 집에서 나가는 날을? 아니면 그 집에 영원히 머물기를 기다렸나?

아직까지도 정확히 모르겠다. 확실한 건 내가 언니도 이모도 이모부도 없는 그 집에서 잠자코 기다렸다는 사실이다. 무엇을 기다리는지도 모른 채 홀로.

원규 오빠와 결혼하기 전 언니에게는 오래 사귄 남자친구가 있었다. 언니와는 동급생으로 고등학교 때부터 사귀던 사이였다. 나는 두 사람과 자주 어울렸다. 어울렸다고 해서 대단한 걸 하지는 않았다. 고작해봐야 셋이 함께 하교하는 게 전부였다. 언니는 남자친구에게 나를 동생이라고 소개했다. 누가 물어보면 나는 사촌지간이라고 대답했다.

특별한 일이 없으면 언니와 나는 종례가 먼저 끝나는 쪽이 서로의 교실로 찾아갔다. 이따금 교실에 언니가 없기도 했다. 주로 시험이 끝나고 친구들과 놀러 나가면 그랬다. 그렇지만 평소에는 늘 나와 함께 집으로 돌아갔다.

언니의 남자친구는 교문에서 우리를 기다렸다. 정확히 말하면 언니를 기다리는 거였지만, 나의 합류도 익숙하게 받아들

였다. 이따금 언니의 기분이나 일정에 따라 두 사람이 따로 시
간을 보내기도 했으나 자주 일어나는 일은 아니었다.

한번은 하굣길에 셋이서 슈퍼에 들른 적이 있었다. 주인아
저씨 혼자 운영하는 곳이었는데, 그날은 처음 보는 할머니가
계산대를 지키고 있었다. 언니의 남자친구가 안쪽 매대를 둘
러보는 동안 언니는 껌과 과자를 골라 계산대에 올렸다. 할머
니는 언니가 건네는 지폐를 받으면서 나를 뚫어져라 쳐다보
았다.

이쪽이 언닌가?

나는 질문의 의도를 곧바로 헤아리지 못하고 멀뚱히 있었
다. 언니가 별안간 웃음을 터뜨렸다.

제가 언니예요. 키도 훨씬 크잖아요.

하이고, 그러냐. 목청도 크다.

그럼 있잖아요, 할머니.

언니는 마침 계산대로 다가오는 남자친구를 가리켰다.

애는 누구 남자친구 같아요?

할머니는 눈을 가늘게 뜨고 언니와 나, 언니의 남자친구를
차례로 훑어보았다. 그러고는 잠시 후 느릿느릿한 손길로 내
손바닥에 동전을 떨어뜨렸다. 나는 거스름돈을 쥐고 슈퍼를
나왔다.

저 할머니 웃긴다.

언니가 껌 상자를 탈탈 털자 넓적한 손바닥 위로 환약처럼 생긴 보라색 껌이 떨어졌다. 언니는 그것을 남자친구에게 한 알, 나에게 한 알 나눠주었다.

주인 바뀌었나?

주인아저씨 엄마 아니야? 아니면 누나거나.

누나라기엔 좀.

나는 할머니가 주인아저씨와 어떤 관계일까 생각했다. 아무래도 어머니인 쪽이 가장 유력해 보였다. 이모거나, 일찍 손주를 본 할머니일 수도 있었다. 아니면 잠시 가게를 맡아주었을 뿐인 동네 주민이거나. 부적절한 관계였을 수도 있지만—당시 나는 불륜이라는 단어를 입 밖으로 내는 걸 껄끄러워했다—그보다는 가족이라고 상상하는 편이 좋았다.

언니는 남은 껌을 한 번에 털어 먹었다. 나도 똑같이 했는데 껌이 너무 작아서 그만 놓치고 말았다. 손가락 사이로 빠져나간 껌이 아스팔트 위를 굴러가다 멈췄다. 그걸 본 언니의 남자친구가 웃으면서 자신의 몫을 내게 주었다.

두 사람은 성인이 되어서도 꽤 오래 만났다. 그래서 언니가 원규 오빠와 결혼하겠다고 통보했을 때, 나는 놀랐다. 나도 모르는 사이 언니가 잠시 방황하고 있을 뿐이라고, 언제고 다시 그 오빠와 결혼할 거라고 믿었던 것이다.

한동안 나는 그 오빠의 이름을 완전히 잊고 있었다. 그 오빠의 존재를 떠올린 건 슬기의 현장 체험학습에 대해 의논하던 중이었다. 슬기는 원규 오빠가 근무하는 연구소 부속 유치원에 다녔는데, 연구소 직원 중 일부가 체험학습에 동행하겠다며 연차를 냈다. 부부가 연구소에 재직중인 경우에는 대부분 엄마 쪽이 따라간다고 했다. 오빠가 자신도 따라가야 하는지 고민된다기에 나는 그럴 필요까지 있냐며 말렸다.

유원지면 롯데월드보다 작은 규모일 텐데.

롯데월드를 안 가봐서 모르겠다.

오빠의 말에 내가 황당한 웃음을 터뜨렸다.

뭔 소리야. 오빠 나랑 갔었잖아.

슬기의 입가에 묻은 음식물을 닦아주다 말고 오빠가 고개를 들었다.

내가?

왜, 나 수능 끝난 기념으로 은해 오빠가……

그제야 언니의 전 남자친구 이름이 기억났다. 어떻게 잊을 수 있었을까? 언니의 인생에서 더는 중요한 사람이 아니게 되자마자 어떻게 그렇게 가차없이 기억에서 지워버릴 수 있었을까?

수능이 끝난 뒤 언니는 롯데월드에 데려가주겠다며 서울로 나를 불러냈다. 나는 교복 차림으로 열차에 탔다. 순전히 언니가 혼자는 창피하다고 해서 입은 거였다. 손에는 세탁소에서 찾아온 그대로 비닐을 씌운 언니의 교복을 들고 있었다.

서울역에 도착하자 언니가 남자친구와 기다리고 있었다. 언니는 기차역 화장실에서 교복으로 갈아입었다. 화장실 칸 안에 흰색 철제 옷걸이를 걸어둔 걸 깜빡해서 되돌아갔던 게 생각난다. 막상 챙겨 나왔더니 거추장스럽기만 해서 언니의 남자친구가 힘을 주어 구겨 접었다.

그걸 쓰레기로 꽉 찬 지하철 쓰레기통 옆에 버린 것까지는 기억이 난다. 하지만 그 오빠의 얼굴, 거의 매일 같이 하교하고 한동안 친밀하게 지냈던 그 얼굴은 기억나질 않는다. 기억 속의 얼굴은 달걀귀신처럼 텅 비어 있다.

원규 오빠는 빙그레 미소를 띠고 내 대답을 기다리고 있었다. 텅 빈 이목구비에 원규 오빠의 얼굴을 넣어 상상해보았다. 어렵지 않았다. 원래부터 그게 맞는 것 같았다.

내가 언니 집에서 살게 된 건 나의 부모가 이혼하면서 양측 모두 나에 대한 양육권을 포기했기 때문이다. 둘 사이의 법적 공방이 얼마나 치열했는지는 모르겠다. 다만 누군가와 헤어지기 위해 그렇게나 많은 단계와 증명이 필요하다는 게 놀라울 뿐이다. 이별이 단순히 마음의 문제였다면 쉬웠겠지만 그렇지 않았다. 재산 분할과 가정 기여도, 그리고 지난한 합의 과정…… 거기에 내가 있었다. 마음의 영역이 아니라 소유의 영역에.

재판이 진행되는 동안 나는 가정법원에 딸린 놀이방에서 시간을 보냈다. 간간이 비슷한 처지의 아이들이 오가긴 했지만 대체로 나는 혼자였다. 그곳에는 멀쩡한 장난감이나 책이 거의 없었기 때문에 나는 낡은 나무 블록을 가지고 놀았다. 그걸 '놀았다'고 표현할 수 있을지 잘 모르겠다. 나는 그것들을 던지고 쌓고 무너뜨리기도 했지만 그 행위로부터 유희를 느끼지는 않았기 때문이다. 나는 대부분의 시간을 닳아서 매끈해진 블록 모서리를 만지작거리며 보냈다.

내가 무료하게 블록을 굴리고 있을 때 한 여자가 놀이방 문을 열고 들어왔다. 굽 낮은 검정 구두를 벗은 여자는 스타킹 신은 발을 푹신한 매트 위로 내디뎠다. 여자는 내 앞에 쪼그리고 앉아 짐짓 친절한 투로—그렇지만 그런 친절을 베푸는 것 자체가 익숙한 사람은 아닌 것 같았다—내게 엄마와 아빠 중 누구와 살고 싶냐고 물었다.

살면서 그런 질문을 받는 사람이 몇이나 될까? 여자의 나지막하고 조심스러운 질문을 받은 순간 나는 짐작했다. 엄마와 아빠 둘 중 누구와도 살 수 없다는 걸.

그래서 나는 그 문제에 관심 없는 척, 이미 흥미가 떨어질 대로 떨어진 블록 쌓기에 열중하는 시늉을 했다. 얕은 상상력으로 만들어낼 수 있는 건 죄다 시도해본 후였기 때문에 내 행위는 헛손질에 가까웠다.

여자는 나를 재촉하지 않고 참을성 있게 기다렸다. 한참 후 나는 기껏 쌓은 블록의 허리를 손날로 쳐서 단번에 무너뜨렸다. 그리고 누구와도 살고 싶지 않다고 답했다.

언니의 집으로 보내진 데 그날 내 대답이나 의중 같은 것이 영향을 끼쳤으리라고는 믿지 않는다. 내게 질문한 여자는 아마도 나의 부모를 설득하기 위해 최선을 다했을 것이다. 그렇지만 타협은 이루어지지 않았고, 나는 가장 가까운 친척에게로 전달되었다. 환불하기도 귀찮은 싸구려 택배처럼. 시킨 적 없는 수취인 불명의 소포처럼.

이전까지 나는 언니의 존재에 대해 전혀 몰랐다―그건 언니도 마찬가지였겠지만―. 그러니 언니와 이모를 위한 이십사 평짜리 아파트가 보금자리처럼 느껴질 리 없었다.

자라는 동안 편의상 '우리집'이라고 부르긴 했어도 거긴 엄연히 언니의 집이었다. 언니의 방, 언니의 침대, 언니의 이불, 언니의 학용품과 책들, 그리고 언니의 부모. 언니의 방에는 언니가 태어나기 전부터 이모와 이모부가 머리를 맞대고 고심해서 고른 물건들이 가득했다. 언니는 가구가 낡고 볼품없다며 투정을 부렸지만, 그것들은 오로지 언니의 탄생과 성장을 축하하기 위해서 준비된 것들이었다.

안방은 이모가 홀로 사용했고, 서재는 이모부가 칠레로 파견을 가 있는 동안—그러니까 사실상 내가 거기에 머물던 세월 내내—창고로 쓰였다. 애당초 나는 창고 방에서 지낼 계획이었다. 하지만 언니가 나와 방을 함께 쓰겠다고 우겼다. 이모는 이 인용 새 침대를 사야 한다는 언니의 주장을 가뿐히 무시하고 백화점에서 접이식 토퍼와 차렵이불을 사왔다. 토퍼는 도톰했고 이불은 푹신했다.

그후로도 한동안 언니는 새 침대에 대한 미련을 버리지 못했다. 그렇지만 정작 밤이 되면 내가 침대 위로 올라가거나, 언니가 바닥으로 내려와 붙어 자는 날이 더 많았다. 어두운 밤, 언니와 바닥에 누워 있으면 침대 다리에 붙어 있는 이름표를 볼 수 있었다. 매일 밤낮으로 이부자리를 펼치고 정돈할 때마다 나는 그걸 구경했다.

이름표에는 내가 모르는 필체로 언니의 이름이 적혀 있었다. 물건을 자주 잃어버리는 언니를 위해 이모부가 문구점에서 파란색 테두리 견출지를 잔뜩 구매해 적어둔 거였다. 이모부가 칠레로 떠나고 언니가 나이가 들어서도 물건에 이름을 남기는 습관은 줄곧 이어졌다.

그런 식으로 집안 곳곳에 언니의 이름이 있었다. 교과서와 공책과 필통과 실내화 안쪽에. 언니의 이름 옆에는 체리가 올라간 칵테일이나 토끼와 곰돌이 따위가 그려져 있었다.

더러는 이름 대신 자수가 새겨져 있기도 했다. 언니의 집에서 살게 된 지 얼마 안 됐을 무렵, 이모가 언니에게 작아진 옷을 내게 입힌 적이 있었다. 옷을 입다가 딱딱한 질감이 느껴져서 보니, 소매에 노란색 실이 촘촘히 박음질되어 있었다. 무심코 그것을 만지작거리다가 소매끝을 뒤집었다. 실이 어수선하게 엉켜 있는데도 언니의 이름을 알아볼 수 있었다.

그 옷을 입을 때면 나는 언니의 이름이 안 보이도록 소매를 두 번 접었다. 하지만 체형이 워낙 다르기도 했고, 교복을 입으면서부터 서로의 옷을 빌려 입는 일은 잘 일어나지 않았다.

언젠가 슬기의 필통에서도 이름표를 발견했다. 뚜껑을 여닫을 때마다 떨어지지 않도록 투명 테이프로 고정까지 해놓은 모양새가 꽤나 야무졌다. 내가 필통을 살피는 걸 보고 슬기가 의기양양한 투로 말했다.

내 거라는 표시.

이름표에 적힌 필체는 슬기의 것이라기에는 다소 어른스러웠다.

유치원 선생님이 해줬어?

아니, 아빠가.

슬기가 생글거리며 나를 잡아끌었다. 슬기의 손은 아직 너무 작아서 내 손가락 두 개로도 꽉 찼다. 거실로 나간 슬기는 온 힘을 다해 텔레비전을 당겨 뒷면을 보여주었다. 가려진 곳에 이름표가 있었다. 쪼그려앉은 개구리가 연잎 줄기를 잡고 있었고, 기다란 연잎 안에는 날렵한 필체로 이름이 적혀 있었다. 안슬기.

여기도 있어. 슬기가 이번에는 거실 탁자 아래로 머리를 들이밀었다. 그 옆에 쪼그려 눕자 탁자 아래 붙어 있는 이름표가 보였다. 손을 뻗어 슬기의 이름을 문질렀다. 집안 구석구석에 슬기의 이름이 적힌 깜찍한 이름표가 붙어 있었다.

이거 다 슬기 거야.

나에게만 알려준다는 듯, 슬기가 탁자 아래 웅크린 채로 자랑스럽게 속닥거렸다. 마치 대단한 비밀을 공유하는 사이라도 된 것처럼.

아예 이마에도 붙이고 다니지 그러냐? 내가 이마를 콕 찌르자 슬기가 웃음인지 비명인지 모를 소리를 내며 자지러졌다.

롯데월드에 다녀오고 얼마 지나지 않아 나는 대학에 진학해 기숙사 생활을 시작했다. 그런 걸 자립이라고 할 수 있을지 모르겠지만, 어쨌든 자연스럽게 언니의 집을 나올 수 있었다.

언니와 내가 차례로 떠나고, 이모부가 한국에 들어오는 빈도도 점차 줄면서 그곳은 비로소 이모의 집이 되었다. 그때쯤 이모부의 파견은 더이상 단기 체류가 아니었다. 이모부는 언니의 생일이나 구정 때만 한국에 들어왔다가 금방 돌아가곤 했다. 그마저도 언니가 성인이 되고부터는 끊겼다. 그래도 언니와는 종종 연락을 나누는 모양이었다.

고등학교를 졸업할 때가 되어서야 나는 이모부의 부재가 이모와의 불화 때문이라는 사실을 알았다. 하지만 그 문제에 대해 전혀 짐작하지 못하는 체했다. 내가 모른 척했다는 사실을 언니도 알고 있었는지 모르겠다. 언니와 사는 동안 우리는 이모와 이모부의 관계에 대해 이야기한 적이 없었다.

나는 그런 걸 묻는 게 주제넘은 참견이라고 생각했다. 그 집에 살 수 있었던 이유가 이모부의 부재 덕분이라고 생각해서 그랬는지도 모르겠다. 사실 이모부가 돌아와 함께 사는 건 이모뿐 아니라 나에게도 부담이었다. 나의 부모가 지급했을 소소한 수준의 양육비를 제외하면 나를 키운 건 이모부의 원조였다는 걸 어렴풋이 알고 있었으니까. 돌이켜보면 나와 이모, 언니를 이어주는 건 보이지도 않는 핏줄 같은 게 아니라 남이나 다름없는 존재에게 빌붙어 산다는 굴욕감이었던 것 같다.

언니가 죽었을 때, 이모부는 장례식에 오지 않았다. 상주는 원규 오빠였다. 이모와 나는 사흘간 장례식장에 머무르면서 오빠가 씻거나 쪽잠을 자러 갈 때마다 교대했다.

장례를 마치고 이모는 아파트를 처분했다. 평창으로 이사한 뒤로 이모는 본가에 가지 않았다. 매년 참석하던 제사에도 가지 않았다. 언니의 유해는 이사간 동네 근처 납골당에 안치했다.

그런 관계였지만 이모는 끝끝내 이모부와 이혼하지 않았다. 내가 알기로 두 사람은 여전히 법적으로 부부관계였다. 의외로 서류 외에 두 사람이 부부임을 입증해주는 건 집안의 가전제품이었다. 이모부가 근무하던 반도체 회사의 규모가 상당해서 다양한 계열사로부터 생필품을 구할 수 있었다. 냉장고와 김치냉장고, 세탁기와 컴퓨터, 텔레비전까지 대부분 임직원 할인을 받아 장만한 거였다. 최신 가전은 아니었지만 성인 한 명과 아이 둘이 사는 집에는 과분한 규모와 가짓수였다. 그러나 수많은 계열사 중 가구점은 없었기 때문에 언니가 원했던 침대는 끝끝내 얻을 수 없었다.

보복성이 다분한 이모의 수집벽에 의외의 혜택을 받은 건 다름 아닌 나였다. 계열사 중에 가구점은 없었지만 출판사가 있었던 것이다. 이모는 거기서 분기별로 전집을 구매했다. 그 전집이 순전히 나를 위한 게 아니라는 것쯤은 알고 있었다. 이모가 편애를 했다는 건 아니다. 당연히 친자식을 더 아꼈겠지만, 적어도 내가 실감할 정도로 언니와 나를 차별하지는 않았다. 이모는 내게 최선을 다했고—정성을 다했는지는 모르겠다—나도 그 사실을 알고 있었다. 이모가 그보다 더 잘할 수는 없었다. 더 정확히 말하자면, 이모가 내게 그렇게까지 잘할 필요는 없었다.

독서에 흥미가 없었던 언니 덕에 나는 학창시절 내내 원 없이 책을 읽을 수 있었다. 읽고 싶은 게 있으면 언니가 이모에게 대신 요구해주기도 했다. 이모가 사준 책을 읽고 줄거리를 설명해주면, 언니는 잠자코 듣고 있다가 나중에 읽은 체했다. 그렇게 쓴 독후감으로 교내 글짓기 대회에서 상을 받기도 했다. 그것이 억울하지는 않았다. 학년이 다르니 문제될 것도 없었다. 게다가 그 책을 구해다준 건 언니니까, 언니의 수상까지도 당연한 권리라고 생각했다.

그렇다고 내가 언니에게 좋은 일만 한 건 아니었다. 나는 입체도형과 블록 쌓기에 젬병이었는데, 수학 익힘책 블록 쌓기 단원을 전부 풀어주었던 거다. 나는 그런 상부상조를 일종의 교환이라고 생각했다. 고등학교에 올라가고부터 그런 일은 없었지만, 언니는 여전히 언어에 약했고 나는 함수 그래프를 영영 이해하지 못했다.

나중에는 전집이 너무 많아져서 보관하는 데 애를 먹었다. 그렇지 않아도 협소한 공간에 짐이 넘치는데, 책꽂이에 책을 욱여넣고 겹겹이 쌓고도 자리가 부족했다. 결국 언니가 자취를 하게 되었을 때 큰맘 먹고 대청소를 했다.

후회 안 하겠어?

내가 언니에게 물었다. 언제는 언니가 그 책들을 소중히 여기기라도 했던 것처럼. 언니는 손사래를 치며 필요한 거 있으면 너나 챙기라고 했다.

나는 별 기대 없이 빨간 노끈으로 묶어놓은 책더미를 살피다가 새것이나 다름없는 문제집—주로 언어 영역이었다—몇 권을 건졌다. 그러다가 책 무덤 사이에서 그 책을 발견했다.

그건 내가 살기 전부터 언니의 집에 있던 책이었다. 초등학교 저학년을 대상으로 한 창작동화 전집 중 한 권으로, 제목은 '안개가 시작되는 곳'이었다. 동화의 주인공은 성별이 불분명하고 다소 우울한 생김새의 아이였다. 아이의 팔뚝에는 붉은 실이 새겨져 있었다. 붉은 실로 꿰맨 자리는 아프지도 않고 가렵지도 않았다. 글자나 무늬처럼 알아볼 수 있는 모양을 하고 있지도 않았다. 당연히 의미도 규칙도 없었다.

비 내리는 어느 날, 아이는 붉은 실을 풀어줄 사람을 찾아나선다. 연못을 배회하며 민물고기와 개구리, 곤충을 만나 붉은 실에 대해 물어보지만 누구도 시원하게 대답해주지 못한다. 온종일 돌아다니느라 지친 아이 앞에 종달새가 나타난다. 종달새는 아이에게 숲으로 가보라고 조언한다. 어쩌면 붉은 실을 풀지 못한대도, 안개에 가려 보이지 않을 거라고. 그리하여 아이는 숲을 감싸안은 안개 속으로 걸어들어간다. 흐릿해지는 아이의 뒷모습을 보여주며 동화는 끝이 난다.

어린아이가 읽기에는 좀 찝찝한 결말이었지만 나는 그 책을 좋아했다. 그래서 중학생이 되어서도, 고등학생이 되어서도 틈날 때마다 꺼내 읽었다.

언니는 다른 전집과 마찬가지로 그 책에 아무런 관심이 없었다. 나는 빨간 노끈을 잡아당겨 헐거워진 틈으로 책을 빼냈다. 그리고 깨끗하게 비운 책장에 다시 꽂아두었다.

그날 오후 이모는 언니가 내놓은 책을 전부 내다버렸다. 언니는 속이 후련하다고 했다.

원규 오빠에 대해 처음 알게 된 건 잠시 언니의 자취방에서 지낼 때였다. 나는 본래 누가 시키지 않아도 방학이면 기숙사에 머물렀지만, 기숙사가 단수되는 바람에 불가피하게 신세를 져야 했다.

씻고 나오자 언니는 침대에 누워 있고, 바닥에는 여름용 이불이 두 겹 깔려 있었다—허리가 배기지 않도록 배려해준 모양이었지만 직접 누워본 결과 큰 차이는 없었다—. 불 꺼줘? 나는 스위치에 손을 대고 언니의 지시를 기다렸다. 언니는 음, 하고 뜸을 들였다. 언니가 망설이는 건 곧바로 긍정하기 싫어서 선택을 유예할 때뿐이라는 걸 알고 있었기 때문에 나는 더 재촉하지 않고 전원을 내렸다.

방안이 순식간에 캄캄해졌다. 나는 이불 위를 엉금엉금 기어갔다. 언니의 침대는 어릴 때 쓰던 것과 달리 아래가 서랍장으로 막혀 있었다. 침대 위에서 언니가 야, 하고 불렀다. 언니가 나를 내려다보고 있었다.

재밌는 얘기 해줄까.

언니가 옆으로 꾸물꾸물 움직이더니 이불 위를 팡팡 쳤다. 언니가 움직여서 생긴 공간만큼이 딱 내 자리였다. 나는 침대 끝에 걸터앉았다.

오늘 동호회 사람들 만났거든?

그즈음 언니는 오래 만나온 남자친구와 헤어지고 다시 만나기를 반복하다가, 결국 완전한 이별을 맞이한 상태였다. 이별의 여파를 잊으려는 듯 언니는 여러 사람들과 어울렸다.

거기에 내가 좀 관심 가졌던 사람이 있단 말이야.

언제?

예전에. 근데 그땐 내가 남친이 있었고, 걔도 만나는 사람이 있었어.

얼마나 만났는데?

몰라. 사 년인가 오 년인가 사귀었다고 그랬는데…… 그게 중요한 게 아니고.

언니가 미리를 괴며 옆으로 누웠다. 그러자 자연스럽게 나를 올려다보게 되었다.

사람들 다 담배 피우러 나가고 우리 둘만 남았을 때 걔가 갑자기 그러는 거야.

언니가 씩 웃자 어둠에 파묻혀 있던 눈이 빛났다. 언니의 말투에는 심각한 장난의 실체를 밝히기 직전의 웃음기가 배어 있었다.

그때 서로 만나는 사람 없었으면, 어쩌면 나랑 잘됐을지도 모르겠다고…… 쭉 그렇게 생각해왔다고.

거기서 언니는 멈췄다. 내 반응을 살피는 것도 같았는데 어두워서 판단이 서질 않았다.

그래서?

뭐가 그래서야?

그래서 뭐라고 했냐고.

뭐라고 했냐고?

언니가 다시 정자세로 누워 천장을 바라보았다.

그냥…… 못 알아들은 척했지.

그게 끝이야?

끝이지, 그럼.

여태까지의 열기는 모두 장난이었던 것처럼 언니가 벽 쪽으로 돌아누웠다. 이제 내려가. 마치 기다란 풍선에 팽팽하게 들어 있던 바람이 순식간에 빠져나가는 것 같았다. 나는 침대에서 내려와 이불 위에 엎드렸다. 침대는 딱 성인 한 명이 눕기 적당한 크기였다. 조금 더 어렸더라면 둘이 몸을 구기고 잘 수도 있었을 테지만, 언니의 침대는 내가 눕기에 언제나 조금 좁았다.

그날 밤 나는 언니를 흔들어 깨우고 싶었다. 그리고 묻고 싶었다. 이야기의 전말을, 언니의 숨겨둔 진심을 알려달라고 조르고 싶었다. 그건 아마 내가 원규 오빠의 존재를—더불어 오빠가 언니에게 품은 마음이나 그걸 키워온 세월 같은 것을—다소 얕잡아 봤기 때문이었을 거다. 아니, 그보다는 차라리 없던 일로 친 쪽에 가까웠다. 어둠 속에서 고백 아닌 고백을 털어놓는 언니의 태도는 다소 심상했고, 당시 나는 언니가 언제고 남자친구와 재회할 것이라고 믿었기 때문에 원규 오빠의 출현을 심각하게 여기지 않았다. 솔직하게 말하자면, 나는 오빠라는 사람이 언니가 꾸며낸 장난의 일부라고 생각했던 것 같다.

그러나 나는 언니를 깨우지 않았다. 그걸 후회하지는 않는다. 다만 그렇기에 이제는 언니의 입장을 영영 들을 수 없게 되었다.

실제로 원규 오빠를 만난 건 그해가 가기 전이었다. 나는 매년 그래왔듯, 명절 이틀 전 언니의 자취방에 들렀다. 언니의 자취방은 기벽을 세워 공간을 분리한 덕에 제법 살 만했지만, 그래도 집보다는 방에 가까웠다. 원룸보다 조금 넓은 정도였는데, 집주인이 욕심을 내서 현관에 미닫이로 된 중문을 다는 바람에 좀 답답한 느낌이 나기도 했다. 한 명이 살기에 부족하지는 않았지만 두 명은 무리인 규모였다.

도어록 덮개를 올리는 소리가 들리길래 현관으로 나갔다.

그런데 키패드를 누르는 속도가 미묘하게 답답했다. 마침내 현관문을 열고 들어온 사람은 언니가 아니었다. 방문객이 움직일 때마다 반투명한 고방 유리에 비친 윤곽이 흩어졌다가 재조립되었다. 그는 곧바로 들어오지 않고, 현관에 쪼그려앉아 신발을 정리했다. 중문 너머에서 그가 말을 걸었다.

자기야, 새벽씨 언제쯤 도착한대?

중문을 밀고 익숙하게 들어오던 남자가 나를 발견했다. 중문 안쪽으로 밀어넣다 말고 엉거주춤 멈춰 선 다리에는 주름 하나 잡히지 않은 베이지색 면바지를 걸치고 있었다. 발목까지 똑 떨어지는 길이의 바지가 조금 밀려올라가 복숭아뼈가 드러났ㅡ성인 남성치고 체격이 다부진 편은 아니었는데 뼈대가 앙상해 보이지는 않았다ㅡ. 흰색 양말을 신은 발등에는 난데없이 강아지가 그려져 있었다. 혀를 빼물고 있는 강아지는 좀 멍청해 보였다.

발끝에서 시선을 들자, 단정한 인상의 남자가 서 있었다. 그는 곤혹스러운 얼굴로 안경을 고쳐 썼다. 내 이름을 자연스럽게 부르면서 입장한 것치고는 적잖이 당황스러워 보였다.

어, 새벽씨 계셨구나. 들어가도 될까요?

비밀번호를 찍고 들어온 시점부터 이미 출입이 용인된 손님이었을 텐데, 그는 뒤늦게 내게 허락을 구했다. 내가 매정하게 거절하면 바로 집을 나갈 것 같은 태도였다. 그런데도 왠지 이 집의 관계자는 그이고, 침입자는 나인 것만 같았다.

누구신데 남의 집에 함부로 들어오세요?

날 선 반응에 그가 발을 화들짝 물렀다. 한쪽 신발만 신고
현관에서 주춤거리는 그의 모습에 맥이 탁 풀렸다.

인사가 늦었죠. 새벽씨 얘기 많이 들었습니다.

저는 들은 바가 없는데요.

비밀을 발설해도 되는지 확신이 서지 않는 듯, 그가 머뭇거
렸다. 발끝에서 혀를 빼문 강아지가 꼼지락거렸다. 그 옆에 언
니와 내 신발─언니와 나는 신장 차이가 꽤 났지만 발 크기는
똑같았다─이 정돈되어 있었다.

저는 그…… 언니분과 만남을 가지고 있는 안, 원규라고 합
니다.

그가 입고 있던 항공 점퍼 주머니에서 지갑을 꺼냈다─그
가 입으니 모범생이 양아치 옷을 빌려 입은 것 같아서 우스꽝
스러워 보였다─. 그러고는 명함을 한 장 꺼내 건넸다. K대학
교 기술과학대학원 소속 연구원 안원규. 신원이 확실해졌지만
여전히 그를 집안으로 들이고 싶지 않았다.

언니 지금 남자친구 없는데?

그의 얼굴이 단숨에 붉어졌다. 그런 반박은 그와 언니의 관
계를 깡그리 무시하겠다는 의미나 다름없었다. 그가 우물쭈물
하는 사이, 좀전보다 빠르고 명확한 박자로 비밀번호 누르는

소리가 났다.

안 들어가고 뭐해?

언니는 멀뚱히 서 있는 그와 나를 번갈아 바라보았다. 말투만 들으면 애초부터 약속된 만남이라도 되는 것 같았다.

인사들 나눴지? 얘 차 타고 갈 거야.

언니가 팔짱을 끼면서 자연스럽게 그를 집안으로 끌어들였다. 허둥대며 신발을 마저 벗은 그가 이끌려 들어왔다. 그와 동시에 나는 뒤로 한 걸음 물러났다.

언니는 짐만 챙겨서 바로 출발하자고 했다. 명절 당일에 남자의 집에 인사를 가기로 했다면서. 원래 안 이랬잖아, 그런 말은 꺼내지도 못했다. 애초에 내게 원래, 라고 주장할 만한 시기나 자격이 있었는지도 의문이었다. 그래서 나는 따져 묻는 대신 부루퉁하게 말했다.

보일러 켜놨는데.

끄고 가면 되지, 뭘.

언니는 내 기분 같은 건 눈치채지 못한 듯이 말했다. 아니면 눈치채지 못한 척한 걸 수도 있었다.

그가 차를 빼고 언니가 짐을 챙기는 동안 나는 싱크대 하부장을 열었다. 보일러를 잠그자 소음이라고 느끼지 못했던 소리가 순식간에 사라지고 사위가 조용해졌다. 나는 힘을 주어 밸브를 돌렸다. 더 돌아가지도 않을 만큼 꽉.

서울로 돌아오는 길에도—원규 오빠의 본가는 서울에 있었다—우리 셋은 원규 오빠의 구형 에쿠스로 이동했다. 깔끔하지만 어딘지 좀 고리타분해 보이는 은색 차였는데, 오빠의 어머니가 타던 걸 물려받았다고 했다. 언니는 미리 알고 있었던 것처럼 침착해 보였다. 잘 관리된 중고차의 역사 같은 것이 아니라, 그런 차의 소유주와 결혼하게 될 미래를 알고 있었던 것처럼. 나는 언니와 오빠 사이에 아이가 생기면, 그애도 오빠처럼 차를 물려받을까 생각했다. 오랜 주행에 속이 울렁거렸다.

새벽씨, 라디오 좀 틀어도 될까요?

자기 차인데도 오빠는 내게 허락을 구했다. 그러세요. 불퉁스러운 대답에도 오빠는 그럼 실례할게요, 하더니 라디오를 틀었다. 라디오에서 포크송이 흘러나왔다. 오빠가 노래를 따라 나직이 흥얼거렸다.

가끔 생각해보곤 한다. 내가 원규 오빠를 좋아하게 된 게 언제인지 말이다. 강아지 양말을 신은 발을 중문 안쪽으로 들이밀던 순간인지, 고작 라디오를 트는 데도 정중히 내 의견을 묻던 순간인지. 언니가 자란 집 거실에 무릎을 꿇고 앉아 안절부절못하면서 고작 반나절 더 봤다고 내게 의지하던 순간인지. 그것도 아니면 나를 언니의 자취방이 아니라 기숙사 앞에 데려다주고 가던 순간인지.

음악이 잦아들고 진행자가 청취자의 사연을 소개했다. 네

살배기 딸이 자기가 원하는 것을 얻기 위해 자꾸만 생떼를 쓴다는 내용이었다. 진행자가 자신도 애를 키우지만 이 나이가 가장 힘들 때라고, 이때 버릇을 단단히 들여야 한다고 했다.

살면서 원하는 걸 전부 가질 수는 없다는 걸 가르쳐야죠.

언니가 예고 없이 등받이를 뒤로 밀었다. 요즘처럼 센서가 작동해 부드럽게 움직이는 차가 아니라 등받이가 불시에 뚝 떨어지는 구조였다. 등받이가 덜컹, 떨어지면서 내 무릎에 아슬아슬하게 닿을 뻔했다. 나는 등을 뒤로 바싹 붙이며 무릎과 등받이 사이 공간을 확보하려 했다.

이듬해 언니는 원규 오빠의 본가와 가까운 예식장에서 결혼식을 올렸다. 이모부와 나의 부모는 참석하지 않았다.

일가친지와 사진을 찍을 순서가 되자 나로서는 아주 어릴 때 본 게 전부인 친척들이 우르르 쏟아져나왔다. 그중 나를 알아본 사람은 아무도 없는 것 같았다.

키가 너무 작거나 큰 사람들, 옷 색상이 칙칙하거나 튀는 사람들의 위치를 사진사가 요모조모 손보았다. 나는 처음 섰던 이모의 옆자리에서 자꾸만 멀어져서 둘째 줄 가장자리에 서게 되었다.

언니와 팔짱을 낀 원규 오빠가 누군가를 찾는 것처럼 두리번거렸다. 신랑분 집중하시고. 사진사가 지적하자 어느 쪽 할 것 없이 하객들이 짧게 웃었다. 오빠의 움직임에 따라 가슴의 흰색 꽃이 대롱거렸다. 그것을 고쳐주고 싶다고 생각하는데, 플래시가 터졌다. 눈감지들 마시고요, 한번 더 찍겠습니다. 사진사가 다시 한번 셔터를 눌렀다.

사진사의 안내에 신랑 신부 측 친구들이 몰려나와서 하객들이 서로 뒤섞였다. 들어가면서 보니 꽃은 어느새 똑바르게 세워져 있었다.

나는 종종 슬기가 생기지 않았더라면 어땠을까 생각해보곤 한다. 언니와 원규 오빠가 결혼까지 했을지, 그렇게 조속히 결혼식을 올렸을지 같은 생각들 말이다. 무슨 의도를 가지고 하는 상상은 아니고 그냥 가능성에 대한 것이다.

막달까지도 언니는 쉽게 아이의 이름을 정하지 못했다. 결혼식을 올리고 넉 달 만에 슬기가 태어났으니 언니에게는 시간이 별로 없었다. 언니가 처음부터 고려했던 이름은 '정하'였다. 오빠의 부친이 철학관에서 받아온 이름 중 하나였다. 언니는 내게 그 이름이 어떻게 들리냐고 물었다.

물론 더 좋은 이름도 있었지만, 어차피 질문의 의도는 뻔했으므로 나는 좋게 들린다고 대답했다. 여자아이든 남자아이든 상관없이 쓸 수 있어서 좋다고.

여자아이일 거야.

벌써 알 수 있어? 병원에서 안 알려주잖아.

그렇게 물으면서도 나는 언니 말이 맞을 거라고 믿었다.

그냥, 그럴 거 같아서?

언니는 순진무구한 표정으로 복부를 쓰다듬었다. 동그랗게 솟아오른 배만 아니었다면, 세상에 마음대로 되지 않는 것이란 없다고 믿는 중학생 여자애처럼 보였다. 나는 언니가 살면서 상상한 것 중 몇이나 현실로 이루어졌는지 궁금했다.

막상 아이가 태어났을 때 언니는 슬기라고 이름 붙였다. 후보에 없던 이름이었다. 그냥 생각났어. 눈도 제대로 뜨지 못하는 슬기를 품에 안고 언니가 말했다. 뱃속의 아이가 여자아이일 거라고 확신했던 때처럼. 나는 건포도처럼 쪼그라든 아기의 얼굴을 보았다. 저 아이의 무엇이 숱한 고민의 시간을 무용하게 만들고, 슬기라는 이름을 붙이도록 했는지 짐작할 수 없었다.

그래도 슬기라는 이름은 잘 어울렸다. 자라면서 슬기는 더는 쪼글쪼글하지 않았다. 아이답게 토실토실하고 부드러웠다. 그리고 나를 무척이나 좋아했다. 마치 나를 좋아하기 위해 이 세상에 태어난 것 같았다.

슬기가 좋아하는 게 하나 더 있었다. 바로 『안개가 시작되는 곳』이었다. 이모의 집을 나올 때 나는 그 책을 챙기지 않았다. 몇 년 후 슬기가 읽고 있는 걸 보고 나서야 언니가 그 책을 챙겼다는 걸 알았다. 그게 서운하거나 기분 나쁘지는 않았다.

애초에 언니 책이었으니 자식에게 물려주는 건 타당했다. 내용이라면 이미 전부 기억하고 있었고, 무엇보다 슬기가 그 책을 마음에 들어했으므로 아무래도 상관없었다.

슬기는 내가 방문할 때마다 그 책을 읽어달라고 했다. 언니와 원규 오빠보다 내가 읽어주는 걸 좋아했다. 슬기를 위해 책을 읽어주면서 나는 이것이야말로 나의 역할이라고 확신했다. 마치 슬기를 돌보기 위해 그 어린 시절 언니의 집으로 파견을 간 것 같았다.

슬기는 매년 가는 대관령 여행에도 나를 데려가고 싶어했다. 언니네 가족 여행에 나도 종종 합류하긴 했지만, 주로 당일치기 일정일 때나 그랬다. 그때쯤 언니는 육아휴직을 끝내고 복직했다가 일 년 만에 퇴직 신청을 한 상태였다. 온종일 육아를 하느라 지쳐서 잠시나마 누가 슬기를 좀 맡아주었으면 해서 오히려 나의 동행을 기꺼워했다.

하필 그해 여름휴가 기간은 장마철이었다. 예약한 콘도에 가까워질 때쯤 빗방울이 떨어지기 시작했다. 슬기가 창문에 코를 박고 말했다. 하늘에서 바늘이 막 떨어져.

그건 『안개가 시작되는 곳』의 한 장면이었다. 연못 근처 생물들이 사선으로 내리는 비를 보고 바늘인 줄 알고 겁을 먹는 장면. 달리는 차의 창밖으로 슬기가 팔을 내밀었다. 슬기, 위험하다. 오빠가 부드럽게 경고하자 슬기는 얌전히 팔을 집어넣었다.

그날 밤 슬기는 잠들기 전에 내게 책을 읽어달라고 졸랐다.

슬기야, 엄마가 어제도 읽어줬잖아.

어제는 이모가 안 읽어줬잖아.

슬기의 고집에 언니는 못 말리겠다는 듯 웃으며 고개를 저었다. 언니가 원래 저렇게 웃었던가? 나는 기억을 더듬었지만 언니가 어떤 소리를 내며 웃었는지 쉽사리 떠오르지 않았다.

슬기, 아빠가 읽어줄까?

아니. 나 이모.

슬기의 단호한 말투에 다들 웃음이 터졌다.

저렇게 좋을까. 너 그냥 내년에도 와라.

그렇게 막무가내로 정하면 되나. 새벽이 입장도 들어봐야지.

아예 내년에는 너한테 슬기 맡기고 둘이 올까봐.

언니와 오빠가 마주보고 웃었다. 난처해하면서도 즐거워 보였다. 슬기가 나의 입장을 기다리는 것처럼 책을 품에 안고 올려다보았다. 슬기의 눈빛은 상대의 호의도 애정도 쉽게 얻어낼 수 있으리라는 믿음으로 가득했다.

책을 건네받아 펼치자, 슬기가 조르르 달려와 작은 몸을 내게 온전히 기댔다. 나는 이미 수십 번은 읽어서 내용을 전부 외운 책의 첫 장을 읽어내려갔다.

비가 내리는 아침, 아이는 아끼던 연잎 우산이 망가졌다는 걸 알았어요⋯⋯

삽화는 눅눅한 빛으로 가득했다. 비 내리기 직전의 습한 기운이 그림에서도 느껴졌다. 팔뚝에 새겨진 붉은 실도 습기를 머금은 것처럼 보였다.

민물고기가 물었어요. 그건 언제부터 있었던 거야? 아이는 고개를 저었어요. 몰라, 태어날 때부터 있던걸?

슬기는 삽화 속 아이의 팔을 조심스럽게 매만졌다. 그렇게 만지면 자수의 양감이 느껴지기라도 하듯이. 나는 슬기가 만족할 때까지 동화 속 아이를 쓰다듬도록 내버려두었다.

숲으로 가면 안개가 너를 감싸줄 거야.

붉은 실 위에 내려앉은 종달새가 지저귀었다. 슬기가 가장 좋아하는 구절이었다. 내가 종달새의 대사를 읽고 나면 슬기는 안개가 너를 감싸줄 거야, 하고 따라 속삭였다. 그래서 그 장면을 읽을 때면 나는 언제나 한 박자씩 기다려주었다.

아이는 장화가 푹푹 빠지는 흙탕길을 건너 마침내 숲에 도착한다. 숲의 입구에 서자 울창한 나무들 사이로 안개가 새어나온다. 빗방울이 조금씩 멎어가고, 아이는 우비를 벗고 자신이 떠나온 세상을 뒤돌아본다. 나뭇잎에 고여 있던 빗방울이 아이의 얼굴 위로 후드득 떨어진다. 바늘처럼 생긴 빗방울이 아이의 콧잔등에 주근깨를 남기고 사라진다. 아이는 슬기가 그랬듯, 자신의 얼굴을 매만진다. 그러면 주근깨의 질감이 느꺼지기라도 하듯이. 이윽고 아이는 숲으로 향한다. 안개가 멀어지는 아이의 뒷모습을 휘감는다.

처음부터 끝까지 두 번이나 읽고 나서야 슬기는 만족했다. 잠든 슬기를 침대에 눕히고 나오니 언니가 부엌에서 페트병째로 물을 마시고 있었다. 콘도의 부엌은 거실과 거의 구분이 안 될 만큼 가까웠다.

나 피곤했나봐.

내내 운전한 건 오빠인데 언니가 더 지쳐 보였다. 언니는 입가의 물기를 문질러 닦았다.

슬기 책 어디 있어? 잃어버리면 난리 난다, 걔.

나는 소파에서 책을 가져다주었다. 책등에 개구리 이름표가 붙어 있었다. 책등에서 조금 떨어져서 너풀거리는 이름표 모서리에 때가 껴 있었다. 그걸 본 언니가 픽 웃었다.

이름 한번 잘 지었네.

그러게. 마지막까지 고민했잖아.

냉장고를 열자 우웅, 하고 팬 돌아가는 소리가 커졌다. 언니의 얼굴로 빛이 쏟아졌다. 오는 길에 선바이저에 달린 조그만 거울에 의지해서 칠한 눈화장이 번져 있었다. 냉장고 문이 닫히면서 얼굴을 비추던 빛의 면적이 빠르게 좁아졌다. 이윽고 푸석한 얼굴과 번진 화장이 어둠에 잠겼다.

모르는 사이였으면 새벽이라고 지을 수도 있었을 텐데.

언니는 동화책을 대충 쑤셔넣은 가방을 한쪽 어깨에 둘러멨다. 지퍼를 반만 잠가서 책의 모서리가 튀어나왔다. 길쭉한 몸에 꽉 끼는 어린이용 가방을 메고 어둠 속에 서 있는 언니는 어딘지 균형이 맞지 않아 보였다.

언니가 오빠가 잠들어 있는 방으로 돌아간 뒤에도 나는 냉장고 앞에 서 있었다. 팬 돌아가는 소리가 꾸준하게 지속됐다.

다음날 대관령으로 출발할 때부터 하늘이 흐렸다. 산길을 오르기 시작하자 폭우가 쏟아졌다. 갑자기 거세진 빗발에 운전석으로 비가 쏟아졌다.

아빠, 바늘 피해!

슬기가 비명을 질렀다. 슬기야, 바늘이 아니고 비야. 오빠가 다급히 창문을 올리며 웃었다. 빗방울이 꾸물거리며 창문을 기어다녔다. 슬기는 개중 하나를 고집스럽게 응원하다가 창문 틈 사이로 물방울이 빠지자 탄식했다.

산 정상까지 올랐다가 반대편으로 넘어가자 거짓말처럼 비기 멈췄다. 구불구불한 도로 때문에 멀미가 났다. 뭐 손오공 구름 그런 건가봐. 언니가 장난을 쳤다.

근두운.

내가 나직이 말했다. 잠깐의 사이를 두고 언니가 돌아봤다. 뭐라고 했어?

공―주―운이라고!

슬기가 쩌렁쩌렁하게 외쳤다. 언니가 한숨처럼 웃으며 몸을 돌렸다. 내가 슬기를 껴안으며 간지럽히자 슬기가 비명처럼 웃었다.

언니는 그다음해 대관령 산길에서 죽었다. 우리가 웃고 떠들던 바로 그 가파른 길이었다.

우려와 달리 보험사 직원은 금방 도착했다. 도로에서 시간을 꽤나 허비했음에도 예상보다 일찍 도착하기까지 했다. 정작 시간을 지체한 건 빌라에 도착한 다음이었다. 이모가 사는 단지는 두 개의 구획으로 나뉘어 있었는데, 엉뚱한 구역을 빙빙 돈 것이다.

마침내 현관에 들어섰을 때, 나는 어리둥절했다. 전에 살던 집과 평수와 구조가 거의 일치했기 때문이었다. 현관이 비좁은 것과 방이 세 개인 점도 같았다. 언니가 없다는 점만 빼면 언니가 살던 시절과 다를 게 없었다.

그래도 이런 집 복도 한 면을 꽉 채웠던 짐은 조금 정리한 모양이었다. 복도 끝에 못 보던 붙박이 장식장이 있었다. 격자무늬 유리 너머에 어린이용 전집이 꽂혀 있었다. 언니와 내가 어릴 때 읽던 건 아니었다.

슬기 책 좋아한다며. 집 갈 때 몇 권 가져가라.

전부가 아니라 몇 권 가져가라, 는 말에서 나는 이모가 슬기의 방문을 기대하고 있단 걸 알아차렸다.

할머니 고맙습니다, 해야지. 원규 오빠의 부추김에도 슬기는 멀뚱히 장식장 유리문을 문질렀다. 과자를 집어먹느라 번들거리는 손가락의 기름기가 유리문에 남았다.

그날 밤 슬기와 원규 오빠는 손님방에서, 나는 창고 방에서 잤다. 바닥에 누워서 방을 둘러보았다. 계절이 지난 옷이 행거에 빼곡히 걸려 있었다. 이사할 때 쓰는 커다란 플라스틱 박스가 켜켜이 쌓여 있어 공간이 한층 비좁은 느낌이었지만 이모부의 책상과 컴퓨터는 여전히 남아 있었다. 이모가 없을 때면 나와 언니는 창고 방에서 불법으로 다운받은 외국 드라마를 감상하곤 했다. 자막의 내용이나 위치가 엉망이라 심각한 상황도 웃겨 보였다. 내가 떠나고 나서는 컴퓨터를 쓸 일이 거의 없었을 것이다.

언니가 독립하고 나서야 나는 침대를 홀로 사용했다. 그렇지만 종종 밤이 되면 침대에서 기어내려갔다. 그러고는 바닥에 모로 누워 딩 빈 매트리스를 올려다보다 잠이 들었다. 이모도 내가 그러는 걸 알았는지 모르겠다. 나를 깨우러 방에 들어온 적이 없었으니까. 이부자리를 정리하고 나가면 이모가 아침식사를 준비하고 있었다. 언니가 집을 나간 후로도 이모는 나에게 식사를 차려주고 용돈을 주었고―나는 반드시 필요한 경우가 아니면 그 돈을 쓰지 않고 언니가 남기고 간 책상 서랍에 보관했다—단과학원에 보내주었다. 전부 내가 요구한 적 없는 것들이었다.

이사하면서 언니의 가구를 처분했기 때문에 슬기와 원규 오빠는 바닥에 요를 깔고 잤다. 슬기는 더위를 많이 타는 체질이라 붙어 자는 것을 싫어했지만, 자면서 꼼지락거리느라 깨어날 때쯤에는 오빠와 거의 엉켜 있곤 했다. 나는 바닥에 누워 꼭 붙어 자는 두 사람을 상상했다.

창고 방은 현관 앞에 있었다. 문을 열고 나가자 복도 끝 안방과 손님방 사이에 장식장이 있었다. 멀리서는 슬기가 남긴 손자국이 보이지 않았다. 나는 장식장 앞으로 다가가 손잡이를 잡아당겼다.

자석이 떨어지면서 장식장 문이 요란하게 흔들렸다. 진동이 가라앉을 때까지 잠시 기다렸다가 아무 책이나 꺼냈다. 이 책 저 책을 훑어보다가 어느 부분에서 책장이 멋대로 한 움큼 넘어갔다. 책 사이에 우편물이 껴 있었다. 고지서였다. 나는 그것을 빼고 책을 도로 꽂아두었다. 장식장 문을 닫자 철썩하고 자석끼리 단단히 달라붙었다.

해가 뜨기 전이라 밖은 어두컴컴했다. 공동 현관을 나서 불 꺼진 테니스장과 나무 기둥이 갈라진 놀이기구를 지나쳤다. 정문 앞에 청솔동심타운 2단지라고 적힌 간판이 있었다. 맞은편에 벤치가 있었다. 나는 이 인용 벤치에 혼자 앉았다. 간판의 불빛에 의지해 고지서에 적힌 이모부의 이름을 들여다보았다. 낯선 이름이 내 손끝에 가려지고, 이모부의 성만 보였다. 언니와는 같지만 이모와도, 나와도 다른 성씨였다. 문득 이모부가 한국에 들어와 있을지도 모른다는 생각이 들었다.

어릴 적, 이모부는 언니와 통화할 때면 꼭 나를 바꿔달라고 했다. 그런 행동이 나를 향한 애정이나 책임감에서 비롯되었다고는 생각하지 않는다. 쭈뼛거리며 전화를 받으면, 이모부는 내게 잘 지내고 있느냐고 물었다. 나는 그렇다고 대답했다.

더는 어색함을 참을 수 없을 지경이 될 때서야 이모부는 다시 언니를 바꾸라고 했다. 전화기를 넘겨받은 언니는 자연스럽게 대화를 이어나갔다. 이야기가 끊긴 적 없다는 듯이. 전화기 너머의 상대가 가진 애정도 믿음도 의심치 않는다는 듯이.

나는 잘 지내고 있다. 부모 모두에게 버림받은 아이 같지는 않다. 그게 겉으로 티가 나는지는 잘 모르겠다. 다만 확실한 건, 평소에 나는 그런 생각을 거의 안 한다는 것이다. 언니 집에서 지내기 시작한 열한 살 무렵부터 쭉 원만한 교우관계를 유지했다. 크고 작은 불화는 있었을지언정 나름대로 슬기롭게 대처하는 법을 배웠다. 성인이 된 이후에는 몇 번의 연애를 하고, 원치 않는 임신 가능성에 겁을 먹었던 적도 있었다. 그러나 내가 걱정하는 일은 일어나지 않았다.

나는 모두와 거리를 유지하고, 좁히고, 멀어지는 법을 배웠다. 그 일은 아주 자연스럽게 이루어졌다. 차차 익힌 게 아니라 처음부터 그렇게 태어난 것 같았다. 태어날 때부터 사람들과 원만한 관계를 유지하는 법을 알고 있었던 사람 같았다.

그러나 때때로 나는 시간이 삭제된 것처럼 느낀다. 기억을 상실했거나 점차적으로 성장한 게 아니라 그저 눈을 감았다 뜨니 어른이 되어버린 기분이다. 시간을 건너뛴 사람처럼 종종 나는 어리둥절하다.

그럴 때면 슬기가 나를 재촉한다. 내가 갑작스럽게 도래한 현실에 적응하려 애쓰는 동안 일곱 살 난 아이의 참을성만큼 인내한 그애가 내 팔뚝을 쥐고 흔든다. 조금의 힘도 영향력도 없는 그 손길에 나는 서서히 감각을 되찾는다. 그리고 슬기가 원하는 대로 동화책의 다음 장을 넘긴다.

고지서를 덮고 벤치에서 일어났다. 이제 슬기가 잠들어 있는 집으로 돌아갈 것이다. 날이 밝으면 이모가 차려준 밥상에 앉아 식사를 할 것이다. 그리고 다 같이 오빠 차를 타고 언니가 안치된 납골당을 방문할 것이다. 그것은 새로운 여름 연례행사가 될 것이다. 그후에는 언니와 오빠가 그랬듯, 대관령 양떼목장에 갈 것이다. 그곳에서 슬기는 즐거운 오후를 보낼 것이다.

조금씩 밝아오는 하늘은 지저분한 붓으로 휘젓는 바람에 탁한 기를 머금은 것 같은 푸른빛이었다. 단지의 안과 밖은 안개로 가득했다. 여름밤치고 쌀쌀한 공기는 물기를 머금고 있었다. 외투도 없이 나온 탓에 추위가 확 느껴졌다.

어제 오후 한참 헤맸던 구획을 지나 테니스장과 놀이터 쪽으로 향했다. 이모의 집에 다 왔을 때 누군가 공동 현관에 서 있었다. 가까이 다가가자 흐릿한 인영이 조금 또렷해졌다. 안개 속에서 원규 오빠가 손을 흔들고 있었다.

오빠는 잠이 덜 깬 온화한 미소를 띠고 있었는데 안개 때문에 정확하지는 않았다. 어쩌면 무표정인지도 몰랐다. 그것도 아니면 오빠가 아닐지도 몰랐다. 생판 모르는 사람일 수도 있었다. 오빠와 나 사이 열 걸음 정도 거리가 있었다. 한 걸음씩 떼는 동안 나는 그런 식으로 떠올릴 수 있는 가능성을 전부 헤아려보았다.

거리가 가까워지고 가까워져서, 이제는 한 걸음만 남겨둔 상태였다. 그러나 오빠는 아직도 안개 너머에 있는 것 같았다. 이만큼 가까이 왔는데도 여전히 멀게 보였다. 나는 마지막 걸음을 떼며, 오빠라고 믿고 싶은 이를 향해 가만하게 손을 흔들었다.

숙희의 미래

속도위반

　이름을 바꿔야겠다고 결심했을 무렵 미래씨의 삶에 두 가지 변화가 일어났다. 하나는 다니던 직장을 관두고 자동차를 마련한 것, 다른 하나는 엄마의 몸이 망가지기 시작한 것이었다. 원래 미래씨의 이름은 미숙이었다. 당시에는 미숙이나 영자 같은 이름이 흔했다. 미숙이라는 이름을 가진 가수나 탤런트가 많았더라면 미래씨도 자신의 이름을—어쩌면 자신의 삶을—조금 더 사랑할 수 있었을지도 몰랐지만 미숙이었던 미래씨는 가수도 아니었고 탤런트도 아니었고 예술가나 아나운서도 아니었다.

미래씨가 태어나기 전 엄마와 아버지는 미숙과 미정과 미자 사이에서 고민했다. 그 이야기를 들은 미래씨는 셋 다 거기서 거기인데 어째서 고민했을까 궁금했다. 미숙이 아니라 미정이나 미자가 되었다고 해도 똑같이 불만이었을 텐데. 그렇지만 미정이나 미자였어도 미래가 되었을지는 모르겠다. 어쨌든 그 시절 미래씨는, 다가올 미래에 미래가 되리라고는 생각하지 못했다.

미숙이던 시절 미래씨는 이름에 대해서 자주 생각했다. 그 즈음 태어나는 아이들 중에는 서연이나 민서 같은 이름이 많았다. 그 이름들의 어떤 부분이 세련되고 현대적인 느낌을 내는지는 모르겠지만, 어쨌든 미숙이나 영자보다는 확실히 세련된 이름들이었다. 미숙은 그런 이름을 갖고 싶었다. 동시에 미숙은 평범한 이름을 동경했다. 평범한 이름은 세월이 지나도 튀거나 질리지 않았으니까. 미숙은 언제가 될지는 모르겠지만 반드시 개명을 하리라고 결심했다. 고를 수 있다면 중성적인 이름이 좋았다. 남자늘도 쓰는 이름들. 몇 가지 후보가 있었다. 선우, 지호, 이현, 정완. 그러나 어떤 것도 자기 이름처럼 느껴지지 않았다. 그런 이름으로 바꾼들 주변 사람들에게 여전히 미숙이라고 불릴 것만 같았다.

결국 그 시기에 미숙은 이름을 바꾸지 못했다. 어떤 이름을 택하는 게 좋을지 정하지 못했기 때문은 아니었다. 지방법원에 가기로 마음먹은 날 엄마가 쓰러졌기 때문이었다.

미숙은 당뇨 합병증이 사람의 몸을 서서히 좀먹는다는 걸 그때 처음 알았다. 엄마의 몸은 다쳐도 새살이 돋아나지 않았다. 회복도 매우 더뎠다. 엄마는 평소에는 죽은듯이 잠만 자다가 일어나 있는 동안에는 가만히 천장만 올려다보았다. 이따금 미숙을 불러 화장실까지 부축해달라고 부탁하는 게 전부였다. 그래도 엄마는 정신이 붙어 있는 동안 이불이나 바닥에 대소변을 지리는 일이 없었고 그것을 자랑으로 여겼다. 자랑으로 여겼다, 라는 말은 미래씨를 울게 만든다. 미숙은 엄마의 자랑이었으니까.

이제 와서야 미래씨는 당뇨는 첫 징후였을 뿐, 모든 것이 그 병에 덕지덕지 달라붙어 엄마의 몸을 잠식해갔다는 것을 알게 되었다. 그러나 누가 그걸 막을 수 있었을까? 엄마도 막지 못했는데 엄마와 피와 살로 분리된 미숙이라고 무슨 도리가 있었을까? 엄마는 죽어가고 있었다. 아주 오랜 세월이 흐른 후에야 미래씨는 엄마가 죽었다는 사실을 마침내 인정할 수 있었다. 엄마의 부재를 실감하면 가슴팍 중앙, 피부가 가장 얇고 손을 갖다대면 곧바로 뼈가 만져지는 곳을 송곳으로 쿡 찌르는 것 같았다. 그렇지만 엄마가 세상에서 사라진 지는 이십 년이 넘었다. 슬픔은 찰나였고, 엄마는 돌아오지 않는다는 것도 잘 알았다. 게다가 엄마가 죽어가던 시절보다 죽고 난 지금이,

더 좋은 삶은 아니지만 적어도 더 나쁜 삶은 아니라는 사실 또한 알고 있었다. 그럼에도 불구하고 미래씨는 종종 엄마가 보고 싶었다.

미래씨가 아직 미숙이던 시절, 미숙은 다니던 회사를 그만두고 엄마의 수발을 들었다. 어차피 그만두려고 했어. 과장 꼴보기 싫어서. 가족들에게는 그렇게 둘러댔지만 생활은 단숨에 궁핍해졌다. 백수였던 남동생─동생은 그후로도 오랫동안 백수였다─과 번갈아가며 엄마를 한의원에 데려가고, 옷을 갈아입히고, 화장실에 데려다주었다. 미숙은 삶이 점점 닳아가는 것을 느꼈다. 엄마를 사랑하기 위해, 사랑하는 것을 멈추지 않기 위해 이만 엄마가 떠났으면 좋겠다는 생각과 엄마가 영영 떠나지 않고 곁에 있었으면 좋겠다는 생각을 동시에 했다. 그러다 돌아보면 남동생이 미숙과 똑같은 얼굴을 하고 엄마의 퉁퉁 부은 팔다리를 주무르고 있었다. 미숙은 남동생의 코를 후려쳐 정신을 차리게 하고 싶기도 했고, 그애의 어깨에 얼굴을 파묻고 함께 울고 싶기도 했다.

미숙의 유일한 외출은 새로 산 빨간색 프라이드를 끌고 드라이브를 나가는 것이었다. 남동생이 집에 있는 날이면 미숙은 홀로 프라이드를 몰고 동네를 한 바퀴 돌고 오곤 했다. 처음에는 한 바퀴, 그다음에는 두 바퀴, 그다음에는 열 바퀴를 돌았고 어느 순간부터는 고속도로를 달렸다. 그날도 미숙은 경부고속도로를 타고 경기도 끝까지 질주했다가 돌아왔다. 그런데 돌아오는 길에 서울 톨게이트를 지나자마자 한 경찰이 차를 세웠다.

속도위반하셨습니다.

앳된 얼굴의 순경은 미숙을 흘깃 내려다보며 무심히 말했다. 미숙은 벌금을 내거나 면허가 정지될까봐 덜컥 겁이 났다. 무엇보다, 드라이브를 못하게 될 거라는 생각을 하니 싫었다. 아저씨, 저 진짜 처음인데 한 번만 봐주시면 안 될까요. 미숙은 저도 모르게 애교 섞인 말투로 부탁했다. 그런 태도가 자신답지 않다고 생각했지만, 벌금을 무는 것보다는 나을 것 같았다.

그늘진 경찰모 아래로 순경의 멀끔한 얼굴이 언뜻 보였다. 미숙은 금방 후회했다. 뻘쭘해진 미숙은 얼굴에서 미소를 지우고 헛기침을 했다. 미숙을 가만 보던 순경은 벌금 종이에 뭐라고 휘갈겨쓰더니 그것을 단번에 뜯어 미숙에게 건넸다. 건네받은 종이에는 아무것도 적혀 있지 않았다. 미숙은 그것을 뒤집어보았다. 거기에 경찰서 주소와 기울어진 숫자 열 개가 적혀 있었다. 미숙이 순경을 올려다보았다. 이번에는 순경이 뻘쭘한 표정을 짓더니 헛기침을 했다. 그는 이미 가지런한 모자를 고쳐 쓰고는 말했다.

거기 적힌 주소로 커피 사오면 벌금 안 받겠습니다.

그렇게 말하는 순경의 얼굴이 조금 붉어져 있었다. 미숙은 순경을 향해 슬며시 미소를 짓고 차를 출발시켰다. 외곽 도로를 향해 매끄럽게 굴러가는 프라이드 안에서 미숙은 방금 무언가를 지나쳐왔다고 느꼈다. 그것은 그저 톨게이트일 수도 있었고, 아니면 어느 한 시기일 수도 있었다. 무엇을 지나쳐왔는지는 정확히 알 수 없었지만 훗날 이날 밤을, 손에서 손으로 건네지던 무언가를, 그 건네받음의 순간을 기억하게 되리라는 것만은 확실했다.

숙희 1집

숙희는 가수이다. 아니, 가수였다. 숙희는 평범했고 숙희가 만든 음악도 그만큼 특색이 없었다. 숙희의 1집 '지하세계의 희죽거림'은 도스토옙스키의 『지하 생활자의 수기』에서 따온 것이다. 본래 제목은 '지하세계의 멜랑꼴리'였으나, 작업실 동료이자 작곡가인 료가 도스토옙스키의 작품 이름에 멜랑꼴리라는 어휘를 들먹이는 것은 말도 안 되며, 데뷔하자마자 사라진 겉멋 든 인디밴드의 앨범 이름 같다고 비난했다. 숙희는 그러는 너야말로 일본인도 아니면서 료라는 이름을 쓰는 것―료는 재료의 료를 썼다―이 더 웃기고 망할 인디밴드 같다고 쏘아붙였다. 그 사소한 다툼으로 숙희의 1집 발매 시기는 두

달여나 더 미뤄졌다. 앨범에 들어갈 여섯 곡의 노래 중 네 곡을 료가 작업했을 뿐만 아니라, 타이틀곡만큼이나 비중이 큰 노래를 작업중에 있었기 때문이다. 료와 연락이 닿지 않는 동안 숙희는 그때 망할 예술가가 아니라 이미 망한 예술가라고 해야 했는데, 하고 후회했다. 숙희는 언제나 뒤늦게 하고 싶은 말이 떠오르는 사람이었다.

그게 억울해서 숙희는 이건 부당해, 라고 말하려 했다. 그런데 부당하다는 단어가 떠오르지 않아서 이건 부, 부…… 하고 더듬거리다가 부조리해, 하고 내뱉었다. 그저 부당하다는 말이 떠오르지 않아서 가장 비슷한 단어를 고른 것인데 어쩐지 일부러 힘을 주어 말한 것 같아 좀 창피해졌다. 숙희는 소파에 누워서 계속해서 부당하다, 라는 단어를 떠올리려 애썼지만 머릿속에는 부조리하다와 비슷한 그것, 이라고밖에 떠오르지 않았다. 숙희가 계속 허공에 대고 부, 부…… 하고 있자 바닥에 앉아 빨래를 개다 말고 엄마가 말했다.

너 부조리가 뭔지 알아?

부당하다랑 비슷한 거 아냐?

그렇게 말하고 숙희는 저도 모르게 부당하다, 는 말이 입 밖으로 나온 것에 놀라 어, 하는 소리를 냈다.

너 까뮈 안 읽었어?

뭔 내용인데?

부조리.

아니 줄거리가 뭐냐고.

그냥 부조리야.

엄마는 그렇게 말하고 빨래를 장롱에 넣으려 자리를 떴다. 숙희는 엄마도 까뮈 안 읽었나보네, 하고 생각했다.

하마터면 숙희의 1집은 영영 세상에 나오지 못할 뻔했으나 우여곡절 끝에 숙희와 료는 화해했다. 내심 료가 작업실을 빼 겠다고 하면 보증금과 월세를 혼자 감당해야 할까봐 불안했던 숙희는 료의 사과를 흔쾌히 받아들이는 척했다. 숙희는 료에 게 1집이 잘되면 2집도 잘 부탁한다고 했다. 그러나 2집을 낼 때까지 아주 오랜 시간이 걸리기도 했고, 그러는 동안 자연스 럽게―숙희는 이렇게 말할 때마다 그것들이 정말 자연스러운 일인지 의문스러워지곤 했다―두 사람의 사이가 멀어져 그런 일은 일어나지 않았다.

먼 훗날 마침내 숙희의 2집이 세상에 나왔을 때, 료에게서 문자가 도착했다. '숙희. 2집 발매를 축하한다. 다음에 시디에 사인이라도 부탁해.' 숙희는 그가 먼저 연락을 하다니 별일이 다 있다고 생각하면서도 문득 차오르는 의문, 어쩌다가 료와 이런 사이―연락하는 것도 어색한 사이―가 되었지? 하는 의문을 떨칠 수가 없었다. 그렇게 오랫동안 소식이 없었으면 서 뻔뻔스럽게 연락해서 한다는 말이 고작 사인 시디를 부탁하는 거라니 좀 짜증나기도 했다. 그러나 연락을 하지 않은 건 자신도 매한가지였고, 료가 먼저 축하한다는 말을 꺼냈다는 사실이 떠올랐다. 마음이 풀어진 숙희는 '다음에 볼 때 줄게'라고 답장했다. 물론 그후로 두 사람이 사적으로 만나는 일은 없었고, 숙희가 료에게 2집 사인 시디를 주는 일 또한 영영 일어나지 않았다.

영영 일어나지 않았다. 숙희는 그보다 더 먼 훗날 그 문장을 떠올렸다. 충분히 일어날 수도 있었으나 단지 자신이 선택하지 않았다는 이유로 영영 일어나지 않은, 확률 제로의 상황이 되어버린 삶의 여러 국면을.

시티팝

본래 미숙은 그런 뻔한 수법에는 넘어가지 않았다. 이전에도 그런 종류의 귀여운 대시를 여러 번―아마도 남들보다 조금 더―받은 적이 있었다. 그렇지만 미숙은 그들과 쉽게 만남을 가지거나 하는 여자는 아니었다. 그건 대시하는 남자들이 미숙의 마음에 차지 않아서이기도 했고, 데이트 신청을 받았다고 곧바로 따라나서는 게 민망하기도 했고, 무엇보다 미숙이 도도하기 때문이었다. 그렇기 때문에 미숙은 벌금 딱지를

떼지 않은 걸 다행으로 여기고 순경을 찾아가지 않을 생각이
었다.

그때 난 싸가지가 없었거든. 후에 미래씨는 이렇게 말했다.
그래서 미숙은 쪽지가 집구석에 굴러다니도록 내버려뒀다. 그
러다가 여느 때와 같이 엄마를 화장실로 부축해서 변기 위에
앉히고 볼일을 다 볼 때까지 화장실 문에 기대앉아 기다리는
동안, 그 쪽지를 발견했다. 미숙은 쪽지의 정체에 대해 한참
생각해야 했다. 그 일에 대해서 완전히 잊고 있었기 때문이었
다. 마침내 순경의 붉어진 얼굴을 떠올리고 나서도, 쪽지에 적
힌 주소가 집에서 아주 가까운 곳에 있다는 걸 깨달았을 때도
미숙은 경찰서에 찾아갈 생각이 없었다. 미숙은 쪽지를 바지
주머니에 아무렇게나 쑤셔넣었다. 그러나 엄마의 몸을 씻기고
다시 이불에 눕힌 뒤 담배를 사기 위해 집을 나섰을 때, 충동
적으로 쪽지에 적힌 주소를 찾아갔다. 무슨 심경의 변화가 생
겨서 그런 것은 아니었다. 순전히 집에서 경찰서가 얼마나 가
까운지 알고 싶기도 했고, 다시 생각해보니 정말로 찾아가지
않은 건 너무 심한 것 같기도 했고, 그저 발길이 닿는 대로 간
것이기도 했다.

지하철 두 정거장 거리의 동네 파출소에 도착했을 때 미숙
은 투명한 유리문을 망설임 없이 밀고 들어갔다. 서는 한가했
고 문에서 가장 가까운 곳에 앉아 있던 경찰이 몸을 반쯤 일으

켜 어쩐 일로 찾아오셨냐고 물었다. 미숙은 잠시 멀뚱히 거기에 서 있었다. 그곳에 어쩐 일로 방문했는지 스스로 설명할 수 없었기 때문이었다.

그때 서 안쪽 문을 열고 그 남자, 미숙에게 되지도 않는 작업을 걸었던 순경이 걸어나왔다. 미숙은 아, 하는 소리를 내었고 작업을 걸었던 순경은 그 소리에 고개를 들어 미숙을 보고 똑같이 아, 하는 소리를 냈다. 그 역시 미숙이 정말로 찾아올 거라고는 생각하지 못했던 모양이었다. 순경은 미숙에게로 성큼성큼 걸어왔다. 미숙의 앞에 선 순경은 이미 가지런한 모자를 다시 쓰고 헛기침을 한 후, 그때처럼 붉어진 얼굴로 밖으로 나가지 않겠냐고 정중히 물었다. 미숙은 얌전히 고개를 끄덕였다. 본래 미숙은 남자에게 얌전히 고개를 끄덕이는 여자가 아니었다. 다만 순경의 얼굴에 떠오른, 지금 벌어지고 있는 상황을 이해하지 못하면서도 솟아나는 기쁨을 참을 수 없는 표정을 보자 고개를 끄덕이고 싶어졌다. 세월이 많이 흐른 뒤에 미래씨는, 그런 충동이 자신을 지금의 삶으로 이끌었다고 느꼈다.

밖으로 나온 두 사람은 앞만 보며 걸었다. 미숙은 순경이 어디로 향하는지도 모르면서 무작정 따라갔고, 한참 따라가다 그 역시 자신이 향하는 곳이 어디인지 모르면서 따라오고 있다는 사실을 알아차렸다.

정말 찾아올 줄은 몰랐어요. 순경이 불쑥 말했다. 저도 그래
요. 미숙이 답했다.

그렇게 목적지 없이 걷다가 서로 돌아왔을 때는 이미 해가
진 다음이었다. 순경은 아까보다 더 시뻘게진 얼굴로 다음에
도 만날 수 있을까요, 하고 물었다. 마음에 드는 여자를 집에
바래다줄 줄도 모르는 남자의 상기된 얼굴을 보고, 미숙은 고
개를 끄덕였다.

다음에는 진짜로 커피 사올게요.

그렇게 두 사람은 종종 만났다. 미숙은 엄마를 재우고 담배
를 사러 가는 김에 늘 그를 만나러 갔다. 그럴 때마다 서 일대
를 한 바퀴, 때로는 몇 바퀴씩 돌다가 담배 살 타이밍을 놓쳐
버리고 말았다. 다음에는 꼭 사야지, 하다가도 그를 만나러 가
면 또 허탕을 치고 돌아왔다. 그렇게 요상한 이유로 금연을 하
게 된 미숙은 얼마 지나지 않고부터는 차를 끌고 그를 데리러
갔다. 처음 미숙의 차를 탄 날, 순경은 웃었다. 왜 웃냐고 묻자
순경은 얼굴에서 웃음을 지우지 않고 말했다.

이 차를 타게 될 줄은 몰랐네요.

두 사람은 때가 탄 새빨간 프라이드를 타고 한강 일대를 돌
다가, 한적한 곳에 멈춰 볼품없는 야경을 바라보다가, 한없이
쓸데없는 이야기를 나누다가 돌아오곤 했다. 차에 재떨이가
있었지만 담배꽁초는 생기지 않았다.

그러던 어느 날 정확한 위치를 알 수 없는, 그렇기 때문에 다시는 찾아가지 못할 한강의 어느 한적한 곳에 차를 대고 길 바닥에 나란히 앉았을 때, 저 멀리서 음악소리가 들려왔다. 아마 어딘가의 상점이나 지나가는 차에서 흘러나오는 소리 같았다. 묵직하거나 클래식한 맛은 전혀 없었고 오히려 경박하고 가볍게 들리는 멜로디가 여러 겹 겹쳐 있었는데, 이상하게도 그 겹겹의 상태가 아주 감미롭게 들렸다. 반복되는 멜로디에 미숙은 저도 모르게 노래를 흥얼거렸다.

시티팝이네요.

순경이 불쑥 말했다. 미숙은 노래를 따라 부르는 것을 멈추고 그를 바라보았다. 그는 미숙을 마주보거나 하지 않고 앞만 보며, 언제나 그렇듯 약간은 상기된 얼굴로 말했다.

시티팝이 다른 나라를 침략하고 얻은 부로 쌓아올린 도시에 대해서 노래하고 있다는 사실 아시나요.

미숙은 그런 건 몰랐다. 그래서 모른다고 했다. 갑자기 노래를 따라 부르는 따위의 행동을 하면 안 될 것 같은 기분에 휩싸였다. 그러나 흥얼거림을 멈추기엔 노래가 너무 좋았다.

하지만 이 노래는 너무 좋네요. 따라 부르지 않을 수가 없어요.

그러면서 순경은 서툴게 노래를 따라 불렀다. 콧소리를 섞어 아주 나직이. 거의 들리지 않게. 노래는 멀어지지 않았고,

그렇다면 움직이는 차에서 흘러나오는 노래가 아닌 듯했다. 그냥 거기에 멈춰 서 있는 소리인 듯했다.

궤도

숙희의 1집과 2집 사이에는 많은 시간의 간극이 존재한다. 그것은 숙희에게 경제적으로나 정신적으로나 생활을 지탱할 만한 힘이 없어서이기도 했고, 숙희 스스로 음악적인 원천이 바닥났다는 생각이 들어서이기도 했다. 지금도 숙희는 그때 정말로 음악이 고갈되었다고 생각했다. 그러다가 어느 순간 마치 메마른 땅에 귀를 대고 있다가 물이 흘러가는 소리를 들은 사람처럼, 곡괭이로 대지를 내리쳐서 솟구치는 폭포를 발견한 사람처럼, 어떻게 해서 음악적인 영감을 다시 발견하게 된 것인지 알 수 없었다. 영감의 샘이라는 것이 어떻게 작동하는지는 알 수 없지만 설사 그것이 아무리 깊다 한들, 끊임없이 한 방향으로 흐르는 물을 발견하는 것과 같을지도 알 수 없었다. 어쨌든 당시에는 그 영감이라는 게 한정적인 자원이나 다름없다는 생각이 들었다. 숙희는 별다른 출구를 찾으려는 생각을 하지 않은 채 더이상의 결과물을 만들기를 포기했다.

그 이후 숙희는 여러 일을 했다. 마트 캐셔, 시식 코너 직원, 학원 청소부, 시내버스 기사, 맞춤 정장을 취급하는 양복점의 조수, 여성 안심 귀갓길 도우미, 타피오카 펄을 삶는 제조원까지.

숙희는 본래 직업이란 귀천이 없다고 생각하는 주의였다. 음악을 그만두게 되었을 때도 별달리 실망하지 않았다. 음악을 좋아했지만 하기 전에 생각했던 것처럼 폼나진 않았고, 그저 불행하고 가난한 예술가인 척하는 것―실제로 숙희는 불행하고 가난했지만 또 자신이 기대하는 만큼 그렇게 불행하고 가난했냐 하면 그건 아니었다―에 익숙해지기만 했다. 마침내 집에서 가까운 대형 마트의 캐셔로 일하게 되었을 때는 어떤 안도감마저 느꼈다. 종일 기계적이고 반복적인 일을 하고 나면 숙희에게는 노동한 만큼의 임금이 쥐여졌다. 터무니없는 액수였지만 음악을 할 때와 비교하면 오히려 더 나은 삶을 살아가고 있다는 착각을 일게 만들었다. 어떤 예술가들은 나오지도 않을 결과물을 기대하며 머리를 굴리는 것보다 단순노동이 덜 우아하고 덜 고상한 작업이라고 생각하는지 몰라도, 그건 그들의 착각이었다. 오히려 시간 대비 단순 반복 작업이 훨씬 생산적이었다.

다 거기서 거기지만 말이다. 숙희는 그렇게 생각하며 마트에서 발행한 멋없는―특별히 레트로하지도, 그렇다고 세련되지도 않은―메모지에 그 말을 적었다. 전부 다 거기서 거기.

그리고 그 종이를 찢어 마찬가지로 멋없는 유니폼 조끼 주머니에 쑤셔넣었다.

음악을 만드는 일을 그만둔 뒤에도 숙희는 획기적이거나 참신한 생각이 떠오르면 언젠가 써먹을 순간이 올 것이라고 기대하며 적어두었다. 그렇게 적어내려간 것들을 획기적이고 참신하다고 느끼는 것이 순전히 숙희 혼자만의 감상인지, 실제로 획기적이고 참신한지는 알 길이 없었다.

그때 쑤셔넣었던 종이는 직원들의 유니폼이 섞이는 과정에서 분실하고 말았다. 높은 확률로 쓰레기통에 들어갔을 메모의 내용을, 그러나 숙희는 잊지 않았다. 잊지 않고 종종 곱씹었다. 곱씹다못해 습관처럼 내뱉기도 했다. 숙희의 주변인들이 그 말의 자조적이고 불운해 보이는 성격을 마음에 들어한 나머지 한동안 유행어가 되기도 했을 정도였다. 후에 그 메모는 2집의 제목, '여기에서 저기까지'의 원형이 된다.

2집 앨범의 커버에도 비슷한 내용의 쪽지가 있다. 물론 과거에 숙희가 진짜로 써서 조끼 주머니에 넣어놓았던 쪽지는 아니다. 커버 속 쪽지는 나중에 숙희가 자취방 계약을 위해 방문한 동네 부동산에서 비슷해 보이는 메모지 한 장을 뜯어 기억에 의존해 휘갈겨쓴 것이다. 원본이 사라졌어도 그 문장은 숙희의 뇌리에 또렷이 남았다. 계시나 영감 같은 건 아니었고, 그냥 숙희가 하도 중얼거려 입버릇이 되었을 뿐이었다.

부동산의 진흙색 소파에 앉아, 고개를 모로 기울이고 메모지를 들여다보던 숙희는 그것을 겉옷 주머니에 —이번에는 확실하게— 쑤셔넣었다. 원래의 것과 온전히 똑같지 않더라도, 숙희 외에는 누구도 기억하지 못할 테니 상관없었다. 에이, 됐다. 다 거기서 거기지 뭐. 그 말은 또한 수록곡 중 하나인, 숙희가 기타를 치며 부르는 짧은 노래, 〈전부 다 거기서 거기〉가 만들어지는 계기가 되기도 했다.

　숙희를 실력파 가수라고는 할 수 없었다. 발음은 부정확했고 기타 실력도 형편없었다. 그러나 그런 점이 오히려 숙희의 '망한 인디밴드' 같은 면모를 더욱 부각시켰다. 실제로도 망한 전적이 있었던 탓에 숙희를 좋아하는 사람들은 모두 그 노래를 좋아했다. 찌질하고 멋없는 노래라고 숙희는 생각했다. 그리고 숙희의 노래를 듣는 몇 안 되는 사람들도.

　2집 '여기에서 저기까지'의 타이틀곡은 〈우리 함께 미래를 도모하자〉이다. 누군가는 그 노래를 줄여 '우함미도'라고 불렀다. 숙희는 인터넷에 자기 이름을 검색해보다가 제멋대로 줄인 —그러나 어쩐지 미묘하게 잘 압축한 것 같은— 노래 제목을 발견했다. 숙희는 홀로 우함미도, 우, 함, 미, 도, 하고 중얼거려보았다. 입에 착 달라붙지 않는 어감이었다. 극소수인 자신의 팬 중 다수가 그 제목을 좋아하고, 그중에서 누군가는 제멋대로 줄여 말하고 있다는 사실은 숙희를 아주 이상한 기분에 휩싸이게 만들었다.

숙희가 처음 그 노래에 붙였던 제목은 '미래 다음에 도래할 미래'였다. 그러나 제목을 들은 사람들 모두가 완곡하게, 혹은 완고하게 반대했다. 그래서 숙희는 노래 제목을 줄여 '미다도미'라고 바꿨다. 그랬더니 이번에는 이전에 완곡하게 반대하던 사람들까지도 전부 완고하게 부탁했다. 제발 노래에 그런 제목을 붙이지 마. 그리고 그걸 줄이는 건 더더욱 하지 마. 숙희는 어쩐지 고집을 부리고 싶었지만 곧 관두었다. 그런 고집을 부리기에 자신은 너무 보잘것없는 가수라고 생각했기 때문이었다. 뭐, 어지간히도 구린가보지. 그러니까 다들 반대하겠지. 그렇게 생각하면서도 숙희는 '미래'를 포기할 수 없어서 —평소에 유달리 집착하거나 애정을 느끼는 단어도 아니었는데—꾸역꾸역 미래라는 단어를 집어넣어 '우리 함께 미래를 도모하자'라는 제목을 지었다. 그쯤 되자 주변인들도 알아서 해라, 라는 반응이었다. 그것만으로도 용기를 얻어서 덜컥 음반을 내버렸다.

숙희는 어쩌다 자신이 이렇게 음악에 사활을 걸게 되었는지 잘 기억나지 않았다. 돌이켜보면 오랜 생활고와 고갈된 영감에도 자신이 예술활동을 재개하도록 한 원동력은 다름 아닌 그저 충동에 불과했다는 생각이 들었다.

단 여섯 곡만 수록된 1집과 달리 2집에는 타이틀곡을 포함한 열세 곡이 실렸다. 그것들은 숙희의 일기장이나 어디서 공짜로 얻은 메모장에 휘갈긴 낙서들과 가사도 없이 휴대폰에 녹음해둔 흥얼거림을 모은 결과물이었다. 숙희는, 이런 식으로 평생을 모아도 무언가 뜻깊고 의미 있는 작업물이 나오지 않으리라고 믿어 의심치 않았던 날들, 절망했던 날들을 떠올렸다. 그런 날들이 마치 없었던 것처럼, 숙희의 2집이 세상에 나왔다. 다가올 미래의 날들을 예상하지 못했던 이전의 날들을 떠올리며, 숙희는 자조적이고 불운해 보이는 그녀만의 특허 같은 말을 중얼거렸다. 다 거기서 거기지 뭐.

죄와 벌

미래씨가 아직 미숙이던 시절, 그녀는 온갖 책들을 닥치는 대로 읽었다.『아르미안의 네 딸들』『들장미 소녀 캔디』와 『까라마조프의 형제들』. 그리고 수많은 해적판들. 그런 것들을 어떤 순서나 질서도 없이 그저 손에 잡히는 대로 읽었다. 그때 읽었던 것들 중에서 기억나는 것은 하나도 없었다. 그저 '읽었다'는 감각만이 남았다. 그 사실이 미래씨를 불온한 감정에 휩싸이게 했다. 그러나 정말로 떠오르는 것이 없었으므로, 미래씨는 곧 그 불온한 감정마저 별것 아닌 것처럼 잊어버릴 수 있었다.

그것들은 대부분 아버지가 헌책방에서 얻어왔다. 아버지는 『베르사유의 장미』와 『작은 아씨들』, 『로빈슨 크루소』와 『이오니아의 푸른 별』, 『토지』와 『북해의 별』 같은 것들을 노끈으로 엮어 부지런히 날랐다. 그것들을 읽으며 미숙은 공책에 『캔디』와 『백조』의 주인공들을 그렸다. 공책은 앞에서부터는 여러 과목의 토막 난 필기가, 뒤에서부터는 일본 해적판 만화의 모사품들이 차곡차곡 쌓여갔다.

어느 날 아버지가 공책을 열어보고 노발대발했다. 하라는 공부는 안 하고 그림이나 그린다는 거였다. 아버지는 씩씩대며 공책을 넘겨보다가 신경질적으로 집어던졌다. 이런 건 또 뭣 하러 잘 그려가지고. 미숙은 요상한 기분에 휩싸였다. 그건 칭찬도 아니고 경멸도 아니었다. 두 가지가 섞여 있는 것도 같았고, 그것들과 완전히 다른 어떤 것 같기도 했다. 미숙은 그것의 정체를 알지 못한 채 캔디의 복제품들, 복제품들의 복제품들을 딱딱한 지우개로 지웠다. 지우개에 묻어 있던 연필 자국이 공책에 얼룩을 남겼다. 미숙은 그 위에 또다른 캔디의 복제품을 그렸다.

어느 날 엄마의 방을 정리하는데 책과 책 사이에 껴 있던 공책이 먼지 뭉치와 함께 예고도 없이 툭, 미숙 앞에 떨어졌다. 그 안에는 똑같이 생긴, 그러나 조금씩 다르게 그려진 캔디의 초상화 다발이 있었다.

그 순간 자신의 처지가 못 견디게 사실적으로 다가와서, 미숙은 공책을 덮고 책장 깊숙한 곳에 처박아두었다.

그때쯤 엄마의 정신은 이전 같지 않았다. 합병증을 막는 약이 독해서 그걸 먹으면 온종일 아기처럼 잤다. 깨어 있을 때는 허공을 흐릿하게 응시할 뿐, 미숙을 똑바로 쳐다보는 법이 없었다. 적어도 엄마가 자기를 똑바로 쳐다보거나, 야단을 친다면 지금보다 나을 것 같았다. 미숙은 한탄하지 않으려고 했지만—그래 봤자 바뀌는 건 아무것도 없으니까—점점 이 삶에 지쳐가고 있다는 것을 느꼈다. 그런 기분이 들 때마다 애써 떨쳐내려고 노력했는데, 그건 마치 엄마에게 지쳐가고 있다는 것처럼 느껴졌기 때문이었다.

순경과 드라이브를 하는 동안에는 엄마 생각을 잊을 수 있었다. 밤의 도로를 달릴 때, 미숙은 시티팝을 흥얼거렸다. 창문으로 바람이 들어와서 미숙의 노랫소리는 누구에게도 들리지 않았다. 그러고 나면 삶이 조금은 나아진 것 같은 착각에 빠져들었다. 그 상태로 집으로 돌아와 문을 열면, 여지없이 엄마가 있었다. 어디론가 가겠다는 굳은 의지를 품은 것처럼 뒤틀린 자세로 누운 채. 엄마가 꿈틀거린 흔적이, 구겨진 주름이 이불에 부질없이 남아 있었다.

어느 날은 집으로 돌아오니 지린내가 났다. 이불을 걷자 엄마의 다리 안쪽과 이불이 오물로 젖어 있었다. 엄마는 몸과 입을 미세하게 떨며 미숙이 아닌 다른 곳을 쳐다보았다. 미숙은 엄마를 가만히 내려다보다가 안방에서 뛰쳐나갔다.

남동생은 부엌 싱크대에 기대어 헤드셋으로 노래를 듣고 있었다. 미숙은 헤드셋을 거칠게 벗겨냈다. 남동생이 놀라지도 않고 왜, 엄마 실수했어? 하고 물었다. 미숙은 끓어오르는 분노를 느꼈다. 그것이 무책임한 남동생을 향한 것인지, 아니면 남동생의 지친 얼굴을 보듬어주고 싶다고 생각한 자신을 향한 것인지, 그것도 아니면 누워서 어떻게든 홀로 화장실에 가보려고 몸을 비틀었을 엄마를 향한 것인지 알 수 없었다.

한동안 두 사람은 움직이지 않고 서로를 응시했다. 이윽고 남동생이 시선을 거두고 천천히 안방으로 향했다. 미숙도 숨을 고르고 안방으로 갔다. 두 사람은 여전히 바닥에 늘어져 있는 엄마의 양팔을 잡고 일으켰다. 화장실로 끌려가는 내내 엄마는 알아들을 수 없는 언어들, 아니 목을 비틀어 간신히 내뱉는 언어도 아닌 소리들, 으, 아! 어, 같은 소리를 냈다. 미숙과 남동생 그 누구도 쉽사리 대꾸하지 않았다. 엄마는 상심한 듯 으어어, 하고 아주 작은 소리를 냈다. 미숙은 그 소리를 들으면 여느 때보다도 서글퍼지고 눈물이 났다. 그걸 들키지 않기 위해 등을 돌리고 고무호스에서 따뜻한 물이 흘러나오기를 기다렸다.

화장실에서는 아무런 대화도 오가지 않았다. 이따금 엄마가 내는 소음에 가까운 탄식, 무언가를 전달하려고 애쓰는 소리와 남동생의 헤드셋에서 흘러나오는, 역시나 의미를 알 수 없는 일본어 노래만이 들렸다. 헤드셋을 목에 걸치고 있었기 때문에 그 소리는 꼭 남동생의 성대나 노래 주머니에서 흘러나오는 것처럼 느껴졌다. 남동생은 나지막이 노래를 따라 불렀다. 번안된 가사인지 아니면 제멋대로 붙인 가사인지 알 수 없었다. 사랑하는 것은 죄가 아니에요, 그러나 어째서. 사랑한 이후에는 이렇게 따끔한 것인지, 알 수 없느은 플라스틱―러부. 음역대가 높은 여성 가수를 흉내내느라 우스꽝스러운 가성으로 노래를 부르자 어느새 엄마는 발음도 잘 되지 않는 노래를 으어어, 허, 하며 따라 불렀다. 남동생과 엄마의 목소리가 하나도 맞지 않는 화음―엄마가 목을 긁어 거친 소리를 내고, 남동생은 가성을 내는―을 이루었다. 그러다가 종국에는 두 사람 다 깔깔대며 웃어버렸다. 미숙은 등을 돌려 그들과 함께 웃으며 기분을 풀기도 했고, 결코 뒤돌아보지 않은 채 분노를 삭이며 노랫소리를 무시하기도 했다. 그것은, 그것은 말야, 플라스틱―러―부. 남동생이 과장해서 공연하듯 마지막 가사를 뽑아내자 엄마는 기분이 좋아진 듯 웃었다. 웃는 건 말을 하는 것보다 쉬웠다. 미숙은 마지막 가사를 들으며 순경과 결혼을 해야겠다고 결심했다. 결혼을 해서 이곳에서 벗어나야겠다고 생각했다. 그리고 방금 전의 생각을 지우기 위해 고개를 털었다. 호스에서 나오는 물이 어느새 따뜻해졌다.

염소

　2집을 만들기 전 가장 마지막으로 한 일은 미장 작업이었다. 더 정확히 말하면, 2집을 만드는 데 결정적인 역할을 한 일이기도 했다.
　미장은 고된 작업이었다. 그러나 여느 노동이 그렇듯, 익숙해지고 나면 업무에 여유가 생겼다. 그런 틈을 타 숙희는 아주 많은 생각을 했다. 대부분이 쓸모없고 무의미한 것들이었다. 이를테면 모든 반찬을 국에 말아먹고 토하던 옆자리 남자애. 혹은 실내화 주머니를 들고 오지 않았다는 이유로 모멸감을 주던 6학년 선도부장. 수업 도중 교실을 가로질러 빈 우유 갑을 버렸다는 이유로 악담을 퍼부은 담임선생. 그런 것들을 털어놓으면 네가 무언가 잘못했으니 혼이 났겠지, 라던 엄마. 그런 기억들은 순서도 연관도 없었고 특별히 숙희에게 깊은 내상을 남긴 것도 아니었다. 그저 회반죽을 바르는 지루하고 반복되는 작업중에 떠오르는 생각들을 밀쳐내거나 골라내지 않았다. 그 순간의 선택과 결과에 대해서 생각했다. 토하던 남자

애를 쳐다봤다는 이유만으로 받았던 질책, 실내화 주머니를
가지러 집으로 돌아가던 길의 풍경, 엄마에게 아무것도 털어
놓지 않기로 결심했던 시간. 숙희는 어째서 그런 기억들이 불
현듯 떠오르는지 영원히 이해하지 못하리라는 것을 알았다.
이유를 알았더라면, 애초에 떠올리지도 않았을 테니.

숙희가 미장을 택하게 된 데는 외삼촌의 영향이 알게 모르
게 있었다. 외삼촌은 숙희가 아는 사람 중에 두번째로 인생이
예상대로 풀리지 않는 사람이었다. 마지막으로 만났을 때 외
삼촌은 엘리베이터에서 아이스크림콘에 끼운 종이 껍질을 먹
고 있었다. 숙희가 빤히 올려다보자 외삼촌은 종이를 오물거
리며 퉁명스럽게 왜, 하고 말했다. 숙희가 물었다.

삼촌, 그거 왜 먹어?

외삼촌이 턱의 저작 운동을 멈췄다. 먹어도 되는 거 아냐?
뒤늦게 그 모습을 본 엄마가 황당해하며 물었다. 너 그거 왜
먹어? 외삼촌은 삼 초 전으로 되돌아가기라도 한 것처럼 먹어
도 되는 거 아냐? 하고 물었다.

외삼촌에 대한 기억은 그게 마지막이었다. 그후로 외삼촌을
만난 적은 없었다.

외삼촌의 소식을 들은 건 숙희가 열일곱이 되던 해, 그러니
까 본격적으로 음악에 관심을 갖기 시작하던 때였다. 그 무렵
숙희는 학교 밴드부에 들어가려 했으나 오디션에서 탈락하고

자신만의 밴드를 만들기로 결심했다. 숙희가 소속감을 못 느끼면 불안해지는 사람은 아니었다. 다만 어디에도 속하지 못한다는 것은 좀 외로운 일이었다. 외롭다는 사실을 들키지 않기 위해 그들을 실컷 저주하고 비꼬았지만—"고작해야 학교 밴드부 주제에!"—그러다가도 '고작해야 학교 밴드부'에마저 속하지 못했다는 사실이 숙희를 좌절하게 했다.

밴드를 결성하려는 숙희의 시도는 결과적으로 수포로 돌아갔다. 숙희는 기타나 피아노를 칠 줄도 몰랐고 장기래봐야 기름기를 쫙 뺀 담백한 목소리가 유일했는데, 좋게 말해 담백하지 바꿔 말하면 특색 없고 평범하단 뜻이었다. 한마디로 재능이 턱없이 부족했다.

숙희는 어릴 적 다녔던 성당의 성가대원, 마찬가지로 밴드부 오디션에 떨어진 동급생, 심지어는 온종일 아무 말도 하지 않고 때때로 묻는 말에도 무시로 일관하는 짝꿍에게까지 합류를 제안했지만 모조리 거절당했다. 결국 용기를 내어 날라리 동급생들에게까지 물어보았다. 숙희는 내심 그들을 무시하는 한편으로 눈이라도 마주칠까 무서워했다. 그들은 수련회나 학교 축제에서 무대에 서는 것을 즐겼지만 그저 튀고 싶은 것뿐, 진지하게 음악을 할 생각은 없어 보였다. 그렇지만 결과적으로 숙희에게 도움이 된 것은 그들이 유일했다. 그중 한 명이 건너 건너 디제잉을 하는 조용한 녀석—숙희는 그 말을 음침

하다는 뜻으로 자동 변환해서 받아들였다—을 소개해준 것이다. 그렇게 숙희는 료와 만나게 되었다.

숙희는 기대하지 않으려 애썼지만—왜냐면 지나친 기대는 언제나 실망으로 이어지기 마련이니까—들뜨는 마음은 감추지 못했다. 그리고 예상했던 대로, 완전히 실망했다. 료는 그저 멋으로 머리를 길러 로커 흉내를 냈을 뿐 말라빠지고 평범한 고등학생 남자애였다. 료는 디제잉과 작곡을 하고 있기는 하지만 초보 수준이라고 고백했다. 그나마 허세가 없다는 게 료의 장점이라면 장점이었다.

두 사람은 학교 근처의 분식집에서 만났다. 떡볶이는 불어터지고 어묵은 시뻘겋기만 하고 국물이 전혀 배어 있지 않다. 용건이 뭐냐는 료의 물음에 숙희는 그게 말야, 어, 나는, 내가 밴드를 해보려고 하는데……까지 얘기하고 스스로 천하의 머저리처럼 느껴져 입을 닫았다. 료는 밴드를 하는 것은 유익한 생각이지만 사람이 모이지 않는 이상 시작할 수 없지 않아? 하는 당연한 말을 충고랍시고 건넸다.

그래, 니 말이 맞다. 숙희가 허망하게 대꾸했다. 그때 뜨거운 어묵 국물이 담긴 그릇이 료가 앉아 있는 쪽으로 미끄러졌다. 료는 한 손을 들어 보이며 단호하게 말했다.

내가 나트륨 섭취에 민감해서.

이런 놈이랑 밴드를 하느니 그냥 망하고 만다. 숙희는 속으로 생각하며 그릇을 자기 앞으로 끌고 왔다.

집으로 돌아오는 내내 숙희는 상심과 짜증, 실망과 경멸 사이에서 오락가락하며 자신의 처지를 비관했다. 료가 탐탁지 않기도 했지만, 료 외에는 사람이 모이지 않아 시작조차 할 수 없다는 사실에 화가 치밀었다. 그러니까 숙희에겐 료가 최선이자 최악인 선택지인 동시에 유일한 선택지였던 것이다.

집에 도착했을 때 엄마는 식탁에 덩그러니 앉아 있었다. 뭘 좀 먹었냐는 질문에 숙희가 뭐 대충, 하고 대답했다. 엄마가 식탁 위를 가리키며 말했다.

안 먹었으면 이거 먹으라고 하려고 했는데.

식탁 위에 테이프로 묶여 있는 냉동식품 세 봉지가 놓여 있었다. 조잡한 포장지에는 마찬가지로 조잡한 글씨체로 띄어쓰기 없이 '갈비만맛두'라는 상호가 적혀 있었다.

갑자기 웬 만두?

니 삼촌이 베트남에서 가져온 거.

숙희는 말없이 '갈비만맛두' 앞에 앉았다. 포장지 뒷면에 적힌, 전자레인지에 이 분 사십 초만 돌리면 노릇노릇하게 익는다는 설명 옆에 어설픈 그림이 그려져 있었다. 만두는 곧 잡아먹힐 미래도 모르고 접시 위에서 신명나게 춤을 추고 있었다. 휘파람을 불듯 입술을 오므린 만두 옆에 음표가 떠다녔다. 뭐 이런 걸 선물로 보냈나 싶었는데, 식탁 의자에 그런 묶음 냉동

식품이 한 박스 가득 있었다.

베트남에서 사업하는 친구만 믿고 갔는데 잘 안 됐다고 하더라.

그럼 그렇지. 외삼촌이 뭘 제대로 하는 걸 본 적이 없었다. 숙희는 염소처럼 종이를 씹어 먹던 외삼촌을 떠올렸다. 그렇게 의심 없이 종이를 씹어 먹을 수 있는 사람이라면, 그것도 한두 입이 아니라 아주 여러 번 씹을 수 있는 사람이라면 베트남에서 '갈비만맛두' 사업을 하자고 꼬시는 친구를 거절하지 못할 만도 했다. 숙희에게 삼촌은 언제나 실패하는 사람, 그리고 종이를 씹어 먹던 사람으로 기억되었다. 그게 나쁘다는 건 아니었지만, 반대로 누군가 자신을 그런 식으로 기억한다면 그리 달갑지는 않았다.

삼촌은 하는 것마다 족족 안 되네.

그러게나 말이다.

엄마가 한숨처럼 대답했다. 애는 착한데. 보통 칭찬으로 안 쓰지 않나, 그런 말…… 숙희는 엄마의 기분을 생각해 그 말을 입 밖으로 꺼내지 않았다. 잠시 후 엄마가 읊조리듯 말했다.

어째서 우리는 늘 안 좋은 쪽으로만 가는 걸까.

숙희는 엄마가 말하는 '우리'에 자신도 속하는지 궁금했다. 엄마는 '갈비만맛두'를 가만히 바라보았고, 숙희는 그런 엄마를 바라보았다. 숙희는 짐작할 수 없었다. 언제나 나쁜 선택만

하는 것에 대해서. 나쁜 선택을 한다는 건 어찌됐든 선택지가 존재한다는 거니까. 숙희는 '갈비만맛두'를 너덜거리는 스티로폼 상자에 넣어버렸다.

그래서 삼촌은 요즘 뭐한대?

미장일하고 그런다더라. 엄청 고된 건데 그거.

숙희는 미장이라는 단어를 그때 처음 들었다. 숙희는 뭔가 납득한 것처럼 고개를 끄덕였지만 솔직히 말해서 당시에는 미장이 무슨 뜻인지도 알지 못했다. 그저 삼촌이 이번에야말로 제대로 된 선택을 했기를 속으로 바랐다.

방으로 들어오고 나서도 숙희는 언제나 나쁜 선택만 하는 여자에 대해서 생각했다. 숙희는 책장을 뒤져 안 쓰는 공책을 꺼내 펼쳤다. 그러고는 떠오르는 대로 적었다. 종이에 적은 다섯 어절을 유심히 바라보다가 입으로도 발음해보았다. 활자만으로는 그런 여자가 세상에 존재한다는 걸 이해할 수 없었다. 숙희는 볼펜으로 공책을 툭툭 치다가 휴대폰을 꺼냈다. 그리고 녹음기를 켜서 공책에 적은 문구를 반복해서 읽었다. 아주 천천히 말했다가, 매우 빠르게 말했다가, 스타카토처럼 일부러 한 음절씩 힘을 주어 말해보기도 했다. 그러다가 떠오르는 대로 노래를 불렀다.

삶이 우리를 더 나쁜 쪽으로 데리고 갈 거야.

숙희는 녹음된 자신의 목소리를 들어보았다. 목소리가 평소

보다 낮게 들렸다. 마치 다른 사람의 목소리 같아서 썩 마음에
들지 않았다. 그래도 멜로디는 마음에 들었다. 숙희는 음성 파
일을 료에게 보냈다. 용량이 커서 전송하는 데 한참 걸렸다.
마침내 문자가 발송되고 얼마 안 있어 답장이 도착했다.

　—좋은걸.

　—언젠가 정식으로 만들게 된다면 내게 프로듀싱을 맡겨주
겠어?

웃기는 말투였다. 숙희는 픽 웃고는 '그러든가' 하고 답장했
다. 방문 너머에서 지글지글 끓는 소리가 들려왔다. 엄마가
'갈비만맛두'를 튀기고 있는 모양이었다. 숙희는 일말의 죄책
감을 느꼈다. 엄마를 노래의 소재로 이용한 것만 같은 기분이
었다. 하지만 엄마에게서 비롯되긴 했어도 노래 속 여자는 엄
마가 아니었다.

이윽고 온 집안에 고소한 냄새가 풍겼다. 숙희는 배가 고파
지는 바람에 생각을 관두고 공책을 덮었다.

토마손

미숙은 자신이 끊어진 계단이나 완성되지 못한 예술품 같다
는 생각을 종종 했다. 처음 그 생각을 한 건 결혼식 전날 밤이

었다.

엄마는 결혼식 사흘 전에 죽었다. 미숙은 엄마의 임종을 지키지 못했다. 순경의 집안에서 결혼 전에 장례를 치르면 큰 화를 입는다며 막았기 때문이었다. 영영 엄마를 볼 수 없는데 큰 화를 입은들 무슨 소용일까? 미숙은 생각했다. 남동생은 곧 사돈 될 집에 책잡히는 것이 싫다며, 장례는 알아서 치를 테니 며칠만 다른 곳에 가 있으라고 했다.

미숙은 가장 친한 친구—이젠 연락도 되지 않는 사이였다—의 집에서 머물렀다. 결혼 전야에, 미숙은 친구가 꺼내준 이불을 덮고 바닥에 누워 잠을 청했다. 침대에서 들려오는 친구의 규칙적인 숨소리에 귀기울이며, 미숙은 생각했다. 엄마의 말을 생각했다.

결혼식은 하루 전까지는 엎을 수 있으니까, 영 아니다 싶으면 쪽 좀 팔리고 관둬.

엄마는 그렇게 말하면서 아버지를 흘겨봤다. 아버지는 날짜가 지난 조간신문을 읽는 척하며 딴청을 부렸다. 말은 그렇게 해도 부모님의 사이는 나쁘지 않았다. 미숙은 그런 걸 보면서 컸다.

이제는 엄마의 얼굴이 또렷하게 기억나지 않았다. 기억나는 것은 엄마의 경련하는 허벅지, 부축하던 자신의 어깨를 짓누르는 팔, 괴이한 웃음소리, 그리고 사랑하는 것은 죄가 아니라던 남동생의 노랫소리. 아프기 이전의 엄마가 어땠는지도 떠올리기 어려웠다. 미숙은 오늘이 선택을 번복할 수 있는, 되돌릴 수 있는 마지막날이라는 사실을 알고 있었다. 그렇지만 알고 있다고 해서 되돌릴 수 있는 건 아니었다.

미숙은 이불을 끌어올려 얼굴까지 덮었다. 미숙의 집에서 쓰는 것과 다른 섬유유연제 향이었지만, 잘 정돈된 가정집 특유의 편안한 냄새가 났다. 미숙은 이불을 돌돌 말고 숨을 깊게 들이마셨다. 그리고 생각했다. 자신은 완성되지 못한…… 같다는 생각을.

그런 생각을 하고 있으면 삶이 한없이 잘못된 방향으로 가고 있다고 느껴졌다. 그런 생각은 아이를 가지고 난 후에 더 심해졌다. 이전까지 미숙은 아이를 낳아 기르고 싶다는 생각을 해보지 않았다. 아이를 특별히 좋아하지도 싫어하지도 않았다. 미숙이 아이에 대해서 생각한 것은 오직 한 가지, 자신처럼 촌스런 이름은 절대 물려주지 말아야지 하는 것뿐이었다. 그래서 몇 가지 후보를 만들었다. 시우, 준희, 승현 같은 이름들. 대부분 그녀가 개명을 위해 엄선해둔 후보들이었다. 중성적이고 세련된 이름들. 그렇지만 어느 것도 쉽게 고를 수 없었다. 자신의 이름도 마음껏 바꾸지 못했는데 아이의 이름이라고 쉬울 리가 없었다.

미숙은 이제껏 태어날 아이에 대해서 깊게 생각해본 적이 없다는 사실을 깨달았다. 대를 이어야 한다든가 부모에게 손주를 안겨줘야 한다든가 하는 생각도 해본 적이 없었다. 무엇보다 손주를 볼 부모님은 모두 죽고 없었다. 그 사실을 떠올려도 더는 쓸쓸하거나 외롭거나 완성되지 못한 것 같은 기분은 들지 않았지만 이따금, 이제는 남편이 된 순경으로부터 문지방을 밟으면 안 된다거나 복이 달아나니 밥을 베어먹지 말라는 얘기를 들을 때면 미숙은 결혼식 전날 밤, 낯설고 편안한 냄새에 둘러싸여 익숙한 것들을 잊어가던 밤으로 돌아간 것 같은 기분에 휩싸였다.

결혼은 곧 책임이야.

초등학교를 들어가던 무렵, '슬기로운 생활' 시간에 우리 가족을 소개한다며 이런저런 질문을 하는 아이에게 미숙은 그렇게 말했다. 아이는 무슨 말인지 전혀 모르겠다는 표정으로 미숙을 쳐다보았다. 미숙은 빨래를 마저 개면서 그러니까, 하고 말을 이었다.

뭐든 섣불리 믿지 말아야 해.

문지방을 함부로 밟지 않고, 산모는 거울을 보지 못하게 하고, 재수가 옴 붙으니 밥은 한입에 먹어야 하고, 결혼식 전날 친모의 상을 치르지 못하게 하는 남자와 결혼 같은 건 하지 말라는 뜻이야. 미숙은 아직 아이가 거기까지 알기에는 이르다고 생각했다. 그래서 대신 이렇게 말했다.

노래 한 곡 들려줬다고 뽕가지 말란 뜻이야.

아이는 미숙의 말을 이해하지 못했다.

그럼 결혼 전 엄마의 직업은 뭐였어?

아이가 교과서를 보며 물었다. 미숙은 골똘히 생각했다. 결혼 전에는 작은 무역 회사에서 일했다. 왕복 세 시간이 걸리는 출퇴근 지하철에서 하반신을 비벼오는 발정난 노인들을 참기 힘들어 기필코 차를 장만하겠다고 결심해놓고 정작 차를 산 건 직장을 때려치운 이후였다. 그때 장만했던 프라이드는 몇 해 전 이사를 하면서 중고로 팔았다. 새빨간 프라이드는 팔 무렵에는 때가 타서 적갈색이 되어 있었다.

미숙은 순경을 옆자리에 태우고 하던 드라이브를 떠올렸다. 순경의 경고를 무시하고 창문 밖으로 손을 뻗으면 느껴지던 바람. 무작정 달리다가 도달한 이름 모를 휴게소. 불법 복제 테이프를 산처럼 쌓아두고 팔던 트럭에서 흘러나오던 노래.

엄마는 직업 같은 거 없었어.

하고 싶은 것도 없었어?

그런 걸 찾으려면 생을 다시 시작해야 해. 그렇게 생각하자 미숙은 자신의 삶이 끝없이 되풀이되는 것 같았다. 분명히 잘 가고 있다고 믿었는데, 어느 순간 길을 잃어버린 기분이었다. 아니면 애초부터 길을 이탈해서 엉뚱한 곳을 걷고 있었거나, 그것도 아니면 처음부터 길 같은 것은 없던 건지도 몰랐다. 한

때 유행하던 가수의 노래 가사처럼. 인생은 끝없는 궤도를 따라 달리는 별 같은 거야.

미숙은 아버지의 손에 캔디의 복제품이 내던져졌을 때 느꼈던 기분, 더 자라고 나서는 그동안 보고 듣고 읽어왔던 것들이 아무것도 기억나지 않고 그저 그런 것들이 있었다. 는 감각만이 남았을 때, 분명히 차곡차곡 쌓아왔다고 믿었던 것들이 온데간데없이 사라졌다는 걸 깨달았을 때 휩싸였던 불온한 감정을 느꼈다.

우리 엄마 아빠의 본관은? 본관이 뭐야?

엄마의 엄마의 엄마의 엄마를 말하는 거야.

아이는 미숙의 말을 받아 적었다.

엄마 한자 이름은 어떻게 써?

엄마 이름은 촌스러워. 적지 마.

엄마는 이름이 마음에 안 들어?

응, 마음에 안 들어.

아이는 마음에…… 안 든다, 라고 말하며 힘을 주어 글자를 받아 적었다.

그럼 엄마는 무슨 이름 하고 싶어?

미숙은 아주 오래전 스스로에게 던졌던 질문을 떠올렸다. 새로운 이름으로 살 수 있다면 무엇을 택할 수 있을까? 머리를 스쳐가는 이름들이 있었다. 어떤 것들은 지나치게 평범했고, 어떤 것들은 지나치게 특별했다. 그 무엇도 미숙보다는 나았지만 수많은 이름 중 하나를 택하는 것은 여전히 어려웠다. 미숙과 미정과 미자 사이에서 고민하는 것보다 까다로운 일 같았다.

미숙은 힘없이 고개를 저었다. 모르겠어. 떠오르는 게 없어.

교과서에 마지막 질문이 남아 있었다. 우리 가족의 미래를 상상해보아요. 아이는 빈칸에 '엄마는 더 나은 이름으로 바꾼다'고 적었다. 또박또박 쓰려 했지만 뒤로 갈수록 글씨가 솟구쳐서 '바꾼다'는 거의 수직을 이루고 있었다.

정말 그럴까?

그렇게 되고말고.

아이가 너무 자신 있게 말해서, 미숙은 순간적으로 정말 그렇게 될 것 같다고, 머리카락이 나고 키가 자라듯 아주 당연하게 일어날 것이라고 믿었다.

미래씨가 마침내 개명에 성공하게 된 것은 그로부터 십일 년 후의 일이다. 결혼생활을 십구 년이나 지속한 이후였다. 미숙이던 시절을 지나쳐온 미래씨는 지방법원을 나서며 아이에게 멋쩍게 물었다.

너무 어린애 같지 않니. 겉멋 들어 보이지 않아?

아이는 웃으며 대답했다. 어, 주책 같아.

미래씨는 아이의 예언이 적중했다는 것을 알았다. 마치 언

제라도 거기에 있었던 것처럼, 골목을 돌기만 하면 그곳에서
미래씨를 기다리고 있었던 것처럼.

숙희 2집

숙희의 1집은 쫄딱 망했지만 그중에서 소소하게 사랑을 받
았던 노래가 하나 있다. 제목은 '언제나 나쁜 선택만 하는 여
자에 대하여'이다. 그 노래가 무슨 연유로 소소한 인기를 끌
게 되었는지는 숙희도 알 수 없었다. 사실 숙희는 사람들이 음
악을 어떻게 듣는지, 어떤 경로로 자신이 만든 음악을 발견하
고 거기에 매혹되는지, 혹은 매혹되지 않는지, 영영 이해할 수
없을 것 같았다. 누군가는 그것을 취향이라고 했고 누군가는
시장의 원리라고 했지만 숙희는 그런 것은 그냥 우연이 아닌
가, 하는 생각이 들었다. 우연히 일어나는 사건의 연속을 취향
이고 시장의 원리라고 착각하는 것이 아닌가. 그렇다면 누군
가의 성공도 자신의 실패도 순전히 우연에 의한 것이니 슬퍼
하지 않아도 될 것 같았다. 그저 조금 운이 없었을 뿐이니까.
　운 없는 숙희는 노래를 만들지 않는 동안 많은 일을 했다.
물론 뜻밖의 행운도 있었다. 갓 스무 살이 되었을 때 운전면허
학원의 한 강사의 권유로 1종 대형 면허를 딴 것이다. 당시 숙

희는 강사의 꾀임에 넘어갔다고 씩씩댔지만 덕분에 시내버스 기사로 일할 수 있는 자격 요건을 갖추게 되었다.

시내버스를 몰다보면 여러 난감한 상황에 봉착했다. 한번은 승객에게 욕설을 들은 적도 있었다. 하차 벨을 눌렀는데 정차하지 않았다는 거였다. 승객은 잔뜩 흥분해서 고함을 질렀다. 그 바람에 숙희는 승객이 하는 말을 하나도 알아들을 수 없었다. 사이드미러 속에서 주먹을 휘두르고 발을 구르는 승객은 괴상한 음악에 맞춰 춤을 추는 다른 세계의 난쟁이처럼 보였다. 그의 주장대로라면 마땅히 귀기울여야 할 승객의 요구를 숙희가 '무시'했기 때문에 내려야 할 정류장을 지나친 거라고 했다. 승객은 온 탑승객이 쳐다볼 정도로 화를 내다가 다음 정류장에서 내렸다.

숙희는 어리둥절했다. 하차 벨이 울리지 않았을뿐더러, 운전석 앞 모니터에도 별다른 알림이 뜨지 않았기 때문이었다. 승객이 벨을 누르면 모니터에 빨간색 글자로 '하차'라고 뜨도록 설계되어 있었다. 정류장을 지나칠 동안 누구 하나 '내립니다!' 하고 외치지도 않았다. 숙희가 음악이나 라디오를 듣고 있던 것도 아니었다. 정류장을 지나쳤으니 내려달라고 요구해도 숙희는 들어줄 수 없었다. 버스가 한번 떠나면 다음 정류장에 도착할 때까지 정차하지 않는 것이 규칙이기 때문이었다. 적어도 숙희는 그렇게 교육을 받고, 교육받은 대로 행동하려 애썼다.

차고지에 도착해 살펴보았으나 하차 벨은 멀쩡히 작동했다. 그러나 욕을 먹은 이상 차에 문제가 없는지 점검해야 했다. 그것이 숙희에게 주어진 일이었으니까. 게다가 사소한 신호를 무시하다보면 언젠가 거대한 참사 앞에서 무력해지기 마련이었다. 너무 늦은 뒤에는 모든 것이 무너지는 것을 뜬눈으로 지켜보는 수밖에 없었다.

숙희는 이 상황이 부당하다고 느꼈으나 달리 할 수 있는 일은 없었다. 언젠가 부당하다, 는 말이 떠오르지 않아 부조리하다, 로 대체해보려 했던—그러나 결국 실패했던—걸 떠올렸다. 숙희는 휴대폰 메모장에 부당 해고, 부조리, 라는 말들을 두서없이 적었다. 그 일이 있고도 숙희는 운수업체에서 오 개월하고도 엿새를 더 일했다.

그때까지도 숙희는 무언가 떠오르면 떠오르는 대로, 떠오르지 않으면 않는 대로 꾸준히 휴대폰 메모장에 적어놓았다. 쓸 만한 것들은 많지 않았다. 재료 소진, 이라든가 오죽하면 오뚝이, 같이 의미 없는 것들—재미라도 있으면 다행이었다—이 대부분이었다. 하지만 나중에 봤을 때 구리다는 생각이 들더라도, 숙희는 우선 적었다. 그건 습관에 가까웠다. 그렇게 쓸모없는 메모를 차곡차곡 쌓아가는 한편으로, 시멘트를 다루는 일에도 날로 능숙해졌다.

처음에는 숙희를 반신반의하던 베테랑 아저씨들도 이제는

숙희가 현장에 오면 오, 숙희! 하고 반갑게 인사했다. 마치 이름이 오숙희, 인 것처럼 들려서 숙희는 그 인사를 좋아했다. 만약 5집이 발매된다면 앨범의 이름은 '오! 숙희'로 해야겠다는 생각이 들 정도였다. 거기까지 생각하고 숙희는 놀랐다. 다시는 음악을 만들지 않을 것이고 만들 수도 없을 거라고 생각했는데, 여전히 음악적 영감을 찾아 헤매던 때처럼 습관적으로 메모를 하고, 다가올 미래에 대해서 생각하고 있었다. 방심할 때마다 자꾸만 익숙한 기대와 헛된 희망이 끼어들었다. 그럴 때면 숙희는 지금 하는 일에 더욱 매진했다.

미장은 쉬워 보이지만 생각만큼 간단하지 않았다. 시멘트 사이사이에 기포가 생기지 않게 시멘트를 잘 채워넣어야 했고, 그런 다음에 표면을 매끈하게 닦아야 했다. 시멘트가 굳기 전에 쇠 날로 표면을 긁어내면 기분이 말끔해졌다. 그런 다음 나무로 된 프레임을 씌우고 굳을 때까지 기다렸다. 기다리는 데도 인내심이 필요했다. 마침내 시멘트가 단단해지면 프레임을 제거했다. 이때 기존 바닥과 단차가 생기면 안 되므로, 아주 정밀한 기술을 요했다. 숙희는 단차가 생기지 않도록 작업하는 데 매우 능숙했다. 그런 건 재능이라고 말할 수 있었다. 명백히 재능이었다. 숙희는 기뻤다. 예술이니 창작이니 하는 것들을 할 때는 발휘하지 못했던 재능을 전혀 예상치 못한 곳에서 발견하다니. 그런 의미에서 자신은 행운아였다. 가진 재

능이 무엇인지 평생 알지 못하고 살아가다 죽는 인생도 태반
이었다. 혹은 아예 재능이 존재하지 않는 삶도 있었다. 그런
삶에 비하면…… 숙희는 또다시 깊은 생각에 빠져들었다는
사실을 깨닫고 고개를 털었다. 눈앞의 임무에 집중해야 했다.
그러지 않으면 기포가 생기고, 단차가 생기고, 재능이라 믿었
던 것이 사실이 아니라는 것을 알게 될 것이다.

이따금 벽에 곰팡이가 피거나 바닥이 훼손된 가정에 방문했
다. 그런 집안들, 보수공사를 미루지 않는, 고장난 것을 고치
는 데 신경을 쓰고 불편과 타협하지 않을 여유가 있는 가정들
은 연장을 들고 찾아온 숙희를 반가이 맞이했다. 때때로 집안
의 아이가 여자가 저런 일도 하네, 하고 무심코 말하기도 했
다. 그러면 어떤 부모는 여자도 할 수 있어, 하고 말했고 어떤
부모는 아무런 대꾸도 하지 않았지만 숙희는 신경쓰지 않았
다. 숙희의 업무는 시멘트로 바닥을 메우고 단차가 생기지 않
게 하는 것이니까. 간격이 커질수록 난감해지니까. 상황을 수
습하려다가는 더 나쁜 상황에 빠지게 되니까.

본격적으로 미장에 매진하기 위해서 숙희는 자격증을 따기
로 결심했다. 그런 결심은 진지하게 이 일을 업으로 삼겠다는
것처럼 느껴져 숙희를 긴장하게 만들었다. 숙희는 이미 한차
례 망한 전적이 있었으니까. 그러나 몸을 움직이는 일은 단순
명료했다. 근육을 쓸수록 정신이 환기되는 기분이 들었다. 노

래를 만들고 가사를 쓸 때는 느껴보지 못했던 기분이었다.

숙희는 인터넷에 미장 기능사를 검색하다가 전혀 상관없는 결과물에 도달했다. 완성되지 못하거나 본래의 필요에서 멀어진 것들에.

숙희가 발견한 것은 도중에 잘린 계단이나 이층 외벽에 매달린 문, 한쪽 다리가 철거된 육교의 사진이었다. 그런 것들의 이름은 토마손이라고 했다. 숙희는 어떤 것은 예술이 아니고 어떤 것은 예술이다, 라든가 잘린 계단에는 철학이 있다, 따위의 제목을 단 기사와 건축물만큼이나 의미 없어 보이는 블로그를 둘러보았다. 계단이면 계단이고 뚝 끊긴 계단이면 뚝 끊긴 계단이지 그 안에 뭔 예술이 있고 철학이 있고 이름이 있나 싶었다. 숙희는 누구에게도 소개되지 못할 미완성 건축물 사진들을 무심하게 클릭했다. 이런 게 예술이라니, 예술하는 놈들 참 이상하다. 이런 걸 발견하는 게 일종의 유행인 것 같기도 했다. 숙희가 찾았을 때는 그마저 지나버린 듯했지만. 결국 누가 먼저 선수를 쳐서 변기나 안경 따위를 예술이라고 부르느냐의 차이였다. 그리고 자신은 거기에서마저 뒤처졌다는 것도. 재빨리 손을 들고 외치기만 하면 되는 것마저 실패했다고. 그렇다면 숙희가 단차를 없애려고 그토록 애쓰던 나날들은 어디로 가는 거지? 숙희는 문득 억울해졌다. 누구도 발 디딜 수 없는 계단. 열어봤자 허공으로 이어지는 문. 완공되지 못한 건

물. 토막 난 것들.

토막 나서 토마손인가. 숙희는 그렇게 중얼거리고 메모장에 그 말을 적다가 한숨을 쉬었다. 한 치의 발전도 없었다.

숙희가 미장을 관두게 된 것은 그로부터 얼마 지나지 않아서였다. 의뢰인 중 하나가 단차가 생겼다고 컴플레인을 걸었기 때문이었다. 사실 크게 문제될 것은 없었다. 공사야 다시 하면 되는 일이었다. 함께 일하는 아저씨들은 숙희를 꽤 아꼈고 또 믿었기 때문에 일을 그만둘 필요까진 없었다. 아저씨들은 실수를 통해 완벽을 향해 한 걸음 다가가는 거라며 위로했다. 그러나 숙희는 고개를 저으며 말했다.

완벽한 건 의미가 없어요.

집으로 돌아온 숙희는 기진맥진했다. 땀냄새가 밴 이불에 씻지도 않고 드러누웠다. 그때 전화가 걸려왔다. 급하게 대리운전 광고의 시엠송을 좀 만들어줄 수 있냐는 선배의 부탁이었다. 대단한 일거리는 아니었지만 지역 라디오에 나갈 거라고 했다.

선배, 나 음악 관뒀어. 숙희가 이불에 얼굴을 파묻고 웅얼거렸다. 선배는 숙희의 말을 단번에 알아듣지 못했다. 급하게 펑크가 나서 말야, 내가 연락할 곳이 너밖에 없다. 가능한 한 빨리 좀 부탁해. 숙희는 설명하길 관두었다. 그래서 아무거나 넘겨야지 하는 심산으로 아주 오랜만에 작업물 폴더를 열어보았다.

숙희는 끈기 있는 성격이 못 되었기 때문에 대부분의 작업이 중간에 뚝 끊기거나 들을 만하면 갑자기 곡조가 구려졌다. 개중 그나마 나은 걸로 보내야겠다고 생각하며 숙희는 아무 파일이나 눌렀다. 그런데 그건 노래가 아니었다. 짧은 대화의 녹음본이었다.

……내가 해보니까, 결혼은 그런 거드만. 책임이라는 거드만.

그건 〈언제나 나쁜 선택만 하는 여자에 대하여〉를 만드는 과정에서 숙희가 엄마를 인터뷰한 내용이었다. 원래대로라면 노래의 마지막에 이 음성이 삽입될 예정이었지만, 갖은 회의 끝에—또 료의 잠수로 인해 촉박해진 앨범 발매 일정에—후반 작업을 거의 포기하고 급하게 마무리하느라 쓰지 못했다.

결혼은 말야, 하루 전까지는 뒤집을 수 있다고.

엄마의 오랜 레퍼토리였다. 그 이야기를 듣다가 듣다가 지쳐버린 숙희는 마침내 음악으로 만들 생각까지 했던 것이다. 엄마는 몸안에 녹음기를 심어놓은 것처럼 똑같은 말을 되풀이했다.

인생은 선택의 연속이야.

그렇게 억울하면 지금이라도 뒤집으면 되잖아. 숙희의 목소리가 엄마보다 작게 들렸다. 지금은 늦었지. 섞여드는 소음. 왜? 잡음 때문에 이어지는 숙희의 질문이 왜? 인지, 뭐? 인지 헷갈렸다.

한 오 년만 어렸어도 확 뒤집었을 텐데.

엄마 오 년 전에도 똑같이 말했어. 숙희의 목소리가 조금 더 또렷하게 들려왔다. 별안간 터져나와 잦아드는 웃음소리. 오 년 후에도 그 소리 하고 있을걸. 숙희가 장난스럽게 말하자 엄마는 조금 힘 빠진 소리로 웃었다. 이게 못하는 소리가 없어. 혀 차는 소리. 녹음기 건드리는 소리. 모든 소리가 좀더 또렷해지고, 목소리가 가까이에서 들렸다. 다시 돌아갈 수 있다면 어떻게 할 거야?

침묵.

뭣 하러 돌아가.

잡음이 이어지다가 녹음이 끊겼다. 숙희는 처음으로 돌아가 녹음본을 다시 들었다.

엄마, 결혼은 미친 짓이야?

일하는데 정신 사나와, 절루 가.

아 이거만 말해줘. 중요한 거라고.

숙희의 첫 질문과 마지막 질문에는 근본적인 차이가 없는 것처럼 느껴졌다. 엄마는 쉽없이 말했지만 정작 무엇 하나 제대로 답하지 않았다. 숙희는 몇 번이고 녹음본을 다시 들었다.

그날 저녁 선배에게서 다시 전화가 걸려왔을 때, 숙희는 물었다.

선배, 내 2집 제목 말야, 수키손 어때?

뭔 손? 그보다 내가 연락 달랬잖아.

수키손. 선배 토마손 몰라?

몰라. 뭐야, 그게.

그러니까, 완성되지 못한 건축물에서 발생한 그, 원래는 야구선수 이름인데…… 아, 아니다. 아무튼 수키손, 어때?

토마손인지 뭔지 따라 해서 수키손이야?

응.

손은 알겠는데, 수키는 뭐야?

내 이름. 숙희.

……구리다.

왜, 다 거기서 거기지. 전매특허인 그 말을 중얼거리며, 숙희는 갑작스럽게 정신이 또렷해지는 것을 느꼈다. 선배의 혹평 때문은 아니었다. 단지, 고갈되지 않는 샘물이나 깊은 바닷속에 잠복해 있다가 어느 순간 터져나오는 화산 같은 것이 아니더라도, 뭔가를 만들어내는 일을 평생 멈추지 못하리라는 것을 깨달았기 때문이었다.

다행히도, 숙희의 2집에 '수키손'이라는 제목의 노래는 없다.

숙희의 미래

숙희가 일곱 살이던 시절, 유치원에서 돌아와 변기에 앉아 똥을 누며 이렇게 말한 적이 있었다.

엄마, 내 이름은 왜 숙희야?

그 시절의 숙희는 장운동이 활발해 변비에 시달리는 법이 없었다. 미래씨는 숙희가 화장실 문을 열어놓고 볼일을 봐도 더럽다고 타박하지 않았다.

완전 촌스러. 할머니 이름 같아.

니 이름이 어디가 어때서.

나는 숙희 싫어. 미미나 나나 같은 이름이 좋아.

그런 건 빨리 질린다.

시간이 지나 숙희가 어른에 가까워졌을 때, 체육 시간에 쓰러져 응급실에 실려간 적이 있었다. 엑스레이에는 한눈에도 딱딱하고 거대한 부피의 변이 하얗게 찍혔다. 의사가 하얀 덩어리들을 가리키며 심각하게 말했다. 변비로도 사람이 죽어요. 죽는다고요. 나중에 숙희는 이 경험을─변비 부분은 빼고─〈주주와 미미〉라는 노래로 만들게 된다.

진료실을 나와 미래씨는 숙희에게 오백 밀리리터짜리 우유를 두 개 사주었다. 분주한 응급실을 앞에 두고 두 사람은 나란히 앉았다. 우유를 한 번에 들이켜려고 애쓰는 숙희 옆에서 미래씨가 넌지시 말했다.

나는 한 번도 변비에 시달려본 적이 없는데.

이게 다 입시 스트레스라는 거야.

나 아침마다 화장실에 갔어. 아침에 볼일을 못 본 날에는 학교 가는 도중에 버스에서 내려서 아무 건물이나 들어가서 쌌어.

알고 싶지 않은 정보를 또하나 알아버렸군.

숙희는 윗입술에 묻은 우유를 교복 소매로 닦았다. 응급실은 주인을 알 수 없는 이름을 향한 호명, 들것에 실려온 사람들의 신음, 구급대원이 무전기에 대고 지르는 고함으로 소란스러웠다. 이 병원에서 변비같이 보잘것없고 밝히기 쑥스러운 병명을 가진 사람은 숙희 하나인 듯했다. 세상은 더 중요하고 위급한 것으로 가득했고 누구도 두 사람을 신경쓰지 않았다. 숙희와 미래씨는 아슬아슬하게 그 세계에 발을 걸치고 있거나, 이미 빠져나온 사람들 같았다. 그 탓인지 분주하고 소란스러운 저 너머와 고작해야 한 뼘 정도 떨어져 있음에도 아주 차분하고 고요한 공간에 있는 듯한 착각이 들었다. 누구도 침범할 수 없는 둘만의 세계에.

나도 어릴 땐 장 건강했어. 지금은 스트레스 받아서 그렇지.

니가 스트레스 받을 게 어딨어. 맨날 빈둥빈둥 놀면서.

언제부터 똥 누는 게 이렇게 힘들어진 걸까.

숙희는 짐짓 진지하게 중얼거리며 우유를 마셨다. 우유갑의
뾰족한 입구가 숙희의 입술을 찔렀다. 숙희는 우유를 싫어했
다. 아마도 그렇게 많은 양의 우유를 한 번에 마신 것은 그 이
전에도 이후로도 없었을 것이다.

너 유치원 다닐 때는 집에 오면 곧바로 화장실 가고 그랬
는데.

문 열어놓고 쌌잖아.

그랬지.

미래씨는 추억에 잠긴 듯 말이 없어졌다. 만약 미래씨가 자
신이 똥을 누던 시절의 추억에 잠긴 거라면 좀 더러울 것 같다
고, 숙희는 생각했다. 한동안 물속에서 물 밖의 소리를 듣는 것
처럼 응급실의 상황과는 무관하게 앉아 있었다. 또렷하게 들리
는 거라곤 숙희가 우유를 꼴딱꼴딱 마시는 소리밖에 없었다.

너 그때 이름 바꿔달라고 한 거 기억나니?

기억하고 있었다. 우습게도, 숙희는 단 한순간도 그것을 잊
어본 적이 없었다. 아주 잠깐, 혹시 그 순간을 잊지 않고 있던
것이 지금 이 순간을 위해서였을까? 하는 터무니없는 생각이
들었다. 그리고 곧 그런 터무니없는 생각을 했다는 것이 우스
워 조금 웃었다. 미래씨는 숙희가 그 시절을 떠올리다가 웃었
다고 착각했는지 웃으며 숙희를 돌아보았다.

미미로 이름 바꿔달라고 떼썼잖아.

그랬었나.

그때 미미나 나나로 바꿨으면 어쩔 뻔했어?

그랬으면……

숙희는 잠시 뜸을 들였다. 아주 천천히, 두 사람 너머의 세계로 향한 막이 걷히고 조금씩 저 너머의 소리가 또렷하게 들려오기 시작했다.

예명이 숙희가 됐겠지.

그렇지 않은 나는 상상할 수가 없으니까.

* 소설 속 노래 가사의 일부는 다케우치 마리야의 〈Plastic Love〉에서, 토마손에 관한 설명은 아카세가와 겐페이의 『초예술 토머슨』(서하나 옮김, 안그라픽스, 2023)에서 빌려왔다.

비장소atopos의 사랑

전승민(문학평론가)

오틸라가 뛰어갔어. 나무 사이를 지나 언덕 위로 뛰어갔어.

그냥 자꾸 뛰어갔어. 온밤 내내. (······)

어느새 나무들이 보이지 않았어.

이제 숲을 벗어나 탁 트인 땅으로 들어선 거야.

저멀리 아주 크고 오래된 집이 보였어.

—존 클라센, 『오틸라와 해골』

#take 1. 안개 속에 머무르는 사람, 새벽[1]에게

안녕하세요, 라는 말은 우선 넣어두기로 합니다. 당신은 나와 한 번도 만난 적이 없으므로 당혹스러울지도 모르겠습니다. 그저 이 책의 이야기들을 모두 읽고 나자 당신에게 편지를 쓰고 싶어졌을 뿐입니다. 그간 살아오면서 그 누구에게도 발

---

1) 「안개가 시작된다」의 화자 '나'.

설하지 않았던 사건과 그것을 바라보는 당신의 내심을 보게 된 사람으로서—물론 당신의 이 비밀스러운 고해가 누군가의 응답을 바라고 행해진 것이 아니라는 건 알지만—본능적으로 입을 열게 됩니다. 말하는 이의 목소리를 활자 뒤로 밀어넣는 단정적인 문장들로는 당신에게 나의 이해를 전할 수 없으리라 생각했습니다. 내가 아는 당신은 주관의 불완전함을 표백하는 객관을 믿지 않는 사람이었습니다. 역으로 당신은, 일반적으로 우리가 넘어서고자 하는 주관성의 요철들을 세계의 진실로 감각하는 자라고 느낍니다.

수록된 일곱 편의 이야기 속 주인공들은 모두 다른 인물이지만 어쩐지 같은 사람으로 느껴지기도 했습니다. 그럼에도 내가 새벽, 당신을 수신인으로 정한 이유는 당신의 사랑이 나의 감각을 가장 일깨웠기 때문입니다. 세상에 가슴 아픈 사랑 이야기는 무수히 많지만 당신의 통증은 날카로운 것이라기보단 유독 뭉근하고 모호하게 아린 것이었고, 나는 그것이 바로 안개 속에서 사랑하는 일의 감각이라고 생각합니다. 남몰래 형부를 사랑해오다가 언니가 돌연 사망하고 남겨진 조카와 이전과 마찬가지로 아무 일 없이 가깝게 가족처럼 지내게 되는 당신의 마음에는 안개가 자욱하고, 마땅히 한 번쯤은 말해졌어야 할 사랑이라는 단어는 그 안개에 가려져 보이지 않습니다("안개가 뭐야? 슬기가 물었다. (……) 앞이 안 보이는 거",

281~282쪽). 요컨대 「안개가 시작된다」에는 사랑이라는 단어가 단 한 번도 등장하지 않습니다. 그럼에도 내가 당신의 마음을 사랑이라고 확신하는 이유는 이야기 곳곳에 희미하지만 분명하게 깔린 불투명한 복선들[2]과 당신의 고요한 가늠[3] 덕분입니다.

사랑은 순수 관념이 아니라 세속의 한 형태이므로 거기에는 사랑하는 이의 행위나 태도가 투영될 수밖에 없습니다. 한데 이 이야기가 보여주는 사랑의 독특한 점은 수동과 능동의 양가적인 중첩—그래서 안개가 발생하는 것이지요—으로 그 어떤 작위도 일으키지 않는 것처럼 보인다는 점입니다. 그러면 우리는 당신이 사랑을 '한' 것이 아니라 사랑이 당신에게 닥쳐온 불의의 사건이라고 여기면서 '시작'이라는 단어에 더욱 골몰하게 됩니다. 마지막 장면, 안개 때문에 흐릿하게 보이는 원규를 향해 가까이 다가가면서도 여전히 그가 멀리 있다고 느끼는 당신이 손을 흔드는 모습은 사랑이 행위가 아니라

---

2) "얘는 누구 남자친구 같아요?"(288쪽), "부적절한 관계였을 수도 있지만—당시 나는 불륜이라는 단어를 입 밖으로 내는 걸 껄끄러워했다—그보다는 가족이라고 상상하는 편이 좋았다"(289쪽).
3) "나는 종종 슬기가 생기지 않았더라면 어땠을까 생각해보곤 한다. 언니와 원규 오빠가 결혼까지 했을지, 그렇게 조속히 결혼식을 올렸을지 같은 생각들 말이다. 무슨 의도를 가지고 하는 상상은 아니고 그냥 가능성에 대한 것이다."(310쪽)

그저 다가오는 것일 뿐이라고 납득하게 합니다. 그래서 나는 당신의 사랑이 그간 내가 경험한 사랑과는 아주 다른 종류의 것이라고 생각합니다. 무엇도 자처하거나 부인하지 않은 채 자신에게 발생한 감각의 자장 안에서 당신은 분석이나 판단, 그로 인한 고민과 혼란 속으로 전혀 들어가지 않아요. 이 점이 당신을 당혹스럽게 하는 것 같지도 않습니다. 당신과 부러 거리를 두지 않는 원규나 당신을 엄마보다 믿고 좋아하며 따르는 슬기와의 관계가 이후에 멀어질 가능성은 희박하고, 그들의 아파트에 세대원으로 등록될 당신의 차량은 당신이 그들의 삶 속으로 더욱 진하게 스며드리라는 확신을 줍니다.

사랑, 그리고 그것의 시작마저 당신의 것이 아니라는 느낌은 당신에게 박탈감이나 불안으로 작용하지 않고 오히려 잔잔한 행복과 평온으로 화합니다. 나는 이 점이 매우 의아했습니다. 인간은 사랑을 소유하고 싶어하지 않던가? 제 손에 꽉 쥐고 있더라도 그걸 믿지 못해 스스로 사랑의 온전함을 훼손하고 후회하는 것이 보통의 인간들이 저지르는 과오가 아니던가? 불행이란 역설적으로 사랑으로부터 기인한다는 나의 믿음은 당신의 이야기로 인해 완전히 뒤집혔습니다. 당신은 불행에서 사랑을 발견하는 사람이기 때문입니다. 불행을 사랑하는 것과는 다릅니다. 당신은 비관에 대해 아주 잘 알고 있지만 그렇다고 하여 열렬히 냉소하거나 절망하지도 않습니다. 낙관이냐고요? 당연히 아닙니다. 다른 수록작들을 통해 나는 미묘하고도 섬세한 이 감각을 더 이해할 수 있을지 궁금했습니다. 그리고 그 단초를 당신이 돌아보는 유년 시절에 대한 묘사에서 발견했습니다.

나는 모두와 거리를 유지하고, 좁히고, 멀어지는 법을 배웠다. 그 일은 아주 자연스럽게 이루어졌다. 차차 익힌 게 아니라 처음부터 그렇게 태어난 것 같았다. (……)
그러나 때때로 나는 시간이 삭제된 것처럼 느낀다. 기억을 상실했거나 점차적으로 성장한 게 아니라 그저 눈을 감았다 뜨니 어른이 되어버린 기분이다. 시간을 건너뛴 사람처럼 종종 나는 어리둥절하다.(320~321쪽, 강조는 인용자, 이하 동일)

공교롭게도 「안개가 시작된다」 외의 다른 수록작 모두에 어린 시절에 대한 이야기가 녹아 있습니다. 회고는 통상적으로 후회나 한탄의 감정을 동반하지만 김본 소설에서 돌아봄은 실상 돌아봄이 아니라 현재의 한 단면으로 존재하는 어느 조각들을 향해 시선을 던지는 일에 가깝습니다. 뒤를 자주 돌아보는 자는 과거의 중력에 포박되어 현재를 잃어버리지만, 김본 소설에서 과거는 과거가 아니라 예전부터 이미 현재였으므로 단지 비만한 오늘의 부분일 뿐입니다(과거와 현재의 나란한 서술은 대부분의 이야기에서 발견되는 말하기 특징이며 특히 「숙희의 미래」에서 그것은 서로 다른 두 사람의 이야기를 교차 서술하는 것으로 극화됩니다). 그렇다면 시간은 어떻게 흐르는 걸까요? 어린아이였던 화자들은 과거를 과거로 만들지 않음으로써 성장으로부터 벗어나고 그래서 늙지 않습니다. 사실, '어린' 시절이라 표현하는 것이 나는 내심 찜찜하기도 합니다. 그러니까 질문은 종국에 이렇게 도착합니다. 그들은 과연 진정으로 어린 적이 있었던가요? 예를 들자면, 「뱀이 쫓아온다」와 「내일의 집」에서 길게 서술되는 화자들의 과거는 아무리 읽어보아도 현재입니다. 과거형과 회고조의 서술로 제시됨에도 불구하고 나는 그들이 지금, 이곳에서 그때를 한번 더 사는 방식으로 과거를 재생시키는replay/vitalize—마치 곧 늘어질 것 같은 오래된 비디오테이프를 VCR에 넣고 빛바랜 재생 버튼을 누르는 모습처럼 말입니다—사람들로 다가옵니다.

「뱀이 쫓아온다」와 「내일의 집」이 롱숏의 형식을 통해 삶을 현재적으로 조명할 때 「라디오 스타가 사라진 다음에는」과 「차라리 잠든 밤」은 그 재생과 말하기의 행위가 왜 필요했는지를 알게 해주는 이야기로 읽힙니다. 그렇다고 과거와 현재를 인과율로만 파악하려는 것은 아닙니다. 혹 반대로 누군가가 어떤 이야기도 예외 없이 지구의 물리법칙 안에 속한다고 반박한다면 나는 이렇게 말할 수 있습니다. 원인과 결과는 실상 우리가 '결과'라고 부르는 것을 구성하는 요소들을 대등하게 펼쳐둔 것에 불과하다고요. 이야기는 서사인 동시에—서사로서의 이야기는 인과율을 원리로 삼아 지어진 한 채의 집입니다—누구도 보지 못하고 지나쳐온 세계의 비밀을 폭로하는 고백이기 때문이기도 합니다.

#take 2. 불운의 역학

그 집은 일층짜리 목조 주택으로, 현관이 기역자로 돌출된 구조였다. 그런 탓에 밖에서 보고 있으면 집안으로 들어가는 사람이 다른 세계로 이동하듯 감쪽같이 사라진 것처럼 보였다. 현관에 들어서면 집의 내부와 외부를 구분하는 중문이 하나 더 있었다.(「안개가 시작된다」, 283쪽)

집에 대해 말해보기로 합니다. 이 책에는 여러 채의 집이 나옵니다. 가령, 당신과 언니가 함께 자란 복도식 구축 아파트가 있고, 「뱀이 쫓아온다」의 화자 '나'가 가족과 원래 살던 아파트와 대비되는, 술에 담긴 뱀이 두 눈을 뜨고 쳐다보는 할아버지의 집이 있습니다. 「차라리 잠든 밤」의 '나'가 집에서 처음 독립해 입주한 성북구의 작은 빌라도 잊어선 안 됩니다. 「내일의 집」에 등장하는 시애틀과 뉴욕의 집들도 그러하지요. 이처럼 집에 관한 이야기들은 궁지에 몰린 사람들이 각자의 의지나 선택과 무관하게 이리저리 부유하는 장면으로 수렴되는 것도 같습니다.[4]

화자들에게 집은 철저히 타자성의 공간이고 그래서 나는 조금 놀랐습니다. 세상에 존재하는 대부분의 이야기들에서 집은 바깥 세계에서 갖은 고초를 겪고 지친 어린 자아들—'어린 자아'는 어린이와 완전히 다른 뜻이며 인간이라면 누구나 마음속 심연에 꽁꽁 숨겨두는(물론 이때의 숨김은 보호와 방어에 가깝습니다) 연약한 자아를 말합니다—이 생기를 충전하는 피난처이기 때문입니다. 폭력적인 세계와 그에 항거하는 은신처로서의 집이 만드는 역학이 존재한다는 뜻인데, 김본의 소설에서 이 구도는 정반대가 됩니다. 어린 자아가 머무르는 집은 삶의 근원적인 불행과 불안을 경험하게 하는 총체적인 장소이며 오히려 집 바깥의 세계가 비로소 그 정동으로부터 놓여날 수 있는 해방의 공간이 됩니다.

그래서 집은 화자들이 생의 난처함과 부조리함, 나아가 종국에는 삶에 대해 발휘할 수 있는 유형력이란 거의 없다는 느

---

4) "그곳에 우리를 환영하는 사람은 없었고, 우리는 궁지에 몰려 있었다고. 궁지에 몰린 사람들밖에 모이지 않은 곳에서, 속절없이 트렁크에 갇혀 실려가는 것과 다름없었다는 것을."(「내일의 집」, 227~228쪽)

린 깨달음을 경험하는 유표적 장소가 됩니다.[5] 낙관도 비관도 아닌 그 사이의 공간—'중문'처럼—에 자욱하게 깔린 안개는 바로 이것일 터입니다. 당신은 슬기에게 안개란 "앞이 안 보이는 거"라고 설명해준 바 있습니다. 그러나 바로 그 안개가 보인다고 곧장 웃으며 말하는 슬기의 응답—안개의 뜻을 아는 쪽은 어른인 당신인데도 실제로 그것을 보는 사람은 아이인 슬기라는 것을 보여주는 이 장면은 김본 소설의 세대론으로 읽을 수 있습니다. 이에 대해서는 조금 후에 이야기하겠습니다—은 의미심장합니다. 시야를 차단하는 안개가 보인다는 말은 언뜻 모순적이고 성립 불가능한 듯하지만 이 진술이야말로 진실의 핵입니다. 당신의 이름이기도 한 '새벽'이 꼭 그렇지요. 낮과 밤, 그 어느 쪽도 분명하게 보이지 않는 시간, 그러나 그 이중의 비가시성 속에서만 가시화되는 모종의 진실이 거주하는 시간 말입니다. 물론, 보이지 않음을 본다는 말이 표면적으로 지시하는 바대로 이는 우리 한 사람 한 사람을 압도하는 삶의 거대한 위력을 보고야 말았다는 뜻이기도 합니다. 요컨대 당신은 인과율을 포함한 물리적인 법칙들을 제압하는

---

5) "그 문제—이전까지 선주는 그것이 문제가 될 거라는 생각을 해본 적이 없었지만—는 아주 자연스럽게 봉합된 것처럼 느껴지기도 했고, 엉망으로 어질러진 방의 물건들을 억지로 벽장에 쑤셔넣고 문을 영영 닫아버린 것 같기도 했다. 문을 여는 순간 감춰둔 물건들이 한 번에 덮칠 거라는 막연한 불안을 뒤로하고."(「슬픔은 자라지 않는다」, 20쪽)

진실의 가뿐하고도 장엄한 얼굴을 아는 사람입니다.

불행의 근원적인 경험을 제공하는 장소로서의 집은 「뱀이 쫓아온다」에서도 잘 드러납니다. 유년의 화자가 감지하고, 경험하며, 장악당하기도 하는 불행의 형상은 병 속의 뱀으로 집약됩니다. 페이지를 넘길 때마다 믿을 수 없는 불운의 연속—당신에게 불행의 조금 더 정확한 이름은 불운이라고 생각하는데, 앞서 말했듯 일련의 행불행은 인과율을 벗어나 있고 그것들은 오직 당신이 당신이기에 닥쳐오는 으스스한 힘에 가깝기 때문입니다—에 나는 입을 쩍 벌릴 수밖에 없었습니다. 발작하는 할머니를 제압하고 약을 먹이기 위해 일사불란하게 움직이는 가족들의 정적인 역동으로 시작하는 이야기는 삼촌의 소아마비와 '나'의 공황장애, 엄마 아빠의 교통사고 소식—엄마는 다행히 살아나지만 아빠는 현장에서 즉사하는—과 할머니의 치매 판정, 그리고 산에서 뱀에게 물려 경기를 일으키는 삼촌의 모습 등은 한집에서 벌어지는 이야기라고는 믿기 어려울 정도였습니다. 그러나 이 모든 불운의 시발점은 파악 불가능하기만 합니다.

불길하게 굴지 마라. 나는 그 말을 오랫동안 생각했다. 언제, 어디서부터 이 집의 불운에 불이 붙었는지를 생각했다. 그러나 허리를 최대한 숙이고 그을린 자국을 따라가보아도 발화점은

커녕 타다 남은 재 하나 발견할 수 없었다. 화재로 무너진 터를 황망히 바라보는 사람처럼, 아무 일도 일어나기 전으로 돌아갈 수 없다는 사실만 실감할 뿐이었다.(「뱀이 쫓아온다」, 246쪽)

현재의 몸을 갈가리 찢고 들어서는 온갖 종류의 예측할 수 없는 불행은 객관적 사실과 현실감각을 초월하며 미래마저 앗아가고 맙니다. 트라우마 속에 말없이 잠겨 있는 엄마를 보며 '나'는 그녀가 가족들을 죽이려 한다고 생각하거나[6] 함께 차를 타고 가던 조카가 사고를 당하는 장면이 머릿속에 난데없이 나타나고[7] 상상 속에서뿐 아니라 실제로 사고가 일어나기도 합니다.[8] 미지수로서의 미래는 다만 아직 활성화되지 않은 불행한 현재의 연장으로 읽힙니다. 과거의 불행이 현재를 압도하고 미래까지 집어삼켜 시간의 어제와 오늘을 구성하는 서사적 결절점은 안개처럼 흐려집니다. 그래서 김본 소설의

---

6) "엄마가 우리를 죽이려 한다."(「뱀이 쫓아온다」, 266쪽)

7) "나는 문득 뒷좌석 문이 벌컥 열리면서 고속도로 한복판에 슬기가 떨어지는 상상을 했다."(「안개가 시작된다」, 281쪽)

8) "나중에, 그러니까 미국에서 돌아오고도 오랜 시간이 흐른 뒤에 알게 된 사실이지만, 그 무렵 잭은 한쪽 다리에 마비가 온 상태였다. (……) 사고가 나던 날 밤 잭은 옆 차로에서 끼어든 차를 피하려 무리하게 핸들을 꺾었다. (……) 잭의 오래된 차―나를 도서관에 데려다주었던 바로 그 차―는 도로 한복판에서 뒤집혔고, 뒤쪽에서 달려오던 화물차에 들이받혔다."(「내일의 집」, 208쪽)

시간성은 오직 현재에 무한히 접근하는 양상이며 화자의 말하기를 통해 반복 재생되는 사실들의 구성체, 그 다양한 변주가 바로 안개가 길어올리는 단 하나의 기억이 됩니다. 마치 당신이 '시간이 삭제'되었다고 느끼는 것은 바로 이런 탓이라고 나는 감히 생각합니다. 이런 맥락에서 장소로서의 집이 하나의 기억으로 응집되는 「내일의 집」의 한 장면을 주목할 만합니다.

시애틀과 뉴욕의 물리적 거리만큼이나 두 가정에 차이가 있었음에도 그 연상이 매우 자연스럽고 필연적으로 느껴졌다. 그것들은 예상치 못한 순간에 훅 치고 들어와 나를 얼빠지게 했다가, 금세 사라지곤 했다. 그러나 이따금 떠오를 때면, 언제나 같은 시간과 장소를 공유하는 한 가지 기억처럼 나를 괴롭혔다.(「내일의 집」, 219쪽)

시간은 멈추지 않지만 회상의 서술, 반복을 통한 변주로 인해 역설적으로 기억 안에 머물게 됩니다. 머문다기보다는 맴돈다는 표현이 더 정확할 것 같기도 합니다. "스스로 꼬리를 잡아먹고 있"(「뱀이 쫓아온다」, 256쪽)는 뱀은 능동과 수동, 사실과 진실, 그리고 과거와 현재의 양가적인 중첩 상태를 형상화합니다. 그러니 집을 장악한 어처구니없는 불행이 바로 그

뱀으로부터 기인했을 거라는 믿음은 자연스러울 수밖에 없습니다. 안개가 보인다고 말한 슬기가 불의의 사고로 엄마를 잃은 것처럼, 뱀을 보았다고 외치며 뱀에게 다가서는 삼촌 또한 불운—다행히 독이 없는 누룩뱀이어서 목숨을 부지하지만—으로부터 벗어날 수 없습니다. 미지未知의 알 수 없음으로부터 기인하는 불안이 앎에 의해 얼마간 해소될 수 있는 것과는 다르게, 불행은 그 내용과 수신인이 매우 명확하다는 점에서 앎의 토대 위에 자리함에도 불구하고 바로 그 앎이 성립하는 조건, 이미 발생한 것이라는 본질 탓에 도무지 손쓸 방도라고는 없는 것이지요. 뱀의 눈이 자신을 자꾸 쳐다보는 것 같아 무서워하던 '나'가 삼촌으로부터 그건 단지 '착시'일 뿐이라는 설명을 들어도 끝내 그 눈으로부터 달아나기 어려웠던 까닭은 바로 이 때문입니다. 마치 눈앞의 희뿌연 것이 안개라는 사실을 확인하게 되더라도 안개를 물리치는 일은 불가능한 것과 같습니다. 그러니까, 불행한 자는 불행하되 불안하지 않고 불안한 자는 불행하지 않되 영구한 두려움 속에 처하게 됩니다. 「뱀이 쫓아온다」를 읽고 불운이라는 말을 떠올린 까닭은 불운이 바로 불안과 불행의 결합이기 때문입니다.

'나'는 하나의 기억을 반복하게 하는 이 집을 탈출함과 동시에—집을 벗어나고자 한 엄마가 결국 완전히 벗어날 수 없었음을 '나'는 보고 배웠으므로—가족의 역사에 오랫동안 심겨 있던 불운의 근원[9]을 아주 뽑아버리기로 결심합니다. 남편과 신도시로 이주하는 과정에서 만난 이삿짐센터의 소장에게 뱀술이 든 병을 줘버리지요. "기꺼이 자신의 집으로 불행을 옮겨 들고 가는 남자의 뒷모습을 지켜보"(275쪽)던 '나'는 그러나 마냥 안심하는 것처럼 보이지는 않습니다. "전 집에 많아요, 그런 거"(274쪽)라고 응답하는 말에서 주술적 힘이 생겨나 불운이 한층 더 심화된 변주 속에서 영원히 사라지지 않는 것은 아닌가, 하는 나의 불길한 예감 탓일지도 모르겠습니다. 그러나 나는 마지막 문장을 보고 소스라치게 놀랐고—뱀의 시선이 그저 착시에 불과하다고 믿으려 했던 '나'와 삼촌의 장면이 스쳐지나가면서—심상하게 지나왔던 소설의 첫 문장이 번개처럼 머릿속에 떠올랐습니다. 소설의 첫 문장과 끝 문장을 이어붙이면 다음과 같습니다.

할아버지의 집에는 오래된 뱀술이 있다. (……) 뱀이 나를 쳐다본다.[10]

---

9) "할머니는 정말로 굳게 믿었다. 이 집의 불행이 모두 그 병에서 비롯되었다고 말이다. 다 저것 때문이라고, 할머니는 신경질적으로 종알거렸다. 모든 게 뱀술 때문이라고."(272쪽)
10) 각각 231쪽, 275쪽.

서사적으로 도돌이표 형식을 취한 이 소설에 찬탄하게 됐고, 두 문장이 각각 처음과 마지막으로서의 위상을 완전히 상실한다는 점에서 서사와 시간에 대해 그간 완전히 잘못 생각해왔을지도 모른다는 깨달음을 일깨워주었습니다. 불운은 인과율과 개연성을 무시하고 앎과 무지의 권력 구도를 전복합니다. 나는 이 불운이 서사의 전통에서 유구하게 전승되어온 시간의 흐름이라는 신화를 파괴할 힘이라고 생각합니다. 움직이는 시간 속에서 모든 변주가 실상 하나의 핵심을 반복하는 행위—들뢰즈의 작은 패배라고도 생각됩니다. 그는 모든 반복이란 차이라고 강조했으니까요[11]—라면 우리 인간 존재가 거듭하는 '세대'라는 시간적 차이의 차원은 어떻게 이해될 수 있을까요?

#take 3. 상속자들

　내가 당신에게 편지를 쓰기로 작심한 것은 당신이 보여준 사랑 때문이라고 말했는데, 여기까지 읽었다면 사랑으로부터 다소 멀리 오지 않았나 하고 의문할 것도 같습니다. 물론—거

11) 질 들뢰즈, 『차이와 반복』, 김상환 옮김, 민음사, 2004.

듭 말해도 좋을 테지만 딱 한 번만 더 말하자면—사랑이 핵심입니다. 나는 당신이 행하지도 거부하지도 않은 바로 그 사랑에 대해 끝내 말하고 싶습니다. 그러기 위해서는 거쳐야 할 몇 가지 이야기가 있고, 그리하여 나는 당신의 사랑이 집을 비로소 탈출하게 된 자만이 누릴 수 있는 감정이라고 말하려 합니다. 유의해야 합니다. 당신의 사랑은 영원회귀처럼 반복되는 불운으로 가득찬 집으로부터 벗어나게 해주는 힘이 아니라, 오히려 집을 벗어난 이후의 결괏값에 해당합니다. 어쨌든, 하던 이야기를 계속해보겠습니다.

흐르지만 닫힌 시간의 원환—앞에서 하던 이야기를 일축하면 이렇게 정리될 것입니다—속에서 집안의 불운은 세대를 통해 전승됩니다. 어리고 젊고 늙은 인간들이 가족으로 한집에서 함께 살아가는 한 그들은 동일한 힘의 자장 안에 같이 묶인 것과 다름없습니다. 다채롭다못해 광채가 뿜어져나오는 여러 종류의 불안과 불행을 공유하는 일, 각자가 느끼는 이질감과 소속 불능의 상태를 온전히 목격하고 기록하는 것이 김본 가족 서사의 면모라고 할 수 있습니다.[12] 그러니까, 한 인간이 이미 지나간 시간과 앞으로 다가올 시간 속 경험의 본원적 중추로서 한 채의 집을 일생 동안 마음속에 담고 살아간다고 가

---

12) "나는 이 감각, 불편하고 어딘가 해소되지 않은 것 같은 손님의 감각이 이 집에 있는 동안 계속되리라는 것을 알았다."(「내일의 집」, 191쪽)

정해보면, 아이가 자라서 어른이 되는 것은 성장이 아니라 변신에 가깝고 그것을 불운의 한가운데에서 겪어내는 일 외엔 피할 방도가 없다는 점에서 아이와 어른 모두 동일한 형편인 셈입니다. 우리가 그간 '성장'이라고 이름 붙여온 서사들은 대개 차이와 변화에 주목해왔고, 특히 아이(인물)와 세계의 긴장과 그를 바라보는 인물의 갈등과 각성, 시선의 확장을 공통으로 다룹니다. 종국에 아이는 나름의 가치관과 정체성을 안정적으로 내면화한 어엿한 개인으로 거듭나지요.

그러나 이 책 속의 어린 화자들은 그로부터 비켜나 있고 그들은 세계를 조금씩 발견해나가는 탐색자라기보다 이미 모든 것을 아는 위치에서 단지 회상이라는 기술을 통해 과거를 현재로 끌어오는 사람입니다. 아니, 더 정확하게는 끌어온다기보다 이미 현재가 된 과거의 조각들을 줍는다고 말해야 옳을 듯합니다. 그들은 끝끝내 자신은 주인이 아니라 손님임을 매 순간 확인해야 했던 타자적인 집에 관한 풍경들을 반복해서 그립니다. 당신의 사랑이 부인repudiation이나 황홀한 성취를 향해 있지 않고 그저 안개 너머에서 어른거리는 사랑의 그림자만을 충실히 감각하며 반응하는 것과 마찬가지로, 어린 화자들이 거주하는 집은 그래서 결국 정주할 수 있는 장소의 지위를 박탈당합니다. 말하자면 집은 안정이나 평화의 지속을 위한 정착의 장소가 아니라 오히려 소설 속 화자들이 영원히 떠

돌아야 하는 '비장소'가 됩니다. 화자들이 시종일관 과거를 회상하는 것은 바로 그 비장소를 결코 소유할 수 없다는 진실을 체득했기 때문에, 그리고 미끄러지는 비장소로서의 집이 선형적 서사로서의 성장을 가뿐하게 피하기 때문입니다(집이 부재한다는 뜻이 아닙니다). 그래서 김본 소설의 회상 장면에 향수 nostalgia가 부재한다는 사실은 조금도 놀랍지 않지요. 집은 그리움의 대상이 아닙니다. 인물들이 그리워할 수 있는 것은 오히려 외국의 언어들이 난무하는 이국의 타자적인 집―시간적으로는 "'읽을' 수는 없지만 '이해'할 수는 있었던 시기"(「내일의 집」, 174쪽)―입니다. 그 집에 명백히 속한 사람마저 결국 '신발'을 신은 손님이 되어 내일이면 떠나야 하는 운명을 받아들이는 그런 집 말입니다.[13]

요컨대 어른과 아이―세대를 막론하고 내리 삼대를 아우르는―는 이후와 이전을 구성하는 발달의 국면 안에서 구별되지 못합니다. 죽음의 도처에 발생하더라도 그것은 삶의 최종 단계라기보다 삶에서 느닷없이 닥쳐오는 우발적인 사건일 뿐이며 이에 따라 아이는 자라는 것이 아니라 다만 조금씩 낡아가는 세계의 시간을 제 안에 쌓는 존재, 어른은 단지 그보다

---

13) "하지만 나는 내일 이 집에 없을 거야. (……) 그건 선언이었다. 다시는 이 집에 오지 않을 것이라는. 그리고 그 또한, 이 집에서 나와 같은 손님일 뿐이라는."(「내일의 집」, 227쪽)

조금 더 긴 시간을 적층한 인간이 됩니다. 공통점은, 그들 모두 나란히 불안과 불행, 그리고 죽음 앞에 정직하게 서 있다는 것이지요. 시간은 선형적 인과율이 아니라 보다 뒤에 태어난 사람들에게 앞의 사건들이 누적, 상속되는 방식으로 흐릅니다.[14] 이렇게 말하면 우리 세대가 마치 부유하기라도 한 것처럼 느껴지지만 안타깝게도 상속에는 플러스와 마이너스─또 하나의 양가적인 한 쌍─가 동시에 포함됩니다. 우리는 재산과 부채를 함께 상속받지요. 어린 세대의 정체성은 다름 아닌 상속자입니다.

이런 맥락에서 「슬픔은 자라지 않는다」의 희준이 선주에게 엄마의 연체료를 갚는 행위는 퍽 자연스럽습니다. "99년, 폭탄의 몸속에 웅크리고 있던 작은 폭탄"(36쪽)이었던 희준에게는 선주가 젊었을 적 주연에게 느낀 열패감이 동일하게 들어 있습니다─모든 것이 상속됩니다─. 세계에 일단 한번 나타난 것은 결코 사라지지 않습니다. 모습을 바꿀 뿐이지요. 나는 희준이 특별한 인물이라고 생각하는데 왜냐하면 전체 인물 중에서 가장 해사하기 때문입니다. 수치심이나 굴욕감으로부터

---

14) "그런데도 이만하면 잘살았다, 는 생각이 들 때마다 주연의 삶은 징벌처럼 선주를 따라왔다. 직업과 지위, 현재를 이루는 모든 것을 스스로 쟁취해냈다고 믿고 싶었지만, 때로 주연처럼 그런 것들을 상속받는 것만이 진정한 쟁취처럼 느껴졌다."(「슬픔은 자라지 않는다」, 41쪽)

놓여나 있는 사람.[15] 다음 세대의 말간 얼굴을 바라보는 선주는 삶의 중력으로부터 조금은 달아난 것처럼 느껴지기도 하고요. 빚을 갚으려는 자의 홀가분함과 자유로움, 그리고 기쁨 말입니다.

1990년대 세기말의 감각, 종말이 닥칠 듯한 분위기는 정말로 세상이 망하고—'폭탄'의 몸속에 들어 있던 시한폭탄이라는 희준이 진짜로 태어난 것처럼[16]—운명된 일들이 일어나고 말 거라는 예감을 선사하지만, 그 운명은 사라짐으로서의 끝이 아니라 영구히 잔존하고 만다는—뱀의 꼬리 물기처럼—누적으로서의 끝이라는 점에서 김본 소설은 종말의 통념을 뒤집습니다. 김본 소설은 이러한 반전을 가능하게 한 역사적 배경으로서의 복고적 유산들을 지금 여기로 가져와 보여주는 것이지요. 물론, 이는 동시대인 2020년대가 시달리고 있는 종말의 감각과도 매우 유사한 것 같습니다. 그러나 우리 시대에는 '폭탄'들이 터지지 않습니다.[17] 재산과 빚을 함께 물려줄 피상

---

15) "희준의 말투에는 슬픔이나 원망이 전혀 없었다. 그저 평화로운 어느 오후, 낮잠의 기회를 잃어버린 사람의 아쉬움만이 있었다. / 선주는 뭔가 홀가분해진 기분이 들었다."(「슬픔은 자라지 않는다」, 47쪽)

16) "내 몸에 시한폭탄이 들어 있어. (⋯⋯) 이게 터지면, 너희는 여기서 다 죽어."(「슬픔은 자라지 않는다」, 17쪽)

17) "난 아직도 21세기에 사람이 태어난다는 거 안 믿어."(「라디오 스타가 사라진 다음에는」, 63쪽)

속자는 부재합니다. 세상이 산산조각나버리길 바라지만 끝내 영영 터지지 않는 선주의 세상은 그러므로 바로 우리가 현재 경험하고 있는 세상이지요. 후세대가 존재하지 않으므로 더이상 누적될 수 없는 시간들의 영구적인 부유 상태, 그것이 바로 지금의 위기입니다.

그렇다면 우리는 어떻게 자유로워질 수 있을까요? 어떻게 집을 탈출하고, 어떻게 터지지 않는 폭탄들을 처리할 수 있나요? 여기에서 나는 변신에 주목합니다. '안개'가 '뱀'으로 분하여 위력을 잃지 않았다면—이 두 가지는 소설의 의미와 흐름을 동시에 장악하는 가장 큰 힘이라는 점에서 동일한 본질을 공유하고, 그것이 각각 '안개'와 '뱀'이라는 것은 단지 외적 형상화의 변주이자 변신이므로—우리도 변신을 감행할 수밖에 없지 않을까요. 이런 맥락에서 김본의 소설에는 '이야기'나 '기록'과 관련된 직업을 지닌 이들이 주요하게 등장합니다. 예컨대 선주가 문헌정보학과를 졸업하고 도서관 사서로 일하고 있는 것처럼, 어떤 이는 라디오 구성작가로, 또다른 이는 라디오 방송국 PD로 일하고 있지요. 그렇습니다. 나는 지금부터 재생과 말하기의 행위에 관한 두 이야기인 「라디오 스타가 사라진 다음에는」과 「차라리 잠든 밤」에 대해, 그리고 그 둘을 이어주는 「숙희의 미래」에 관해 말하려 합니다.

#take 4. 변신술: 진실을 손에 쥘 것

누군가가 자기 몸에 시한폭탄이 들어 있다고 외치는 것은 단순한 유머로 읽히지 않습니다. 모종의 두려움을 불러일으킨다는 점에서 블랙코미디라 할 수 있습니다. 블랙코미디는 품격 있는 양가성의 유희를 보여주는 예술 장치입니다. 웃음으로 표면을 흐리지만 그 탁한 시야 너머에 자리하는 세계의 진실을 암시하기 때문이지요. 그래서 우리는 흠칫하면서도 동시에 은밀한 쾌감을 느끼게 됩니다. 「라디오 스타가 사라진 다음에는」은 이런 블랙코미디가 돋보이는 이야기입니다. 그리고 세계의 진실은 둘째 삼촌 어택선에 의해 꼭 세 번 폭로됩니다.

"내 귀에 도청 장치가 있다! 내 귀에 도청 장치가 숨겨져 있다!"(60쪽)

그는 1987년 여름 생방송으로 라디오 뉴스가 진행중이던 스튜디오에 난입한 것을 시작으로, 이듬해에는 배구 경기가 열리는 장충체육관에, 그다음 해인 1989년에는 전투경찰과 학생들이 대치한 서울대의 시위 장소에 느닷없이 출몰합니다 (시위 장소에서는 또 한번 이렇게 외칩니다. "내 귀에 도청 장치가 있다. 나를 수색해라! 나는 감시당하고 있다!", 83쪽). 나는 이 사람이 화자 '나'의 삼촌이라는 설정에 놀랐는데, 이 사건을 신문에서 읽은 적이 있기 때문입니다.[18] 실제 인물은 난치성 이명으로 인한 피해망상으로 그런 기행을 벌인 듯하지만 소설 속에서 그는 자신의 형, 즉 '나'의 첫째 삼촌 어문선의 죽음이 가져온 트라우마의 발현—당시 남산에는 안기부가 있었지요—으로 이해됩니다. 실제 인물(사건)과 소설은 몇 가지 사소한 차이가 있지요. 우선 이름이 다르고, 실제로 그 사건은 라디오 뉴스 스튜디오가 아니라 텔레비전 뉴스 스튜디오에서 일어났습니다. 그러나 나는 그런 작은 차이들은 진실의 거대함 안에서 사뿐히 무화된다고 생각하고, 다만 이야기 속에서 내가 골몰한 하나의 질문이 가장 중요하다고 여깁니다. 그것은, 진실이 사실을 이길 수 있는가 하는 물음입니다. 만약 진실

18) 둘째 삼촌 어택선의 이야기는 실존 인물 소창영의 일화를 모델로 한다. "서울대생의 교문 밖 투석 시위가 벌어진 26일 하오 네시 사십오분쯤 경찰과 학생들이 대치하고 있던 중간 지점에 이십대 남자가 갑자기 뛰어들어 양말과 구두를 남기고 옷을 전부 벗은 채 "내 귀에 도청 장치가 들어 있는데 경찰이 계속 이 사실을 은폐 조작하고 있다"며 일 분간 알몸 시위를 벌이다 경찰에 연행. 이날 스트리킹 소동의 주인공은 지난해 8월 4일 MBC TV 〈뉴스데스크〉가 진행중인 스튜디오 안으로 들어가 뉴스 진행자에게 "내 귀에 도청장치가 돼 있다"며 뉴스 진행을 방해한 소창영씨(28세, 서울 구로구 가리봉1동 33의 30)로 밝혀졌다. 소씨의 때아닌 출현으로 주위의 시선이 온통 소씨에 쏠리는 바람에 시위 학생들이 김이 빠진 듯 교문 안으로 들어가자 경찰은 "때아닌 불청객이 시위를 잠재웠다"며 싱글벙글." 「방송방해소동 주인공 시위대 앞서 스트리킹」, 경향신문, 1989. 9. 27.

이 사실을 이길 수 있다면 그것은 언제, 어떻게 가능한가요?

둘째 삼촌의 이야기와 나란히 자리하는 진실에 관한 또하나의 이야기는 학창시절의 '나'와 친구 소리의 일화입니다. 선생님께 칭찬받은 소리의 독후감을 읽으며 열패감에 휩싸였던—김본 소설 속 화자들은 자주 이 감정에 휩싸이고 괴로워하지만 이 열패감이야말로 말하기의 동력이기에 나는 이를 소중하게 생각합니다—'나'가 국문과에 진학하게 된 것은 그래서 전혀 놀랍지 않았습니다. 우리는 열렬히 욕망하고 사랑하는 것으로부터만 결핍을 느낄 수 있으니까요. '나'의 문제의식은 소리가 줄거리의 제시와 감상의 나열에서 벗어나 거의 작품을 새롭게 창조하는 일에 가까운 독후감을 쓰는 것에 고무되어 발아합니다. 요컨대, "진짜 삼촌을 알고 있는 사람"이 아무도 없다는 것, 그가 "1987년부터 2005년까지 어떤 삶을 살았는지"(86쪽) 알지 못한다는 것이 '나'가 붙든 문제입니다.

이는 가족들도 예외가 아닌데 다른 가족들이 삼촌을 일촉즉발의 폭탄을 안고 있는 사람—폭탄이 또 등장하네요. 우리는 모두 제 안에 폭탄을 안고 살아가는 이들이자 그 폭발의 결과로 태어난 존재들입니다—처럼 위험하고 불안한 시선으로 바라볼 때 '나'는 삼촌과 거실에서 함께 숙제도 하고 한컴 타자 게임을 하며 놀지요. 요컨대 삼촌이라는 물리적 존재는 가족과 '나'가 공유하는 것이나, 그의 진실에 관해서는 서로 이해하는 바가 다릅니다. '나'에게 삼촌은 차라리 "심지가 물에 축축이 젖어 아무리 불을 붙여도 타오르지 않는 초나 불발된 다이너마이트"(89쪽)이기 때문이지요. 진실이 어찌하여 서로 다를 수 있는지 의문인지요? 진실은 마치 여러 층위로 구성된 밀푀유나 크레이프 같은 것이고 그래서 우리는 종종 복수의 진실이 유일무이한 사실에 패배한다고 믿게 되는 것이지요.

그러나 '나'와 소리, 그리고 둘째 삼촌 어택선은 바로 그 진실의 여러 겹을 정확하게 아는 이들입니다(세 사람만이 '귓속의 난쟁이'에 대해 알지요). 이때 '세대'는 진실이 전승되는 시간의 토대이며, '나'가 삼촌의 '진짜 삶'을 목격한 후 삼촌이 삶에서 사라지는 것은 그 상속의 행위가 마무리되었음을 의미합니다. 「슬픔은 자라지 않는다」의 희준이 엄마의 빚을 청산하는 것처럼, 진실의 상속이 이루어지고 삼촌이 사라지자 '나'는 삼촌의 삶에 얼마간의 책임과 죄책감을 느끼지요.[19] 삼촌의 세대, 1980년대의 민주화 시위와 은폐된 진실을 구출해내

---

19) "응급대원이 삼촌을 싣고 나가는 동안 나는 할머니에게 매달려 있었다. 내가 삼촌을 그렇게 만들었다는 생각이 떠나지 않았다. (……) 그후로 나는 삼촌을 영영 보지 못했다"(98쪽), "그리고 책임진다는 것, 한때는 아이스크림을 공정하게 나눠 먹는 문제로 다투고, 새벽이면 이불을 덮어쓰고 손전등으로 장난을 치고, 형제의 사망진단서를 제출하고 온 날 서로 등을 붙이고 아무런 말도 행동도 하지 않은 채 함께 밤을 난 사람을 책임진다는 것은 어떤 의미일지 생각해보곤 했다"(99쪽).

려 애쓰던 시대감각은 '나'와 소리를 비롯한 1996년생들에게 "로스트 제너레이션"(62쪽)이라는 세대 감각으로 변전합니다. 아이가 태어나지 않고 빚을 갚아줄 후세대도 없는 미래가 예정된 이 '잃어버린 세대'에게는 전세대와 다른 방법, 종말에 대항하는 새로운 전략이 필요합니다. 그래서 그들은 변신합니다. 이 변신은 자신이 물려받은 진실을 폭탄으로 몸안에 품는 기술로 체현됩니다. '나'가 라디오 구성작가가 된 것―두 형의 삶을 목도한 셋째 삼촌이 라디오 PD가 되었고 소설이 방송국 자료보관실에 잠들어 있던 어택선의 목소리를 반복해서 듣는 장면으로 끝나는 것을 떠올려봅시다―이 바로 그 변신의 결과이지요.

구성composition은 중요합니다. 작품을 다시 창조하는 소리의 읽기와 쓰기를 따라 '나'도 대학 공책composition notebook을 마련하는 것은 그래서 더욱 의미심장하고요. 첫 출근 전날 셋째 삼촌이 '나'를 앉혀두고 당부하는 말을 여러 번 곱씹었습니다.

"구성작가가 할 일은, 진실을 전하는 게 아니라 청취자들이 원하는 방식으로 장면을 구성하는 일이야."(64쪽)

삼촌의 말과 '나'의 이야기를 한데 모아보면 이런 결론이 나옵니다. 세계의 모습은 진실의 차원에서 세 가지로 분화합니다. 하나는 전달된 진실, 다른 하나는 누군가에게 전하지는 않았으나 각자가 잊지 않고 간직하는 진실, 그리고 마지막 하나는 삼촌이 말하듯 누군가가 원하여 미리 정해둔 진실—시쳇말로 '답정너'라는 표현과 연관되는—이지요. 앞서 나는 사실과 진실의 경합을 의문하며 두 가지가 배타적으로 분리된 것처럼 말했지만, 실은 사실의 구성에 따라 서로 다른 진실들이 태어난다는 점에서 둘은 긴밀하게 이어져 있습니다. 사실의 구성에 따라 진실이 결정되며 그렇게 발견된 진실이 기존의 사실을 전혀 다른 의미로 만들기도 합니다. 소설가들은 이 문제에 관한 최고의 전문가들입니다. 가령, 약 백 년 전에 버지니아 울프는 이미 『자기만의 방』에서 허구의 픽션이야말로 그 어떤 장르보다 핍진한 진실을 견인할 수 있다고 강조한 바 있지요('나'의 할머니가 울프의 면전에 고래고래 소리지르며 화를 내는 상상을 하니 한편으로 즐겁기도 합니다[20]).

세 종류의 진실 중에서 이 소설이 택한 것은 첫번째입니다. 그리하여 '나'는 '세대'에 관한 새로운 의미, 그것은 진실이 전승되는 시간적 토대이며 각각 서로 다른 시대감각을 고유한 개성으로 삼는다 할지라도 반드시 공유하게 되는 공통 지대—둘째 삼촌과 '나'가 공유하는 "공백"(87쪽)처럼—가 있으

---

[20] 참다못한 할머니가 소리를 질렀다. / "그만 좀 해, 이 미친놈아! 없는 일을 어떻게 있다고 해, 하기를!"(84쪽)

며 그 지대에서 인간 역사가 변화하는 결절점을 발견할 수 있음을 깨닫습니다. 그러니 '나'가 둘째 삼촌에게서 진실을 상속받는 일의 구체적인 의미는 전세대의 역사를 현재의 맥락—사실을 진실로서 구성하게 되는—안에 포함하겠다는 실천의 선언이 됩니다.

그리움이 전연 부재하는 회상 안에서 복고적인 요소들은 좋았던 시절을 다시 한번 반복하는 미련이나 이 시대에 도래한 새로운 위험들로부터 눈을 감고자 하는 회피적 욕망에 의한 것이 아닙니다. 김본 소설의 복고적인 요소들—라디오나 통큰 바지, 〈슬램덩크〉—, 그리고 회상의 시선은 과거를 미화하지 않고 우리 세대의 현재에 내재한 거부할 수 없는 전세대의 역사를 새로운 진실을 구성하는 토대로서의 힘으로 승인하는 장치입니다. 마치 울프가 허구의 진실성을 거미줄에 비유한 것처럼, 동시대의 복고적 경향은 '집'과 달리 동일성의 반복이 아니라 변주로서 차이 나는 연속인 것이지요.

「숙희의 미래」는 전세대와 후세대가 공존하는 현재적인 자장을 숙희와 미래 두 사람의 교차 서술을 통해 보여줍니다. 후반부에서 두 여자의 관계가 드러나지만 이는 반전이라기보다는 이야기의 초입부터 옅은 안개처럼 희미하게 제시되는 예감의 확인에 가깝습니다. 두 사람이 모녀 사이일 거라는 추측은 가족관계나 삶의 물리적 조건의 유사성이 아니라 자아의 욕망과 행위의 구조적 유사성에서 발생합니다. 가령, 속도위반을 한 미숙(개명 전 미래의 이름)이 담배를 사러 집을 나서던 길에 충동적으로 순경을 찾아가는 바람에 연을 맺고 결혼하게 되는 것은 숙희가 여러 노동을 전전하면서도 결국 가수로서 2집 앨범까지 발매하게 하는 거부할 수 없는 본능적 힘의 작용과 닮아 있습니다.[21] 숙희가 부르는 "삶이 우리를 더 나쁜 쪽으로 데리고 갈 거야"(354쪽)라는 가사의 노래는 실상 미래의 마음이라고 해도 무방하고요.

이 이야기의 특별한 점은, 세대 간의 연결이 후세대의 전세대 빚 청산뿐 아니라 전세대의 자기 삶에 관한 부채 청산과 함께 이루어짐을 보여준다는 것입니다. 미래의 개명이 그러합니다. 아픈 엄마를 돌보던 젊은 날의 미숙은 집을 탈출하기로 선택하지만 그 선택이 그릇되었음을 깨닫고 후회하며 속으로 이런 질문을 곱씹습니다. "새로운 이름으로 살 수 있다면 무엇을 택할 수 있을까?"(360쪽) 공교롭게도―이는 매우 아름다운 일이 분명한데―질문에 대한 답은 딸 숙희로부터 날아듭니다.

---

21) "세월이 많이 흐른 뒤에 미래씨는, 그런 충동이 자신을 지금의 삶으로 이끌었다고 느꼈다"(335쪽), "돌이켜보면 오랜 생활고와 고갈된 영감에도 자신이 예술활동을 재개하도록 한 원동력은 다름 아닌 그저 충동에 불과했다는 생각이 들었다"(342쪽).

미숙은 힘없이 고개를 저었다. 모르겠어. 떠오르는 게 없어.

교과서에 마지막 질문이 남아 있었다. 우리 가족의 미래를 상상해보아요. 아이는 빈칸에 '엄마는 더 나은 이름으로 바꾼다'고 적었다. 또박또박 쓰려 했지만 뒤로 갈수록 글씨가 솟구쳐서 '바꾼다'는 거의 수직을 이루고 있었다.

정말 그럴까?

그렇게 되고말고.(361쪽)

누군가는 「슬픔은 자라지 않는다」의 희준이 엄마의 빚을 갚으려는 장면에서 미간을 찌푸렸을지도 모르겠습니다. 그러나 후세대는 전세대가 보지 못하거나 보고도 실천하길 망설이는 가능성을 그러쥐는 이들이며 이를 통해 두 세대는 '미래'로 함께 나아갈 수 있는 것입니다. 시대를 풍미하는 유행이나 에피스테메는 대개 특정 세대만의 것으로 여겨지지만 실은 전全 세대의 것입니다. 다만, 각각은 서로 다른 위상을 점유하며 상호 영향을 주고받는 것이지요. 진실의 전승이 위에서 아래라는 일방향만으로 이루어지는 것은 사실이 아닙니다. 아래로부터 위로의 전달, "아이의 예언"(같은 쪽) 또한 매우 중요하게 작용합니다. 오히려 이 역방향의 힘이야말로 우리가 그간 세대론에서 간과하던 부분을 밝혀주지요. 우리는 과거를 일방적으

로 상속받기만 하는 것이 아니라 바로 그 과거를 다시 새로 고
침하며 당시에는 조명되지 못한 진실을 드러내고 새롭게 긍정
하게 됩니다. 미숙이 미래로 개명한 것과는 달리 숙희가 이름
을 바꾸지 않은 것은 바로 이 때문이지요. 숙희는 상속받은 진
실을 예술활동의 원천으로 삼습니다(예컨대, 그녀의 노래 〈언
제나 나쁜 선택만 하는 여자에 대하여〉는 숙희가 미래를 인터뷰
한 내용을 바탕으로 만든 곡이지요). 그래서 이야기 내내 평행
하던 두 여자의 말하기가 드디어 교차하게 되는 마지막 장의
제목이 '숙희의 미래'라는 점은 과연 납득할 만합니다. 엄마가
지나온 삶의 괴로움과 같은 문제는 숙희의 미래에는 없는 것
이지만, 숙희가 새롭게 살아나갈 앞으로의 시간 안에는 분명
히 엄마의 삶이 깃들어 있고 그녀도 그러한 진실을 분명하게
알고 있기 때문이지요.

한편, 일곱 편의 이야기 중 오직 두 편의 이야기─「슬픔은
자라지 않는다」와 「숙희의 미래」─만이 일인칭이 아닌 삼인
칭으로 서술됩니다. 보통 삼인칭 전지적 시점은 세계의 정보
를 모두 아는 자의 발화로 여겨지기에 이는 곧장 리얼리즘의
객관성으로 간주되기 일쑤지만 내게는 오히려 일인칭시점보
다 훨씬 더 주관성이 강한 이야기로 읽히곤 합니다. 삼인칭을
채택한 두 소설이 공통적으로 세대가 다른 두 여성 인물의 만
남을 그린다는 점도 눈에 띕니다. 한 세대의 진실은 다른 세대

와의 얽힘 속에서 과거를 현재의 맥락으로 이어붙일 때 비로소 드러납니다. 그런 점에서 '나'라는 화자의 주관 속에서 견인되는 세계의 모습을 담는 일인칭 소설이 그간 받아온 혐의, 신뢰할 수 없는 화자의 시점이라는 데에 적극 반박하고자 합니다. 자아의 유폐적인 세계 안에서가 아니라 여러 세대가 시끄럽게 불화하는 공존 속에서 '나'를 감각하는 것이야말로 가장 신뢰할 만한 진실에 접근하는 이야기입니다. 이와 더불어, 제삼자의 시선이 담보하는 객관성을 바탕으로 신뢰할 수 있는 화자로 여겨져온 삼인칭시점에 대하여는 삼인칭의 전지성이야말로 제한적이며 신뢰할 수 없는 형식이라고 생각합니다. 가령, 우드가 말한 대로 전지적 시점에서 "서술은 그 인물 주위에 감기고 그 인물에 녹아들면서 그(녀)가 생각하고 말하는 방식을 따르고 싶어하"고 그리하여 "소설가의 전지성은 금세 일종의 비밀 공유하기"[22]가 되기 때문입니다. 반면 일인칭시점의 '나'는 세계의 비밀을 폭로하는 자입니다. 그 폭로된 진실은 앞서 우리가 살핀 것처럼 객관적인 사실이 아니라 여러 주관이 다양한 맥락 아래에서 기능하는 복수의 진실입니다. 김본 소설의 일인칭과 삼인칭시점은 주관과 객관의 대비가 아니라 세대가 교차하며 일으키는 상호주관성의 힘, 진실을 견

---

22) 제임스 우드, 『소설은 어떻게 작동하는가』, 설준규 · 설연지 옮김, 창비, 2011, 14~19쪽.

인하는 힘으로서의 방법론입니다. 나는 여기에 감탄하지 않을
수가 없습니다.

「차라리 잠든 밤」은 바로 이러한 깨달음을 서사화한 이야기
로 다가옵니다. 요약하자면 이 소설은 과거가 어떻게 현재화될
수 있는지를 재하의 콜라와 화자 '나'의 번개탄 사건을 통해 보
여주는 이야기입니다. 엄마가 건넨 수면제를 먹고 번개탄이 피
워진 줄도 모른 채 잠든 1998년의 어느 밤, '나'가 그토록 확인
하고 싶었던 진실—"엄마, 엄마 나 진짜 사랑해?"(137쪽)—은
그것의 진릿값과 무관하게 '나'를 라디오 PD가 되게 했다는 것
—「라디오 스타가 사라진 다음에는」의 '나'가 라디오 구성작
가가 되었던 것처럼—을 주목할 만합니다. 「라디오 스타가 사
라진 다음에는」에 어택션의 진실을 상속받은 '나'가 있다면, 이
이야기에는 바로 자신의 과거를 스스로에게 상속하는 '나'가
있는 셈이지요. 번개탄이 피워진 방에서 '나'가 경험한 숨쉬기
의 어려움은 "호흡해야 하는 구간과 아닌 곳을 구분"(127쪽)
해야 하는 일을 둘러싼 직업을 선택하게 합니다. 나는 방금 사
역동사로 표현했는데 그것은 이 이야기에서 서사적 개연성을
발견하기 위해서일 뿐, '나'만이 알고 있는 진실 속에서 그것
은 능동태로서 주체적인 선택일 것입니다. 그러나 그 선택을
추동하게 한 과거의 맥락—진실이 바로 이러한 자장 안에서
구성됨을 우리는 이제 이해하므로—에 대해 헤아리지 않을

수 없어요(성우인 재하가 만화방 주인이 건넨 콜라와 관련된 트라우마를 과거의 진실로 지닌 인물이라는 점도 유의합시다. 그런 점에서 재하는 '나'의 더블double[23]이라고 읽어도 무리가 없겠지요).

「차라리 잠든 밤」은 과거를 재생하는 행위가 어째서 그토록 중요한지를 보다 직접적으로 말해줍니다. '나'의 현재를 이루는 98년의 그 밤은 결국 우리가 읽기와 쓰기, 더빙과 기록으로 재구성되는 진실들에 대해 역설적으로 그것을 지배할 권한이 없다는 또하나의 진실을 드러냅니다.

> 가끔은 내가 그 밤을 기억하는 게 아니라, 그 밤이 나를 기억하는 것 같다는 생각을 한다. 그 밤을 잊을 수 없는 이유가, 혹은 제대로 기억할 수 없는 이유가 바로 거기에 있다고. 그 밤의 결정권이 나에게 있지 않기 때문이라고 말이다.
> 지금도 내가 무엇을 확인하고 싶었는지 궁금하다. 나는 반복 재생되는 녹음기처럼 묻고 또 묻는다.(157쪽)

만화 〈슬램덩크〉의 판본이 여럿 존재하고, 출연하는 성우들에 따라 판본의 변이가 또 한번 일어난다는 점은 이런 맥락에

---

23) '더블'은 두 인물이 짝패를 이루며 서로의 결핍을 채우고 보완하는 유기적 관계를 의미한다.

서 중요합니다. 만화 속 장면들은 컷 프레임 안에 객관적으로 고정되지만, 회상을 통해, 그리고 과거의 진실을 몸안으로 가져와 변신하는 현재를 통해 진실은 몇 번이고 되풀이되며 재구성됩니다. 그래서 결과적으로 우리는 진실에 대한 배타적 권한을 갖지 못하는 것이지요. "그 밤의 결정권이 나에게 있지 않"음을 아는 한, 삶은 시간 속에서 거듭 다른 목소리로 더빙될 것이고 나는 이것이야말로 나와 우리 세대, 나아가 전세대가 함께 회복할 수 있는 재생성replay/regeneration의 힘이라고 믿습니다. 마치 버저 비터처럼, 시합 종료를 알리는 버저 소리가 울린 후에도 득점을 향해 쏘아올려진 슛처럼요.[24]

폭력과 상처, 불안과 불행, 트라우마가 없는 삶은 존재할 수 없습니다. 그러나 그렇다고 하여 우리 모두가 반드시 영원히 고통받아야 하는 것은 아니므로 우리는 변신의 기술, 진실을 시한폭탄처럼 몸안에 장착하고 그것을 여러 번 터뜨리고자 하는 것이지요. 「슬픔은 자라지 않는다」의 폭탄이 그랬던 것처럼, 「라디오 스타가 사라진 다음에는」의 어택선이 그랬던 것처럼요.

---

24) 전승민, 「버저 비터」, 『문학동네』 2024년 가을호, 502~503쪽.

#take 5. 다시, 안개로: 비장소의 사랑

　나는 당신의 안개를 두고 '단 하나의 기억'이 된다고 말했습니다. 나는 추억과 기억의 차이에 대해 고민했습니다. 그도 그럴 것이 기억을 돌아보는 것을 우리는 자주 추억이라 부르기 때문이지요. 나는 당신의 이야기 속에서 그 차이를 찾았습니다. 당신의 과거는 지나간 과거가 아니라 조금씩 다르게 반복 재생되는 현재진행형의 과거이며 그렇기에 그것은 박제된 과거형의 기억과는 분명 다릅니다. 그래서 나는 이렇게 결론을 내립니다. 기억은 추억으로서 재생될 수 있는 물리적 재료들이자 당신이 소유한 스냅숏들이며, 추억은 그것들이 당신이 발휘하는 내면의 정동적 힘 안에서 재생되는 영상이라고요. 우리는 기억을 사랑하는 것이 아니라 추억을 사랑합니다(기억을 사랑하면 그것이 추억이 되지요). 직전에 말한 바대로 재생(성)의 힘은 회복을 추동하고 이때 추억으로서의 기억은 현재의 당신을 비가시적이고 무의식적인 차원에서 새로이 구성해 내는 특별한 자질이 됩니다. 그리하여 우리 몸속에 놓인 폭탄의 옆자리에 추억들이 바글거리게 되는 것이지요. 기억이 우리의 역사를 구성하는 관념과 추상의 장면들이라면 추억—우리가 우리 모르게 애착하고 사랑했으므로—은 우리 몸의 일부가 됩니다. 마치 〈슬램덩크〉나 〈라디오 스타〉가 복고 그 자체의 객관적 재현이 아니라 그것을 재현하는 당신의 시선, 동시대의 스타일을 이끄는 젊은 세대('로스트 제너레이션')의 재현이 되는 것과 마찬가지이지요.

자, 이제 나는 사랑이라는 말을 감히 다시 들여오고자 합니다. 새벽, 당신의 사랑 이야기를 두고 누군가는 도덕적 기준을 앞세우며 불온하다고 길길이 날뛸지도 모릅니다. 도덕은 우리가 길게 이야기했던 집을 떠받치는 제도적이고 문화적인 기반이지요. 그것이 조금이라도 파손되면 집 전체가 무너지기라도 할 것처럼 우려합니다. 만약 내가 다른 여섯 편의 이야기를 읽지 않았더라면 어쩌면 나는 극도로 방어적이고 회피적인 당신의 태도를 지적했을지도 모릅니다. 부모가 이혼하면서 모두 양육권을 포기해 친척들에게 내몰린 아이였다는 자아를 넘어서라고 일갈했을지도 모릅니다. 당신의 삶은 오직 당신만의 것이라고, 떠돌며 머무른 집들에 관한 소유권은 없을지언정 사랑에 대해서만큼은 배타적으로 독점할 수 있다고 말입니다.

그러나 나는 당신이 변화하지 않기를 바랍니다. 흔한 성장 서사들이 그러하듯 과거를 극복해야 할 안티테제처럼 여기고 —위 문단에서 내가 하려다 만 행위들이 여기에 해당하겠지요—그것과 대적하지 말기를 바랍니다. 당신은 성장할 필요가 없습니다. 당신의 회고 속 어린 당신은 세계의 진실과 그

구성 원리를 이미 알고 있었고, 그렇다면―여태까지 그래왔던 것처럼, 그리고 앞으로도―다만 당신에게 필요한 것은 크고 작은 회복이겠지요. "혼합되고 편집된 〈슬램덩크〉만을 감상할 수밖에 없"(133쪽)다는 걸 아는 당신은 지속적으로 과거를 현재화하며 몇 번이고 반복 재생할 것이고, 당신에게 필요한 기억들은 추억이 될 것입니다. 매년 여름이면 언니의 납골당에 가는 연례행사도 예외 없이 그렇게 되겠지요.

당신에게 도덕이라는 잣대를 먼저 들이대는 사람들은 아마 사랑과 결혼을 동일시하거나 뗄 수 없는 결합 관계라고 믿어 의심치 않는 자들일 것입니다. 그리고 그 결합이 결코 무너지지 않는 자기 소유의 집을 선물해주리라 기대하겠지요. 그러나 세계의 진실이란 생물처럼 살아 움직이며 끊임없이 변화하는 것임을 받아들이는 이들이라면, 안개처럼 모호한 사랑으로 지어진 집도 있다는 사실을 수긍할 수 있을 겁니다. 그리고 그 유동하는 비장소의 사랑이야말로 당신이 마지막 숨을 거두는 순간까지 당신과 함께할 수 있을 터입니다. 나는 당신이 사랑 속에 있기를 바랍니다. 안개 속에, 안개 너머에 있기를 바랍니다. 그러나 이는 당신이 언급했던 '기다림'과는 다릅니다.[25]

---

25) "기다렸다. 나는 그 말을 뱉어놓고 생각한다. 내가 무엇을 기다렸단 말인가? 언니와 이모가 돌아오기를? 그 집에서 나가는 날을? 아니면 그 집에 영원히 머물기를 기다렸나?/ 아직까지도 정확히 모르겠다. 확실한 건 내

기다림은 명확합니다. 당신이 기다리는 대상이 오거나 오지 않는 사실이 확정되는 순간 당신은 성공 또는 실패 외의 다른 길로는 나아갈 수 없습니다. 그러나 기다림이 아니라 재생성의 행위 안에서 당신은 언제나 대상과 함께일 수 있고, 그때 사랑은 사라지지 않을 것입니다. 원규를 향한 당신의 사랑이 유년의 집으로부터 벗어나게 해준 힘이 아니라 바로 그 탈출 이후의 결과라고 말했던 것은 바로 이 때문입니다. 정주의 장소로서의 집을 기대하고 수치와 굴욕을 거듭 내면화하며 실패와 불운 속에 머무르는 것이 아니라 지극한 타자성의 공간으로서, 비장소의 집에서 살아갈 수 있다면 도덕과 제도가 거절하는 사랑—하지만 자연에 분명히 실재하는—역시 죽지 않을 것입니다.

편지는 이쯤에서 마무리해야 할 것 같습니다. 생각보다 너무 많은 말을 전한 것도 같아 쑥스럽습니다. 하지만 당신이 털어놓은 긴긴 이야기들은 여러 기억을 일깨워주었고 나 역시 미워하고 불화하던 과거의 순간들을 VCR에 넣어볼 작심을 했습니다. 당신에게 이 편지 한 통 외엔 드릴 것이 없어 속상합니다. 대신 편지와 함께 한 권의 책을 두고 가겠습니다. 당신과 마찬가지로 집을 탈출하여 다른 누군가의 집에서 살게 되

가 언니도 이모도 이모부도 없는 그 집에서 잠자코 기다렸다는 사실이다. 무엇을 기다리는지도 모른 채 홀로."(「안개가 시작된다」, 287쪽)

는, 그 어떤 언어로도 명확히 규명할 수 없는 안개 속의 사랑을 시작하게 되는 여자아이의 이야기입니다.[26] (주의: 살인이라 부를 수 있을지도 모를—무척 애매모호하지만 그것과 비슷한—행위가 한 번 등장합니다.) 당신의 이야기를 읽으며 안개 속에서 자유를 누리는 오틸라의 이야기가 자주 겹쳐 떠올랐습니다. 이제 당신에게 건넬 마지막 문장만을 남겨둡니다. 나는 이 말을 농담으로 하는 것만은 아닙니다.

새벽아, 프리다! 쏴라!![27]

추신. 나도 능남전에서 권준호가 자유투를 쏘는 장면을 몹시 좋아합니다. 내내 벤치를 든든히 지키던 이가 코트 안으로 뛰어들어 시합의 흐름을 단번에 바꿔놓는 일의 폭발적인 경이로움을 당신도 알겠지요? 새벽, 당신은 이제 코트 안에 있습니다. 마음껏 자유투를 쏘시길!

---

26) 존 클라센, 『오틸라와 해골』, 서남희 옮김, 시공주니어, 2023.
27) 「차라리 잠든 밤」, 148쪽에서 변용.

작가의 말

열두 살, 5학년이 되면서 다니던 어학원에서 레벨 테스트를 치렀다. 학업 태도에 특별한 문제만 없으면 반 전체가 다음 레벨로 진학했다. 5학년이 6학년이 되고, 6학년이 중학교 1학년이 되는 것과 같은 이치였다.

담임이었던 루시 선생님—진짜 이름은 아니었고, 아이들이 발음하기 쉽도록 지은 영어 이름이었다—이 우리에게 질문했다. 여기서 다음 레벨로 올라갈 자격이 있다고 생각하는 사람?

누구도 손을 들지 않았다.

루시 선생님이 말했다. 그럼 똑같은 걸 일 년 더 배워도 되겠네?

그제야 몇몇 아이들이 손을 들었다.

선생님은 손을 들지 않은 아이들을 지목해서 물어봤다. 친구들은 다음 반으로 올라가는데, 혼자 남아도 괜찮겠어? 그제야 남은 아이들마저 손을 들었다.

나는 마지막까지 손을 들지 않은 애였다.

선생님이 내게 물었다. 자격이 없다고 생각하니? 아이들이 내게 야유했다. 아이들이 나를 응원했다. 그 속에서 내가 물었다.

제가 자격이 있는지 어떻게 알아요?

살아가는 동안 종종, 어학원 교실에 앉아 끝까지 손을 들지 않던 열두 살짜리 여자애가 내 본질이라는 생각을 지울 수 없다.

그리고 그것이 내가 소설을 쓰게 된 이유인 것 같다.

여러 해가 흘러 성인이 되었을 때 한 선생님이 나를 불러세웠다. 그러고는 내게 자격증이 있냐고 물었다. 그런데 자격증이라고 하지 않고 자격, 이라고만 했다. 나는 자격이 없다고 했다. 그럼 뭐하냐고 묻길래 소설을 쓴다고 대답했다. 그러자 선생님은 그럼 됐지, 소설을 쓰면 됐지, 했다. 대화를 끝내고 돌아설 때에야 남들이 듣기에 무척 이상한 대화였겠다는 생각이 들었다.

이제 나는 루시 선생님의 나이를 훌쩍 뛰어넘었는데—사실

선생님은 겉으로만 봐서는 나이를 가늠하기 힘들었다―여전히 뱉은 말을 주워 담고 싶다. 그런 내가 주워 담을 수 없는 말들을 모아 책을 만들게 된다니 놀랍다. 손에 만져지는 것이 있다면, 조금은 덜 자격이 없는 사람처럼 느껴질까?

엮고 보니 이 책에 실린 일곱 편의 작품은 각자의 자격 없음을 견디는 이야기처럼 느껴진다. 물론 그것만 있는 것은 아니고, 내가 오래도록 곱씹고 좋아하고 이유를 찾던 것들도 담겨 있다. 이를테면 실없는 농담, 유행이 지난 유행가, 목소리, 중고 만화책, 모두가 잠든 밤, 재고 떨이, 이름들…… 일곱 편의 소설이 모두 다르게 읽혔으면 좋겠기도 하고, 하나의 이야기로 읽혔으면 좋겠기도 한데, 아직 마음을 정하지 못했다. 한 가지 확실한 건, 쓰는 동안 괴로울 때도 있었지만, 대체로 즐거웠다는 것이다.

쓰는 것을 멈추지 않은 나의 동료들에게 고마움을 전한다. 나 자격 있어? 하면 망설임 없이 어, 완전 있어, 대답하는 친구들. 우리가 서로의 자격이 된다.

나의 첫번째 책을 이끌어준 정민교 편집자에게 감사를 전한다. 해설을 써주신 전승민 평론가, 추천사를 써주신 성해나 소설가에게도 감사하다. 때로 소설을 쓴다는 건 낡고 볼품없는 배로 망망대해를 나아가는 일처럼 여겨지는데, 덕분에 홀로 항해하는 막막함을 조금이나마 덜 수 있었다.

　마지막으로 나의 어머니 이정숙씨에게 이 책의 일부를 선물한다. 사랑과 미움과 농담과 불안을 물려준 덕에 쓰는 인간이 될 수 있었다. 마침내 써낼 수 있었다.

　여전히 내게 자격이 있는지는 모르겠지만 지금 바라는 것은 단 하나다. 앞으로도 쓰는 행위를 멈추지 않는 것. 그럴 수만 있다면, 어떤 삶이 펼쳐지든 견딜 수 있을 것 같다.

　사실 그 외에 다른 방법은 알지 못한다.

2025년 초여름

김본

| 수록 작품 발표 지면 |

슬픔은 자라지 않는다 …… 『자음과모음』 2022년 겨울호

라디오 스타가 사라진 다음에는 …… 『문학동네』 2021년 가을호

차라리 잠든 밤 …… 주간 문학동네 2024년 6월호

내일의 집 …… 『문학동네』 2020년 가을호

뱀이 쫓아온다 …… 『굿닛』 2023년 겨울호

안개가 시작된다 …… 문장 웹진 2024년 6월호

숙희의 미래 …… 문장 웹진 콤마 2023년 8월호

문학동네 소설집
라디오 스타가 사라진 다음에는
ⓒ김본 2025

초판 인쇄 2025년 5월 19일
초판 발행 2025년 6월 4일

지은이 김본
책임편집 정민교 | 편집 여승주 김내리
디자인 엄자영 유현아 | 저작권 박지영 형소진 오서영 조경은
마케팅 정민호 서지화 한민아 이민경 왕지경 정유진 정경주 김수인 김혜원 김예진
　　　 나현후 이서진
브랜딩 함유지 박민재 이송이 김희숙 박다솔 조다현 김하연 이준희
제작 강신은 김동욱 이순호 | 제작처 천광인쇄사

펴낸곳 (주)문학동네 | 펴낸이 김소영
출판등록 1993년 10월 22일 제2003-000045호
주소 10881 경기도 파주시 회동길 210
전자우편 editor@munhak.com | 대표전화 031)955-8888 | 팩스 031)955-8855
문학동네카페 http://cafe.naver.com/mhdn
인스타그램 @munhakdongne | 트위터 @munhakdongne
북클럽문학동네 http://bookclubmunhak.com

ISBN 979-11-416-0200-0 03810

* 이 책은 서울특별시, 서울문화재단 '2025년 첫 책 발간지원 사업'의 지원을 받아 발간되었
  습니다.

www.munhak.com